Novias del desierto

Atrapar a un jeque

Teresa Southwick

Editado por Harlequin Ibérica.
Una división de HarperCollins Ibérica, S.A.
Avenida de Burgos, 8B - Planta 18
28036 Madrid

© 2024 Harlequin Ibérica, una división de HarperCollins Ibérica, S.A.
N.º 67 - 7.11.24

I.S.B.N.: 978-84-1074-025-9
Depósito legal: M-19289-2024
Impreso en España por: BLACK PRINT
Fecha impresión para Argentina: 6.5.25
Distribuidor exclusivo para España: LOGISTA
Distribuidor para México: Distibuidora Intermex, S.A. de C.V.
Distribuidores para Argentina: Interior, DGP, S.A. Alvarado 2118. Cap. Fed./
Buenos Aires y Gran Buenos Aires, VACCARO HNOS.

CAPÍTULO 1

PENELOPE Colleen Doyle no creía en los cuentos de hadas.

No confiaba en el hecho de que besando una rana, ésta se convirtiera en príncipe. Además, los chicos que ella había besado seguían siendo ranas, o peor aún, se habían convertido en sapos. Pero al caminar por el palacio real de El Zafir deseó creer en todo ello.

—¿Ya casi hemos llegado? –le preguntó al hombre que la guiaba.

—Sí, señorita –contestó el hombre–. Ya casi hemos llegado.

Ella se había olvidado de su nombre. Normalmente tenía una memoria estupenda, pero aquella situación no tenía nada de normal. Estaba en El Zafir, la tierra de la magia, el encanto y el romance. Se encontraba en el palacio real, con suelos de mármol, puertas en arco y muebles valiosísimos, pero a medida que avanzaba, se preguntaba si, en caso de tener que rehacer sus pasos, sabría hacerlo.

¡Estaba en el palacio real! Pero la excitación que esto le producía no podía compararse al cansancio de no haber dormido en veinticuatro horas a causa de los numerosos transbordos de avión que había realizado.

Se sentía como si hubiera llegado allí caminando desde los Estados Unidos.

Doblaron una esquina y se detuvieron frente a una puerta doble de caoba.

—Ésta es el ala del palacio destinada a la administración —le explicó el guía.

—¿Hay un mapa en el que pueda ver dónde estamos? ¿Algo con una X de *usted se encuentra aquí* y que muestre el resto del palacio?

—No, señorita —el hombre no esbozó ni una sonrisa. Si en aquel país petrolífero nadie tenía sentido del humor, Penelope se enfrentaba a los dos años más largos de su vida. Él abrió la puerta y le mostró un pasillo cubierto por una alfombra en forma de T—. Sígame, señorita.

—De acuerdo.

Como si pudiera ocurrírsele ir por su cuenta. En aquel lugar uno podía perderse durante días.

El guía atravesó varias puertas y después dobló a la derecha para entrar en un despacho. La habitación era más grande que el apartamento donde solía vivir Penelope.

—Siéntese —dijo él, señalando una butaca de cuero que había contra la pared—. Enseguida recibirá instrucciones acerca de cuáles son sus obligaciones.

—¿De la princesa Farrah Hassan?

—No.

«Entonces, ¿de quién?», se preguntó ella mirando a su alrededor.

Sin darle más explicaciones, el guía salió del despacho. Ella sentía un nudo en el estómago y estaba tan cansada que le apetecía tomarse un café.

Frente a ella había un escritorio de madera de cerezo que brillaba como un espejo. Sobre el escritorio había un ordenador, una impresora, un escáner y un fax. Detrás, una fotocopiadora. Se preguntaba si todos los despachos estarían igual de equipados, o si todos los que trabajaban en esa ala utilizaban esas máquinas. Si aquél era el centro tecnológico, tenía sentido que fuera allí donde ella desempeñaría su trabajo.

Se fijó en que, a su derecha, había una puerta cerrada. Quizá la cafetera se encontrara tras ella. Podía llamar y asomar la cabeza. No. Le habían ordenado que esperara y eso era lo que iba a hacer. Respiró hondo y se sentó en la butaca de cuero. Nunca había tocado algo tan suave. Se acomodó para esperar y se esforzó para mantener los ojos abiertos.

Rafiq Hassan, príncipe de El Zafir y ministro de Asuntos Exteriores, abrió la puerta de su despacho para consultar unos papeles con su secretario. El escritorio vacío le recordó que no tenía secretario. Aquella mañana, lo primero que había hecho su padre, el rey Gamil, había sido apoderarse del eficiente joven. Su tía Farrah le había prometido enviarle un sustituto. Miró a la izquierda y vio a una mujer joven sentada en la butaca. ¿Sería la persona que habían enviado para sustituir a su secretario?

Se acercó a ella y la miró. Llevaba un vestido color caqui que le llegaba por debajo de las rodillas y unos zapatos de tacón bajo. Podía haber sido una niña de no ser porque sus pechos llenaban la parte superior del vestido. Era pequeña, pero por desgracia, las gafas de montura negra que llevaba no lo eran.

En aquellos momentos, no necesitaba gafas porque tenía los ojos cerrados. Él recordó el cuento de Ricitos de Oro que le había leído a sus sobrinos. Ella tenía una larga melena dorada y estaba profundamente dormida. ¿Eso significaba que él era uno de los tres ositos? Sus dos hermanos, Fariq y Kamal, estarían orgullosos de que los compararan con osos norteamericanos. Además, Rafiq se suponía que era el encanto de la familia.

—Disculpe —le dijo inclinándose hacia ella.

Ella pestañeó y abrió sus grandes ojos azules.

—¿Hmm?

—¿Señorita?

—Hola —se enderezó y miró a su alrededor desorientada. Después, lo miró a los ojos—. Supongo que ya no estoy en Kansas.

—Así es.

Antes de que ella se cubriera la boca para bostezar, él se fijó en que tenía la dentadura blanca y perfecta.

—Es una frase de la película estadounidense *El Mago de Oz*... cuando Dorothy se percata de que está muy lejos de casa.

—Lo sé. Así que, ¿es norteamericana? —preguntó él, aunque su acento lo dejaba bien claro.

—Sí —dijo ella—. Acabo de llegar de Texas.

—He oído hablar de ese lugar.

Ella sonrió.

—Me sorprendería si no lo hubiera hecho. ¿También trabaja aquí?

—Sí.

—Debe ser un despacho importante si hay trabajo para dos secretarios.

¿Secretario? ¿Creía que era un secretario? Iba a explicarle que no era así cuando ella se sentó en el borde de la butaca y se desperezó, arqueando la espalda de manera que sus pechos quedaron presionados contra la tela del vestido.

—¿Podría indicarme dónde hay café, por favor?

—Puedo llamar para que lo traigan —dijo él, ausente.

—Sería estupendo. Siempre estaré en deuda con usted.

Rafiq se acercó al escritorio y descolgó el teléfono.

—Café, por favor. Muy fuerte.

—Gracias.

Cuando él la miró de nuevo, ella lo observaba fijamente.

—¿Qué sucede?

—Lo siento. No quería mirarlo así. Es sólo...

—Dígame.

—No. Pensará que soy rara. Si vamos a trabajar juntos, *rara* no es la mejor manera de presentarse.

—Prometo no pensarlo. ¿Por qué me miraba de esa manera? ¿Tengo una verruga en la nariz? ¿Una mancha en la cara? ¿Le parezco extraño?

—No. Es muy atractivo —dijo ella, y agachó la cabeza—. Si el resto de los hombres de este país son como usted... —se sonrojó—. Lo siento. Espero no haberlo molestado con mi comentario. Es sólo... No tenía ni idea. En la información que busqué sobre El

Zafir, no encontré nada sobre... Lo siento. Usted me preguntó.

–Así es –su comportamiento le indicaba que lo había dicho sin pensar. El cumplido era sincero, ingenuo e inocente. Casi la había perdonado por confundirlo con el secretario.

–En el lugar de donde vengo, los vaqueros son el estándar masculino. La mayoría de las mujeres no se imaginaría que un oficinista pudiera ser un hombre como ellos. Pero la mayoría de las mujeres no han estado en El Zafir.

Él no sabía si debía sentirse halagado o insultado por el comentario, pero decidió que buscaría información sobre los vaqueros de Texas.

–Entonces, ¿ha venido como secretaria?

Ella asintió, se quitó las gafas y se frotó los ojos. Rafiq esperaba ver cómo se le había corrido el rímel, sin embargo, se sorprendió al ver que no iba maquillada. Aun así, tenía la piel suave e impecable.

–He llegado a El Zafir esta mañana –le explicó–. Se suponía que tenía que haber llegado hacía dos días, pero los vuelos de North Texas se retrasaron por una tormenta. Allí dicen que si no te gusta el tiempo, esperes un minuto, pero esta vez no he tenido tanta suerte.

–¿Y cómo ha llegado a mi... a El Zafir, señorita...?

–Doyle. Penelope Colleen Doyle.

–Sí.

–Puede llamarme Penny.

–Penny –dijo él.

–Me contrató la princesa Farrah Hassan. ¿La ha visto alguna vez?

–Un par de veces.

–Es una mujer imponente. Una verdadera fuerza de la naturaleza. La hermana del rey. Yo voy a ser su secretaria.

–¿Y cuándo se decidió todo esto?

–Hace un mes.

–¿Y ha llegado hoy?

Ella asintió.

–Tuve que alquilar mi apartamento y buscar un guardamuebles para dejar mis cosas.

–¿Cuántos años tiene? –no pudo evitar preguntárselo. Parecía demasiado joven como para vivir sola.

Ella arqueó una ceja y contestó.

–En los Estados Unidos, si uno hace esa pregunta, lo más fácil es que lo miren mal. No se considera políticamente correcto preguntar la edad a una mujer.

–Sé de política –«y de mujeres», añadió en silencio–. Parece demasiado joven para...

–Tengo veintidós años. No es que sea asunto suyo, pero tengo un título en Educación Infantil y otro en Económicas. Hice dos licenciaturas. Necesitaba un trabajo. Y un buen sueldo. Así que envié mi currículum a una agencia que se encarga de buscar cuidadoras infantiles para familias ricas. Después de mirar el currículum y las fotos, la princesa me eligió a mí. Según el director de la agencia, iba buscando una niñera normal y corriente.

–¿Es eso cierto?

—Creía que no era oportuno preguntarlo, pero ¿por qué cree que la princesa iba buscando alguien corriente?

No había motivo para decirle que él era el responsable de ese requisito.

—No sabría decírselo.

—Yo tampoco. Pero estaba convencida de que reunía los requisitos y de que era justo lo que ellos estaban buscando.

—Ya veo —quizá fuera el cautivador de la familia, pero la franqueza de ella lo dejó descolocado. Él sabía de mujeres altas, sofisticadas y elegantes, pero no de mujeres bajitas con gafas grandes.

—Prefiero enfrentarme a la vida. Si uno entierra la cabeza en la arena, deja el... —se ajustó las gafas—. Bueno, se queda expuesta. Ya sabe lo que quiero decir. Soy muy práctica. Es mejor enfrentarse a la realidad y no esperar cuentos de hadas. ¿No cree?

Él no estaba seguro de qué contestar y decidió cambiar de tema.

—¿Así que se entrevistó con mi... con la princesa?

—Sí. Recibí un billete de ida y vuelta para ir a Nueva York. Era la primera vez que montaba en avión. Muy emocionante. Pero eso fue un problema.

—¿Por qué?

Se abrió la puerta del despacho y entró una sirvienta con un carrito en el que llevaba una bandeja de plata y tazas de porcelana.

—Gracias, Salima.

—De nada...

—Déjelo sobre la mesa —dijo él, interrumpiéndola—. Yo lo serviré.

–De acuerdo –dijo ella. Hizo una reverencia y salió del despacho.

Penny la observó boquiabierta.

–Guau. ¿Todo el mundo es tan educado? Ya podríamos aprender los estadounidenses. Va a tener que ayudarme. No me gustaría ofender a nadie. Si me ve haciendo algo poco respetuoso, por favor, dígamelo para que no quede en ridículo.

–Usted es estadounidense –dijo él, como si eso fuera suficiente respuesta. Después agarró la cafetera y llenó una de las tazas.

–Por favor, ¿me puede servir una a mí? No puedo creer que me haya quedado dormida. Ahora tengo que ponerme en marcha.

–Cualquiera diría lo contrario.

–¿Estoy hablando demasiado? –continuó sin esperar respuesta–. A veces lo hago. Pero hoy es peor que otras veces. Probablemente porque estoy cansada y nerviosa. Una mala combinación. ¿Le molesta? A la princesa no pareció importarle.

–Es una mujer fuerte. ¿Leche y azúcar?

–Solo está bien –dijo ella.

–¿Qué decía?

–¿Por dónde iba? –bebió un sorbo y pensó un instante–. Ah, sí. Fui a Nueva York para conocer a la princesa. Mi vuelo se retrasó.

–¿Por el clima de North Texas?

Ella asintió.

–Usted escucha de verdad, ¿no? Después, había mucho tráfico en la ciudad. Cuando llegué al hotel donde ella se alojaba, ya había contratado a otra persona.

—¿Una niñera corriente?

—Sí —frunció el ceño—. Todavía no comprendo por qué ése puede ser un requisito para un empleo. Ya lo descubriré.

—Sin duda.

—En cualquier caso, la princesa fue muy simpática y amable. Me invitó a comer y hablamos de cosas de mujeres mientras comíamos chocolate.

—¿Chocolate?

—Godiva, creo. Riquísimo. Ella dijo que le había caído bien y que necesitaba una secretaria. Así que me contrató. Me hizo una oferta que no pude rechazar. Bueno, usted ya sabe cómo se paga el empleo en el palacio real de la familia de El Zafir.

—Sin duda.

—Alojamiento y pensión completa incluidos.

—Una buena oferta.

—Está en lo cierto... ¿Cómo dijo que se llamaba? —preguntó, y bebió otro sorbo de café—. No sé cómo he podido olvidarlo. Estoy muy cansada. Después de dormir bien una noche, estaré en plena forma. Suelo ser muy buena para los nombres.

—Creo que no lo he mencionado.

Ella le parecía intrigante. Para ser una mujer que decía estar agotada, tenía mucha energía. Si descansaba una noche se convertiría en un torbellino. No podía evitar preguntarse si su dinamismo estaba reservado sólo para el ámbito laboral. O si también se comportaba así con el hombre de su vida.

—Me está mirando con una expresión extraña. ¿Tengo una mancha en la cara? ¿Una verruga en la nariz? ¿Me encuentra rara? —bromeó ella.

—Para nada.

—Seguro que su nombre no puede ser tan difícil. Y puesto que vamos a trabajar juntos, quizá sea buena idea que me lo diga para que no tenga que decirle: ¡oiga!

Él se enderezó y dijo:

—Soy Rafiq Hassan, príncipe de El Zafir, ministro de Interior y Asuntos Exteriores.

Penny se quedó boquiabierta. Soltó la taza que tenía en la mano y, al caer al suelo, el café se derramó sobre la alfombra.

Era incapaz de decir palabra. Toda una victoria. Él la había dejado sin habla.

Rafiq llamó a la puerta que daba a las habitaciones de su tía Farrah y al oír que le daba permiso, entró. A medida que se acercaba al salón de grandes ventanales con vistas al mar de Omán, sus pisadas resonaban sobre los suelos de mármol. En el centro de la habitación había un sofá blanco semicircular. Y el único color que había en la habitación provenía de los cuadros que había colgados en la pared. La hermana de su padre poseía una colección de arte mundialmente famosa .

Rafiq se detuvo junto al sofá y miró a su tía, que estaba sentada leyendo unos papeles.

—Me gustaría hablar contigo, tía Farrah.

—Por supuesto. ¿Qué ocurre, Rafiq?

—En una palabra... Penny.

Ella sonrió y la edad se borró de su rostro. A los cincuenta años, su tía seguía siendo una mujer atractiva.

—Es maravillosa, ¿no?

—Es... algo.

—¿Por qué? ¿Qué ocurre? —preguntó ella frunciendo el ceño.

—Se quedó dormida en la butaca de mi despacho.

—Pobrecilla. En su defensa he de decir que es una butaca muy cómoda. Tuvo un viaje duro. Me dijeron que la chica insistió en comenzar a trabajar tal y como se había acordado. No quiso posponer el comienzo ni un solo día.

—Quiero que la decapiten.

—Sin duda, una buena recompensa por su dedicación.

—Estoy bromeando.

—Me alegra oírlo —se rió Farrah—. El gobierno prohibió ese castigo hace muchos años, incluso antes de que yo naciera.

—Creo que cortarle la lengua sería más apropiado —se colocó frente a ella—. Sí. Una idea excelente. Hay que hacer que el castigo encaje con el delito.

—Querido sobrino, ¿qué delito ha cometido?

—Ella es... —se detuvo al no encontrar la palabra que describiera sus sentimientos—. Una mujer.

—Ah —dijo su tía—. Te ha desconcertado.

—Claro que no. Nunca había conocido a una mujer que no pudiera comprender. Hasta hoy.

—Así que estás intrigado.

—Tonterías —contestó, y se volvió para mirar por las ventanas—. Es completamente absurdo.

—Rafiq, ¿has estado enamorado alguna vez?

No sabía cómo contestar a esa pregunta. Muchas mujeres lo habían cautivado y, sin duda, se había encaprichado con ellas. Pero, ¿se había enamorado?

–No empieces, tía. El amor es un lujo que no puede permitirse un príncipe de sangre real. El deber es lo que cuenta. Me casaré y tendré herederos.

–¿Cuándo?

–Cuando esté preparado –dijo mirándola por encima del hombro–. Pero no comprendo qué tiene que ver todo esto con Penny Doyle.

–Me da la sensación de que como tu madre falleció muy pronto, la educación que recibiste sobre este tema ha sido escasa. Tantos sirvientes, tutores, colegios internos...

–He recibido una educación excelente. Ahora, respecto a esa pequeña estadounidense...

–Penny me parece una bocanada de aire fresco. Pero comprendo que no estés de acuerdo.

Rafiq se volvió y miró a su tía. Al ver la expresión de su rostro recordó que era una mujer mayor, un miembro de su familia al que le debía respeto y protección. Pero el brillo de sus ojos hizo que se preguntara si no sería él el que necesitaba esa protección.

–¿Por qué iba a estar de acuerdo? Es una mujer pequeña e insignificante. De Texas –se acercó a la cristalera con las manos detrás de la espalda–. Tenía entendido que las cosas de Texas eran mucho más grandes.

–Sí. Supongo que Penny es la excepción.

–Quizá. Penny Doyle... –murmuró él esbozando una sonrisa. Su tía tosió y lo miró con los ojos brillantes–. ¿Estás bien? –le preguntó. De no haberla conocido, habría pensado que se estaba riendo de él.

–Absolutamente encantada.

—¿Y por qué?

—Tu manera de reaccionar ante Penny es justo la que esperaba. Y ahora, no tengo que advertirte que mantengas las distancias.

—Si eso te preocupa, tía, entonces, ¿por qué mi padre se ha llevado a mi secretario y me habéis puesto a una mujer?

—Él necesitaba a alguien con experiencia. Y es el rey. Penny es perfecta para tus... necesidades. Necesidades laborales, claro está. Si yo fuera tú, me lo pensaría dos veces antes de poner en duda a tu padre.

—De acuerdo. Pero me duele que pongas en duda mi comportamiento.

—Aparte de que tienes fama de ser un bribón con las mujeres, estoy preocupada por Penny.

—¿Por qué? Podría dejar sordo a un elefante —comentó él.

—Un hombre se aprovechó de ella.

Rafiq frunció el ceño.

—¿Cómo?

—Me contó toda la historia en Nueva York. Su madre murió cuando Penny tenía doce o trece años. La mujer estaba soltera y era profesora, pero aun así, se las arregló para dejar una herencia a su hija. La joven pensaba abrir un centro de preescolar cuando un canalla sin escrúpulos la conquistó para fugarse con su dinero. No confiará en los hombres nunca más.

—Ése no era un hombre. Los hombres no tratan así a las mujeres. Y menos a una mujer como...

—¿Cómo? —preguntó la tía arqueando una ceja.

–No importa. Me gustaría conocer a ese hombre –dijo apretando los dientes–. Fustigarlo sería un castigo demasiado blando para él.

–Estoy de acuerdo –asintió ella–. Pero ahora, Penny está aquí y nosotros cuidaremos de ella. Quiero decir, yo cuidaré de ella. En mi opinión, las cosas no podrían ir mejor.

–Al contrario –Rafiq se sentía intrigado por Penny y eso lo hacía sentirse incómodo. No estaba acostumbrado a sentirse así con las mujeres. Quizá podía convencer a su tía para que no se la asignara como secretaria.

–¿Qué ocurre, Rafiq?

–Las cosas irían mucho mejor si mi padre me devolviera mi secretario. Entonces, tú podrías tener a Penny Doyle, con toda mi aprobación y deseándote que tu salud mental y tu audición permanezcan intactas.

–Me temo que no va a ser posible que lo recupere.

–¿Por qué no?

–Eso pregúntaselo a tu padre.

–He seguido tu consejo y me lo he pensado dos veces. Hablaré con él sobre este asunto.

–Entretanto, necesitarás ayuda para los preparativos del baile benéfico internacional que se celebrará por primera vez en El Zafir. El toque de una mujer será muy útil.

–Tú eres una mujer... y la presidenta del evento –dijo él–. ¿No es suficiente?

–Penny trabajará para los dos.

A Rafiq no le gustó la respuesta y empleó otra táctica.

–¿Te parece que es justo para ella? ¿También tendrá que trabajar para mí? Contigo tendrá suficiente, eres muy exigente.

–Tienes razón, pero sospecho que Penny es muy trabajadora.

–Si puede permanecer callada el tiempo suficiente.

–A mí me parece encantadora.

–¿Es ésa su única cualidad? Tengo entendido que estaba buscando trabajo como niñera para los hijos de Fariq.

–Sí. Pero tenía mucha energía y parecía muy inteligente. Tiene dos licenciaturas. Una en Educación Infantil y la otra en Económicas. Tiene muy buenas referencias por parte de Sam Prescott.

Sam Prescott pertenecía a una familia adinerada de Texas y Rafiq y él eran amigos desde pequeños. Sus familias se conocían bien y compartían algunos negocios.

–¿Y Sam de qué la conoce?

–Prescott International ofrece becas a estudiantes con talento. Penny fue una de las elegidas y la familia se interesó personalmente por su carrera. Era una de las mejores de la clase y consiguió unas prácticas en la sede que Prescott tiene en Dallas. Así que sé con certeza que es rápida, inteligente, trabajadora y con posibilidades de que le enseñen.

–Al parecer, ésa será mi responsabilidad –dijo él mirando a su tía.

–Esa mirada asustaría a los niños, Rafiq. Dime que no la miraste así –le dijo la tía–. Eres el diplomático de la familia. Si tú...

–No acostumbro a asustar a los niños ni a las mujeres. Pero también está el asunto del café...

Había hecho falta un milagro para dejarla sin habla. Por suerte, el café se había enfriado y ella no se había quemado. Él reconocía su parte de culpa en el incidente.

–¿Qué pasa con el café?

–Se le cayó de las manos.

–¿Hiciste algo para que se le cayera?

–Simplemente me presenté.

Después de haber dejado que creyera que era un secretario. Y de permitir que le dijera que lo consideraba muy atractivo. Sin embargo, ocultarle que era el príncipe le parecía liberador. Dudaba que ella hubiera hablado con tanta naturalidad si no hubiera pensado que era un hombre corriente. Él estaba acostumbrado a los halagos de las mujeres, pero el hecho de que Penny lo hubiera halagado sin conocer su identidad, era mucho más importante.

–¿Dónde está ahora? –preguntó la tía frunciendo el ceño.

–En la habitación que le has asignado en el ala de invitados del palacio. Le he dicho que se tome el resto del día libre para reponerse del viaje.

–Bien. Y me alegro de que hayamos hablado. Pero déjame que te lo recuerde una vez más, Rafiq. No tienes que cautivar a Penny. Hasta que podamos solucionarlo de otro modo, será tu secretaria y nada más –añadió–. No podemos permitir que los negocios de El Zafir se vean afectados porque tú hayas conquistado a otra de las empleadas.

–Gracias, tía Farrah –dijo él, incapaz de contener una sonrisa.

—No pretendía ser un cumplido. Voy a decírtelo una vez más. No hagas nada extraordinario para ser amable con Penny. Es suficiente con que seas cortés en el trabajo.

—Soy príncipe de sangre real. La bondad es mi responsabilidad. Tú misma me enseñaste lo importante que es ser cortés. No veo motivos para disculparme por aprender a fondo la lección que me enseñaste.

—También te enseñé a respetar a tus mayores —dijo ella—. Te estás comportando como un niño cabezota.

—Al contrario —dijo él—. No veo por qué lo dices.

—Por supuesto que no. Nunca lo haces. Ni tus hermanos tampoco.

—¿Qué tienen que ver Kamal y Fariq con todo esto? —preguntó él.

—El príncipe de la corona y el ministro de los Recursos Petrolíferos no tienen nada que ver con nuestra conversación. Sólo era un comentario.

—Los hombres de la familia real de Hassan hemos jurado fidelidad al país y a la familia —dijo él—. Somos los protectores de los ciudadanos de El Zafir. No podemos permitir equivocarnos.

—Es una gran responsabilidad —convino ella—. Y he encontrado a una mujer joven que, creo, será una excelente secretaria. Una persona brillante y amena que me gustaría durara mucho tiempo trabajando para mí. Sólo te pido que no hagas nada para facilitar su regreso a los Estados Unidos.

—Ni se me ocurriría.

—Me pongo nerviosa cuando te veo tan complaciente —dijo ella, y al ver que él iba a contestar, lo interrumpió–. Ve a contárselo al rey o a tus hermanos. Quizá ellos crean tus quejas.

–No soy tan complaciente como crees –se defendió.

–Por el bien del palacio, eso espero.

Rafiq hizo una reverencia y, conteniendo un suspiro, salió de la habitación. Una vez fuera, recordó a la joven estadounidense. ¿Amena y brillante? No estaba seguro de haber conocido ese lado de Penny Doyle. Quizá debiera hablar con ella otra vez. Sólo para asegurarse de que no había subestimado a su nueva secretaria. Y, ya de paso, para conocerla mejor.

Así, los negocios de El Zafir se desarrollarían sin problemas.

CAPÍTULO 2

PENNY paseaba de un lado a otro de la habitación. Estaba nerviosa y no podía dormir. Al menos la habitación era lo bastante grande como para pasear. No podía dejar de pensar en cómo había podido ser tan estúpida y en por qué él le había permitido llegar tan lejos.

Rafiq. Un nombre con gracia que encajaba con aquel hombre. Era muy atractivo. Un príncipe, un gobernador de su país. Eso disculpaba su comportamiento. Horrorizada, recordó la conversación que había mantenido con él. Por supuesto que sabía cuánto cobraba una empleada del palacio. Y claro que había visto a la princesa Farrah un par de veces. Penny le había dicho que era atractivo, pero él le había sonsacado la información.

Se cubrió la cara con las manos deseando olvidar aquella humillante situación. Qué tonta había sido. Y él se lo había permitido, a pesar de que ella le había pedido que no la dejara quedar en ridículo.

No era la primera vez que un hombre le tomaba el pelo. La última vez, el hombre se había llevado todo su dinero antes de desaparecer. Esta vez, le habían dicho que desapareciera. El príncipe le había dicho que podía tomarse el día libre. Para aclimatarse. ¿Era la manera de decirle que se preparara para ser descuartizada al amanecer por haber cometido el delito de ser impertinente?

—Casi preferiría estar muerta —dijo en voz alta—. Pero me gustaría una muerte menos violenta.

Tenía que admitir que aquél era un lugar maravilloso para pasar las últimas horas de su vida. Las paredes eran blancas, y en ellas colgaban coloridos tapices. En la zona del salón había un sofá desde el que se veía un bonito jardín lleno de flores. No se veía el mar, pero desde el balcón se podía sentir la brisa marina. En la habitación había una cama con dosel, una cómoda y un armario a juego. ¿Qué estaba haciendo allí? Era una pregunta que constantemente rondaba su cabeza, pero que, por suerte, no necesitaba respuesta ya que, después de lo que había hecho, no estaría por allí mucho tiempo. Sin duda, el príncipe de El Zafir no permitiría que se quedara después de haberlo ofendido.

Al oír que llamaban a la puerta, se sobresaltó. «Ha llegado el momento», pensó, y abrió la puerta.

¡Era él! Por segunda vez en el día, se sintió incapaz de pronunciar palabra.

—¿Puedo pasar? —preguntó el príncipe.

—Por supuesto —contestó ella, y se echó a un lado.

—Has cambiado —dijo él, mirándola de arriba abajo.

—En realidad no. Soy la misma persona que hace un rato. No tengo palabras para...

—Me refería a la ropa —dijo él, señalando los pantalones que ella llevaba.

—Ah —dijo ella, y se fijó en sus pies descalzos. Al levantar la vista vio un brillo incomprensible en la mirada del príncipe. Pero sólo se le ocurrió una palabra para describir lo que veía en sus ojos negros. Seducción.

En la información que había buscado sobre la familia real había encontrado que el apellido Hassan significaba atractivo y, desde luego, él hacía honor a su nombre. Tenía el pelo corto y oscuro. Los pómulos prominentes, la nariz recta y el mentón casi perfecto. Anchas espaldas y un torso musculoso. Llevaba un traje azul hecho a medida que resaltaba todo su cuerpo. Penelope recordó el comentario inapropiado que había hecho acerca de que en Texas, los vaqueros reunían los estándares del atractivo masculino. El príncipe Rafiq Hassan acababa de superar el listón, y había conseguido que a Penelope le temblaran las piernas y se le acelerara el corazón.

—Yo no...

—¿Sí? –interrumpió él.

—¿Cómo he de llamarlo? –soltó ella–. ¿Alteza? ¿Majestad? ¿Señoría? ¿Miembro de la familia real conocido como príncipe?

Estaba siendo impertinente, pero no podía evitarlo. Era su forma de ser. Además, ¿qué tenía que perder? Ya había metido la pata. Y aunque él tenía parte de culpa por haberla engañado, seguramente había ido allí para despedirla.

—Puedes llamarme Alteza, príncipe Rafiq Hassan, ministro de Interior y Asuntos Exteriores, el espléndido y bondadoso.

Ella empezaba a pensar que tendría que anotárselo para poder recordarlo cuando vio que él esbozaba una sonrisa.

–Está bromeando –lo acusó.

–Sí.

–Menos mal.

–¿Qué?

–Que tiene sentido del humor.

–Por supuesto. ¿Por qué no iba a tenerlo? –se encogió de hombros y después extendió el brazo para mostrarle la mano.

En el dedo índice llevaba una tirita con dibujos de cómic.

–En nuestro primer encuentro no esbozó ni una sonrisa –le recordó ella.

–Por eso estoy aquí.

–¿Para mostrarme que sabe sonreír?

–No. Para comenzar de nuevo.

Durante medio segundo, ella pensó que él iba a disculparse por haber permitido que quedara en ridículo. Lo miró y se colocó las gafas.

–Creía que había venido a por mí.

–¿Perdón?

–Ya sabe, a deshacerse de mí.

–¿Por qué?

–Me preguntaba si me llevaría a la plaza de la ciudad para descuartizarme al amanecer.

–De hecho, sí pensé en decapitarte.

–¡No!

–Sí. Y después en cortarte la lengua.

–Está bromeando –dijo ella al ver que él sonreía.

–Sí –dijo él, y metió las manos en los bolsillos del pantalón–. ¿Creías que venía a revocar tu contrato?

–Así es. A despedirme.

–No he venido a hacer tal cosa.

–Es un alivio. Aunque debe admitir que, si me hubiera dicho enseguida quién era, ahora no habría una mancha de café sobre la alfombra de su despacho.

–No tengo que admitir nada –dijo él–. Soy el príncipe.

–Por supuesto. Y el príncipe es un experto en todo lo que hace.

–Más o menos –dijo él, con un brillo en la mirada.

–Si no ha venido a admitir nada, entonces, ¿a qué ha venido?

–Para darte la bienvenida a El Zafir.

–Gracias... –dudó un instante y añadió–. Todavía no me ha dicho cómo he de llamarlo.

–Príncipe Rafiq en público. En privado, cuando estemos trabajando, puedes llamarme por mi nombre de pila.

Rafiq. El nombre hacía que Penelope se estremeciera. Él no se parecía a nadie que ella hubiera conocido antes. Sólo su nombre implicaba misterio, magia, encanto y romance.

–Príncipe Rafiq –dijo ella, probando el nombre.

–Puesto que me han encargado tu formación...

–Pero se suponía que iba a trabajar para la princesa Farrah.

–Ha habido un cambio de planes. Mi padre se ha apropiado de mi secretario, y mi tía...

–¿La princesa Farrah?

Él asintió.

–La hermana de mi padre. Ella te ha entregado a mi cuidado.

Al oír sus palabras, Penelope se estremeció de nuevo.

–¿Así que voy a trabajar contigo?

Él asintió.

–Si quieres, puedo pedir que traigan chocolate y, después, podemos hablar de nuestras cosas.

–Eres diferente a los otros hombres –dijo ella, y se arrepintió enseguida. Era un comentario inapropiado. Ya sabía que Rafiq era el príncipe y no podía coquetear con él. Además, nunca había sido una coqueta. ¿Habría algo extraño en el aire exótico de El Zafir? ¿O en el agua?

–¿Diferente? –preguntó él con curiosidad.

–En donde yo vivía, siempre se decía que los hombres no escuchan, y que tampoco recuerdan nada.

–A lo mejor, los vaqueros de tu país tienen algo que les falta para llegar a cumplir los estándares masculinos.

«Escucha de verdad», pensó ella sonrojándose.

–Quizá escuchar y recordar son acciones sobrevaloradas -comentó Penny.

Él sonrió y mostró su blanca dentadura.

–Con el debido respeto –dijo él–, todavía no he conocido una mujer que prefiera que un hombre la ignore.

Ella no pudo evitar preguntarse cuánto había investigado sobre las mujeres, aunque, según las revistas que había leído, el príncipe había tenido numerosas relaciones románticas. Penny había visto su foto más de una vez, y por eso se sentía tan mal al pensar que no lo había reconocido. Pero en realidad el príncipe Rafiq no se parecía en nada al Don Juan que mostraban los periódicos.

¿Con cuántas mujeres habría salido? ¿Con diez? ¿Con veinte? ¿Con cien? ¿Y con cuántos vaqueros había salido ella? Con ninguno. Por tanto, ¿quién estaba en mejores condiciones para opinar?

—De acuerdo. Ganas puntos por ser capaz de escuchar y recordar.

—Gracias —dijo él, y miró a su alrededor—. Supongo que el alojamiento es de tu agrado.

—Oh, sí. Éste es el lugar más bonito que conozco.

—¿Y comparado con Texas?

—Comparado con cualquier sitio. Incluso con el hotel en el que conocí a tu tía.

—Es más espartano que el hotel de Nueva York al que ella va.

Penny asintió.

—Pero hay mucho a favor de la simplicidad. A veces, menos es más.

—Sé muy bien lo que quieres decir —la miró a los ojos con una mirada ardiente. Penny sintió que se le cortaba la respiración—. Háblame de ti, Penny.

La pregunta la sorprendió. No sabía por qué, pero no esperaba que un miembro de la realeza se preocupara por alguien como ella.

—¿Quieres sentarte? —le preguntó ella al ver que todavía estaba de pie.

Él dudó un instante y contestó:

—Sí. Gracias —se acomodó en el sofá y señaló el espacio vacío que quedaba a su lado—. Por favor.

Ella obedeció, pero dejó una distancia apropiada entre ambos.

—¿Y qué te gustaría saber de mí?

—¿Por qué abandonaste tu país y aceptaste un trabajo en El Zafir, en la otra punta del mundo?

–Tu país es muy progresista.

–Trabajamos duro para que así sea. ¿Qué más?

–Creo que ya quedó claro que el palacio paga bien a sus empleados –dijo ella con una sonrisa.

–Sí, creo que sí. ¿El dinero te parece importante?

–Sólo alguien que nunca lo ha necesitado haría esa pregunta.

–¿Eso es un sí? –preguntó él arqueando una ceja.

–Sí.

–Dime por qué.

–No quieres saberlo.

–Al contrario.

–El dinero es algo importante para mí porque mi madre trabajó muy duro para conseguirlo.

–¿Y tu padre?

–Nunca lo conocí. Sólo estábamos mi madre y yo. Ella murió cuando yo era pequeña.

–La mía también. Mi tía Farrah llenó el vacío cuando mi madre falleció.

–Eres afortunado. Yo no tenía a nadie que llenara ese vacío. La pequeña herencia que me dejó no consiguió borrar el dolor de su pérdida. Me crié en un orfanato.

–Ya veo.

–A los dieciocho años, el Estado dice que uno es adulto y tiene que vivir por su cuenta.

–El Estado está equivocado –contestó él–. A esa edad todavía se es un crío.

–Puede. Pero yo estaba decidida a conseguir un título universitario.

–Y lo hiciste... en Educación Infantil y Económicas. Mi tía me ha contado que conseguiste hacer prácticas con Sam Prescott en Dallas.

–Sí. Los Prescott se han portado muy bien conmigo. Sam fue el que me sugirió que pensara en la posibilidad de trabajar en El Zafir.

Porque ella había pensado en montar su propio centro de preescolar. Y, como una idiota, permitió que se llevaran su dinero. Pero, aunque Rafiq la hacía sentirse muy cómoda, ella creía que no le apetecería oír su historia. O quizá ella no quería confesarle lo estúpida que había sido al dejarse camelar por un hombre atractivo. Había prometido que nunca más se dejaría embaucar por un atractivo jugador.

Él la miraba con tanta intensidad que ella se preguntó si podría llegar a ver sus sentimientos. Esperaba que no. El príncipe no querría que una mujer tan ingenua trabajara para él.

–Conozco a Sam Prescott desde que éramos niños. ¿Hay algún motivo especial por el que ganar dinero sea tan importante para ti?

Porque una promesa era una promesa. Y la que Penny había hecho años atrás significaba mucho para ella. Pero él no querría oír la historia.

–Mi sueño es abrir un centro de preescolar, posiblemente en el ámbito empresarial. De esa manera podría estar subvencionado por la empresa.

–¿Por qué?

–Siendo un hombre de negocios, pensé que te parecería evidente. El apoyo de la empresa haría que las posibilidades de éxito fueran mayores...

–No, me refería a ¿por qué quieres montar un centro de preescolar?

–Ah. Me gustan los niños –lo miró a los ojos y se sorprendió al ver que parecía interesado–. Creo que es hereditario. A mi madre le encantaba enseñar en la escuela elemental. Antes de que yo fuera lo suficientemente mayor como para ir al colegio, ella se esforzó para poder pagar una guardería. Siempre decía que una madre no debería tener que elegir entre un sitio seguro para su hijo a costa de sacrificar un ambiente estimulante.

–¿Y un centro de preescolar reúne ambas cosas?

–Sí. Mientras las mujeres sean parte de la fuerza de trabajo, y no veo que eso vaya a cambiar, el cuidado de calidad para los niños será algo imprescindible.

–En mi país también.

–¿De veras?

Rafiq observó cómo se acomodaba en el asiento. Ella se sentó hacia atrás y, aunque el sofá era bajo, las piernas no le llegaban al suelo. Se fijó en que tenía los pies pequeños y, como iba descalza, pudo ver que llevaba las uñas pintadas de rojo. Penny colocó las piernas a un lado y apoyó el codo en el brazo del sillón. Ya no llevaba el pelo recogido en un moño y los mechones de su melena dorada le llegaban hasta la cintura, como una cascada de seda que cualquier hombre desearía acariciar. Los pantalones vaqueros que llevaba resaltaban su cintura y sus piernas delgadas. No tenía el cuerpo de las mujeres en las que él solía fijarse. La miró a los ojos y vio que ella lo miraba expectante tras los cristales de las gafas.

–Pensaba que en El Zafir no habría muchas mujeres que trabajaran fuera de casa –dijo Penny.

–En este país, cada vez hay más mujeres que reciben educación y eligen trabajar. Durante muchos años hemos obviado esta maravillosa fuente de trabajo y vitalidad.

—Entonces, el cuidado de los niños es un problema.

—Exacto.

—Todavía me gustaría saber por qué tu hermano buscaba una niñera corriente para sus hijos.

¿Cómo podía conseguir que se olvidara de esa pregunta? Se fijó en su boca. Hasta entonces, no se había percatado de lo sensuales que eran sus labios. Sentía ganas de probarlos. Quizá eso la ayudara a olvidarse de su pregunta. Pero se contuvo y trató de no pensar en esa posibilidad. Ella era su secretaria personal. Nada más. Él tenía que recordarlo y olvidarse de lo bien que le quedaban los pantalones vaqueros.

Era su jefe. Y ella apenas era más que una niña. Él tenía veintinueve años, pero ella lo hacía sentir como un anciano.

—Tengo que irme —se puso en pie—. Sobre el trabajo...

—¿Sí? —preguntó ella, y también se levantó. Era tan bajita que su cabeza apenas llegaba al hombro de Rafiq. De pronto, él experimentó un fuerte sentimiento de protección. Nunca había sentido lo mismo con otra mujer.

A Penny la habían herido. Como su tía se lo había contado, él podía percibir desilusión en su mirada cuando le hablaba de un sueño no cumplido. La rabia lo invadió por dentro. Deseaba vengarse del hombre que la había engañado.

—¿Qué hay del trabajo? —preguntó ella.

—Sí, el trabajo.

–¿A qué hora quieres que vaya al despacho?

–A las nueve.

Ella sonrió.

–Al menos no tendré que sortear los atascos.

–No –él se aclaró la garganta–. Sobre tu vestimenta...

–Tu tía ya me ha instruido sobre eso. Nada de
pantalones en público. También me dijo que en este
país las mujeres se cubren los brazos y que las fal-
das deben llegar por debajo de la rodilla.

–Así es.

Rafiq debería sentirse contento de que ella supiera
todo aquello, pero sin embargo, se sentía apenado
porque los vaqueros no fueran una prenda adecuada.

–Entonces, mañana nos vemos –dijo ella.

–Sí, mañana.

–Estoy impaciente.

Igual que él. Y mucho más de lo que debiera.

CAPÍTULO 3

PENNY cerró la puerta de su habitación y se dirigió a cenar con los Hassan. Estaba emocionada, iba a cenar con todos los miembros de la familia real.

A medida que se acercaba al comedor, las piernas le temblaban con mayor intensidad. Si la invitación se la hubiera hecho otra persona que no fuera la princesa Farrah...

¿La habría rechazado? Imposible. El sentido común le decía que no se puede morder la mano que te da de comer. Rechazar la invitación no era correcto. Y ella respetaba a la princesa. Pero estaba tan nerviosa...

Penny bajó la escalera agarrada a la barandilla de caoba. Cuando llegó abajo, caminó hacia la izquierda y abrió las puertas del comedor. «No hablaré demasiado», se repetía en voz baja.

Asomó la cabeza pensando que no habría llegado nadie y sintió que se le detenía el corazón al ver que todos estaban allí. ¿Llegaba tarde? Odiaba llegar tarde. Odiaba entrar en una habitación y que todo el mundo la mirara. Al menos, ninguno se había sentado a la mesa.

Penny miró el reloj que llevaba en la muñeca. Había calculado el tiempo para llegar diez minutos antes que todo el mundo y tranquilizarse mientras los esperaba. Pero no, la familia real había llegado antes que ella. Detestaba la impuntualidad. Y el nerviosismo. Ése era el motivo por el que su primer encuentro con Rafiq había sido desastroso.

Sintió un nudo en el estómago al ver la cantidad de personas que había reunidas para la cena. Penny los había conocido a todos, pero de uno en uno. ¿Y cómo iba a enfrentarse a todos ellos en grupo? «Con mucho cuidado», pensó.

Al entrar en el comedor miró a su jefe. Él estaba hablando con sus hermanos y, de pronto, sonrió. En un instante, el hombre serio y autoritario con el que ella se había familiarizado, desapareció y se convirtió en un hombre imponente y desenfadado. Penny sintió que le temblaban las piernas. Le resultaba mucho más fácil tratar con su jefe, el príncipe, que con ese hombre que sonreía o incluso bromeaba con cortarle la lengua.

Rafiq.

Él le había dicho que lo llamara por su nombre cuando estuvieran en privado. ¿Había una norma sobre cuántas personas constituían público? ¿Tenía que respetar la norma aunque fuera su familia? ¿Debía llamarlo príncipe Rafiq o podía prescindir del título?

Miró hacia el suelo y suspiró al ver el vestido negro de punto que le llegaba hasta los tobillos. Recordó que la dependienta de la tienda donde lo compró le había dicho que nunca podría equivocarse vistiendo de negro. Pues se había equivocado, pero no tenía presupuesto para comprarse otro vestido.

–Ah, Penny –la princesa Farrah, que iba vestida con un vestido verde de seda, una gargantilla de diamantes y unos pendientes a juego, se acercó a saludarla.

—Buenas noches, Alteza —Penny miró a su alrededor—. Espero no llegar tarde. Me dijo a las siete...

—Llegas puntual, cariño. ¿Verdad, Gamil? —le dijo al rey.

El rey se acercó a ellas e hizo una pequeña reverencia.

—Señorita Doyle. Me complace enormemente que haya venido a cenar con nosotros.

—Es usted muy amable por invitarme —Penny miró al resto de los presentes. La princesa le había dicho que sería una cena íntima con la familia. Se dirigió a ella y antes de poder contenerse, le preguntó—. ¿Todas las noches se visten así para la cena?

La princesa se rió.

—Tres o cuatro veces a la semana. Las otras noches, uno o más de nosotros tiene que asistir a algún acto oficial en el que se requiere corbata negra y traje formal.

—¿Esto no es formal? —preguntó asombrada.

—¡Cielos! ¡No! —contestó la princesa.

Penny se sintió avergonzada. Seguro que se estaban riendo de ella, y si no, lo harían pronto. Su vestido poco elegante la hacía parecer el patito feo entre los cisnes.

—Entonces, ¿para la familia real esto es informal?

—Supongo que sí —contestó el rey.

—Lo siento. No pretendía ser impertinente —se disculpó Penny, aunque él no parecía enfadado—. Es sólo que no tengo ninguna referencia para este tipo de cosas. Lo que quería decir es que invitarme ha sido todo un halago para mí, Majestad —aclaró—. Y ya sé de dónde han sacado sus hijos el atractivo —añadió. Nadie podía equivocarse diciendo un cumplido.

Él se rió y le hizo una reverencia.

—Farrah tiene razón. Sin duda es como una bocanada de aire fresco. Y una aduladora descarada.

—Al contrario, Majestad. Adular implica falta de sinceridad, y le aseguro que lo digo de verdad —dijo ella, sin poder dejar de mirar a Rafiq.

Se fijó en que se parecía mucho a su padre. El rey Gamil tenía cincuenta y tantos años, pero no aparentaba más de cuarenta. Podía confundírsele con el hermano mayor de sus hijos. El rey le recordaba a un actor famoso. Y Penny no podía evitar preguntarse por qué no estaba casado. Y lo mismo le pasaba con la princesa Farrah.

—Nos gustaría darle la bienvenida a nuestro país —dijo él.

La princesa dio un sorbo de la copa que tenía en la mano y dijo:

—Esperaba que Rafiq te comunicara que estabas invitada a la cena. Pero al ver que se había olvidado, yo misma me encargué de rectificar la situación.

Penny suponía que el príncipe se había olvidado de invitarla porque tenía miedo de que derramara algo sobre su traje de Armani. Aunque su relación laboral progresaba de manera adecuada, ella no creía que fuera a permanecer en El Zafir el tiempo suficiente como para olvidar el incidente del café.

Justo en ese momento, Rafiq se acercó a ellos.

—Buenas noches, Penny —dijo él, e hizo una pequeña reverencia.

–Hola –dijo ella con la respiración entrecortada.

–¿Puedo ofrecerte una copa de champán? –preguntó él.

–Sí, gracias. Nunca he probado el champán –ya empezaba. Sentía la necesidad de hablar a mil por hora. Respiró hondo y lo miró–. Es una advertencia... A lo mejor quieres mantener la distancia.

–¿Y por qué iba a querer hacerlo? –preguntó él, mirándola fijamente–. Era evidente que el día de tu llegada no era la primera vez que tomabas café, algo que no pasó desapercibido para la alfombra de mi despacho.

–Supongo que era mucho pedir que hubieras olvidado ese incidente.

–Como bien señalaste... escucho y recuerdo –dijo con una sonrisa–. Así que me arriesgaré a que pruebes tu primera copa de champán.

–Mi hijo tiene el corazón de un león –dijo el rey, y le guiñó un ojo.

Rafiq sonrió a su padre y después se acercó a uno de los camareros que sujetaba una bandeja de plata. Penny se colocó las gafas y aceptó la copa de champán que le ofrecía.

–Rafiq, has sido muy descuidado al no invitar a Penny a cenar antes –dijo la princesa–. Es... ¿cómo se dice en los Estados Unidos? El procedimiento que se hace con cada nuevo empleado, para que podamos conocerlo personalmente.

–Una gran familia –comentó Penny.

–Exacto –dijo el rey, sonriente–. Con los años se ha demostrado que los empleados contentos son más productivos. ¿Cree que soy un tirano, señorita Doyle?

–Al contrario, Majestad, es algo de sentido común.

La princesa lo agarró del brazo.

–Discúlpanos, querida. Gamil y yo tenemos que ir a ayudar a Johara con los gemelos de Fariq.

–A mí me parece que están muy bien –dijo el rey.

–Hana y Nuri son buenos chicos, pero sabes tan bien como yo que a veces son muy inquietos.

El rey la miró y comprendió lo que le transmitía con los ojos. Asintió e hizo una reverencia.

–Mi hermana tiene razón. Discúlpenos, por favor.

Penny miró a Rafiq y comenzó a ponerse nerviosa. En el trabajo se sentía segura y se había acostumbrado a tratar con su jefe. Él le encargaba tareas y ella las resolvía lo mejor posible.

Con el paso de los días, se había establecido una rutina. Por la mañana, ella bajaba el correo electrónico del príncipe, lo imprimía y lo dejaba sobre la mesa de su despacho. Después, devolvía llamadas, escribía cartas y confirmaba citas. Las tardes estaban reservadas para las reuniones. Él entraba y salía del despacho mientras ella continuaba recibiendo llamadas y tomando mensajes.

Como ya le había contado a Rafiq, cuando estaba en la universidad trabajó en Prescott International como secretaria personal de Sam Prescott, un director ejecutivo que le había enseñado muchas cosas. El Zafir era un país pequeño, pero había muchas cosas similares a las de su anterior trabajo y, laboralmente, se sentía segura de sí misma. El problema era que, en esos momentos, no estaba trabajando. Sintió un nudo en el estómago.

Miró de nuevo a Rafiq, deseando que él dijera algo. Ella estaba haciendo todo lo posible para no hablar demasiado, pero cuando no pudo soportar el silencio, comentó:

—Este lugar es muy bonito.

—Gracias —contestó él.

—Las lámparas de araña son sobrecogedoras. Aunque he de decirte que no puedo evitar preguntarme quién las mantiene tan brillantes. Sacarles brillo debe de ser el trabajo más aburrido del mundo.

—Nunca había pensado en ello.

—Lo dabas por hecho. Pero mira —dijo ella, señalando la lámpara con la copa de champán—. Debe de haber mil cristales por lo menos, y todos brillan como diamantes. El efecto es deslumbrante.

—Sí —dijo él, mirándola.

¿Qué significaba su mirada? En el despacho se centraba en los negocios y era inexpresivo. Pero aquella noche, la expresión de su mirada era muy intensa, como si pudiera ver todos los secretos que ella guardaba. A Penny le resultaba difícil no romper el silencio con lo primero que le pasaba por la cabeza. Se fijó en la mesa que estaba servida y preguntó:

—¿Esos platos están grabados en oro de verdad?

—Eso creo.

—¿Y los tenedores y los cuchillos?

—De oro —sus ojos brillaron como si estuviera a punto de burlarse de ella—. De oro macizo.

—¿Lo dices en serio?

—Sin duda.

—Nunca he visto nada tan maravilloso como esta habitación. El mantel de la mesa, los apliques de la pared –dijo ella, encogiéndose de hombros–, las flores. ¿Eso no son orquídeas, mezcladas con las rosas?

–Sí. Son de verdad y están recién cortadas. Se puede sentir cómo su aroma invade el ambiente –dijo él, y esbozó una sonrisa–. No bromeo.

–Te estás riendo de mí.

Rafiq se llevó la mano al corazón.

–Me has herido en el corazón.

–Sí, ya veo cómo sangras.

–¿Lo dices en broma? –preguntó con una amplia sonrisa.

–No. Nunca sería tan impertinente como para bromear.

Penny miró a su alrededor y vio a los hermanos de Rafiq, el príncipe Fariq y el príncipe heredero, Kamal. Su hermana, la princesa Johara, lucía un vestido de terciopelo granate que resaltaba su cabello moreno y sus ojos oscuros. Estaba cuidando de los hijos gemelos de Fariq, que tenían cinco años. Nuri llevaba un traje como el de su padre, y Hana, un sencillo vestido verde de terciopelo. Ambos eran adorables.

Incluso los niños iban mejor vestidos que ella.

–Me alegro de que sea una cena familiar íntima y sencilla –dijo ella.

–¿Por qué lo dices?

Penny miró su vestido.

–No voy apropiadamente...

Antes de que pudiera terminar la frase, la princesa Farrah golpeó una copa con suavidad.

–Todo el mundo a sentarse, por favor. La cena está lista. Penny, siéntate aquí, junto a Rafiq, y cerca de Hana y Nuri.

«Llegó la hora. Por favor, no me dejes tirar nada», suplicó al dios del decoro.

Rafiq inhaló el aroma del perfume que llevaba Penny mientras le sujetaba la silla. La tela del vestido se ceñía en su cintura, trasero y caderas, resaltando las curvas de su cuerpo. Desde el día de su llegada, sólo la había visto con vestidos anchos que no tenían comparación con lo bien que le quedaban los pantalones vaqueros. Pero aquel vestido sencillo era una mejoría.

Para su desgracia, Penny llevaba la melena rubia recogida en un moño que dejaba al descubierto su bonito cuello y, al verlo, Rafiq deseó darle un beso junto al lóbulo de la oreja. «Algo inapropiado», pensó él.

—Gracias —ella lo miró cuando él se sentó a su lado—. Has sido... Lo único que se me ocurre decir es que has sido muy cortés. Nadie me había sujetado la silla antes.

—De nada.

Teniendo en cuenta lo que ella le había contado sobre su pasado, Rafiq no se sorprendió. Además, pensaba que, dadas las circunstancias, Penny debía de ser una mujer fuerte si había conseguido llegar hasta donde había llegado con pocos recursos.

Penny bebió un poco de champán y dejó la copa sobre la mesa.

—Bueno, en realidad no es del todo verdad. Una vez, en el orfanato, un niño me sujetó la silla. Pero la quitó cuando fui a sentarme y se rió al ver cómo me caía.

—Maldito...

—Imbécil es la palabra que estás buscando.

–Estaba pensando en bestia. Pero imbécil me sirve también –Rafiq la observó pero no percibió ni una pizca de autocompasión. Ella estaba relatando una experiencia, nada más. Algo que los haría conocerse mejor–. ¿Qué te parece el champán? –le preguntó.

–No soy una experta, pero me gusta mucho.

A él le gustaba bromear con ella. Pero no en el despacho. Lo que significaba que no había tenido oportunidad de bromear desde el día de su llegada. El encuentro de aquella noche le parecía tan placentero como el del primer día. Y no es que se hubiera olvidado de la tradición de invitar a cenar a los nuevos empleados con la familia, era sólo que no estaba seguro de que ver a Penny fuera del despacho fuera algo sensato.

El rey se aclaró la garganta y levantó la copa:

–Me gustaría dar la bienvenida a nuestro país a nuestra nueva empleada. Creo que todos la habéis conocido ya. Penny, espero que la estancia en El Zafir sea tranquila y agradable.

–Gracias, Majestad –dijo ella, y bebió un sorbo de champán.

Durante los minutos siguientes, los camareros fueron de un lado a otro sirviendo los cuencos de sopa. De reojo, Rafiq vio cómo Penny miraba a su alrededor. Casi podía sentir la tensión que irradiaba de su cuerpo. Cuando todos empezaron a comer, Penny tocó cada cubierto y, agarró la cuchara más alejada del cuenco.

–Bueno, Penny, cuéntame, ¿estás contenta hasta el momento? –le preguntó el rey.

«¿Por qué no iba a estarlo?», pensó Rafiq. Tenía un buen sueldo, un techo sobre su cabeza y comida.

Era eficiente y muy organizada, y se había adaptado a la perfección en su despacho. ¿Por qué no iba a estar contenta?

Cada día, cuando se marchaba del despacho, pensamientos sobre Penny Doyle invadían su cabeza.

—Estoy contenta, Majestad.

—¿Qué te parece nuestro país? —le preguntó Fariq.

—No he tenido oportunidad de ver mucho, pero puedo decir honestamente que esto —levantó la mano para señalar la habitación—, me parece precioso. No se parece en nada al lugar de donde yo vengo.

—Háblanos de los Estados Unidos —le dijo Johara.

Penny observó el rostro de emoción de la adolescente.

—El rancho de los Prescott es lo más parecido a El Zafir que he visitado en los Estados Unidos. Tengo entendido que conocen a los Prescott.

—Muy bien —contestó el rey.

—¿Y qué más has visto? —preguntó Rafiq.

Ella miró a su alrededor y después a él.

—Estoy segura de que no quieren oír hablar sobre mi aburrida vida.

—Al contrario —dijo la princesa Farrah—. Nos encantaría saberlo todo sobre ti.

Todos prestaron atención mientras Penny hablaba de su pasado y de las becas que había conseguido. El rey le preguntó qué tal se llevaba con Sam Prescott y si había conocido a su padre, que era un buen amigo de Gamil. Ella le contestó que sí, y el tema le dio la oportunidad de evitar la parte de la historia en la que conoció al hombre que huyó con su dinero. Al fin y al cabo, eso no era asunto de nadie más que de ella. Mientras hablaba, los camareros retiraron el primer plato y sirvieron las entradas.

–Me encantaría ir a la universidad en los Estados Unidos –dijo Johara.

–Está muy lejos –contestó su padre.

–Pero Kamal, Fariq y Rafiq estudiaron allí –dijo la joven.

–Eso es diferente –respondió el rey.

–No veo por qué.

Rafiq observó cómo Penny miraba a su hermana pequeña. Era un tema conflictivo y su hermana no estaba dispuesta a olvidarlo a pesar de las múltiples veces que su padre había negado su petición. A pesar de su comportamiento, Johara cortó la carne de Nuri. Al instante, Penny estaba haciendo lo mismo con la de Hana.

–Gracias, Penny –dijo la niña con timidez.

–De nada –susurró ella.

Kamal la miró y le dijo:

–Muy pronto, Penny, nos aseguraremos de que hayas visitado los lugares más bonitos de nuestro país. Estoy seguro de que Rafiq estará encantado de mostrártelos. Entretanto, dime, ¿qué te parece tu trabajo?

Ella se colocó las gafas. Tras los cristales, sus ojos brillaron de entusiasmo.

–Me encanta. Siempre es un reto y me mantiene ocupada. Eso me gusta.

–¿Y no tienes problema en trabajar para Rafiq? –le preguntó Fariq.

–No –dijo ella con el corazón acelerado–. He aprendido mucho de él. Es paciente con mis preguntas y un profesor excelente.

—¿Qué te está enseñando? —preguntó Kamal, y sonrió con picardía.

—Puesto que es el ministro de Interior y el de Asuntos Exteriores, estoy aprendiendo mucho sobre El Zafir.

Los dos hermanos de Rafiq se rieron de que Penny no se hubiera percatado de la doble intención de la pregunta. Rafiq sabía que estaban tratando de que picara. Tenía que admitir que, en un principio, se sintió escéptico cuando su tía le ofreció a Penny como secretaria, pero hasta el momento, ella había demostrado ser muy buena trabajadora. Y él estaba agradecido porque ella no parecía tener intención de esperarlo desnuda en su cama, como había hecho la última niñera.

—¿Echas de menos los Estados Unidos? —preguntó Johara.

Penny se mostró pensativa antes de contestar.

—No tengo mucho que echar de menos. Así que voy a contestar que no.

—¿Cómo van los preparativos del baile benéfico? —le preguntó el rey a su hermana.

—Estamos haciendo la lista de invitados —le informó ella—. Sólo invitaremos a los más ricos de entre los ricos. Nuestro objetivo es recaudar más dinero que nunca para alimentar a los niños hambrientos del mundo.

—Es una causa muy importante —dijo Penny—. Recibí una clase que trataba sobre los factores que impiden el aprendizaje. Una de ellas era que los estudiantes hambrientos no son capaces de prestar atención. El cerebro necesita nutrientes para funcionar de manera apropiada y asimilar la información.

–Es puro sentido común –dijo Farrah–. Yo no puedo pensar cuando tengo hambre.

Rafiq se echó hacia delante. Era un tema que lo apasionaba.

–Pero también tienen que ver otras cosas que no son la carne y las patatas. Los niños deben sentirse seguros en todo momento. No pueden sentirse así si no saben cuándo comerán la próxima vez. Estoy seguro de que las relaciones mundiales mejorarán cuando hayamos criado a una generación de niños bien cuidados y alimentados. Como Penny dice, debemos nutrir sus cerebros.

Una risita de niño se oyó a su lado. Desde el otro lado de la mesa, Fariq miró a sus hijos y frunció el ceño:

–Estoy viendo a dos que deberían concentrarse más en alimentar sus cerebros.

Mirando de reojo, Rafiq vio que algo se movía bajo el mantel. Penny se había enrollado la servilleta en la mano de forma que las esquinas parecían las orejas de un conejo, y la movía como si el animal estuviera saltando. Los niños estaban encantados.

Él observó a Penny y sonrió. Tenía las mejillas sonrosadas.

–Papá, Penny ha hecho un conejito –dijo Hana entre risas.

–Lo siento –dijo ella, y levantó la improvisada marioneta–. Pero estaban riéndose y pensé que esto los distraería.

–Y así ha sido –comentó el rey–. Muy ingenioso.

–Sí –dijo la tía Farrah–. A estas horas ya están muy inquietos y Fariq suele mandarlos arriba con la niñera. ¿Dónde has aprendido eso, cariño? ¿En una de tus clases?

–No. Me lo enseñó una de las trabajadoras sociales. Era demasiado mayor para que me adoptaran, así que ayudaba a los recién llegados al orfanato. Era una manera de hacer sonreír a los nuevos.

Rafiq sonrió al oír sus palabras.

Cuando todos terminaron de cenar, los camareros recogieron los platos y sirvieron el café y el postre. Los gemelos se comieron con entusiasmo el helado.

–No hace falta mucho para contentar a esos dos –comentó su abuelo.

«¿Hay alguien que haya hecho sonreír a Penny alguna vez?», se preguntó Rafiq. No podía evitar pensar que ella parecía más cómoda entre niños que entre adultos. ¿Y quién podía culparla, después de cómo la había tratado el canalla que le había robado el corazón y el dinero? Un fuerte sentimiento de protección invadió su cuerpo y deseó poder protegerla de cualquier daño futuro.

Cuando los niños terminaron de tomarse el postre, Fariq miró el reloj:

–Es hora de ir arriba, pequeños.

–No, papá –dijo Nuri.

–Queremos quedarnos con Penny –dijo Hana.

Su padre se puso en pie.

–Os llevaré arriba con Crystal.

–¿Qué tal la nueva niñera? –preguntó Kamal.

Fariq frunció el ceño.

–Cumple los requisitos...

–Las condiciones básicas –dijo Kamal, arqueando una ceja.

—Eso es —convino su hermano—. Y, de momento, no parece sentirse atraída por Rafiq. Menos mal.

Pero Rafiq percibió la extraña expresión del rostro de su hermano, y se percató de cómo insistía en llevar a los niños arriba en lugar de encomendarle el trabajo a Johara. Sin duda, era extraño.

Cuando Fariq y los niños se marcharon, Penny se puso en pie.

—Se está haciendo tarde. Creo que también voy a decir buenas noches.

Rafiq se levantó.

—Espero que hayas pasado una velada agradable.

—Muy agradable —contestó ella con timidez.

—Penny, ¿te ha mencionado Rafiq que el agregado diplomático de los Estados Unidos visitará El Zafir dentro de unas semanas? —preguntó la princesa Farrah.

—Sí, lo he visto en su agenda. Rafiq va a llevarlo a hacer un *tour* por la ciudad para mostrarle los últimos avances en la tecnología de plantas petrolíferas.

Farrah asintió.

—Estoy organizando una recepción formal para la ocasión.

—¿Y yo tengo que asistir? —preguntó Penny en tono de negocios.

—Tu presencia será bienvenida en el evento.

—¿Es un requisito del trabajo? —preguntó ella.

—No es obligatorio, si eso es lo que preguntas —le dijo Rafiq.

—Sí. Aprecio muchísimo que me hayan invitado a tal evento —le dijo a la princesa—. Pero, con todos mis respetos, he de rechazar la invitación —dijo mirando a todo el mundo—. Ahora, si me disculpan, buenas noches.

Rafiq se disponía a acompañarla hasta la puerta cuando sintió que alguien lo agarraba del brazo.

—¿Por qué me detienes? —preguntó volviéndose hacia su tía.

—Déjala marchar, Rafiq.

—Pero me gustaría saber por qué ha rechazado la invitación para la recepción. Deseo que asista.

—¿Y por qué? —le preguntó su tía con verdadero interés.

—Parecerá extraño que una estadounidense que trabaja en nuestro país rechace asistir a un acto social para recibir a un conciudadano.

—Te diré por qué ha rechazado la invitación.

Rafiq se frotó la nuca.

—Te pido respetuosamente que lo hagas, ya que si no, iré a averiguarlo yo mismo.

—¿Avergonzarías a la pobre chica? —le preguntó arqueando las cejas.

—Por supuesto que no. Sólo quiero conocer sus motivos.

Su tía suspiró.

—Rafiq, no lo comprenderás, pero no hay nada sencillo en todo esto.

—Por supuesto que lo comprenderé.

—La pobre chica no tiene la vestimenta adecuada para asistir al acto.

Rafiq nunca lo admitiría, pero no comprendía nada. ¿Qué más daba la ropa que llevara? Nadie sabía mejor que él lo poco importante que era el atuendo. Habitualmente, iban tras él bellas mujeres de todo el mundo que se gastaban montones de dinero en la ropa de moda, y había aprendido que detrás de aquellos vestidos carísimos de importantes diseñadores, no había más que almas vacías. Pero su tía no mentía. Aquél debía de ser el motivo del rechazo de Penny.

–Le compraré un vestido –dijo él–. De hecho, tengo que hacer un viaje de negocios a París y había barajado la posibilidad de llevarme a mi secretaria. ¿Qué sitio mejor hay para llenar su armario? –su tía lo miró como si fuera tonto–. No digas otra vez que no comprendo nada –le advirtió.

–Ni lo sueñes –dijo su tía–. Te diré que Penny es tan orgullosa como tú y tus hermanos. No aceptará nada de ti.

–Pero debe asistir a la recepción. Y habrá numerosas funciones en las que necesitaré su presencia.

Su tía sonrió, y él supo que su sonrisa tenía algo que ver con la protesta inicial que él había hecho sobre su nueva secretaria.

–Te diré lo que no debes hacer con una chica sensible como Penny Doyle –le dijo al fin.

Rafiq esperó con anticipación para oír el secreto que desenmascararía los misterios de su secretaria.

CAPÍTULO 4

NO CONFUNDAS una relación sexual con el amor –dijo Farrah.

¿Ése era el secreto? Él nunca había confundido el sexo con el amor. Nunca había estado enamorado, pero sí se había encaprichado y, varias veces, había estado a punto de casarse. Pero nunca se sintió bien. El sentimiento nunca fue tan profundo como creía que llegaría a ser. Sinceramente, se consideraba afortunado. La experiencia de sus hermanos mayores, su padre y su tía, lo habían convencido de que el amor era una complicación de la que si prescindía, sería más feliz. Sólo tenía que cumplir con su deber y elegir la esposa adecuada. Pero cuando estuviera preparado.

–Perdóname, tía, pero eso no tiene sentido.

–Perdóname, sobrino. No creía que fuera necesario darte la explicación paso a paso –suspiró–. Tienes cierta fama con las mujeres.

–No creas todo lo que oyes.

Ella sonrió.

–Ni se me ocurre. Pero Penny ha vivido muy poco. Apenas es más que una niña.

–Apenas –dijo él. Si la suerte lo acompañaba, la mujer que lo notaba todo, notaría que él no estaba de acuerdo. Aunque su secretaria aparentaba otra cosa, él la había visto en vaqueros. No era una niña.

—Puede que tenga el cuerpo de una mujer adulta —dijo Farrah—. Pero es virgen.

Rafiq respetaba mucho a su tía, pero no podía creer ese dato. ¿No se suponía que la mayoría de las mujeres estadounidenses perdían la virginidad antes de salir del instituto? Le había contado que Penny había tenido una relación con un hombre, y estaba seguro de que habría mantenido relaciones con él.

—¿Y cómo sabes ese detalle tan íntimo? —le preguntó a su tía.

—Es evidente, Rafiq.

—Para mí no. ¿Y qué hay de ese hombre que la sedujo y se llevó su dinero? Estuvo saliendo con él, y me cuesta creer que no se llevara algo más.

—Él nunca la tocó.

—¿Eso te lo ha contado Penny?

—Sería muy indiscreta si te contara más cosas. Basta con decir que nunca ha estado con un hombre. Ha llegado a El Zafir pura e inocente. Y así seguirá.

Él se enfrentó a la mirada implacable de su tía con una mirada fría como el acero.

—Soy un hombre honesto y no me dedico a deshonrar vírgenes.

Ella asintió.

—Confío en tu moralidad, Rafiq. Eres honesto, pero también eres hombre. Pensé que no vendría mal que te recordaran que debes comportarte lo mejor posible.

—Me preocupo por comportarme siempre de manera que honre a la Casa de Hassan. Gracias por interesarte, pero era innecesario que me lo recordaras. Buenas noches, tía...

–Espera. Hay algo más.

–¿Sí?

–El día que llegó Penny, te dije que la trataras de forma que los asuntos de palacio progresaran sin problemas. ¿Recuerdas lo que dije?

–No hagas nada extraordinario –dijo él al cabo de un instante–. Simplemente, sé cortés en el ambiente laboral.

–Bien. Entonces, comprenderás por qué no puedes llevártela a París contigo.

–No lo comprendo. Cuando viajo por asuntos de negocios, mi ayudante siempre me acompaña. Penny trabaja para mí, y el ambiente laboral va donde yo voy. No es nada extraordinario. Y, aunque creo que no tengo por qué defenderme, debo recordarte que siempre soy cortés. Por tanto, no tengo que añadir que, incluso en París, puedo seguir siéndolo.

–Así que piensas seguir la letra y no el espíritu de mis recomendaciones –dijo ella–. Estaría de acuerdo contigo, si tu ayudante fuera un hombre.

–No es culpa mía que las circunstancias hayan hecho que sea una mujer. Pero mis necesidades no se han visto alteradas –ella lo fulminó con la mirada–. Ah –dijo él–, volvamos a lo de mi reputación.

–No puede ser ignorada –dijo su tía–. Quizá lo hayan exagerado. Pero, como dice el refrán: donde hay humo, hay fuego. Tendrás que recoger lo que has sembrado.

–No he sembrado tanto como dicen esos rumores que tú crees –su tía comenzó a decir algo y él levantó la mano para interrumpirla–. Te doy mi palabra de que no pondré a Penny en un compromiso, ni en El Zafir ni en ningún otro sitio.

Como no pudo continuar disimulando su enfado, hizo una reverencia y salió del comedor. Por desgracia, no pudo dejar de pensar en su intrigante secretaria.

Después de comer, Penny salió de su habitación y se dirigió hacia el ala de oficinas.

Desde el día de la cena con la familia real, Penny había notado un pequeño cambio en la actitud de su jefe. Tenía la sensación de que estaba coqueteando con ella. Aunque tras el resultado de su primer romance, había prometido que también sería el último y que no permitiría que ningún hombre se interpusiera entre ella y el sueño de construir un centro de preescolar. Un sueño que vio truncado cuando el hombre con el que salía se fugó con su dinero, y que gracias al trabajo que Sam Prescott le había recomendado en El Zafir, podría ver hecho realidad cuando ahorrara el dinero suficiente.

Pero Rafiq ponía constantemente a prueba su firme decisión. El roce de su mano podía ser casual, o una caricia. Y con su mirada la hacía sentir como si estuviera a punto de salir ardiendo.

Aquella tarde él se marcharía a París y ella tendría unos días para recuperarse. «Y para echarlo de menos», pensó.

Cuando dobló la esquina del pasillo que daba a las oficinas, oyó las risas de los niños. Entró en el despacho de Rafiq y se encontró a su jefe a cuatro patas. Su sobrino estaba montado sobre su espalda mientras su sobrina aplaudía y se reía de lo que hacía su tío.

Penny sonrió.

—Veo que estás en una importante reunión de negocios —le dijo.

—Estamos jugando a los indios y vaqueros —la informó el niño—. Yo soy un vaquero.

—Y a mí me ha tocado ser caballo —comentó Rafiq arqueando las cejas—. No reúno el estándar masculino de tu país, pero...

Ella se rió.

—Hay veces que me gustaría que no escucharas ni recordaras. Deja que te aclare algo, podrías mostrarle a un vaquero un par de cosas sobre los estándares masculinos. ¿Podemos olvidar ya mis comentarios?

—Sería poco caballeroso decirte que no. Pero si me llamas *Buttercup*, no me haré responsable de las consecuencias.

—Así que has visto las películas del oeste de Roy Rogers —apuntó ella.

—Así es.

—Trataré de contenerme.

—Tío, es mi turno —dijo Hana.

Nuri golpeó la espalda de su tío con entusiasmo.

—Aún no, tío. Primero tienes que tratar de tirarme al suelo.

Cuando Rafiq levantó las rodillas del suelo, el niño se agarró a su chaqueta y se rió. ¿No era maravilloso? El príncipe de un país jugando con los niños. Penny recordó el comentario que él había hecho acerca de lo importante que era para el mundo crear una generación de niños bien alimentados y cuidados.

Si él fuera un hombre corriente, y ella no hubiera prometido evitar cualquier tipo de relación sentimental, se enfrentaría a un gran problema. Pero él era quien era, y ella estaba decidida a ahorrar el dinero necesario y marcharse a casa.

—Pero bueno, ¿qué tenemos aquí?

Penny se volvió y sonrió al ver a Crystal Rawlins, la niñera de cabello oscuro. Era difícil ver el color de sus ojos detrás de los cristales de las gafas que llevaba. Penny no pudo evitar pensar que en El Zafir había una epidemia de mujeres estadounidenses con gafas.

—Hola, Crystal. Rafiq está haciendo de caballo salvaje para los niños. Pero bajo ninguna circunstancia tenemos permiso para llamarlo *Buttercup*.

La otra mujer sonrió y dijo:

—¿Roy Rogers, no?

—Así es —dijo Rafiq. ¿Cómo conseguía mantener la dignidad en esa situación?—. Veo que ya os conocéis —dijo él, mirando a ambas.

—Sí —contestó Penny—. Mi habitación está muy cerca de la de Crystal, aunque ella se aloja en el ala familiar. Nos vemos a menudo.

Rafiq miró a la niñera.

—¿Te has recuperado de la aventura en el desierto?

Penny había oído que Fariq y Crystal se habían quedado atrapados en el desierto. Por suerte, no estuvieron en peligro. Penny suponía que la experiencia había sido muy interesante y, por un instante, deseó poder estar a solas con Rafiq en cualquier parte.

–No tenía que recuperarme de nada –dijo Crystal–. Fariq y yo íbamos cabalgando por el desierto cuando nos pilló una tormenta de arena. Pasamos la noche en una tienda. No fue tan grave.

–Algo he oído –dijo él, y se puso en pie a pesar de que Nuri seguía agarrado a su cuello–. Mi hermano fue lo bastante listo como para refugiarse hasta que pasara la tormenta. Es fácil desorientarse en esas condiciones. No se ven ni las estrellas. El desierto ha terminado con la vida de muchas personas que ignoraron sus peligros.

Penny se apoyó sobre su escritorio.

–Incluso aquí, en el palacio, la tormenta asustaba un poco. Imagino que en una tienda endeble lo debisteis pasar mal.

Crystal sonrió.

–No calificaría de endeble la tienda real, imagínatela al estilo de El Zafir. Pero sí pasé un poco de miedo. Me alegro de que los niños estuvieran a salvo en el palacio.

–Su tía Johara se encargó de ellos. Y el resto también –Rafiq se volvió y sonrió a su sobrino. Después le acarició la mejilla a su sobrina–. No es mucho sacrificio pasar el tiempo con estos dos.

Crystal asintió.

–Para mí es un alivio. Muchas veces los niños sólo están con los empleados –se rió–. Supongo que yo soy parte de esos empleados. Pero, de algún modo, no me siento contratada aquí. Lo que intentaba decir es que es muy agradable ver a una familia tan interesada en el bienestar de los niños.

–Así somos en esta familia –dijo Rafiq–. Y mi hermano sobre todo. Fariq aprecia a los niños más que a nada en el mundo.

Penny creyó ver que Crystal se sonrojaba al oír el nombre de Fariq. Se preguntaba si la tormenta era el único peligro con el que la niñera se había encontrado. Por motivos que no comprendía, ella prefería a Rafiq, aunque Fariq tampoco estaba mal.

Rafiq miró a Crystal y sonrió:

–Estaré encantado de entretener a los niños cualquier otro día, si te apetece tomarte una tarde libre para ir a ver la ciudad.

–Eres muy amable. Los artículos que aparecen sobre ti en el periódico... Bueno, lo que intento decir es que estoy segura de que han exagerado al hablar de tu reputación.

–Mi tía eligió muy bien al contratarte.

Penny sintió celos al oír aquel comentario. La princesa también la había elegido a ella. ¿Y no había elegido bien? Ella también había leído cosas acerca del príncipe playboy. Sin embargo, con ella sólo se había comportado de manera educada y cordial. Sin duda, las veces que había sentido que coqueteaba con ella, sólo había sido producto de su imaginación.

–Voy a llevarme a estos dos pequeñines –dijo Crystal cuando Rafiq bajó a su sobrino al suelo–. Vamos, Hana, Nuri. Es la hora de leer un cuento.

–Vamos –dijeron los dos al mismo tiempo.

Cuando Crystal salió con los niños de la habitación, Rafiq se quedó a solas con Penny. Miró a su secretaria y pensó en la suerte que había tenido su hermano al pasar una noche a solas con una joven mujer en el desierto. A pesar de que fuera una mujer corriente, tal y como se especificaba en los requisitos para el puesto.

Penny había solicitado el mismo trabajo con los mismos requisitos. Sin embargo, cuanto más la conocía, menos corriente le parecía. Y la idea de tener a su secretaria sólo para él era más que placentera. Y curiosamente, lo atraía más después de que su tía le hiciera aquella advertencia. Él sabía que Penny no era una mujer de mundo como a las que él estaba acostumbrado. Sin embargo, le costaba creer que era completamente pura e inocente. De pronto, se sintió enfadado. Pasaba demasiado tiempo pensando en su pequeña secretaria de gafas grandes.

Penny sonrió a pesar de que la expresión de su rostro era de asombro.

—No puedo evitar preguntarme... —se colocó de espaldas a él e hizo como si estuviera colocando unos papeles.

—¿Qué?

—No es asunto mío —dijo ella.

—Insisto en que me cuentes lo que piensas.

—De acuerdo. Tú has preguntado.

Penny se volvió y lo miró a los ojos. De algún modo, él supo que no iba a hacerle la pregunta original. Pero al ver tristeza en sus ojos azules, se preguntó qué le pasaba.

—¿Qué ocurre, Penny?

—Cuando te marches a París, todo estará demasiado tranquilo.

–¿Me echarás de menos?

–Sí –dijo ella.

Rafiq sintió pena. El deseo que sentía por Penny aumentaba cada día. Había pensado en si debía o no llevarla consigo a París. Además, se había enterado de que su hermano había pasado una noche con la niñera en el desierto. Sin duda, el destino había intervenido. Rafiq iría a París en viaje de negocios y su secretaria sería imprescindible. Penny tendría su propia habitación en el hotel.

Pensó en llevar una acompañante, pero enseguida rechazó la idea. Él nunca confundiría el amor con el sexo. Lo primero nunca le había sucedido, y lo segundo estaba fuera de duda porque había dado su palabra. Entonces, ¿qué había de malo en llevarla consigo a París? Además, le había dicho que lo echaría de menos. ¿Cómo podía dejarla allí?

–¿Te gustaría venir conmigo a París? Lo digo en serio –dijo al ver que ella dudaba, como si no lo creyera.

–¿A París? ¿Francia?

–Sí, creo que está allí situado.

–Pero tu avión sale dentro de... –Penny miró el reloj–. Se supone que tienes que estar en el aeropuerto dentro de dos horas.

–¿Y?

–Tengo que hacer la maleta.

–¿Y?

–Es demasiado precipitado. ¿Y si me olvido de algo?

–He oído que en París hay tiendas –dijo él–. Tendrás todo lo que necesites. Así que está todo arreglado.

–Es todo tan repentino... –dijo ella, llevándose la mano a la frente–. Quiero decir, ojalá me lo hubieras dicho antes.

–Estaba... –¿qué? ¿Iba a decirle que su tía se lo había prohibido? Era el príncipe Rafiq Hassan, ministro del Interior y de Asuntos Exteriores. Si quería llevar a su secretaria en un viaje de negocios, lo haría. No necesitaba dar explicaciones–. Me acompañarás.

–¡Voy a ir a París! –dijo ella, juntando las manos con entusiasmo.

La emoción hizo que pareciera más bella. Él deseaba estrecharla entre sus brazos. Pero antes de que pudiera hacerlo, ella había salido del despacho.

Al parecer, la idea de pasar tiempo a solas con él no la molestaba. Evidentemente, confiaba en él. Eso era bueno. Quizá lo consideraba como un hermano mayor. Eso era malo. Y el hecho de que fuera lo mejor para ambos, no hizo nada para mejorar su repentino mal humor.

Desde el momento en que Penny subió al jet privado de la familia real, con asientos de cuero y habitaciones privadas, recibió todo un cursillo de cómo vivían los ricos. De camino al hotel, pasaron por la Torre Eiffel y por el Arco de Triunfo. Antes de eso, Rafiq le había pedido al chófer que los llevara a ver los jardines de Versalles, y se había reído cuando Penny le dijo que su casa de El Zafir era preciosa, pero que no podía compararse con Francia.

Después, llegaron al hotel, un lugar elegante y bonito. Suelos de mármol, alfombras persas, decora-

ciones de oro y flores por todos sitios. Penny tenía
una suite grande, con bañera, cama doble y salón.
También había una puerta que comunicaba con la
suite de Rafiq. Entre los dos ocupaban toda una
planta del hotel.

Era su segundo día en París. El día anterior habían tenido varias reuniones seguidas de una cena
de negocios. Aquella mañana habían visitado un orfanato y un albergue para indigentes, en una parte de
París, que las agencias jamás anunciarían a los turis-
tas. Al ver tanta pobreza, Penny sintió que se le rompía el corazón, y Rafiq invitó a un representante
francés a asistir al baile benéfico que se celebraría
en El Zafir para ayudar a los niños necesitados.

Penny estaba descansando en su habitación cuando
llamaron a la puerta. Una mujer francesa entró con
una ayudante cargada de ropa. La mujer le dijo que su
Alteza Real, el príncipe Rafiq Hassan, le había ordenado a ella, Madame Gisele, que le llevara a su secretaria una variedad de prendas de ropa que creía podían
gustarle.

Penny no podía estar más encantada. Había pa-
seado por la ciudad y le estaban dando la oportunidad de probarse algunos vestidos. Qué atento era
Rafiq. Podría probárselos sin tener que pasar la vergüenza de encontrar una manera diplomática para
decir que no podía permitírselos.

Se los probó en su habitación, rodeada de espejos
y con Gisele como ayudante. Penny se probó un
traje de chaqueta negro con los ribetes en blanco.

–Es perfecto –dijo, mirándose en el espejo. Era
una lástima que no pudiera tener algo tan elegante.

A través del espejo, observó que la mujer sonreía–. Pero es demasiado caro para mi limitado presupuesto.

–No se lo piense dos veces –dijo la mujer, quitándole importancia al comentario.

Penny suspiró. Al menos, podía relajarse porque ya le había comunicado su impedimento.

–¿Cómo sabía que esto me quedaría bien? –le preguntó.

–Su Alteza Real me pidió tallas pequeñas. He de decir que estaba en lo cierto –la mujer pasó las manos por los hombros de la chaqueta y después por la cintura de la falda que llevaba Penny–. Tiene mucha experiencia con la talla de las mujeres, ¿no?

–No. Quiero decir, supongo. De hecho, no tengo ni idea.

–Es un hombre impresionante. Si yo tuviera veinte años menos... Si pudiera ser la mujer afortunada que capturara su corazón... Entonces, ¿éste le gusta, no? –preguntó, centrándose de nuevo en los vestidos.

–Me encanta todo lo que ha traído, Madame.

–Excelente. Ahora vamos con los vestidos de noche.

Penny se probó varios vestidos, algunos que le llegaban hasta la rodilla y otros hasta los tobillos, todos elegantes. Finalmente, Madame Gisele sacó otro.

–Tome.

Penny miró el vestido negro de tirantes deslumbrada.

–¡Guau!

–Pruébeselo, *chérie*.

Penny se quitó un vestido de manga larga y cuello alto y la mujer lo colgó en una percha. Después, le tendió el vestido negro. Penny se disculpó al ver que tenía que quitarse el sujetador y se metió en el baño, dejando la puerta entreabierta.

–Qué inocente –dijo la mujer–. ¿Cree que no he visto lo que tiene cientos de veces?

–En mí no –dijo Penny, negándose a disculparse por su modestia.

El vestido era ligero como el aire. Penny se lo puso y se dio cuenta de que no podía abrocharse la espalda.

Sujetándose la parte delantera contra el pecho, salió del baño sin levantar la vista.

–Madame, ¿le importaría abrocharme? No puedo... ¡Oh!

Rafiq estaba allí. Ella no lo había oído entrar. Le ardían las mejillas. No podría soportar mirarse en el espejo y ver cómo se había sonrojado. Pero puesto que lo estaba mirando a él, y era incapaz de apartar la vista, no corría peligro de ver su vergüenza reflejada en el espejo.

–Su Alteza Real me pidió que lo avisara cuando se probara este vestido –explicó Madame Gisele.

Los ojos de Rafiq se oscurecieron al verla.

–Vuélvete –le dijo–. Yo te abrocharé.

Penny obedeció. En el espejo, observó cómo le subía la cremallera. Su cálida respiración le acariciaba la nuca y los hombros, haciendo que se estremeciera. Sintió el calor de sus manos, y cuando terminó de abrocharla, suspiró.

Se miró en el espejo y se sintió expuesta. El vestido largo de encaje llegaba hasta el suelo y le cubría los pechos, pero no era el vestido lo que la hacía sentirse así, sino la forma de mirarla que tenía Rafiq.

Él se acercó y le retiró las horquillas que le sujetaban el cabello para que la melena rubia cayera sobre sus hombros. Le quitó las gafas y se las entregó a Madame Gisele. Ésta las dejó sobre la cómoda y, discretamente, salió de la habitación. Estaban a solas.

—Encantador —dijo él, acariciándole el cabello—. Sabía que te quedaría estupendamente.

—¿Lo has elegido tú? —preguntó ella.

—He elegido todo. Gisele me mandó un fax con los diseños y yo hice la elección final.

—Tienes un gusto excelente —Penny apenas podía respirar, y no era porque el vestido le quedara demasiado apretado.

Rafiq estaba demasiado cerca, y era demasiado atractivo.

—Sé lo que me gusta. Si eso es tener buen gusto... —se encogió de hombros.

—¿Hay algo que no hagas bien?

—No.

Sin las gafas, su imagen en el espejo era un poco borrosa. Penny acarició el vestido con las manos.

—He pasado un rato estupendo probándome los vestidos, pero ¿por qué tanta molestia? Todo va de vuelta a la boutique...

En ese momento, Madame Gisele entró de nuevo en la habitación.

–Alteza, todo lo que ha elegido le queda de maravilla. No hay que hacer ningún arreglo.

–Bien –dijo él, sin dejar de mirar a Penny–. Envíelo todo al avión. Nos lo llevaremos esta tarde.

–¿Qué? –preguntó Penny, y se volvió para mirarlo. Él la miró a los ojos y arqueó una ceja.

–Necesitabas ropa adecuada para la recepción del diplomático. Ya la tienes –se volvió y salió de la habitación.

–No tan deprisa, Alteza –dijo ella.

CAPÍTULO 5

ALTEZA? –Rafiq percibió sarcasmo en su tono de voz. A Penny le pasaba algo, pero él no tenía ni idea de lo que podía ser.

–Ahora que tengo toda tu atención, te diré que no puedes enviar esa ropa al avión.

–Puedo y lo he hecho –contestó él con paciencia–. Es más, me has oído dar la orden. Ya está hecho.

–Entonces, puedes revocar la orden. No puedo comprar esas prendas –dijo ella.

–Así que, eso es lo que te preocupa –dijo él aliviado–. He pedido que envíen la factura a mi nombre.

–¿Y crees que con eso se arregla todo?

–Sí.

–¿Sí? ¿Es eso todo lo que puedes decir? –se puso las manos en las caderas y lo miró enojada.

Incluso enfadada, estaba preciosa. Él no podía dejar de mirarla. La había imaginado con ese vestido, pero la realidad era mucho mejor que su imaginación. Sintió que se le aceleraba el pulso.

–No hay nada más que decir.

–Lo dirás por ti, porque yo tengo mucho que decir. Para empezar, esto me parece completamente inapropiado.

–Al contrario, es completamente apropiado. Necesitabas ropa para los actos oficiales. Ya la tienes.

–Si lo que te preocupa es que pueda dejarte en ridículo, o a cualquier otro miembro de la familia real, no te preocupes. Tengo intención de dejar en buen lugar a la Casa de Hassan y a El Zafir. Pensaba ir de compras cuando mi cuenta bancaria estuviera mejor.

–No hace falta. Ya has ido de compras.

–No. Lo has comprado tú. Uno de esos modelitos me costaría... bueno, prefiero no pensarlo. No es sólo que no pueda pagármelos, sino que no lo haría a costa de mi sueño.

–El centro de educación infantil –confirmó él–. No te preocupes. Tu sueño está a salvo. No tienes que sacrificar nada.

Aquello no estaba saliendo como esperaba. En su experiencia, sólo las joyas eran más agradecidas que una prenda creada por un diseñador francés. Acababa de comprarle todo un vestuario a Penny, y ella estaba enfadada. Rafiq no estaba acostumbrado a defender sus actos, y menos algo tan trivial. ¿Sería a todos los estadounidenses, o sólo a aquella mujer a quien no comprendía?

–Tienes razón. No sacrificaré nada porque la ropa se la quedará Madame Gisele.

–Ya te he dicho que yo me encargaré de pagarlas –dijo con un tono que dejaba claro que daba por finalizada la conversación.

Pero cuando Penny lo miró, supo que el asunto no estaba zanjado.

–¿Desde cuándo me he convertido en una muñeca que puedes vestir a tu antojo? Barbie y yo no

nos parecemos en nada. Tenemos el cuerpo totalmente diferente... no tengo ni piernas largas ni grandes... –se puso las manos sobre el pecho para mostrarle lo que no tenía. Rafiq pensaba que era
perfecta. Sus pechos eran pequeños, redondos y fir-
mes, y su piel parecía muy suave. Daría cualquier
cosa por poder acariciarlos y saborearlos. Pero no
podía. No debía ceder ante la tentación y correr el
riesgo de hacerle daño. Recordó que la ropa no
constituía a un hombre o a una mujer. Aunque aquel
vestido revelara los atributos físicos de Penny, no
revelaba su verdadero carácter. Sin embargo, su
boca fruncida sí denotaba su personalidad. Curiosamente, le gustaba lo que estaba viendo, aunque podía pasar sin aquella manifestación de su orgullo–.
Si se supone que debo ser corriente, no hay motivo
para que me vista de tiros largos.

–Se pedía una niñera corriente. Ése no es el
puesto para el que te han contratado. Hay muchos
motivos para que vistas como corresponde a mi secretaria.

–Aun así, la ropa no hace al hombre... ni a la mujer.

–Estoy de acuerdo –había pensado lo mismo momentos antes. Quizá era una buena señal de que la
discusión estaba llegando a su fin.

–Entonces, no veo por qué tanta historia –dijo
ella–. La ropa elegante no cambiará la manera en
que desarrolle mi trabajo como tu secretaria.

–No sé qué es lo que te molesta –decidió que in-
tentaría explicárselo una vez más, sin enfadarse–.
No me malinterpretes, Penny. No es algo personal.

Hay muchos actos oficiales y públicos en los que requeriré tu presencia. Tu aspecto será el reflejo de El Zafir mientras seas mi empleada. Como eres una mujer muy inteligente, estoy seguro de que comprenderás esto: mi tía me dijo que tu negativa para asistir a la recepción diplomática se debía a problemas relacionados con el vestuario. Y yo he solucionado esos problemas. Esto tiene que ver con el deber, el trabajo y el país.

—¡Ah! —exclamó ella, arqueando una ceja.

Como no llevaba las gafas, Rafiq pudo ver la expresión de sus ojos.

—Sí. Si te quedas sin clips, grapas o papel de impresora, te lo compraré.

—¿Así que la ropa de diseño es como el material de oficina?

—Exacto —dijo él con una sonrisa—. Sabía que aprenderías rápido.

—No tanto como crees. La ropa que llevo me parece algo muy personal y debería pagarla yo. Pero el precio de lo que tú has elegido es muy elevado y es una gran cantidad de dinero que podría utilizar para construir mi guardería. No lo gastaré alegremente. Gracias por la oferta, pero me temo que no puedo aceptarla.

—Soy tu jefe, y te ordeno que la aceptes.

«Nunca me había sucedido algo parecido», pensó él, y se pasó los dedos entre el cabello. ¿Desde cuándo un jeque, el cautivador de la familia, tenía que ordenarle a una mujer que aceptara ropa, o cualquier otra cosa, como regalo? Quizá si coqueteaba un poco con ella, o le decía algún cumplido...

–Estás preciosa con ese vestido. Aunque es un poco descocado para recibir al agregado estadounidense.

–Bien. Es el más caro del lote. No puedo permitírmelo.

–Yo sí. Y lo compraré. Estará en el avión cuando regresemos a El Zafir.

–¿Incluso si yo no estoy?

Al oír sus palabras, Rafiq sintió que se le helaba la sangre. La idea de regresar a El Zafir sin ella era inadmisible.

–¿Y por qué no vas a regresar? –la miró a los ojos–. El palacio real paga bien y, con ese dinero, podrás financiar tu sueño.

–Cuando tienes razón, tienes razón –dijo ella–. Y una promesa es una promesa –murmuró–. No puedo permitirme perder el trabajo por esto.

–Muy bien.

–Iré a ver si Madame Gisele puede desabrocharme...

Rafiq la agarró del brazo para detenerla.

–No te molestes. Yo te ayudaré.

Al sentir la suavidad de su piel, se le aceleró el corazón. Retiró la mano y buscó la cremallera, con cuidado de sólo tocar el metal. Si la tocaba de nuevo... Pero tocarla no era lo único que deseaba.

Le bajó la cremallera y se fijó en su espalda. Sintió que la frente se le llenaba de sudor. Menos mal que el avión los estaba esperando. No estaba seguro de poder resistir otra noche con ella al otro lado de la puerta.

Sujetando el vestido contra su pecho, Penny se volvió para mirarlo.

–Si este vestido no respeta el conservador código de vestimenta de El Zafir, no comprendo por qué insistes en que me lo lleve. No voy a pagar por él. No me lo pondré nunca.

Penny se metió en el baño y cerró la puerta con pestillo.

–Te equivocas, pequeña. Volverás a ponértelo –susurró él. «Pero yo seré el único hombre que te vea con él puesto».

Penny entró en el despacho y se sentó tras el escritorio. Rafiq y ella habían regresado tarde la noche anterior del viaje relámpago a París. Todo era como un sueño, hasta que miraba los vestidos nuevos que colgaban en su armario. No comprendía nada. ¿Por qué él se había gastado tanto dinero en ella?

Por supuesto. Tenía que ver con la apariencia y el orgullo de El Zafir como país. No con ella. Ni con los cuentos de hadas.

Pero, por una parte, deseaba que así fuera.

De acuerdo, él había ganado la batalla, pero Penny tenía la sensación de que tendrían más enfrentamientos antes de que uno de los dos izara la bandera blanca.

Oyó voces en el pasillo y reconoció la de Rafiq. Se atusó el cabello, preparándose para enfrentarse a él.

Rafiq entró en la habitación. Ella sonrió y sintió que se le aceleraba el corazón.

–Buenos días, Rafiq –dijo ella–. ¿Quieres que pida café?

—Buenos días —contestó él, sin dejar de mirarla—. ¿No has tenido tiempo suficiente para recuperarte del viaje?

—He descansado y estoy lista para empezar. Voy a revisar tu agenda...

—Así que, ¿hoy trabajas?

—Por supuesto. ¿Por qué lo preguntas?

—No estás vestida para trabajar.

—Al contrario —ella miró el vestido caqui que llevaba el primer día—. Voy apropiadamente vestida para el día de hoy.

—¿Por qué no te has puesto algo nuevo?

¿Es que no podía comprenderlo? Para él era insignificante porque siempre había tenido dinero. Para ella, que se había criado sin nada, era un ataque a uno de sus principios... nunca se consigue algo por nada.

Un hombre le había prestado atención una vez y ella creyó que la amaba. También lo creyó cuando le dijo que podía duplicar el dinero de su herencia. Así ella podría crear el centro de educación infantil en recuerdo de su madre. Pero él huyó con su dinero. Fue una dura lección, pero bien aprendida. Cuando un hombre se fijaba en ella, aunque fuera príncipe, debía evitarlo. Nada ni nadie se interpondría de nuevo en el camino para conseguir su objetivo.

—Si te preocupa que pueda avergonzarte...

—No.

—Bien —dijo ella, y se puso a mirar la pantalla del ordenador—. Hoy tienes una agenda relajada. La hice así a propósito, por lo del viaje. No tienes que recibir ninguna visita ni tienes ninguna cita. Así que, nadie más que tú me verá con este...

–Vestido poco favorecedor –la interrumpió él–. Esperaba verte con otra ropa.

–Y para un día como el de hoy, he preferido ponerme mi propia ropa en lugar de un traje de trabajo.

–¿Así que no piensas trabajar?

–Por supuesto que sí. En mis cosas. Se llama equilibrio, una palabra que creo te es desconocida.

–La he oído antes. Pero me parece que tu manera de mostrar su significado es un poco desconcertante.

–Vivo para desconcertar.

Rafiq esbozó una sonrisa y a Penny se le aceleró el pulso. Él estaba bromeando. ¿Y eso no era bueno? Hasta ese momento, ella no se había dado cuenta de lo mucho que temía que se enfadara. Era un buen hombre. Todo hubiera sido mucho más fácil de no haber sido así. Su vida había sido una sucesión de duros golpes y errores continuos que no estaba dispuesta a repetir. No tenía intención de dejarse atrapar por un príncipe disfrazado. Y, en el caso de que fuera tan bueno como parecía, era un buen momento para activar sus defensas.

Por desgracia, él sonrió en ese mismo momento, y Penny sintió que le daba un vuelco el corazón.

–Puesto que hoy no hay mucho trabajo, creo que voy a aprovechar esta extraña oportunidad para ir a dar una vuelta –dijo sin venir a cuento.

–Buena idea –dijo ella forzando una sonrisa–. Yo vigilaré el fuerte mientras estés fuera.

–Me gustaría que vinieras conmigo.

–No sé qué decir. Una vuelta en coche estaría bien, pero...

–En coche no. A caballo.

–¿A caballo? Por supuesto.

Por si necesitaba otro recordatorio de lo diferentes que eran, ahí lo tenía. Por supuesto, una vuelta a caballo. ¿En qué estaba pensando? Era un deporte que practicaba la realeza porque podía permitírselo. La gente corriente como ella no tenía dinero para gastárselo en ese pasatiempo.

–¿Has montado alguna vez? –preguntó él.

–No. Sí. Quiero decir, un par de veces. Cuando estaba en el orfanato nos invitaron a un rancho y tuvimos la oportunidad de montar en caballos dóciles. Pero eso fue hace mucho tiempo.

–¿Y allí conociste a los vaqueros? –preguntó él.

Ella sonrió.

–No exactamente.

–Entonces, ¿dónde?

–En la escuela. En la tienda. En la calle. En bares.

–¿Ibas a bares?

Ella se rió.

–No. Sólo lo he dicho para ver si seguías escuchándome. No tenía tiempo para eso. Estaba demasiado ocupada trabajando, yendo a clase y estudiando.

–Más motivo para que me acompañes.

–¿Por qué?

–Te estoy ofreciendo la oportunidad de soltarte la melena, como decís en los Estados Unidos.

–Tengo mucho trabajo que hacer –dijo ella al ver cómo la miraba. No era buena idea pasar tiempo con él fuera del despacho.

–Hay una palabra que acabo de aprender. Es equilibrio... Significa encontrar la armonía o la proporción. En otras palabras, invertir el mismo tiempo y energía en ocio que en trabajo. Hasta el momento, tú no has encontrado el equilibrio.

—Evidentemente, no es necesario poner a prueba tu mecanismo de escucha —murmuró ella—. ¿Estás diciendo que trabajar todo el rato y no divertirse hace que Penny sea una empleada aburrida?

—Exactamente.

—Aprecio lo que intentas hacer. Pero dijiste que era extraño el día que encontrabas la oportunidad de salir a montar. Yo no sé montar, y estoy segura de que no querrás que te haga ir despacio.

—Te enseñaré.

—No sé...

—¿No quieres aprender?

—Oh, no. No es eso, es justo lo contrario. Pero no es necesario que tú te impliques.

—Entonces, ¿no quieres que te enseñe?

—No era mi intención ofenderte. Es sólo que no quiero que inviertas tu valioso tiempo en una tarea tan aburrida. Debes aprovechar esta oportunidad para divertirte y pasarlo bien tú solo.

—¿Y crees que no será divertido enseñarte a montar?

—¿Cómo iba a serlo?

—Deja que yo decida lo que es o no es divertido para mí.

—Vale.

—¿Tu respuesta es un sí?

—Mi respuesta es que no tengo nada que ponerme.

—Tus vaqueros servirán.

—Creía que no eran apropiados.

—Serán lo más apropiado.

Estaba perdida. No tenía excusa.

—Entonces, ¿tu respuesta es sí?

¿Cómo podía decir que no? Él era el jefe. Ella estaba deseando montar a caballo y él no le había dejado escapatoria. ¿Y por qué se lo pensaba tanto? Sin duda, Rafiq perdería pronto la paciencia y terminaría la lección, o le encargaría a otra persona que continuara.

—Mi respuesta es... de acuerdo.

Pero cuando ella lo miró y vio cómo le brillaban los ojos, se le aceleró el corazón. ¿Qué había de nuevo?

Nada. Sin duda, ir a montar a caballo con Rafiq no sería distinto a estar a solas con él en su despacho.

CAPÍTULO 6

RAFIQ sujetó las riendas y acarició al caballo mientras miraba a Penny.

–¿Estás segura de que no tienes miedo? Estoy dispuesto a que vayamos juntos hasta que te acostumbres a montar y te sientas segura.

Ella sonrió.

–No es necesario. Estoy bien. Quizá en mi otra vida fui una vaquera. O quizá eres muy buen profesor, el caso es que encima del caballo me siento como pez en el agua.

Rafiq se sintió desilusionado al oír su negativa. Estaban a las afueras de los establos y la temperatura era agradable. Durante la última hora, había estado enseñando a su secretaria cómo montar a caballo y, en ese tiempo, no consiguió dilucidar qué era lo que le fascinaba de ella. Lo que necesitaba era una cabalgada estimulante para aclarar su cabeza.

–Si estás segura...

–Sí. No estoy preparada para echar carreras por el desierto. Quizá mañana –dijo ella con una sonrisa.

–Muy bien. Aunque esté deseando cabalgar como un rayo, me acomodaré a tu paso. Vamos a ver qué pueden hacer estos animales –se subió al caballo.

Por mucho que deseara correr como si lo persiguiera el diablo, no podía hacerlo. El caballo de
Penny seguiría al suyo y sería peligroso. Y él no podía dejarla sola, porque el desierto podía ser un lugar imperdonable para alguien tan inocente como su
secretaria.

–Hace un día precioso –dijo Penny mirando a su
alrededor.

–Sin duda.

Mientras los caballos paseaban, ella inhaló la
brisa fresca. Rafiq deseó que sus senos no se movie-
ran con el movimiento del caballo. Penny llevaba
una camiseta de algodón que se ceñía a su cuerpo y
él deseaba acariciárselo para conocer su textura.

–Creo que nunca había visto un cielo tan azul. Ni
siquiera en Texas.

–¿Y Texas establece los estándares del cielo igual
que hace con los vaqueros? –preguntó él.

–Nunca vas a olvidar mi comentario, ¿verdad?

–No.

Y tampoco olvidaría que su tía le había dicho que
Penny era una chica que aprendía con rapidez. Él
deseaba que no hubiera sido así, de ese modo, ella
habría tenido miedo y él podría haberla rodeado con
los brazos al montar en el mismo caballo. Recordó
la forma de su espalda desnuda y se excitó.

–Ríete si quieres, pero es el cielo más azul que he
visto nunca.

–Me alegro de que te guste. He encargado este
día especialmente para ti.

–Eres bueno, pero no creo que ni tú pudieras ser
tan bueno –dijo ella riéndose.

Para Rafiq, su sonrisa era como una flecha lanzada directamente al corazón. Era bueno, y deseaba demostrárselo. No creía que pudiera ser tan inocente como su tía le había dicho, y él daría cualquier cosa para enseñarle el baile sensual entre un hombre y una mujer.

¿En qué estaba pensando? Su reputación en el palacio estaba destrozada por una mujer que no había podido controlarse. Los empleados todavía estaban alterados por algo de lo que lo habían culpado, pero en realidad no había tenido ninguna culpa. Y él estaba pensando algo peor. Sentía que su cuerpo ardía de deseo, y estaba pensando en poner en un compromiso a una empleada. Y no a una empleada cualquiera, sino a una que le habían prohibido tocar.

—Madre mía —dijo Penny.

—¿Qué? —preguntó él mirándola asombrado.

—Parece que estás muy concentrado en algo.

—Estaba pensando en montar...

—¿Y qué pasa con montar? —preguntó ella frunciendo el ceño.

—Que me gustaría ir... más rápido.

Ella frunció el ceño.

—Si quieres cabalgar tan rápido como el viento, ve a por ello. Ya me has explicado que el caballo está entrenado para volver al establo. No pienses en mí ni una vez más.

Ojalá pudiera hacerlo, pero era una difícil tarea.

—No —dijo él—. Pero podemos ir un poco más deprisa. Hay algo que quiero enseñarte. ¿Crees que estás preparada para ir más rápido?

—No hay nada que me gustaría más.

«Oh, pequeña. Nunca retes a un hombre como yo que está deseando ir más rápido contigo», pensó él, y contestó:

−Tus deseos son órdenes para mí.

El caballo de Rafiq apresuró el paso al sentir la presión de su pierna. El de Penny hizo lo mismo. Ella puso cara de concentración al seguir paso a paso las instrucciones que él le había dado. ¿Pondría la misma cara si el la besara detrás de la oreja y le explicara lo que le gustaría que le hiciera?

Montaron en silencio hasta que la arena dorada dio paso a hierba verde, grandes palmeras y agua que brillaba bajo el sol.

−Un oasis −dijo Penny, asombrada.

−Sí.

−¿Vamos a parar aquí?

−Sí −dijo él.

Rafiq detuvo al caballo bajo una palmera que había junto al pequeño lago. Se bajó de la silla y ató el animal al árbol. Tomó las riendas del caballo de Penny e hizo lo mismo con él. Enseguida, los animales se pusieron a pastar.

Penny comenzó a bajarse y pasó la pierna por encima de la silla. Él se acercó y la agarró por la cintura, dejándola en el suelo. Al hacerlo, sus cuerpos se rozaron y ella se estremeció.

−Vamos a refrescarnos junto al agua.

−Suena de maravilla.

Antes de guiarla hasta el lago, Rafiq sacó dos botellas de agua de las alforjas. Después, se acercó al agua clara, se mojó las manos y se refrescó la cara y el cuello. Penny hizo lo mismo y, más tarde, aceptó la botella que él le entregó y bebió un trago. Una gota de agua quedó en sus labios y Rafiq deseó lamérsela. Cómo deseaba ser un hombre menos honrado. O no haberle prometido a su tía que Penny estaría a salvo con él. Y estaría a salvo, de otros hombres y otros peligros. ¿Pero qué daño podía hacerle él?

—Este lugar es increíble. Tanta belleza. Aquí, en medio del desierto.

—Sin duda, tanta belleza —dijo él, mirándola fijamente.

Ella lo miró entornando los ojos.

—¿Te estás riendo de mí?

—¿Por qué crees tal cosa?

—Por tu manera de mirarme. Y por tu comentario. Has dicho... pero no puede ser cierto, así que debes de estar riéndote de mí.

—Nunca haría algo así. Y creo que eres encantadora. También eres inteligente y viva. Estoy en constante anticipación para ver lo que vas a decir —añadió.

—Me alegro. Una chica como yo tiene que trabajar más duro.

—¿Más duro? ¿Por qué? ¿Qué quieres decir con una chica como tú?

—Corriente. No es que me esté quejando. En la vida, uno juega la baza que le toca jugar. Tiene que potenciar sus cualidades —arrancó unas hojas de hierba—. Alguien atractivo puede entrar en una habitación y eso ser suficiente, sólo por su aspecto. Yo, en lugar de utilizar mi aspecto para que se fijen en mí, utilizo el cerebro, recuerdo cosas que la gente dice, e intento ser ocurrente, ya sabes –se rió–. Pensándolo mejor, ¿cómo ibas a saberlo? Eres un hombre bello.

–Ése no es un adjetivo que suele utilizarse para un hombre.

–Ya sabes lo que quiero decir. No sólo eres más atractivo que los demás, sino que además eres buena persona. No hay forma de que te identifiques conmigo a la hora de superar la inseguridad que genera ser fea, tímida e insignificante.

–Puedo ofrecerte chocolate –dijo él. Cualquier cosa para borrar la tristeza de sus ojos azules.

–Y también eres considerado. Como te dije antes, ¿hay algo que no hagas bien?

«Sí», quería contestarle. Se le daba muy mal resistirse a lo prohibido. Porque lo que más deseaba era borrar las sombras de su rostro, y sólo se le ocurría una manera de hacerlo.

–Penny... –se puso en pie y le tendió la mano. Ella la aceptó y él tiró de ella, levantándola y estrechándola contra sus brazos.

–¿Qué estás haciendo? –susurró ella. Le temblaban los labios, pero no se retiró.

–Voy a besarte –le quitó las gafas y las guardó en el bolsillo trasero del pantalón–. No te haré daño.

–Lo sé.

Rafiq quería advertirle que no fuera tan confiada. Él tendría mucho cuidado, pero había otros hombres que... Pero eso ella ya lo sabía. Y Rafiq no podía esperar más para besarla.

Acercó su boca a la de ella y le acarició el cabello. El primer roce de sus labios fue dulce como la miel, e hizo que él deseara más.

Rafiq levantó la cabeza y la miró, sus preciosos ojos azules brillaban con sensualidad y la cálida respiración escapaba de entre sus labios. Sonriendo de satisfacción, la besó de nuevo y ella cerró los ojos. Sus labios estaban apretados y su cuerpo tenso. Era como si no estuviera acostumbrada a estar entre los brazos de un hombre, ni a que la besaran. Pero había estado comprometida. ¿Cómo podía ser?

Rafiq le acarició los labios con la lengua, para demostrarle lo que él deseaba. La respiración de Penny era cada vez más rápida y, al instante, ella se arrimó contra su cuerpo, pero sus labios permanecieron apretados. ¿Es que no comprendía lo que él le pedía? ¿Podría ser que fuera tan inocente como sugería su tía?

Penny se dejó llevar por el ardiente beso de Rafiq. El primer roce de sus labios le hizo perder la fuerza de voluntad. Todo tipo de sensaciones nuevas la invadieron. Una ola de calor le recorrió el cuerpo, centrándose especialmente en las zonas más íntimas de su feminidad. Cada vez le costaba más respirar, como si hubiera cabalgado por el desierto. Cómo deseaba que él la enseñara con la misma precisión. Deseaba que la acariciara como acariciaría a cualquier otra mujer por la que se sintiera atraído.

–¿Penny? –preguntó él, separándose una pizca.

–¿Hmm? –contestó ella sin abrir los ojos.

–Abre la boca, por favor.

Penny abrió los ojos de golpe.

–Oh, cielos...

–No te asustes. Te enseñaré igual que te he enseñado a montar a caballo.

Ella se separó de él.

—Estoy muerta de vergüenza. Tengo que regresar ahora mismo.

—Pero...

Penny se volvió.

—Es hora de irse. ¿No crees que es hora de marcharse?

Era más que la hora. Si ella se hubiera marchado cinco minutos antes, se habría ahorrado tal humillación. Un beso para el patito feo y lo había hecho mal. ¿Por qué le había hecho eso Rafiq?

—Penny...

Ella se dio la vuelta.

—Mira, has de saber que no he besado a muchos hombres. De hecho, a ninguno.

—¿Y qué hay del canalla con el que estuviste comprometida?

—¿Cómo sabes eso? —pero ella sabía quién se lo había dicho. Sólo había una persona en la familia real a quien se lo había confiado—. Ya sé. La princesa Farrah.

—Sí.

Él la miraba expectante. Ella sabía que no se marcharían de allí hasta que se lo contara todo. Si no fuera el príncipe de aquel país, le diría que se fuera a paseo.

Entonces vio que la miraba con lástima. Era demasiado. No desnudaría su alma de ninguna manera. Se volvió y se acercó al caballo. Desató las riendas y se montó. Se sentía idiota, y se sonrojó al pensar en que él estaba dispuesto a enseñarla a besar. Tiró de las riendas y se encaminó hacia el ca-

mino por el que habían llegado. Las lágrimas afloraron a sus ojos y las secó con el dorso de la mano.
Entonces, recordó que Rafiq tenía sus gafas.

Volvió la cabeza y lo vio subirse al caballo, mirar
hacia atrás y sacar algo de su bolsillo. Penny suspiró. Cuando las cosas iban mal, iban mal.

Él apremió al caballo y la alcanzó. Se colocó a su
lado y le entregó las gafas, partidas por la mitad.

—Me olvidé de ellas —dijo él—. Las reemplazaré.

—Gracias —lo miró de reojo y se alegró al ver que
él miraba hacia delante—. Y nunca más hables conmigo de otra cosa que no sea el trabajo.

—Como desees.

Nada era como ella deseaba. Ella deseaba una
vida sencilla. Deseaba haber pasado más tiempo con
su madre. Y no haber sido tan estúpida como para
darle el dinero a un hombre que la había utilizado. Y
casi deseaba que Rafiq no la hubiera besado. Pero
ninguno de sus deseos se se había hecho realidad.

Penny echaba de menos sus gafas mientras intentaba leer unos documentos que se había llevado a su
habitación para revisarlos. Cuando llamaron a la
puerta, los dejó sobre la mesa.

Abrió y vio que era Crystal Rawlins.

—Hola.

—Hola —la niñera le entregó un rollo de cinta adhesiva—. Pensé que esto te serviría mientras te hacen
otras gafas.

—Gracias. ¿Quieres pasar?

—Sí. Fariq está con los niños, así que puedo descansar un rato.

Penny agarró las dos partes de las gafas y guió a la joven hasta el salón de su dormitorio.

—¿Te gusta cuidar de los hijos de Fariq? —le preguntó Penny.

—Creo que es el trabajo más fácil, y más duro, que he hecho nunca. Más o menos lo que mi madre siempre dice de la maternidad. Soy la pequeña de seis hermanos.

—Eres afortunada. Yo soy hija única —Penny pegó las gafas con la cinta y se las puso—. Toma. Está bien poder ver otra vez. Tengo miedo de encontrarme con el rey Gamil o con la princesa Farrah y no decirles nada porque no los haya visto.

—¿Has pensado alguna vez en ponerte lentillas? —le preguntó Crystal, colocándose sus gafas.

—Una vez las probé. Pero entonces dormía muy poco porque trabajaba, estudiaba e iba a clase. Me sentía como si tuviera toda la arena del desierto metida en los ojos. Me lloraban todo el rato. Era horrible. Las gafas son más fáciles de llevar, y más baratas.

El error había sido permitir que un príncipe atractivo se las quitara y la besara. Si al menos el roce de sus labios no hubiera sido tan maravilloso... Quería odiarlo por someterla a esa humillación, pero no había sido culpa suya. Ella era la tonta a la que nunca habían besado. Mirando a su amiga, estuvo a punto de confesarle lo que había sucedido. Pero cambió de opinión. Ya había tenido bastante.

—¿Lo has decidido? —Crystal se echó hacia delante, mirándola fijamente.

—Las lentillas no están hechas para mí —contestó Penny—. Pero tú deberías probarlas. Tienes unos ojos muy bonitos. No deberías ocultarlos tras unas gafas.

—Es gracioso que lo digas así.

—¿Por qué?

—Por nada —Crystal se encogió de hombros.

—No quería ofenderte. No tengo derecho a juzgar la belleza ajena.

—¿Por qué dices eso?

—Mírame. No me hago ilusiones sobre mi aspecto —dijo Penny.

—Ahora mismo te daría el premio a la pesimista de la semana.

—Gracias por el apoyo moral —dijo Penny.

—Lo siento. Pero las amigas no mienten.

—¿Somos amigas?

—Eso espero —dijo Crystal animada—. Y de amiga a amiga, esa cinta adhesiva tiene que desaparecer.

—No tengo otras gafas.

—¿Y cómo se han roto?

Penny sintió que se sonrojaba al recordar cómo había sucedido todo.

—Es una historia muy larga. Basta decir que ha sido una experiencia demoledora, en muchos aspectos.

—Puesto que en el palacio se rumorea que has ido a montar a caballo con el príncipe Rafiq, ¿es mucho asumir que él ha tenido algo que ver?

—Sí. No. De hecho, si no te importa, prefiero no hablar de ello.

—Estoy segura de que estará encantado de comprarte otras gafas.

—Ya me lo ha ofrecido.

—A lo mejor, puede comprarte unas lentillas. Puesto que tienes un trabajo normal, de nueve a cinco, puede que ahora te vayan bien.

—Es de nueve a cinco, pero yo no lo llamaría normal.

—Sé lo que quieres decir —Crystal sonrió, mostrando su bonita dentadura—. Pero ese comentario acerca de que no te hacías ilusiones sobre tu aspecto, implica que consideras que no eres atractiva.

—En la vida, uno juega la baza que le toca jugar —recordó que le había dicho lo mismo a Rafiq—. Cuando la vida te da limones, haz limonada. Todos tenemos que salir adelante con lo que destacamos. Yo he aprendido que lo mío es la inteligencia, no la belleza.

—Pero somos mujeres. Hay un gran invento llamado maquillaje.

—No creo que eso ayudara.

—Te equivocas. Con un buen peinado, ropa bonita y un buen maquillaje, estarías despampanante. Tienes mucho potencial sobre el que trabajar. Te he visto sin las gafas antes de ponerles la cinta.

Penny se rió.

—Si de verdad eres mi amiga, he de decirte que no está bien darle falsas esperanzas a una amiga.

—Yo nunca haría eso.

—Ojalá pudiera creerte. Es más, ojalá fuera una mujer sofisticada. Daría cualquier cosa por ser alta y despampanante.

—¿El tipo de chica que cautivaría a un príncipe? —preguntó Crystal.

–Oh, no –le aseguró Penny. Ya había conseguido que el príncipe se fijara en ella y sólo le había complicado la vida–. Aunque he de admitir que es atractivo.

–¿De cuál estamos hablando? ¿De Rafiq, de Fariq, o de Kamal? Y el rey tampoco está mal.

–Rafiq. Él es como el chico del instituto que te hace madrugar para ir a clase. El chico que te da motivos para ir todos los días. Pero nunca lo cautivaré. Ni en millones de años.

–¿Ni en mil y una noches?

Penny negó con la cabeza y sonrió.

–No.

–Bueno, he de advertirte que tu tan deseada belleza tiene sus inconvenientes.

–¿Como qué? No imagino ninguna situación donde ser guapa sea un inconveniente.

–Entonces, deberías estar en mi piel –murmuró Crystal.

–¿Qué? ¿Por qué?

–No importa. Sólo intento decir que hay cosas más importantes que la belleza por las que preocuparse.

–Sé que tienes razón –dijo Penny con un suspiro–. Y estoy muy agradecida por tener la posibilidad de trabajar en El Zafir. Pero no puedo evitar desear ser menos sencilla. Por cierto, ¿sabes por qué ser corriente era uno de los requisitos para optar al puesto de niñera?

–Sí –dijo Crystal–. Por culpa de tu príncipe.

–Si te refieres a Rafiq, no es mi príncipe.

–Estoy hablando de Rafiq, y me niego a discutir si es tuyo o no. El tiempo lo dirá.

–¿Y qué pasa con él? –Penny sentía un nudo en el estómago.

–Al parecer, la última niñera se enamoró de él y revolucionó a todo el personal porque decidió esperarlo en su cama.

–Bueno, supongo que no es la mejor manera de conseguir una valoración positiva en el trabajo, pero...

–Eso no es todo. Ella decidió quitarse la ropa mientras esperaba.

–Oh, cielos.

–No bromeo. Al parecer no era la primera vez que una de las empleadas del palacio sucumbía ante sus encantos. Según lo que se rumorea en el palacio, él no pierde el tiempo con mujeres corrientes, así que el rey Gamil hizo que ése fuera uno de los requisitos de la niñera para recuperar la tranquilidad del palacio –Penny la miró asombrada. Si eso era cierto, ¿por qué la había besado?–. Bueno y, ¿trabajar para él te ha supuesto algún problema?

–No –mintió Penny–. Aunque no soy el tipo de mujer que hace que los hombres se vuelvan al verla pasar, agradezco la advertencia.

Crystal se puso en pie.

–Será mejor que me vaya. Es la hora de acostar a los niños.

–Gracias por la cinta –dijo Penny, que también se puso en pie.

La vida sería mucho más sencilla si su trabajo consistiera en cuidar niños y no tuviera que tratar con un príncipe atractivo y encantador. Su beso la había hecho estremecer y le había roto las gafas.

Pero él no había hecho nada para conquistarla. Le bastaba con trabajar en el mismo despacho y respirar el mismo aire.

–He disfrutado hablando contigo –Penny despidió a su amiga en la puerta–. Volveremos a vernos, pronto.

–Me parece estupendo –dijo Crystal con una sonrisa–. Tenemos que aceptar la oferta que me hizo el príncipe Rafiq, dejar que cuide a los niños una tarde e irnos juntas a explorar la ciudad.

–Me encantaría. Que pases una buena noche –dijo Penny.

–Tú también.

Penny cerró la puerta y se apoyó en ella.

–Lo dudo. No creo que pueda dormir ni un rato.

Se había enterado de la fama que Rafiq tenía con mujeres que eran lo contrario a ella. Sin duda, la princesa Farrah la había contratado porque su aspecto no atraería a Rafiq. Después de su beso, se preguntaba si...

No. Quizá no era para ella. Tenía que olvidarse de todo y centrarse. Necesitaba ese trabajo para conseguir su objetivo. Permitir que sus sentimientos se desbordaran era estúpido, y ella no era una mujer estúpida.

–Lo último que necesito es alterar el orden dentro del palacio y que me despidan.

Durante un instante, en el oasis, se había olvidado de su sueño, pero no sucedería de nuevo. Era su vida, y estaba decidida a crear un centro de educación infantil en honor a su madre. Nada se interpondría en su camino.

Ni siquiera un jeque, demasiado cautivador para su bienestar.

Evidentemente, se había equivocado. Pasar tiempo con él en el desierto era muy diferente a pasarlo en el despacho. Lo tenía claro. Mucho trabajo y nada de diversión. Y, desde luego, nada de juegos con el príncipe Rafiq Hassan.

RAFIQ ENTRÓ en su despacho y sintió ganas de salir huyendo al ver a Penny con las gafas pegadas con cinta. Recordó lo que había sucedido la noche anterior y lo que había sentido al besarla y abrazarla contra su cuerpo. Respiró hondo.

Penny llevaba un vestido negro de cuello alto que él ya había visto otras veces. Seguía sin ponerse la ropa nueva. Durante toda la mañana, él había estado reunido fuera del palacio concretando los preparativos del baile benéfico que celebrarían unas semanas más tarde. Después de lo del día anterior, había decidido no mencionar el tema de la ropa. Ella le había pedido que sólo hablara de trabajo.

Era la hora de almorzar y, en lugar de comer en uno de los selectos restaurantes de la ciudad, había decidido regresar a la oficina. No estaba seguro, pero creía que el aliciente era su simpática secretaria.

–Buenos días –dijo él.

Ella levantó la vista y se sorprendió al verlo. Evidentemente, estaba concentrada en su trabajo.

–Rafiq. Buenos días. Pensaba que no regresarías hasta después de comer.

–¿Has comido ya?

Ella negó con la cabeza.

–Iba a terminar de escribir este informe.

¿Era su imaginación o tenía las mejillas sonrosadas, y eso tenía algo que ver con el beso que le había dado en el desierto?

–Pediré que nos traigan algo –dijo él.

–Como desees –volvió a mirar la pantalla del ordenador.

Él se acercó a su escritorio y descolgó el teléfono. Después de pedir la comida, revisó sus mensajes, todos ellos escritos con la bonita letra de su secretaria. Igual que ella: pequeña, precisa, intrigante. ¿Qué le sucedía? No conseguía concentrarse en el trabajo. Tenía que terminar con eso. Era el príncipe Rafiq Hassan, y una mujer con gafas grandes no era suficiente para hacerle perder la concentración. Pero al instante, descolgó el teléfono y llamó a su médico particular. Un príncipe de sangre real cumplía sus promesas.

Poco tiempo después les llevaron la comida y la sirvieron en una mesa. Rafiq se acercó a Penny y, cuando ésta levantó la vista, él se fijó en que estaba tensa.

–Vamos a comer.

–Como desees.

Aquella frase comenzaba a irritarlo. Rafiq le sujetó la silla y se percató de que ella evitaba cualquier roce con su cuerpo. Una lástima, porque le encantaba tocarla.

Rafiq se sentó frente a ella y esperó a que el camarero llenara los platos.

–No necesito nada más. Puede marcharse.

—Como desee, Alteza —dijo el hombre haciendo una reverencia.

Otra vez esa frase. Quizá le molestaba que Penny la utilizara porque no la consideraba una empleada. No estaba seguro de cuándo había cambiado su forma de pensar en ella.

Cuando se quedaron a solas, Rafiq miró a su acompañante que, evidentemente, estaba incómoda. Aquella mujer que sólo pronunciaba monosílabos no era la Penny que él conocía. Quería recuperar a la mujer con la que había estado en el oasis. Una mujer llena de alegría y ternura, tal y como era ella antes de que él la besara. Aunque no se arrepentía de haberlo hecho. El roce de sus labios permanecía en su memoria.

Lo único que necesitaba era conseguir que se le pasara el enfado. Entonces, podría averiguar por qué estaba enfadada, ya que tenía la sensación de que había disfrutado del beso tanto como él. Necesitaba sacar un tema que la apasionara. Y sabía muy bien cuál era.

—Cuéntame tus planes para el centro de educación infantil.

—¿Qué quieres saber? —preguntó ella tras dudar un instante.

—Empieza por el principio. ¿Por qué es tan importante para ti?

—Creía que ya te lo había explicado.

—Creo que hay algo más aparte de que te gustan los niños y de que quieres seguir los pasos de tu madre. Nunca he conocido a una mujer que llegara tan lejos como tú para comenzar un negocio.

–Cuando tienes razón, tienes razón. Es más que un negocio. Cuando mi madre se estaba muriendo, le hice una promesa. Le prometí que haría algo para mantener vivo su recuerdo. Algo bueno. Algo que ofreciera a los niños un comienzo positivo en la vida, como el que me dio ella. Apenas pude disfrutar de ella, pero sin sus consejos no habría llegado a ser quien soy. Voy a crear el Centro de Desarrollo Infantil Mary Elizabeth Doyle.

–Ya veo –dijo Rafiq, pensando que su madre debió de ser una gran persona para que su hija sintiera tal devoción por ella.

–Voy a solicitar becas y ayudas para posibilitar que los niños poco privilegiados puedan asistir al colegio. Hay que acortar la distancia que hay entre los niños de clase media y los desfavorecidos para que todos tengan éxito cuando entren en la escuela. La experiencia que me aportará trabajar contigo para recaudar fondos para la obra benéfica será de gran ayuda cuando regrese a casa. Espero reunir dinero para ayudar a madres solteras que tienen que trabajar y necesitan un lugar seguro y estimulante para dejar a sus hijos.

–¿Has elegido el lugar donde te gustaría construir el centro?

–Sí –contestó, y colocó la servilleta sobre su regazo.

–¿Dónde?

Ella lo miró y se subió las gafas.

–No está muy lejos de donde mi madre enseñaba. Es un barrio residencial, que está cerca de la zona de negocios de la ciudad.

–¿Tienes un edificio?

–Aún no.

–¿Has comprado el terreno?

–No.

–Entonces, ¿cómo puedes estar segura de que estará disponible cuando regreses a Texas?

–No lo estoy. Confío en ello. Si hubiera tenido dinero para comprarlo...

–Pero no lo tienes –y él sabía por qué. Le hervía la sangre al pensar en la honrada mujer que había perdido todo el dinero de la herencia que le había dejado su madre–. Háblame de ese canalla, el tipo que te hizo eso.

–No es un tema agradable. Prefiero olvidarlo.

–¿No sería más fácil si me lo contaras?

–Ya lo sabes.

–Me gustaría oírlo de tus labios.

–¿Es un decreto real?

–Podría hacer que lo fuera –sus palabras hicieron que a Penny le brillaran los ojos, y eso lo hizo sentirse satisfecho.

–El canalla vivía en mi bloque de apartamentos. Para mi desgracia, vivía en la casa de al lado. Decía que era abogado, pero más tarde descubrí que era un empleado del despacho de abogados y que tenía acceso a mi expediente. Era atractivo y encantador. Yo estaba sola...

–Continúa –la animó él al ver que titubeaba.

–Pasaba mucho tiempo conmigo y yo pensaba que era porque se preocupaba por mí. Cuando me pidió que me casara con él, acepté. Y cuando me ofreció la posibilidad de invertir el dinero de mi herencia para doblar la cantidad, nunca lo cuestioné. Me dijo que, con su ayuda, podría realizar mi sueño mucho más rápido.

—Pero él no invirtió el dinero —dijo Rafiq, sintiendo que lo invadía la rabia.

—Quizá sí, pero no para mí —dijo ella con amargura—. Nunca lo volví a ver.

—¿Lo denunciaste?

—Sí. Pero no se pudo hacer gran cosa. Había utilizado un nombre falso. Y yo le di el dinero. No había nada firmado, y tampoco había violado la ley. Sólo mi confianza.

—Ya.

—Me comporté como una idiota en muchos aspectos. ¿No era una afortunada por haber encontrado al caballero perfecto? Nunca me pregunté por qué me trataba como a una hermana.

—¿Y por qué ibas a hacerlo? —Rafiq trató de apartar el recuerdo de que él también había pensado en tratarla como a una hermana.

—Él nunca pensó en casarse conmigo. Sólo quería mi dinero. Todo el tiempo me camelaba con la intención de conseguirlo. Nunca me besó.

—¿Nunca?

—En la mejilla, en la frente. Tal y como te he visto hacer con Johara —bajó la vista y miró el plato. Apenas había probado bocado—. Ni siquiera trató de acostarse conmigo mientras me robaba el dinero.

—En El Zafir hay un castigo para penar ese delito.

—¿El de no acostarse conmigo?

—No. El de robarle dinero a una mujer inocente. En este país, el castigo sería severo.

Penny esbozó una sonrisa.

–¿Decapitarlo? ¿Cortarle la lengua? ¿Arrastrarlo para descuartizarlo en la plaza del pueblo?

–Todo lo anterior –le informó Rafiq.

Estaba satisfecho de haber conseguido que sonriera. Y tenía una idea que haría que sus ojos recuperaran el brillo y que su sonrisa no desapareciera de su rostro.

–Yo podría comprar el terreno que necesitas para el centro de educación infantil.

–¿Esto va a ser como lo de París?

–¿A qué te refieres?

–No puedo aceptar nada que no me haya ganado.

–Una cualidad admirable. Estaba pensando que podía darte un adelanto del sueldo. Hacer un depósito para el terreno y descontártelo de tu sueldo.

Ella se quedó en silencio durante unos instantes.

–Voy a confiar en ti porque le hice una promesa a mi madre y no quiero arriesgarme a que el terreno no esté cuando regrese a Texas. Siempre que me des tu palabra de que me descontarás el dinero de mi sueldo.

–Te doy mi palabra de que el terreno estará a tu nombre para cuando lo necesites –dejó los detalles del pago para otra discusión.

–De acuerdo. Acepto tu oferta de ayuda.

–Excelente –dijo él–. Haré los trámites necesarios para comprar el terreno.

–Gracias –dijo mirando a otro lado–. No pretendo ser complicada. Es sólo que aprendí la lección por la vía dura y no quiero volver a ser una ingenua.

A Rafiq le molestaba que aquel hombre le hubiera robado la inocencia. Pero se alegraba de que su castidad permaneciera intacta.

–La pureza es un tesoro muy valioso, no algo insignificante. Deberías estar orgullosa por haberte cuidado.

–Lo estaría si me hubieran puesto a prueba. Pero él nunca intentó nada.

Si la respuesta ante el beso que le había dado en el oasis no lo había convencido, su contestación acababa de hacerlo. Nunca había conocido a nadie incapaz de mentir hasta que conoció a Penny. Su tía Farrah tenía razón. Penny Doyle era casta y pura.

Rafiq sintió un fuerte deseo de protegerla. ¿Y de poseerla? No. Se lo habían prohibido. Pero se sentía desconcertado por la mezcla de sentimientos. Deseaba besarla de nuevo y se alegraba de que hubiera una mesa entre ambos. Era un hombre honesto que había prometido no hacerle daño ni deshonrar a la Casa de Hassan. En realidad, el instante no compensaba el escándalo que produciría.

La atracción y la pasión desaparecerían tarde o temprano. Siempre lo hacían. Ninguna mujer había atrapado su corazón.

Penny no podía creer que le hubiera contado a Rafiq el episodio más vergonzoso y doloroso de su vida. Había llegado el momento de cambiar de tema, y de dejar de hablar de sí misma.

–Hablemos sobre ti. Ya sabes lo importante que era mi madre para mí. ¿Y la tuya?

–Nunca la conocí. Murió cuando yo era un bebé. Nunca recuperó la salud después de los partos –bebió un poco de agua–. Eres afortunada.

–Si lo pones así, supongo que lo soy. Lo siento, Rafiq.

–Mi padre crió a sus hijos para que se convirtieran en hombres. La tía Farrah lo ayudó, así que no eché en falta el toque de una mujer.

–Eso sin duda –dijo ella–. Quiero decir, por lo que he leído sobre ti. Al parecer no te ha faltado la compañía femenina.

–No creas todo lo que lees.

–De acuerdo. Pero han asociado tu nombre con el de muchas mujeres. Bellas mujeres de todo el mundo. Es más, en un artículo decían que eras el jeque soltero más cotizado de todos.

Penny bromeó porque el brillo que había visto en su mirada cuando mencionó a su madre le había llegado al corazón. Era como si pudiera ver a Rafiq, de niño, echando de menos a su madre. Su tía no podía significar lo mismo para él. Penny no había podido disfrutar mucho de su madre, pero sí lo suficiente como para saber cuánto podía echarla de menos.

No podría soportar ver el lado vulnerable de Rafiq. No era un cachorro que, tras un abrazo, la acompañaría el resto de su vida. Tenía que protegerse de él.

–Soy un soltero cotizado. Y un jeque.

–¿Has estado comprometido alguna vez?

–No.

–¿Por qué? Al menos yo estuve a punto de casarme. Aunque el hombre fuera un embaucador.

–Yo he estado a punto varias veces. Pero casi todas las mujeres son iguales. Cuando encuentre a la mujer adecuada, cumpliré con mi deber... me casaré y tendré hijos.

–¿Y qué pasará si la mujer adecuada dice que no?

–Tonterías. Por supuesto, ni se le ocurrirá rechazar el honor de casarse con Rafiq Hassan, príncipe
de El Zafir –sonrió–. Además, hay mujeres que me
encuentran atractivo –dijo, encogiéndose de hombros.

–¿Sin que tú hagas nada para cautivarlas? –¿ya
estaba coqueteando otra vez? ¿Qué tenía aquel hombre que la hacía comportarse así?

–Por supuesto que no. ¿Te ha dicho alguien que
tienes unos ojos preciosos?

–Sí, claro –soltó ella.

–Digo la verdad, porque lo he visto. Cuando no
los escondes tras esas gafas, tus ojos son azules
como el cielo del desierto –él le había quitado las
gafas bajo ese cielo azul. La había besado hasta hacerla estremecer. Y había hecho que deseara más.
Lo mismo estaba sucediendo en esos instantes. ¿Era
ella? ¿O hacía mucho calor en la habitación?–. Y es
culpa mía que se hayan roto.

–¿Mis ojos? –preguntó ella con la respiración
acelerada.

–Tus gafas –dijo él con una sonrisa–. He pedido
cita con el médico de palacio. Te ayudará a hacerte
otras –le dijo–. Y no vamos a discutir sobre la factura. Me la enviará a mí. Soy el responsable y debo
pagar por ello.

–De acuerdo.

–¿Tan fácil? –preguntó él arqueando las cejas.

–Cuando tienes razón, tienes razón.

–Siempre tengo razón –dijo él con picardía.

Así era como más le gustaba a Penny. Le encantaba cuando bromeaba con ternura y hacía que se le

derritiera el corazón. Pero entonces recordó la tarde que habían pasado en el oasis. Casi la había olvidado, pero no podía permitirse olvidarla de nuevo.

Abrir el centro de educación infantil era su objetivo desde hacía mucho tiempo. No podía cometer dos veces el mismo error. Rafiq Hassan estaba jugando con ella. ¿Si no qué podía ser? Ella no era el tipo de mujer para él.

Deseaba que el recuerdo del beso que habían compartido hubiera sido menos dulce.

CAPÍTULO 8

RAFIQ PARECÍA cansado. Penny se fijó en él nada más verlo entrar en el salón de baile del palacio. Era una sala preciosa, de techos altos, suelos de mármol, lámparas de araña y jarrones llenos de flores. Su jefe había ido para comprobar que todo estuviera preparado para el baile benéfico que se celebraría al día siguiente.

Sobre las mesas había bonitos manteles. La comida y la bebida la habían llevado ya, junto a una chef que había llegado desde Nueva York con el fin de supervisar los preparativos. Rafiq había hablado con ella sobre el menú y sobre si pondría a los invitados de buen humor. Si la comida no lo hacía, el champán y el postre lo conseguirían.

Rafiq podía haber delegado en otra persona la supervisión del evento, pero no quería ni oír hablar de ello. Todo tenía que ser perfecto. Había estado trabajando dieciocho horas al día para que todo saliera bien. Tenía que asegurarse de que El Zafir quedaba en buen lugar a los ojos del mundo. Penny también se había esforzado mucho, pero no tanto por el evento en cuestión como por el hombre que se encargaba de todo. Cuando él la miró y le sonrió, ella sintió que se le paraba el corazón.

Rafiq se acercó a ella desde el otro lado del salón.

—Me gusta la carpeta –le dijo mirando lo que tenía en las manos.

—Ríete si quieres, pero he escrito una lista y esto me sirve para comprobar lo que ya está hecho. Hace que me sienta eficiente.

—¿Por qué iba a reírme?

—Tú sabrás.

Él la miró fijamente y ella se estremeció. Le pasaba siempre que estaba junto a él. Esperaba que el rey le devolviera pronto a su secretario de forma que ella pudiera ir a trabajar para la princesa Farrah, tal y como estaba planeado. Si no, no sabía si podría soportarlo.

—Quiero agradecerte la ayuda que nos has prestado en los preparativos del evento de mañana –dijo él.

—De nada. Aunque esperaba que dijeras algo más sobre todo lo que no habrías podido hacer sin mí.

—Pero eso no sería sincero. Podría haberlo hecho igual –arqueó una ceja y le dedicó una sonrisa. Estaba bromeando–. Tu ayuda ha hecho que el trabajo fuera más fácil y ameno.

«Siempre sabe lo que tiene que decir», pensó ella.

—Espero que todo salga bien –dijo Penny.

—Yo también.

—¿Y por qué es tan importante para ti?

Penny ya lo sabía. Recordaba lo que él había dicho durante la cena familiar que habían celebrado poco después de que ella llegara al país. Pero el fuego que iluminaba su mirada cuando hablaba de sus motivos era tan atractivo que ella no podía evitar preguntárselo. Ansiosa, esperó a que él se lo contara de nuevo.

—No hay excusa alguna para que haya hambre en el mundo. Con voluntad, dinero y recursos, se puede conseguir que termine.

Rafiq era mucho más atractivo cuando se apasionaba por algo. Pero después del incidente del oasis, ella ya sabía que no debía fiarse de su pasión. Por desgracia, no podía evitar seguir hablando del tema:

—Si hay alguien que comprende por qué es tan importante, soy yo.

—Entonces, comprenderás por qué quiero batir el récord de donativos con este baile benéfico. No hay motivo por el que el hambre, sobre todo de los niños, no pueda ser erradicada. Y se conseguirá. Las consecuencias de la inanición son severas. Enfermedad, nerviosismo, incapacidad de aprendizaje... Si queremos mejorar el mundo, hay que empezar por los niños.

—Eh —dijo ella, levantando la mano—. Estoy de tu parte. Aunque supongo que estabas ensayando para mañana por la noche.

—Sí, eso era.

—¿Y tu dedicación tiene algo que ver con tus sobrinos?

—Por suerte, a ellos nunca les ha faltado nada. Pero sí. He viajado por todo el mundo y he visto muchas cosas. No todas buenas. He imaginado lo horrible que debe de ser querer a un niño como yo quiero a Hana y a Nuri y no poder darles ni un mendrugo de pan para calmarles el hambre.

—Horroroso —dijo ella.

—Cuando el último niño hambriento llore por un pedazo de pan y quede satisfecho, habré terminado. Antes no.

Penny lo miró a los ojos y supo lo fácil que era caer en sus redes. Tenía que contenerse para no dejarse llevar por su atractivo.

—Bueno, está claro que te gustan los niños.

—Evidentemente. Me gustan mucho -dijo él.

—Eso hace que me pregunte por qué no tienes hijos.

—Si yo te lo preguntara, estaría saltando los límites.

—Desde que he llegado a El Zafir, sé de alguien que se ha saltado los límites más de una vez. ¿Por qué no voy a aprovechar que estás cansado para preguntarte lo que quiero saber?

Ella también estaba cansada. Ésa era la única explicación que podía encontrar como excusa por su comportamiento. No tenía sentido continuar. Había decidido que tenía que mantener la distancia adecuada pero, por algún motivo, saber por qué no tenía hijos era muy importante para ella.

—¿Y no te da vergüenza aprovecharte de mí? —ella se disponía a decir algo cuando él continuó—. No importa. Es muy sencillo. No estoy casado.

—¿Sencillo? Tú no tienes nada de sencillo —dijo ella, arrepintiéndose de sus palabras al instante.

—¿De veras?

—¿Es posible que tus estándares sean muy altos?

—Deben ser altos. Soy un miembro de la familia real de El Zafir. Y algún día me casaré.

—No al paso que vas. No veo que sea algo tan difícil.

—¿Tienes mucha experiencia sobre el tema?

—No. Deja que me explique. No creo que sea difícil para ti. Has tenido numerosas oportunidades. ¿Cuál es el problema?

—No hay ningún problema. He conocido a muchas mujeres y me he sentido atraído por algunas. Es más, he estado a un paso del matrimonio.

—Entonces, ¿qué?

—La atracción se desvanece.

—¿Así que, dejas a la mujer de lado? —preguntó ella, medio bromeando.

—Al contrario. Yo no lo expondría de esa manera. Pero, por su bien y por el mío, cuando la atracción se acaba, lo mejor que puedo hacer es desaparecer.

—¿Evitar el matrimonio?

—Mientras exista la posibilidad de salvar una amistad. Tengo fama de ser el cautivador de la familia. No sé si es cierto, pero siempre he tenido éxito a la hora de mantener la amistad con las mujeres que han formado parte de mi vida. No huyo de mis deberes. Ya te he dicho que cuando esté preparado, me casaré.

Ella lo recordaba bien. Una mujer adecuada. Penny se sentía como si le hubieran clavado un cuchillo en el corazón. Por un momento se olvidó de que él había omitido el tema del amor. Estaba demasiado celosa como para pensar con claridad. Rafiq no había negado que había habido varias mujeres, y estaba orgulloso de que todavía ellas hablaran con él. Y ella odiaba eso. ¿Era algo racional? Tan racional como el amor.

—¿Puede ser que tengas miedo del amor?

—No tengo miedo de nada —dijo él.

¿Podía ser que hubiera descubierto su punto débil? Por su mirada, parecía que así era. Había llegado el momento de cambiar de tema.

Penny se apoyó contra la pared y se recolocó las gafas nuevas.

–Habrá muchas mujeres en el baile benéfico –dijo tratando de hablar con naturalidad.

–Sí. Y pienso camelarlas para que hagan un gran donativo por una buena causa.

–Eres el hombre adecuado para hacerlo. Y para seguir siendo amigo de ellas. ¿No es una suerte que estés a cargo de esta fiesta?

Rafiq tuvo la sensación de que su tono era un poco brusco, pero no encontró motivos para ello. Tampoco para que el brillo de sus ojos disminuyera, pero lo hizo. ¿Desde cuándo pasaba tanto rato analizando el humor de sus secretarias? Desde el momento en que había visto a aquélla durmiendo en su despacho.

Seguro que había una explicación para su comportamiento. Había llegado a confiar en ella y sólo llevaba tres meses allí. Era muy buena en su trabajo, y anticipaba sus deseos antes de que él los pronunciara. Rafiq sólo le había dicho parte de la verdad al comentarle que hacía que su trabajo fuera mucho más ameno. Esa parte era verdad. Pero no estaba seguro de poder haber sacado el trabajo adelante con alguien menos eficiente que Penny.

–¿Ocurre algo? –preguntó él.

–No.

Estaba mintiendo. Si había aprendido algo sobre su secretaria, era que nunca contestaba con una palabra, a menos que pasara algo. Era curioso que pudiera leer su pensamiento como si fuera un libro abierto. Había conocido a muchas mujeres, pero a ninguna como ella.

Se cruzó de brazos y le dijo:

—Cuéntame qué es lo que te molesta.

—Si insistes... Creo que no debería ir al baile. Sé que te preocupa que todo salga bien porque el resto del mundo nos estará mirando. ¿Y si tiro algo? ¿O si me resbalo en el suelo de mármol? ¿O si utilizo el cubierto inapropiado durante la cena? ¿Qué dirían todos sobre una familia real que ha contratado a una secretaria tan patosa?

Rafiq sospechaba que había algo más que no le había contado. El brillo de sus ojos había disminuido cuando él había dicho que tenía intención de camelar a las mujeres para que donaran dinero. ¿Era eso lo que le molestaba? ¿Era el hecho de que prestara atención a otras mujeres lo que no le parecía bien? Eso le gustaba. Tenía que hacerle comprender que su comportamiento era por el bien de la causa, porque el que ella no fuera al baile no era una opción aceptable.

—No tengas miedo.

—¿Así sin más? ¿Me ordenas que no tenga miedo y esperas que así sea?

—Sí.

—Impresionante. ¿Puedes ordenarle a los nervios del estómago que se relajen para que no vomite?

—Sí –dijo él, y sonrió.

Despacio, y contra su deseo, Penny sonrió.

—Estás bromeando.

—Sí. Pero no te equivoques. Esto es una orden. Requiero tu presencia mañana por la tarde.

Pasó por delante de ella y salió al pasillo. Rafiq no sabía por qué, pero para él era muy importante que Penny asistiera al baile. No podía imaginarse en el evento sin ella.

Penny estaba sentada en un taburete frente al espejo de la cómoda, mientras Crystal planeaba el trabajo que iba a realizar. Su amiga se había ofrecido para peinarla y maquillarla para asistir al baile benéfico.

Aquella noche, la familia real pondría a su país, y a sus empleados, a la vista de todo el mundo. Los periodistas estarían presentes y, al pensarlo, Penny sintió ganas de vomitar.

—Empecemos con el pelo —dijo Crystal.

—Es largo, recto y fino. Tu peor pesadilla. No hay mucho que puedas hacer. Me haré un moño y ya está.

—Tienes un pelo precioso, y la mayoría de los hombres darían cualquier cosa por acariciarlo.

Penny se estremeció al pensarlo. ¿Rafiq pensaría lo mismo? Pero él no era como la mayoría de los hombres. Era un príncipe, y ella era pobre.

—No soy el tipo de chica que a la mayoría de los hombres les gustaría tener cerca —aunque Penny no comprendía por qué Rafiq se había acercado para besarla. Tenía que dejar de ser tan ingenua, ya conocía la fama que él tenía con las mujeres.

—Bastaría con cortarlo un poco y darle forma —dijo Crystal—. Pero no tenemos tiempo para eso. Además, yo no podría hacerlo, y no creo que me quieras tener al lado con un par de tijeras. Te lo recogeré, pero no en un moño.

Penny la observó y trató de no pensar en el nudo que sentía en el estómago. En muy poco tiempo, tenía la melena recogida y unos mechones caían con cuidado alrededor de su rostro. El peinado la hacía más alta y su cuello parecía más largo.

—¡Caramba!

—Sí —admitió Crystal—. Lo he hecho muy bien.

—Es cierto. Bueno, creo que ha llegado la hora de ponerme el vestido.

—No tan deprisa. He traído mi maquillaje. Voy a pintarte. Date la vuelta y cierra los ojos.

—¿Por qué? ¿Gritaré cuando vea lo que me has hecho?

—Vas a estar preciosa. Deja de ser tan negativa —Penny obedeció, cerró los ojos y permitió que su amiga la maquillara—. Cuando termine, vas a dejar voluntariamente tu imagen de cuatro ojos, aunque te arriesgues a que tu mejor amiga pase a tu lado y no la reconozcas.

—Llevo lentillas —confesó Penny.

—¿De veras? ¿Desde cuándo? —le preguntó su amiga.

—Rafiq concertó una cita con el médico del palacio, y éste me envió a un oftalmólogo para que me hiciera unas gafas nuevas. Después de la revisión, el médico me dijo que las lentillas habían avanzado mucho desde que yo las probé y que seguramente ya no tendría problemas con ellas. Así que me decidí. No eran demasiado caras. He estado practicando con ellas, y la verdad es que veo mucho mejor.

–Excelente –Crystal terminó de maquillarla y dijo–: Muy bien. Abre los ojos. Ha llegado el momento del toque final. Frunce los labios para que te los pinte. Ahora sécatelos un poco –le dio una servilleta. Penny besó la servilleta y se volvió para mirarse al espejo. Se acercó un poco más.

La mujer del espejo era guapa. El maquillaje hacía que sus ojos parecieran más grandes y un poco misteriosos. Su piel estaba impecable, como la porcelana. Sus pómulos, ligeramente colorados.

–Oh, cielos –dijo ella–. ¿Quién es esa mujer y qué has hecho con Penny Doyle?

–¿Soy una artista o no? Venga, vamos a ponerte el traje de fiesta.

El vestido estaba colgado en la puerta de su dormitorio. Crystal retiró el plástico que lo protegía y lo sujetó para que Penny se lo pusiera. Ella se volvió y permitió que su amiga se lo abrochara. Al recordar la última vez que alguien le había abrochado el vestido, se estremeció.

Tratando de centrarse en el presente, Penny sacó las sandalias plateadas de la caja y se las puso. Después se colocó frente a los espejos de cuerpo entero que había en la puerta del armario.

–¡Vaya! –exclamó, y se volvió para mirarse desde otro ángulo.

Crystal se colocó detrás de ella con los brazos cruzados y sonrió.

–Estás despampanante.

–No parezco yo, eso seguro.

El vestido era de manga larga y de cuello alto. Llegaba hasta el suelo, siguiendo las costumbres conservadoras de El Zafir. Tenía unas hebras plateadas que brillaban como las lámparas de araña y ella no pudo evitar preguntarse qué diría Rafiq cuando la viera.

—¿Crees que la familia real estará contenta? —preguntó.

—Voy a aventurarme en esto y voy a cambiar la familia real por el príncipe Rafiq. Sí, creo que lo dejarás asombrado.

—Bien.

—Mira, Penny, sé que he bromeado acerca de que estás enamorada de Rafiq. Y puedes interpretarlo como que te estoy animando. Pero, ya que me siento como una hada madrina, permíteme que te haga una advertencia. Ten cuidado con los príncipes vestidos de esmoquin. He de decirte que...

—Sé lo que vas a decirme —la interrumpió Penny—. Las chicas corrientes como yo no viven felices para siempre con jeques de exóticos países.

—De hecho, iba a decir las chicas como nosotras —le contradijo Crystal—. Y...

—Y cuando el reloj dé la medianoche, será mejor que me vaya de allí, porque él seguirá siendo príncipe y yo no seré más que su secretaria.

—Sí. Pero también recuerda que...

Penny levantó las manos.

—Lo sé. Mañana nadie va a llamar a mi puerta para pedirme que me pruebe el zapato de cristal como prueba de que él es el amor de mi vida.

—Es como si pudieras leerme la mente.

—No te preocupes —señaló su reflejo en el espejo—. Ahí hay una chica con un vestido precioso. No estoy segura de dónde está escondida Penny

Doyle, y no me importa. Gracias, Madame Gisele, y gracias Rafiq por este maravilloso material de oficina –dijo ella–. Por primera vez en mi vida, me siento guapa. Lo único que pido es una noche. Mañana, volveré a ser Penny Doyle, la chica corriente.

Crystal la rodeó por los hombros con cuidado y la abrazó.

–Ésa es mi chica.

–En serio, caminar con los zapatos de cristal de Cenicienta no me atrae. No quiero esa distracción.

–¿Por qué no?

–Tengo pensado abrir un centro de preescolar. Quizá una cadena. Me gustaría que todos los niños pudieran comenzar con las mismas oportunidades. Si consiguiese becas, podría ayudar a más niños.

–Me alegro por ti.

–Por eso vine a El Zafir. En los Estados Unidos habría tardado mucho en reunir el capital inicial que necesito.

–Sé que acabo de advertirte sobre el príncipe Rafiq, pero no te olvides de divertirte. Lo único es que no cometas el error de enamorarte de él.

–No lo haré –prometió Penny.

–De acuerdo. Ya he terminado mi trabajo. Pásatelo fenomenal en el baile.

–Por favor, concéntrate para que todo salga bien.

–¿Tienes que trabajar?

–Más o menos. Todo está organizado, pero yo tengo que coordinar las actividades. Rafiq y yo hemos revisado todos los detalles con Emil.

–Entonces, puedes relajarte y pasártelo bien.

–No estoy tan segura.

–Vamos, mi niña. Vuela. Sé libre. Permite que tu corazón se sienta ligero como una pluma...

–Creo que los vapores del maquillaje se te han subido a la cabeza –dijo Penny entre risas.

–¡Suerte! –añadió su amiga.

–Ya basta –dijo Penny, y agarró el bolso que hacía juego con sus zapatos–. Creo que ya me has deseado toda la suerte posible. Ojalá pudieras venir conmigo.

–Tengo que cuidar a los niños, puesto que Fariq estará en el baile como anfitrión. Ahora está con Hana y con Nuri. Se enfadaron porque no los dejaban ir, y los convencí diciéndoles que tenía una sorpresa.

–Eres una hada madrina consumada.

–Hago lo que puedo. Ahora, vete. No estropees el maquillaje preocupándote, estás preciosa. Y recuerda: tengo la sensación de que esta noche va a cambiar tu vida.

Penny no pudo pronunciar palabra. Sintió una fuerte presión en el pecho y un nudo en la garganta. Estrechó la mano de su amiga y salió de la habitación.

Penny no quería cambiar su vida. Si las hadas madrinas aceptaban deseos, sólo quería que Rafiq y la familia real estuvieran orgullosos de ella.

RAFIQ SE quedó mirando hacia la puerta. Penny acababa de entrar en el salón de baile que empezaba a llenarse de invitados. Después de cenar tocaría la orquesta y se celebraría la subasta benéfica, para que los invitados pujaran por los artículos que la gente había donado gracias a la eficiencia de su secretaria. Rafiq tenía la sensación de que todo iba a salir bien. Entre las contribuciones que algunos ya habían hecho y el donativo mínimo que tenían que pagar para asistir al evento, recaudarían una buena suma de dinero. Y la ayuda de Penny había sido inestimable.

Él se había percatado de cuándo había llegado, como si tuviera un radar masculino sintonizado con ella. La despampanante mujer que estaba en la entrada de la habitación era Penny Doyle, pero aquella noche, parecía una princesa.

Rafiq sintió que se le aceleraba el corazón al verla, y se disponía a dirigirse hacia ella cuando alguien lo agarró del brazo.

—Alteza.

—Buenas noches —dijo Rafiq mirando a la mujer que lo sujetaba.

—Bonita fiesta.

—Me alegro de que esté disfrutando.

—No se acuerda de mí, ¿verdad? —preguntó ella.

Rafiq la miró con detenimiento. Tenía el pelo castaño y los ojos color avellana. Era alta y bastante atractiva. La mujer estaba en lo cierto. Él no sabía quién era.

—Le pido disculpas, señorita...

—Amanda Arbrook. Nos conocimos el año pasado en Londres.

—Es un placer verla de nuevo, señorita Arbrook.

Rafiq recordaba su apellido. Su padre era un estadounidense adinerado. Rafiq contaba con que le hiciera un gran donativo. Miró hacia donde se encontraba Penny la vio sonriendo y hablando con un hombre. La tensión se apoderó de él y notó que se le aceleraba el corazón.

—Por favor, llámeme Amanda —insistió la mujer.

—Y usted puede llamarme Rafiq —dijo él.

—Estoy muy contenta de estar aquí esta noche. La causa merece la pena.

—Sin duda —dijo él, sin dejar de mirar a Penny.

—Mi padre ya les ha entregado un cheque por una buena suma.

—Estamos muy agradecidos por ello —dijo Rafiq, e hizo una reverencia.

—Es lo menos que podemos hacer. Esperaba que usted y yo pudiéramos ponernos al día.

—Me encantaría. Por favor, resérveme unos minutos para más tarde. Ahora tengo que hablar con una persona, si quiero que esta noche sea un éxito. ¿Me disculpa?

—Por supuesto.

Rafiq hizo otra reverencia y se encaminó hacia donde estaba Penny.

—Rafiq, yo...

—¿Con quién estabas hablando? —preguntó él.

—¿Cuándo?

—Hace un instante. Desde el otro lado de la habitación he visto que un lobo hablaba contigo. No lo he reconocido.

—Ah, era Peter Michaels, de Inglaterra —dijo Penny con una sonrisa devastadora. Trabaja en telecomunicaciones y ha donado una buena suma.

—¿Qué te ha dicho?

Ella lo miró asombrada.

—Que ha donado una buena suma.

—¿Nada más?

—¿Qué más podía decirme? Esto es una obra benéfica.

—No todo el mundo ha venido por eso —dijo él—. Alguien se aprovechará de este acto.

—¿Cómo?

Evidentemente, era demasiado inocente como para reconocer a un lobo hambriento.

—No importa.

Ella lo miró y sonrió.

—Te has puesto muy elegante.

—¿Eso significa que apruebas mi atuendo? —preguntó él, esbozando una sonrisa. Por motivos que no comprendía nunca podía estar enfadado cuando Penny estaba cerca.

—Me gusta ese esmoquin.

—Aunque no sea un vaquero, ¿crees que soy atractivo?

—Creía que habíamos quedado en olvidar eso —dijo ella con un brillo en la mirada—. No puedo creer que esperes que sea yo, entre todos los invitados, la que te diga un cumplido.

—Pues sí —admitió él.

—Ya sabes que eres atractivo.

—¿Estás nerviosa?

—No tanto —contestó ella, mirándolo.

De pronto, Rafiq se percató de que no llevaba las gafas.

—¿Ves bien? A lo mejor necesitas ayuda —dijo tendiéndole el brazo.

—¿Por qué iba a necesitar ayuda?

—Me encargaré de que no te pase nada —le explicó él—. ¿No te fías de mí?

—No es eso. Trataba de decidir si debía ser sincera o no.

—¿Sincera?

—Llevo lentillas. Puedo ver mejor que nunca.

—Eso está bien —la miró de nuevo y decidió que no quería separarse de ella.

—Tengo que ir a ver a Emil para asegurarme de que todo va sobre ruedas —dijo Penny.

En ese momento, la orquesta comenzó a tocar un vals.

—Todo va bien. Está claro que Emil tiene todo bajo control —le tendió la mano—. ¿Bailas?

—No lo sé. No quiero monopolizarte. ¿No tienes que ir a camelar mujeres? Para conseguir dinero, quiero decir.

—Hay tiempo de sobra para eso.

—¿Es apropiado que bailes conmigo?

—No sólo apropiado, sino necesario.

—¿Cómo es eso? —preguntó ella.

—El deber nos dicta que tenemos que demostrar que nuestros invitados pueden bailar. Después de todo, los invitados que lo pasan bien suelen ser más generosos. Sobre todo cuando el dinero que hay entre los asistentes podría financiar una pequeña guerra durante un período de tiempo indefinido. Sin embargo, nosotros queremos que donen el dinero a una causa mucho más importante.

—Nunca lo había pensado así —Penny lo agarró del brazo—. No seré yo quien eluda el deber.

—Una mujer que se identifica con mi causa.

Rafiq estaba obnubilado. Penny era una mujer que se enfrentaba a todo con coraje, sentido común y buen humor. Aquella noche, estaba esplendorosa.

Cuando llegaron a la pista de baile la tomó entre sus brazos y deseó estar en cualquier otro lugar. Tras dar los primeros pasos, ella le preguntó:

—¿Qué te parece el vestido?

—No puedo decirte lo que opino.

—¿Tan malo es? —preguntó ella con una sonrisa.

—Para nada. No tiene ni comparación con la mujer que lo lleva.

—Eres un demonio con lengua de plata.

—Al contrario. Lo digo de verdad. Estás preciosa.

—¿Eso es lo que piensas de verdad?

—Sí. No mentiría, ni siquiera para no herir tus sentimientos. Pero me encantaría que llevaras el vestido negro.

Ella se tropezó y él la apretó con más fuerza contra su cuerpo.

—Dijiste que ese vestido era demasiado descocado, ¿recuerdas? Yo dije que era una pérdida de dinero y que no me lo pondría nunca.

—Nunca digas nunca —dijo él, y le susurró al oído—: Volveré a verte con él puesto.

Al sentir que lo agarraban del brazo, Rafiq se detuvo.

—Buenas noches, sobrino. Penny —la princesa Farrah estaba junto a ellos.

—Alteza —dijo Penny, mirando a la mujer y separándose de Rafiq—. Está muy guapa esta noche. El vestido es precioso.

—Siento interrumpir el baile. Rafiq, tu padre y tus hermanos te están esperando. Johara está cansada y no se encuentra bien. Nos gustaría formar una fila de recibimiento para nuestros invitados, así ella podrá retirarse.

—Iré ahora mismo —dijo él.

—Muy bien. ¿Te veré más tarde, Penny? —preguntó la princesa.

—Eso espero —contestó ella.

Rafiq la miró. No quería apartarse de ella. Sabía que, en su ausencia, otro hombre podría acercarse a Penny. Por primera vez en su vida, se sintió vulnerable. No sabía por qué, pero su instinto le decía que su secretaria podía causarle mucho dolor. Quizá de la misma manera en la que su padre todavía sufría por su madre. Penny le había preguntado si tenía miedo de los sentimientos que se podían experimentar hacia una mujer. ¿Sería cierto? No. Él no tenía miedo a nada. Pero no le gustaba lo que sentía, y tenía que poner fin a esa debilidad antes de que fuera demasiado tarde.

Penny observó a Rafiq mientras bailaba con una mujer estadounidense. Sabía que el padre de la mujer había entregado un donativo generoso y que su jefe sólo estaba complaciendo a Amanda Arbrook.

A pesar de que no tenía derecho a sentirse así, los celos se apoderaron de ella. Él era un jeque soltero, y ella, su secretaria. Decidió repasar los acontecimientos de la noche para tratar de no pensar en ello.

El baile había sido un éxito y apenas podía esperar a saber la cantidad recaudada. La fiesta estaba acabando y ella deseaba irse a su dormitorio para no ver a Rafiq coqueteando con otras mujeres. Pero no podía. Formaba parte de su trabajo quedarse hasta el final. Se fijó en que Rafiq sonreía a la mujer estadounidense, que tenía todo lo que ella no tenía, y decidió salir a tomar el aire.

Una vez en el jardín, el aroma del jazmín invadió sus sentidos. La zona estaba poco iluminada y los árboles hacían que pareciera el país de las hadas. Ella se sentía como la Cenicienta. Aunque el recuerdo de Rafiq con otra mujer le recordó que no creía en los cuentos de hadas.

Se acercó a una fuente y sintió que la brisa húmeda le refrescaba las mejillas.

Escuchó unos pasos.

—Así que aquí es donde te habías metido.

Penny se volvió.

—¡Rafiq!

—¿Esperabas a alguien más? —la expresión oscura de su mirada provocó que a Penny se le encogiera el corazón.

—Estás abandonando a tus ricas mujeres.

—No son mis mujeres. Tú eres... —se calló de golpe—. Tú me necesitas.

—¿De veras?

—Es mi deber permanecer a tu lado.

—¿Cómo has llegado a esa conclusión?

—Esta noche estás preciosa. Los hombres se acercarán a ti, deslumbrados. A mí también me está costando resistirme. Y mataría a cualquier hombre que te tocara.

—No creo que sea necesario —dijo ella con nerviosismo. ¿Le costaba resistirse? ¿Tenía miedo de que se le acercaran otros hombres? No podía ser cierto—. Nadie va a tocarme. Estoy a salvo.

—Por supuesto. Estoy aquí. Si algún hombre viene a buscarte, mi presencia lo desanimará. Aunque sea para evitar el escándalo que se montaría si tuviera que defender tu honor.

—Ya veo. Así que pasar tiempo conmigo sirve para proteger a la familia y al país. Simplemente es un deber.

—Exacto.

—¿Y por qué crees que voy a atraer a otros hombres?

—¿Estás pidiendo que te diga un cumplido? —preguntó él con una sonrisa.

—En serio, no veo por qué se van a fijar en mí.

—Te equivocas. Esta noche hay algo diferente en ti. Seguridad. Y un coqueteo que nunca había visto.

Mi querida Penny, eres la tentación en persona. Eres tan embriagadora como el buen champán.

Tenía que poner en duda sus palabras. La única experiencia que había tenido con un hombre había sido un desastre, y el único beso que le había dado Rafiq había demostrado que no tenía ni la más mínima idea sobre el tema. ¿Cómo podía compararla con el champán? Pero amenazar con matar a cualquiera que la tocara era algo embriagador. Si Rafiq hubiera estado cerca cuando le robaron la herencia... El corazón le latía con fuerza y no sabía cómo conseguiría resistirse a Rafiq.

¿Por qué iba a tener que hacerlo? Desde el día del desierto, él no había mostrado interés por ella, así que no tenía por qué preocuparse.

—No puedo evitar preguntarme por qué matarías a un hombre por mi bien.

Rafiq la miró de arriba abajo, con tanta intensidad que la hizo estremecer.

—Si un hombre se atreviera a hacer esto, se arrepentiría.

Se acercó más a ella e inclinó la cabeza. Penny sintió que la invadían los nervios, pero deseaba saber qué se sentía al besar a Rafiq correctamente. Decidió esperar, dispuesta a seguirlo allá donde él quisiera llevarla.

Finalmente, posó los labios sobre los de ella. Le acarició la comisura con la lengua y ella sintió que se le aceleraba el corazón. Pero, gracias a él, esa vez no era tan inocente. Abrió la boca y Rafiq no dudó en aceptar lo que ella le ofrecía y exploró en su interior. Al cabo de un momento, se retiró, y ella suspiró.

Él la miró fijamente, y la intensidad de su mirada hizo que ella se quedara sin aliento. Entonces, le acarició la mejilla y ella cerró los ojos para que la besara de nuevo. La besó en los párpados, jugueteó con sus labios y después la besó en el cuello haciéndola estremecer.

Una ola de calor recorrió su cuerpo y se asentó en su vientre. Un poco más abajo, en el centro de su feminidad, algo había cambiado, como si estuviera preparándose para que la poseyeran. Su respiración era agitada y se sentía un poco mareada.

Entonces, sintió la mano de Rafiq sobre uno de sus pechos. Le temblaban las piernas y no sabía si podría mantenerse en pie.

—Si un hombre hiciera esto, no viviría para contarlo —murmuró Rafiq contra sus labios.

—Oh, cielos...

—Eres mi precioso tesoro. Y seré yo quien te enseñe todos los placeres que te esperan. Ningún otro hombre te tendrá —la abrazó con fuerza y ella deseó que ese momento no terminara nunca. Rafiq le acarició la mejilla y, tras rozarle los labios, la besó con pasión.

Penny notó de nuevo que el calor invadía su cuerpo. Se sentía como si durante toda la vida hubiera estado buscando a Rafiq Hassan. Por fin lo había encontrado, y no quería marcharse de su lado.

Justo entonces, se oyeron unas voces y ellos se separaron. Penny se percató de que Rafiq respiraba hondo y se preguntó si estaría tan excitado como ella. No era posible. Una mujer como ella no podía excitar a un hombre como él.

Antes de que pudiera darse cuenta, el príncipe Kamal apareció frente a ellos. Y no estaba solo.

Penny había visto antes a aquella mujer. El príncipe iba mostrándole a su acompañante los maravillosos jardines, y cuando los vio a ellos, sonrió.

—Así que es aquí donde habíais desaparecido. Mi hermano Rafiq y su secretaria Penny Doyle... una compatriota tuya —los presentó—. Ésta es Alexandrite Matlock.

—Ali —dijo la mujer, y les estrechó la mano.

—¿Alexandrite? —dijo Rafiq—. ¿Eso no es una piedra preciosa?

—Puesto que mis padres tienen sentido del humor y me pusieron ese nombre, investigué sobre él. Al parecer, a veces se utiliza como una gema. Pero en realidad es un mineral duro.

—Qué apropiado —dijo Kamal—. Ella es una mujer dura.

—No soy una mujer dura —contestó ella—. Es sólo que no soy susceptible a tu adulación. Es decir, no cederé ante tus peticiones.

—No es adulación. Y sólo quiero enseñarte los lugares más bellos de El Zafir. Estoy muy orgulloso de mi país.

—Debes estarlo —dijo Ali.

—Me siento como si hubiéramos entrado en el cine a mitad de una película —dijo Penny.

—Perdóname —dijo Kamal—. Nuestra tía vino acompañada de la señorita Matlock en su último viaje a los Estados Unidos. Ali es enfermera. La princesa Farrah le ofreció un trabajo en el hospital que se está construyendo en la ciudad.

–La tía Farrah debería ser la ministra de Recursos Humanos del país –comentó Rafiq–. Tiene mucho talento para encontrar personal cualificado –al mirar a su hermano y a Ali, le brillaron los ojos.

–La tía Farrah ha invitado a la señorita Matlock al baile de esta noche para darnos la oportunidad de... conocerla. Le he hecho una oferta que creo que no podrá rechazar. Nos gustaría que aceptara el puesto de jefa de enfermeras en el área de mujeres del hospital.

Ali se rió.

–Es tentadora. Un maravilloso dato para mi currículum. Y estoy encantada con todo lo de El Zafir.

–Entonces, debes aceptar mi oferta –dijo Kamal.

–No creo que mi prometido salte de alegría si acepto un trabajo al otro lado del mundo.

–¿Estás comprometida para casarte? -preguntó Kamal sorprendido

–Sí.

–La pérdida de El Zafir es la ganancia de un hombre afortunado –dijo Kamal–. Aun así, no creo que seas el tipo de mujer que hubiera venido hasta aquí si aceptar la oferta estuviera descartada.

–¿Crees que me conoces tan bien, Alteza?

Penny quería avisar a su compatriota de que se mantuviera alejada de los príncipes que le ofrecieran regalos. Se tocó los labios y miró a Rafiq. Menos mal que los habían interrumpido. Al menos, no seguiría comportándose como una idiota.

–Debo ir a ver cómo va todo dentro. ¿Me disculpa, Alteza? -preguntó Penny.

–Por supuesto –contestó Kamal.

—Ali, encantada de conocerte.

—Lo mismo digo.

—Un placer para mí también, señorita Matlock -dijo Rafiq-. Acompañaré a Penny...

—¡No! —ella tenía que escapar de él, pero no pretendía decírselo así—. Quiero decir, no permitáis que esto os interrumpa. Quédate. Estoy segura de que si el príncipe de la corona no puede convencer a Ali para que acepte el trabajo, el príncipe Rafiq, podrá.

Antes de que nadie pudiera decir nada, Penny ya se dirigía hacia el palacio. Rafiq le había dicho que la protegería, pero ¿quién lo protegería a él de ella? Penny ya había cometido el error de enamorarse de un hombre que sólo quería su dinero. Pero Rafiq ya le había robado más de lo que ella podía imaginar.

Entonces, ¿qué más quería? ¿Por qué Penny no podía resistirse ante él? ¿Sería cierto que había mujeres que siempre se enamoraban de hombres que no podían conseguir porque tenían miedo de ser felices? Nada más entrar en el salón de baile supo que corría peligro de enamorarse de un hombre que no le pertenecía.

La última vez que se había enamorado, el único sueño que había tenido se le había escapado de las manos. Había prometido no ser tan estúpida nunca más. Pero la intensidad de lo que sentía por Rafiq la atemorizaba. La vida le había enseñado a ser desconfiada, y sospechaba que aquella experiencia podía ser incluso peor.

Podía perderlo todo... el alma y el corazón incluidos.

CAPÍTULO **10**

DÓNDE estaba Penny?
Rafiq miró hacia el camino que llevaba al palacio mientras acariciaba al caballo.

Hacía una mañana espléndida, y él había ordenado que ensillaran los caballos. Desde hacía un tiempo, habían adoptado como costumbre salir a montar antes de ir a trabajar al despacho. Era una manera de hacer ejercicio y de pasar más tiempo con Penny.

No había visto a Penny desde la noche del baile. No habían trabajado durante el fin de semana y él había estado ocupado con asuntos de Estado. Estaba impaciente. Penny se retrasaba y no era lo habitual en ella. ¿Debía ir a buscarla?

Recordó su mirada asustada la noche del baile, y cómo consiguió escapar de él. Si su hermano no lo hubiera entretenido, habría salido tras ella al instante. Pero más tarde, no fue capaz de encontrarla.

Desde aquella noche, no había conseguido dejar de pensar en Penny. El fuerte deseo que sentía por poseer a esa mujer le era totalmente extraño. ¿Sería amor?

–No puede ser amor, amigo –le dijo al caballo. Entonces, recordó que su tía le había preguntado si alguna vez había estado enamorado. ¿Y lo había estado?–. Ese sentimiento es una debilidad creada para hacer que un hombre sea vulnerable. Yo soy inmune –dijo en voz alta. «Pero no soy inmune a los celos», pensó al recordar la imagen de Penny hablando con otro hombre–. ¿Dónde se ha metido? –dijo él–. Si no llega pronto, la buscaré.

Al instante, Penny dobló la esquina del edificio.

–Hola –dijo sin mirarlo a los ojos.

–Llegas tarde.

–Lo siento. Sólo he venido a decirte que no puedo ir a montar.

–No importa –dijo él–. Podemos montar mañana.

–No. Ve tú. Quería decir que no puedo montar contigo. Nunca más.

–Las excursiones que hemos hecho me han gustado mucho. ¿Hay algún motivo por el que no puedas acompañarme más?

Ella se acercó a su caballo y se colocó de espaldas a Rafiq. Con la mano temblorosa, acarició al animal.

–Pronto recuperarás a tu secretario, y yo trabajaré para la princesa Farrah. No tendré tiempo. Tendré que aprender cosas nuevas y centrar toda mi atención en el trabajo.

Rafiq sintió que lo invadía la rabia.

–Mentirosa –dijo en voz baja. Ella se puso tensa y él supo que había acertado. ¿Por qué estaba poniendo excusas?

–No sabía que tenías tan mala opinión sobre mí - contestó ella.

–Hasta este momento, opinaba muy bien de ti.

—Siento que no lo comprendas. Pero creo que es lo mejor —comenzó a alejarse caminando, sin mirarlo.

Rafiq la agarró del brazo y notó que estaba temblando. No pensaba dejarla marchar sin que antes respondiera a sus preguntas. Y sin asegurarle que no tenía nada que temer de él.

—¿Dónde vas?

—Al despacho.

—No hemos terminado de discutir esto —la agarró por los hombros.

—No hay nada más que decir.

—Al contrario. Hay muchas cosas que quiero que escuches.

—No servirá de nada.

—¿Tienes miedo de mí? —la giró para ver la expresión de su rostro.

—No puedo... Por favor, suéltame.

—¿Es por el beso que te di en el jardín? ¿No te gustó cómo te hice sentir?

—No. Quiero decir, sí. Nunca había sentido algo parecido.

—Ah —dijo él sonriendo de satisfacción—. Entonces, tienes miedo de los nuevos sentimientos desconocidos.

—No es sólo eso —miró nerviosa alrededor, como si buscara una vía de escape. Finalmente lo miró a los ojos—. Es muy complicado. Por favor, déjame ir.

Él le daría cualquier cosa, pero no permitiría que se marchara. Deseaba acariciarle el cuello y besarle los labios. Le retiró un mechón de pelo y se lo colocó tras la oreja. Ella se estremeció.

Sonriendo, Rafiq agachó la cabeza y la besó en el cuello. Ella emitió un pequeño gemido y él supo que no se había equivocado. Entonces, ¿por qué trataba de escapar?

Al mirarla, vio que había cerrado los ojos y que tenía la boca entreabierta. Antes de que pudiera besarla, oyó pasos tras de sí. Se volvió y vio a su tía Farrah vestida con traje de montar. Rafiq percibió el gesto de desaprobación que había en su rostro.

—¿Qué ocurre, Rafiq?

Penny se puso tensa y se apartó de él.

—¡Princesa Farrah!

—Hola, Penny —dijo, y miró a Rafiq—. Veo que has decidido desobedecer mis órdenes.

—Tengo que explicarte algo, tía. Yo...

—Me has decepcionado, Rafiq.

—Pero, princesa —dijo Penny—. No ha sucedido nada. En serio. Sólo he venido para explicarle a Rafiq por qué no puedo salir a montar más con él.

—Sí. Ya he visto cómo intenta hacerte cambiar de opinión —dijo la mujer—. Te lo advertí, sobrino. Pero supongo que debí haberlo sabido. Los hombres sois como niños pequeños. Siempre queréis lo que se os ha prohibido.

—Soy el príncipe Rafiq Hassan...

—Y yo te conozco desde que eras un bebé. ¿No crees que sé lo que está pasando aquí?

—No tienes ni idea de lo que está sucediendo.

—Te equivocas, sobrino. Sólo me cabe esperar que hagas lo correcto.

Rafiq miró a Penny y vio la expresión de temor en sus ojos. Deseaba tomarla entre sus brazos para tranquilizarla. Y para explicarle que... ¿Qué? ¿Por qué?

—No voy a defenderme —había algo más importante que quería decirle a su secretaria y no quería que su tía estuviera presente—. Tengo mucho trabajo. Penny, hablaré contigo más tarde.

Penny sintió que se le rompía el corazón. Observó a Rafiq mientras se alejaba y casi olvidó las palabras que acababa de pronunciar la princesa.

—Alteza, ¿a qué se refería con que los hombres son como niños? ¿Que quieren lo que se les ha prohibido? ¿Se refería a Rafiq?

—Deja que te pregunte una cosa primero. ¿Rafiq te ha besado?

—No —mintió Penny.

—Entonces, ¿lo que he visto ha sido una visión? Antes de que me contestes, te diré que tengo una vista estupenda. Estamos en el desierto, pero creo que no era una alucinación. Sin embargo, podría estar equivocada. Ocurre de vez en cuando. Entonces, ¿dices que no te ha besado?

—No lo hizo —sus labios no habían llegado a rozarse.

—Entonces, contéstame a otra pregunta. Sin contar lo que ha sucedido ahora, ¿te ha besado alguna vez? Y no se te ocurra mentirme, Penny. Sabré si estás mintiendo. Es una de las cosas que primero descubrí en ti, y una de tus mejores cualidades. No podrías decir una mentira para salvar tu vida.

—¿Cuál es la pena que se aplica en El Zafir por mentir? ¿Cortar la cabeza? ¿Lapidación?

—Una vida de infelicidad —dijo la princesa.

—Sí, lo he besado.

–¿Y fuiste tú la que inició el beso? Recuerda, no me mientas. Quita las manos de detrás de la espalda y no cruces los dedos, pequeña.

–De acuerdo. Usted gana. Rafiq me ha besado. Pero eso ha sido todo...

–¿Y fue agradable? ¿Te gustó besarlo? -el tono de la mujer parecía... esperanzado.

–Fue... maravilloso –dijo Penny dando un suspiro–. Pero no comprendo qué tiene de malo. ¿Qué es lo que le ha prohibido tener?

–A ti, cariño.

–¿A mí? –se llevó la mano al corazón–. Ahora sí que no comprendo nada. En momentos como éste es cuando más echo de menos a mi madre.

La princesa la agarró de las manos.

–No es culpa tuya. Y espero que me hayas considerado como una sustituta de tu madre desde que llegaste a mi país.

–Sí –Penny confiaba en aquella mujer como no lo había hecho en nadie desde que murió su madre–. ¿Pero quién le ha prohibido a Rafiq besarme?

–Yo. Justo antes de que te llevara a París. Eres tan inocente... Y yo se lo dije. Así es como llegaste a nuestro país y así es como debes permanecer.

–No ha sucedido nada entre nosotros, Alteza. Y quiero prometerte que nada sucederá. Sólo estaba explicándole que no puedo montar más con él.

–Bien. Sabía que eras una mujer madura que no se dejaría llevar por un rostro atractivo y alguien con mucha labia. Ahora, creo que es hora de que regrese al palacio.

–Pero, Alteza, ¿no iba a montar a caballo?

—Ya no estoy de humor. ¿Quieres comer conmigo?

—Me encantaría.

—Bien. Nos veremos más tarde.

Penny la observó marchar y pensó que todo aquello era surrealista. También se preguntó si seducir a una mujer virgen sólo era un reto para Rafiq. ¿Por eso estaba interesado en ella?

Tenía sentido. Podría tener a su lado a cualquier mujer del mundo, así que no tenía por qué desearla a ella. Desearla, quizá sí, pero no amarla.

Pero, ¿no sería maravilloso que estuviera equivocada acerca de que no existían los cuentos de hadas?

PENNY estaba sentada en el escritorio de la suite de la princesa Farrah elaborándole la agenda del día. Ella estaba visitando el hospital que se estaba construyendo en la ciudad.

Sonó el teléfono y Penny contestó:

—Habitación de la princesa Farrah, Penny Doyle al habla.

—Tengo que hablar contigo. Es un asunto de gran importancia.

Al oír la voz de Rafiq, a Penny se le aceleró el corazón.

—Ya has recuperado a tu secretario. Yo ya no trabajo para ti —llevaba tres días sin verlo y lo echaba mucho de menos.

—Sé muy bien que mi tía se ha apropiado de tus servicios. Pero eso no cambia el que desee hablar contigo.

—Estoy muy ocupada.

—Has estado evitándome.

—No sabía que me andabas buscando.

—No has contestado a mis llamadas y, en tus ratos libres, te escondes en tu habitación. No te he visto realizando tus pasatiempos habituales —Penny permaneció en silencio—. ¿Penny? ¿Estás ahí?

–Sí –dijo ella.

–Quiero que cenes esta noche conmigo.

–No puedo.

–¿Por qué?

Tenía demasiado miedo. Él trataba de seducirla sólo para demostrar que podía hacerlo. Tenía la sensación de que se había enamorado de Rafiq y de que él se daría cuenta con sólo mirarla. No podía permitir que la echaran del trabajo, ya que, entonces, no podría cumplir la promesa que le había hecho a su madre.

–No puedo.

–Eso no es suficiente. Quiero que esta noche cenes conmigo. A las siete. Ponte el vestido negro –hizo una pausa–. Penny, considera esto como un decreto real –dijo, y colgó el teléfono.

Penny estaba de pie frente a la suite de Rafiq preguntándose qué estaba haciendo allí. Era el último hombre del mundo al que quería ver, pero al mismo tiempo, el único al que deseaba ver. Por teléfono, su tono de voz había sido seductor y ella no había podido rechazar su invitación.

Acarició el vestido que llevaba. No era de encaje y la cubría de la cabeza a los pies. Él sólo le había dicho que se pusiera el vestido negro. Recordó cómo la había mirado en el hotel de París y deseó que sucediera de nuevo, pero no sería así.

Llamó a la puerta y esperó. Rafiq abrió momentos después. Iba vestido con un traje oscuro y camisa gris.

–Buenas noches, Penny –dijo mirándola de arriba abajo–. No te has puesto el vestido –la acusó.

—Es negro.

—Así es. Y he cometido un error al no especificar más —Penny lo miró y vio la misma expresión que en el hotel de París. Era como si sus ojos ardieran de puro deseo y él no pudiera dejar de mirarla. Y ni siquiera se había puesto el vestido—. Pasa.

—De acuerdo —dijo ella y miró a su alrededor. Nunca había estado allí.

—Me habría gustado que te hubieras puesto el otro vestido.

—Si los deseos fueran caballos, los pobres irían cabalgando. He decidido elegir yo sola.

—Sí. Por desgracia siempre hay una elección.

«No siempre», pensó ella. Al menos, no acerca de enamorarse de él.

—No a todas las mujeres les queda tan bien el negro como a ti. Estás preciosa. Aunque me gustaría que te hubieras dejado el pelo suelto.

—No lo sabía.

—Me aseguraré de que lo hagas la próxima vez. No importa, tiene fácil solución —se colocó tras ella. Penny lo observó a través del espejo que tenía delante. Rafiq le quitó las horquillas que sujetaban su melena y el cabello cayó sobre sus hombros y sus pechos. Él le agarró un mechón e inhaló su aroma. El calor de su cuerpo y el aroma de su piel hicieron que Penny se estremeciera—. Tanta belleza —dijo él—. Un tesoro que no tiene precio.

Ella respiró hondo, dio un paso adelante y se volvió para mirarlo.

—¿De qué querías hablar conmigo?

—Parece que tienes prisa. ¿Vas a perder un avión?

Rafiq no sabía que ella había pensado muy en serio esa posibilidad.

—No. Sólo quería ir al grano.

—Ya llegaremos. Pero primero, bebamos champán.

—¿Hay algo que celebrar?

Él la agarró del brazo y la guió hasta el salón. La única luz que había en la habitación era la que provenía de unas velas. Había un sofá semicircular y una mesa de café sobre la que esperaba una botella. Rafiq la abrió y sirvió unas copas.

—Quiero brindar por nosotros —le dijo mientras le entregaba una de las copas.

Penny agarró la copa con mucho cuidado para no rozar sus dedos.

—¿Y por qué no por los ángeles guardianes?

—No comprendo —dijo él, frunciendo el ceño.

—¿Tenemos que brindar por algo?

—Me gustaría brindar por ti.

Penny dio un trago largo y vació media copa.

—¿Por mí?

—Eres la mujer más especial que he conocido nunca.

—Gracias... —bebió el resto del champán.

—Era un cumplido —le rellenó la copa—. Eres inteligente, amena y capaz de aprender. Además, eres sensata.

¿A dónde quería llegar? Penny lo miró y comenzó a sentirse mareada.

—¿Te importa si tomo asiento? —le preguntó

—Perdóname —dijo él haciendo una reverencia. La agarró del brazo y la ayudó a sentarse. Después, se acomodó a su lado.

–Es estupendo. ¿Sabes?, comenzaban a dolerme los pies. Siempre me había preguntado si los zapatos de tacón caros harían menos daño que los normales –llevaba unos zapatos que le había comprado él.

–¿Y?

–He visto la etiqueta del precio de esos zapatos –contestó ella.

–¿Sí? –arqueó una ceja–. ¿Y?

–Hacen el mismo daño –confesó.

–Hablaré con el diseñador.

–¿Puedes hacer eso?

–Por supuesto.

Rafiq se puso de rodillas frente a ella. Le sujetó el pie izquierdo y le quitó el zapato, dejándolo sobre la mesa.

–¿Qué haces? –preguntó ella.

–Quiero que te sientas mejor.

–Me siento muy bien.

Sabía que lo próximo que le ofrecería sería ponerse más cómoda y, si se descuidaba, acabaría desabrochándole el vestido... Tenía que detener aquella situación.

–Alteza...

–¿Estás enfadada?

–¿Cómo lo sabes?

–Por cómo te has dirigido a mí. Sólo utilizas esa palabra cuando estás enfadada. No comprendo qué es lo que te disgusta.

–Te lo diré. ¿Pensabas que era tan ingenua como para que pudieras seducirme sin pedir permiso?

–¿De qué estás hablando?

—Tu tía me lo contó todo el otro día.

—Define todo.

—Me explicó cómo te había dicho que no me to-
caras cuando me llevaste a París. Dijo que los hombres sois como niños y que queréis lo que no podéis
tener. Y tú sabes que yo nunca... que no he...

—¿Que no has estado con un hombre?

—Sí. Eso —respiró hondo—. Todo lo que has hecho... besarme en el oasis, comprarme ropa cara...
Toda esa palabrería de la otra noche en el jardín,
que matarías a cualquier hombre que me tocara...
Eres peor que el canalla que me sedujo para ro-
barme el dinero —le dijo. Era lo peor que se le ocurrió que podía decirle y, al parecer, funcionó.

Rafiq se puso en pie y la miró fijamente.

—¿Cómo has podido insultarme de esa manera?
Compararme con el canalla que...

—Además, tendrías que depurar tu técnica. ¿Qué
era todo eso de que soy especial? ¿Y amena? ¿Y capaz de aprender?

—Trataba de llegar a la parte de que serías una
buena madre.

—¿Qué? —preguntó ella, y dejó la copa sobre la
mesa.

—Y esposa.

—¿Esposa?

—Me gustaría que te casaras conmigo.

—¿Qué ha pasado? —chasqueó los dedos—. Ya lo
sé. El rey te ha dicho que ha llegado el momento de
que elijas una mujer adecuada.

—No, es mi propia decisión.

Penny se quedó de piedra.

–Perdóname si no he comprendido la propuesta. Me parecía más una entrevista de trabajo.

–Y lo es. Ser esposa de un jeque, príncipe de la Casa de Hassan, es un trabajo. Es mi responsabilidad elegir bien.

–Bueno, perdóname pero no me creo nada. Una vez me dejé engañar por un hombre atractivo. No me malinterpretes. Lo superas con creces, pero no voy a caer en la trampa.

–¿Caer en la trampa?

–Sí. He de reconocer que es ingenioso. Proponerle matrimonio a una chica como yo que daría cualquier cosa por tener una familia. Si acepto, podrás llevarme a la cama y abandonarme al día siguiente.

–Si fueras un hombre, te abofetearía por eso –dijo él, entre dientes. Después, se bebió el resto del champán.

Penny sabía que había traspasado el límite. Pero no podía detenerse. Sufría por dentro y trataba de reponerse. Siempre se hiere a la persona que se ama... Era ridículo. Se había enamorado de él.

–Si yo fuera un hombre, no mantendríamos esta conversación.

Deseaba que le dijera que la amaba, y los ojos se le llenaron de lágrimas.

–He de admitir que la advertencia de mi tía Farrah me llevó al límite. Lo prohibido es muy tentador y puede convertirse en una obsesión. Pero empecé a ver que eras inteligente, divertida, sincera, leal y directa. Los estudios que has elegido demuestran que podrías ser una buena madre y mi compañera de negocios. Tu manera de responder ante mis caricias y mis besos no dejan duda de que serías una esposa estupenda.

¿Se estaba refiriendo a las relaciones sexuales? ¿Lo decía por cómo se había abandonado entre sus brazos? Penny recordó el momento y se estremeció. Tenía que concentrarse. Su propuesta le ofrecía cosas que siempre había deseado. Pero él se olvidaba de algo muy importante.

—¿Me quieres?

—¿Qué tiene que ver el amor con todo esto? —preguntó él, frunciendo el ceño—. ¿Por qué complicar la relación perfecta? Haremos una pareja estupenda. Debes casarte conmigo.

—Justo lo que deseaba oír —lo miró con los ojos llenos de lágrimas.

—Te ordeno que no llores.

—¿Crees que puedes conseguirlo todo dando una orden o entregando dinero? —se puso en pie y, al tambalearse, se percató de que sólo llevaba un zapato. Se secó las lágrimas que rodaban por sus mejillas—. ¿Ves? Ni siquiera tú puedes dar una orden y conseguir lo que deseas. Eres como el resto de los mortales. No puedes comprar el amor. Es algo que debe entregarse de manera gratuita. Permíteme que te sea sincera, Alteza. Preferiría comer cristal antes que ser tu esposa. Pero lo que más siento es que quizá nunca pueda abrir un centro de preescolar en memoria de mi madre.

Salió al pasillo con toda la dignidad que podía mostrar. Se quitó el otro zapato, se agachó para recogerlo y corrió todo lo deprisa que pudo. Por un lado, deseó que él la persiguiera, pero no fue así. Quizá mejor, porque prefería llorar en la intimidad.

—¿Qué le has hecho a Penny? —le preguntó la princesa Farrah a Rafiq nada más entrar en su habitación.

—No entiendo. ¿Por qué crees que le he hecho algo?

Había pasado toda la noche sin dormir tratando de comprender lo que había hecho mal. El incidente y las últimas palabras que le había dicho Penny le habían dejado un profundo vacío en su interior que nunca había experimentado y que empezaba a odiar.

—Claro que le has hecho algo —dijo su tía.

—Si hay alguien ofendido, soy yo.

—¿Y puedes decirme por qué?

—Se ha negado a casarse conmigo.

—Bueno... eso es maravilloso —dijo su tía.

—No entiendo nada. Me ofende, y ¿dices que es maravilloso?

—¿No se te ha ocurrido pensar que a lo mejor no te has casado todavía porque estabas esperando a enamorarte?

—No —hasta que conoció a Penny Doyle su vida había sido tranquila, aunque quizá estaba un poco vacía.

—Deja que te diga lo que pienso. Eres una persona a quien le gusta ser el centro de atención. Incluso de pequeño, exigías tu sitio y te enfadabas cuando tus hermanos te dejaban de lado. Además, tienes que controlarlo todo y crees que siempre tienes razón.

—Y es cierto.

—Todas las mujeres en las que te has fijado eran así también. En un ambiente tan infértil, uno no puede crecer. Tus relaciones estaban condenadas al fracaso. Por eso he tenido que intervenir.

—No entiendo.

—Sabía que Penny sería perfecta para ti.

—¿De qué estás hablando?

—Cuando la conocí en Nueva York, el puesto que ella solicitaba ya estaba ocupado —su tía entró en el salón y se sentó en el sofá.

—Lo sé —dijo él. Se acercó a donde estaba ella y vio que el otro zapato de Penny todavía estaba sobre la mesa del café. Sintió un fuerte dolor en el corazón.

—También sabes que me pareció una bocanada de aire fresco. Cuanto más hablaba con ella, más segura estaba de que era perfecta para ti. Alguien que suavizaría tus manías, pero lo bastante fuerte como para que no la pisotearas.

—¿Mi padre sabe algo de todo esto?

—Mi hermano y yo estamos en completa armonía.

—Entonces, cuando se apropió de mi secretario, ¿fue para dejarle el sitio a Penny?

—Sí. Una estrategia brillante, si me permites decirlo.

—Creía que los matrimonios de conveniencia eran cosa del pasado. ¿Estaba equivocado? Veo que en El Zafir siguen a la orden del día.

—Si mis sobrinos no fueran tan cabezotas, no haría falta que nadie interviniera.

—Así que Fariq y Kamal pueden esperar que...

—Un poco de ayuda. Creo que lo de tu hermano Fariq y la niñera progresa de manera adecuada. Y si se te ocurre decirle una palabra sobre esto, te arrepentirás.

–No diré nada.

–Bien. Ahora sólo me queda convencer a la enfermera estadounidense, Ali Matlock, para que acepte el trabajo en el hospital que le ha ofrecido Kamal.

–Muy bien, tía. Pero yo he honrado a Penny con una propuesta de matrimonio. No veo por qué me merezco esto.

–La pequeña acaba de marcharse. Apenas podía contener las lágrimas.

–¿Alguien le ha hecho daño? Dime quién, y le haré pagar por ello.

–Me temo que fuiste tú. Y, a juzgar por tu aspecto, el precio es alto. Debes dormir un poco, Rafiq. Y tu apariencia... ¿Qué le dijiste?

–Le dije que era sensata, inteligente, amena, leal, sincera y capaz de aprender. Que sería una esposa y una madre perfecta.

–¿Y qué hay del amor?

–¿Por qué las mujeres estáis tan obsesionadas con ese sentimiento difuso? No veo qué tiene que ver con todo esto.

–No me extraña que me pidiera que rompiera el contrato para que pudiera regresar a los Estados Unidos.

–¿Se marcha?

–Eso dice –Rafiq se pasó la mano por la nuca y se volvió–. ¿Sobrino? ¿Te encuentras mal?

–No –contestó, y se volvió para mirarla. Ella se puso en pie y lo agarró del brazo.

–¿Qué ocurre?

–No lo sé. Siento un dolor que nunca había sentido antes. Es como si una gran oscuridad se apoderara de mí. Me siento como si fuera a tragarme, ocultando la luz. ¿Qué es?

—Eres el rey de los sapos —la princesa Farrah lo miró con lástima.

—No creo que los insultos sean de gran ayuda.

—Lo siento... pero no he podido contenerme. ¿Qué puedo hacer por ti?

—Explicarme qué es esta horrible sensación.

—Es amor.

—No te creo —dijo asombrado.

—Me lo temía —la princesa Farrah suspiró y volvió al sofá—. Sé que siempre has pensado que todas las mujeres son iguales, pero no es verdad. El amor ha encontrado la que es para ti, la que es tan especial que nunca podrás olvidar. Durante algún tiempo, me preocupó que te quedaras soltero.

—¿Y por eso interviniste? —llevándole a Penny. Sólo con pensar en ella se le formaba un nudo en el estómago.

—Así es.

—Explícame por qué le dijiste que me habías prohibido tocarla.

—Ella me lo preguntó.

—No lo habría dicho si no hubieras comentado nada delante de ella.

—Tenía que acelerar las cosas. No llegábais a ningún sitio.

—Al parecer, estoy condenado a no llegar a ninguna parte —dijo él. No quería admitirlo, pero empezaba a pensar que su tía tenía razón. Era posible que Penny fuera la causa de tanto dolor—. Ella me preguntó si la amaba.

—¿Y qué le dijiste?

–Que el amor sólo complicaría nuestra estupenda relación. Le dije que haríamos muy buena pareja y le ordené que se casara conmigo.

–Oh, querido. ¿Y ella qué dijo?

–Que prefería comer cristal antes que ser mi esposa.

–Pobre Rafiq.

–No necesito que te compadezcas de mí, tía. Necesito tu ayuda. ¿Qué debo hacer? Me acusó de ser peor que el hombre que le robó el dinero.

–Oh, cielos. Tu delito fue no reconocer el amor. Y aunque Penny conoció el afecto de su madre, se lo quitaron demasiado pronto. Ella reconoce el amor, pero tiene miedo de aceptarlo, porque el dolor de su pérdida es muy profundo –lo miró–. Menuda pareja.

–Eso no es de gran ayuda, tía Farrah.

–Debes impedir que se vaya.

–¿Cómo?

–Dile lo que sientes en tu corazón. Eres el único que lo sabe –se puso en pie y lo besó en la mejilla–. Buena suerte, sobrino.

Cuando se marchó, Rafiq continuó mirando el zapato de Penny. Necesitaba a su secretaria. Le era tan necesaria como el aire que respiraba. Recogió el zapato.

–Tú y yo tenemos un problema –dijo él, acariciándolo–. Somos inservibles sin la pareja adecuada.

PENNY SE quitó las gafas y se frotó los ojos. No había dormido nada en toda la noche. Le parecía curioso que fuera a marcharse de El Zafir en las mismas condiciones en que había llegado.

Se acercó a la ventana para mirar el jardín. Se había encariñado con El Zafir, con su gente, y con los miembros de la familia real. Despedirse de la princesa Farrah le había costado más de lo que esperaba.

Y después estaba Rafiq.

Odiaba tener que marcharse, pero no podía quedarse. Suspiró y recordó lo que le había dicho la noche anterior... que quizá nunca conseguiría realizar su sueño. Le costaría más conseguir el capital inicial, pero estaba segura de que su madre comprendería que permanecer en El Zafir no era algo que ella pudiera soportar.

Llamaron a la puerta. Penny había pedido que la ayudaran a llevar las maletas al coche y pensó que sería algún empleado. Al salir del salón, vio, sobre una silla, el vestido negro que no se había atrevido a ponerse la noche anterior. Lo miró y los ojos se le llenaron de lágrimas. Habría estado preciosa con ese vestido. Abrió la puerta y, al ver a Rafiq, se quedó de piedra.

–Penny –dijo él.

Tenía un aspecto horrible, como si llevara días sin dormir. Su ropa estaba arrugada y no se había afeitado.

–Alteza.

–¿Desde cuándo te diriges a mí de manera formal? Por favor, cierra la puerta.

–¿Es una orden?

–Sí, si esa es la única manera de que me obedezcas.

Penny cerró la puerta.

–¿Qué es lo que quieres? Creía que no había nada más que decir.

Rafiq sacó el zapato negro de detrás de su espalda.

–Olvidaste esto.

–Gracias –dijo ella–. Aunque no hacía falta que me lo devolvieras. He dejado el otro en el dormitorio.

–¿Su pareja? –preguntó él, y dejó el zapato sobre la mesa.

–Sí. Junto con el resto de la ropa que forma parte del trabajo. Me encantaría quedarme para ver a tu ayudante con esos modelitos. Él estaría...

–No tiene tu misma talla –la interrumpió–. Ibas a marcharte sin decirme adiós.

–Anoche dijimos todo lo que había que decir.

–No.

–¿Qué más falta por decir?

–He puesto el terreno para el centro de preescolar a tu nombre.

–¿Por qué debo creerte?

Rafiq sacó un sobre del bolsillo.

—Los papeles están aquí. También el nombre de los agentes con los que negocié y el teléfono del representante del banco con el que abrí una cuenta para la construcción, apertura y funcionamiento del centro.

Penny abrió el sobre con manos temblorosas y comprobó los papeles. Estaban todos.

—¿Vas a regalarme el centro de preescolar?

—Es algo importante para ti.

—¿Pero por qué? Después de lo que te dije...

—Mi tía se ha encariñado contigo. Me culpa de que te marches. Y por haberla privado de una secretaria estupenda.

Penny se volvió para disimular las lágrimas.

—Echaré mucho de menos a la princesa Farrah.

—¿Y echarás de menos a alguien más?

Deseaba decirle que a él, pero no podía hacerlo. Debía mantener su dignidad.

—Odio tener que marcharme antes de que finalice mi contrato. Pero la princesa lo comprende y dijo que no quería que me quedara si era infeliz.

—¿Y lo eres? Me gustaría verte la cara, y los ojos. Vuélvete. Mírame, Penny.

—Tengo que irme a casa —dijo ella, negando con la cabeza.

—Ésta es tu casa.

—No.

Se colocó detrás de ella. Penny podía sentir el calor de su cuerpo y su respiración. Él la agarró del brazo e hizo que se volviera.

—Dicen que el hogar de una persona se encuentra donde está su corazón. Quiero oírte decir que no es aquí. No mentirás. Te conozco bien. Dime que no dejarás tu corazón atrás, conmigo, cuando regreses a los Estados Unidos.

–Tengo muy buenos recuerdos de mi estancia en El Zafir.

–No quiero que te vayas.

–Quedarme es imposible.

–Eso es absurdo. Por supuesto que puedes quedarte. Te he pedido que seas mi esposa.

–No puedo. Nunca pensé que tendría mi propio cuento de hadas. Ahora, aceptar algo peor sería un error.

–No puedes irte. Si lo haces, me sentiré vacío.

–Eso es ridículo. Tienes todo lo que el dinero puede comprar. Y dinero suficiente para comprar todo lo que quieras tener.

–Lo que tengo es un fuerte dolor aquí –dijo él, poniéndose la mano sobre el pecho–. Es donde solía tener el corazón.

–¿Solías tener? –preguntó ella.

–Me lo han robado.

–¿Quién? ¿O quiénes?

–Tú –él la tomó entre sus brazos–. Sólo me siento completo cuando estoy contigo.

Penny se alegraba de que la estuviera abrazando, porque la cabeza le daba vueltas. Pero su corazón...

–Por favor, no juegues conmigo.

–Nunca. Tienes razón. Tengo dinero para comprar todo lo que desee. Pero hay algo que debes comprender. Te deseo a ti. Pero sólo hay una Penny Doyle y eso hace que no tengas precio. Mi joya del desierto.

—No sé qué decir...

—Es fácil. Dime que te quedarás y alíviame este dolor.

Todavía no le había dicho lo que ella quería oír. Si cedía, sentiría que su relación nunca estaría equilibrada.

—Siento hacerte sentir mal —dijo ella—. Pero no he oído nada que me haga cambiar de opinión. Dadas las circunstancias, quedarme sólo serviría para aumentar mi desconsuelo.

—Ah —dijo él—. Quieres que te diga palabras de amor. ¿Recuerdas cuando me preguntaste si había algo en lo que no fuera bueno?

—Sí —dijo ella.

—He descubierto que no soy bueno en el amor.

—¿De veras? —no pudo evitar sonreír—. Entonces, ¿estás dispuesto a admitir que el amor es importante? ¿Y no sólo una complicación de las mujeres para molestar a los hombres?

Él sonrió.

—Era mucho pedir que hubieras olvidado mis desafortunadas palabras —después se puso serio—. Sólo admitiré que te quiero.

—Oh, Rafiq...

Él la agarró con más fuerza.

—Todavía no me has dicho lo que sientes por mí.

—Sí... lo he dicho. Deberías saberlo.

—No. Sólo me has dicho que preferirías comer cristales antes que ser mi esposa. Soy nuevo en este asunto del amor. Creo que sería más beneficioso oír las palabras —le acarició la mejilla—. Dime que me amas, Penny. Creo que lo veo en tu mirada. Dime que tengo razón. Quiero oírtelo decir.

–Te quiero, Rafiq. Creo que te he amado desde el primer día en que te vi antes de saber que eras príncipe.

–Me alegro –dijo él, y cerró los ojos–. Entonces, ¿te quedarás?

–¿Como secretaria?

Él soltó una carcajada.

–Creo que esto ya lo hemos hecho antes. No me gustó tu respuesta.

–Inténtalo otra vez. Creo que esta noche hay algo mágico en el aire.

Rafiq la agarró de la mano, recogió el zapato de la mesa y le dijo:

–Ven conmigo –la guió hasta el salón e hizo que se sentara en el sofá. Se agachó y le quitó el zapato que llevaba–. Penny Doyle, ¿te casarás conmigo?

–Yo también soy nueva en esto, pero en las películas, cuando alguien propone matrimonio, suele poner un anillo a su pareja.

–En los cuentos, la muchacha a la que le quede bien el zapato de cristal, debe casarse con el príncipe –dijo él, y le puso el zapato–. Me parece que te queda perfecto.

–Por supuesto. Es mi zapato.

–No me gustaría correr riesgos. El resultado es muy importannte para mí. No me mantengas con la intriga. ¿Me harás el honor de convertirte en mi esposa?

Penny se bajó del sofá y se arrodilló frente a él.

–Estaré encantada de ser tu esposa. Pero tengo una petición.

–Tengo entendido que te gustaría supervisar el centro de preescolar. Si quieres, podemos ir de luna de miel a los Estados Unidos y te ayudaré. Y cuando regresemos a El Zafir, insistiré en que el rey te haga ministra de Educación y Desarrollo Infantil. Aquí también trabajan las mujeres, y necesitan que les cuiden a los hijos.

Sentía tanto amor por aquel hombre que pensaba que el corazón podía estallarle de pura felicidad. Aquello era más de lo que nunca había soñado.

—Acepto. Pero eso no era lo que iba a pedirte.

—¿Cuál es tu petición?

—Quiero que me beses al menos una vez al día, tal y como hiciste en el jardín la noche del baile benéfico. Me hiciste creer en los cuentos de hadas. Quiero vivir en él el resto de nuestra vida.

—Soy tan afortunado que no puedo negarte nada —sonrió él. Su sonrisa estaba llena de ternura—. Será un placer hacer que todos tus sueños se conviertan en realidad.

Entonces, Rafiq Hassan, príncipe de El Zafir, ministro de Interior y de Asuntos Exteriores, abrazó a Penny Doyle, su futura esposa, y la besó, prometiéndole amor y felicidad eterna.

Novias del desierto

Besar a un jeque
Teresa Southwick

CRYSTAL Rawlins se colocó las grandes gafas asegurándose de que le cubrían la mayor parte posible de la cara. No estaba acostumbrada a llevarlas, pero eran necesarias para su disfraz. Había llegado el momento de actuar.

–Soy Crystal Rawlins –le dijo al príncipe Fariq Hassan en su despacho.

–Sí. La nueva niñera. Bienvenida a El Zafir, señorita Rawlins. Encantado de conocerla.

Él era un hombre alto y muy atractivo. Podría ser el príncipe de un cuento de hadas, pensó. Sonriendo, Fariq extendió la mano para saludar a Crystal.

«Estoy estrechando la mano al diablo», pensó Crystal. No sabía si él era el diablo, pero pronto descubrió que sus manos eran cálidas y fuertes y que, por algún motivo, no estaba preparada para tocarlo. El contacto con él la hizo estremecer.

Normalmente, cuando se presentaba el primer día de trabajo, iba maquillada y vestida de manera que se sintiera segura y profesional. Pero aquél no era un trabajo como los demás que había tenido y, aunque pareciera ilógico, el buen aspecto podía hacer que la despidieran. Y si eso sucedía, ¿quién pagaría las facturas y las medicinas de su madre? Los acreedores amenazaban con quitarle todo lo que poseía, incluso la casa donde Crystal se había criado, y ella no estaba dispuesta a permitirlo.

–Me alegro de conocerlo, Alteza. He leído cosas muy interesantes sobre su país. Estoy muy agradecida por tener la oportunidad de trabajar aquí.

–¿Aunque el contrato sea por tres años? Vacaciones aparte, es mucho tiempo para estar lejos de casa.

–Tener seguridad laboral es algo bueno.

–Sin duda. Igual que lo es que mis niños tengan estabilidad.

–Su tía me dijo que encontrar niñera les ha resultado difícil. Creo que han tenido cinco niñeras en un año, ¿verdad?

–Sí –dijo él, frunciendo el ceño.

–Le aseguro que tengo intención de cumplir mi contrato.

–Por supuesto. Ya veo por qué mi tía habló tan bien de usted después de entrevistarla en Nueva York.

–La princesa Farrah tiene un gusto excelente –se calló de golpe al darse cuenta de que su opinión sonaba demasiado personal–. Quiero decir, la princesa me pareció una mujer muy exigente y perceptiva, con un gusto excelente para la ropa.

–Y para las niñeras, espero.

–Y los sobrinos –murmuró.

–¿Perdón?

Ella miró a su alrededor para tomar aire y no ponerse nerviosa.

–He dicho: y aquí. Este sitio es precioso.

–Gracias.

Fariq era el padre de unos gemelos de cinco años y a ella la habían contratado para cuidarlos. Sabía que el primer día se pondría nerviosa, pero no esperaba algo como aquello. Él era muy atractivo. Pero ella siempre había pensado que la belleza era algo interior. Aun así, habría dado cualquier cosa por estar maquillada, llevar zapatos de tacón y un traje a medida.

Crystal intentaba aparentar que era una mujer corriente, tal y como se especificaba en los requisitos para el puesto. Era todo un reto para alguien que había sido muy popular en Pullman, la ciudad del estado de Washington donde ella se había criado. En su otra vida, el éxito estaba basado en la apariencia. ¿Sería capaz el príncipe de ver más allá de las horribles gafas y de la falda recta y azul oscura que ella llevaba?

Si lo hacía, Crystal sería devuelta a su país sin el generoso salario que le habían prometido, uno de los principales motivos por los que había aceptado el trabajo, además de por la oportunidad de viajar y de disfrutar de una buena experiencia en su vida. A su madre también le parecía una buena oportunidad, lo que había servido para que Crystal pudiera convencerla de que aceptara la ayuda económica que necesitaba.

—Por favor, señorita Rawlins, siéntese —dijo el príncipe señalando una silla que había frente a su escritorio.

—Gracias —dijo ella, y tomó asiento.

—Bueno —dijo él, rodeando el escritorio y sentándose frente a ella—. ¿Qué tal el viaje desde Washington?

—El viaje desde Pullman ha sido muy largo, Alteza. He perdido la cuenta de las zonas horarias por las que he pasado.

—Ya.

Fariq Hassan era el hijo mediano del rey Gamil y, al parecer, no era un hombre de muchas palabras. Según la información que Crystal había recabado acerca de la familia real de aquel país de Oriente Medio, Rafiq, el más pequeño de los hermanos, era una especie de *playboy*. Kamal, el príncipe heredero, era considerado por la prensa el soltero real más cotizado. Y Fariq era un viudo codiciado por las mujeres más bellas de todo el mundo.

A Crystal no le extrañaba. En menos de diez segundos se había percatado de que era el príncipe más atractivo que había visto nunca. Claro que, aparte de en periódicos y revistas, no había visto un príncipe en su vida.

—¿Se ha recuperado del viaje? —preguntó él con atención.

—Estoy en ello. Ayer me encontraba fatal —admitió—. Y probablemente tenía muy mal aspecto —añadió.

—Estoy seguro de que no era así.

—Es usted muy amable. Y agradezco que me den la oportunidad de aclimatarme. Aprecio de verdad que me hayan dado tiempo para descansar y así poder causarle una impresión favorable a usted y a los niños.

—Cuénteme la experiencia que tiene con niños.

Él la observaba con detenimiento, pero su mirada no transmitía nada especial aparte de curiosidad. Su forma de reaccionar era señal de que el disfraz estaba funcionando. Entonces, ¿por qué se sentía decepcionada al ver que él no la encontraba atractiva?

—Me pagué la universidad con el dinero que ganaba cuidando niños —«y con el dinero que me dieron por quedar segunda en un concurso de belleza», pensó para sí—. Soy licenciada en Educación Infantil. Después de graduarme trabajé durante un año para una familia de Seattle. Probablemente tenga las cartas de recomendación en la documentación que tiene ante sí.

—Sus referencias son impecables. ¿Es licenciada en Educación? —le preguntó, mirándola a los ojos.

—Tarde o temprano, me gustaría enseñar —se puso derecha y lo miró fijamente.

—¿No le gustaría formar su propia familia?

—Algún día. Pero hay cosas que quiero hacer antes de enamorarme, casarme y tener hijos.

—¿En ese orden?

—¿En qué otro orden podría ser?

—Tener hijos y después casarse —dijo él, esbozando una sonrisa.

Ella se sonrojó al oír la sugerencia de mantener relaciones antes de casarse. No era algo por lo que se pudiera juzgar a nadie en aquellos tiempos, pero hablar de cosas tan íntimas con aquel hombre hacía que le ardieran las mejillas.

—Alteza, no soy tan ingenua como para pensar que no sucede tal cosa. Pero a mí no.

—Ya veo. ¿Pero no son los estadounidenses los que alardean de poder mantener una familia al mismo tiempo que un trabajo? ¿Qué sentido tiene esperar, señorita Rawlins?

—Porque no es la manera en que quiero hacerlo. Adoro a los niños, y por eso elegí esa carrera. Cuando tenga hijos, me quedaré en casa para criarlos. Y cuando llegue el momento, regresaré al trabajo. El horario de la escuela me permitirá pasar los festivos y las vacaciones con mis hijos.

—Muy organizada —dijo él frunciendo el ceño.

—¿No le parece bien?

—Al contrario. Me parece algo muy positivo.

Por la expresión de su rostro parecía que no la creyera. Crystal entrelazó los dedos y colocó las manos sobre su regazo.

—¿Puedo hacerle una pregunta?

—Sí.

—Perdóneme si parezco impertinente, pero como educadora he aprendido que es muy importante crear un ambiente en el que ninguna pregunta sea percibida como estúpida.

—Ya veo. Ahora que se ha explicado, por favor, haga su pregunta estúpida —dijo él, esbozando una sonrisa.

Crystal no estaba segura de si se estaba riendo de ella o no. Pero decidió no amedrentarse. Era la niñera y, gracias a los hijos de él, tendrían que verse a menudo. Era importante que él supiera que era una mujer que decía lo que pensaba.

—No es una pregunta, sino más bien una aclaración estúpida. Esta conversación parece más una entrevista que un recibimiento.

—¿Perdón?

—Ya sabe... nos presentamos, y usted me da la bienvenida a su país. Algo que ha hecho muy amablemente. Pero tenía entendido que ya me habían contratado para el puesto.

–Mi tía Farrah quedó muy impresionada con usted, y yo respeto mucho su opinión. Pero son mis hijos, señorita Rawlins. La decisión final es mía.

–Entonces, si usted está en desacuerdo con la princesa Farrah...

–Usted regresará a Estados Unidos en el primer vuelo –contestó él.

–Eso me plantea otra pregunta.

–¿También de las estúpidas? –preguntó con una sonrisa.

–Espero que no –se aclaró la garganta–. ¿Por qué buscaba una niñera estadounidense? ¿Por qué no una mujer del país, familiarizada con las costumbres de El Zafir?

–Yo les enseñaré a mis hijos las costumbres del país. Igual que el resto de mi familia. Pero muchos de nuestros negocios están en Occidente y, como Hana y Nuri tendrán que servir a El Zafir, se relacionarán con personas representantes de Estados Unidos. Usted podrá prepararlos para tal cosa, algo que no podría hacer una mujer de mi país. Es un requisito que me parece muy importante.

–Sobre los requisitos del puesto, Alteza...

–¿No estaban lo suficientemente claros?

–Es interesante que lo pregunte de esa manera. ¿Puedo preguntar por qué buscan a una mujer «corriente»?

–Creo que buscábamos una mujer estadounidense, discreta, corriente, inteligente y que fuera buena con los niños.

Crystal se consideraba discreta e inteligente y adoraba a los niños, así que lo que le preocupaba era lo de mujer «corriente».

–Comprendo el significado de todo lo demás. Pero su tía no me explicó por qué ser corriente era importante.

–Porque las mujeres bellas son... –dudó un instante. Su mirada se volvió fría y ardiente al mismo tiempo.

–¿Son qué? –preguntó ella, estremeciéndose al ver la expresión de su rostro.

–Una distracción no bienvenida.

–Ya veo.

Crystal esperaba que fuera un hombre arrogante. Se había preparado para ello, pero el príncipe se había comportado de manera cálida y educada, algo que a ella le parecía encantador. Su repentina frialdad sugería que tenía una historia que contar, y a Crystal no le sorprendería que una mujer bella estuviera implicada. Sentía curiosidad por saber qué le había sucedido. Y quizá estuviera allí el tiempo suficiente como para averiguarlo... a no ser que él descubriera la mujer que había tras el disfraz y la mandara de regreso a su país.

Entonces, recordó sus palabras. ¿Había dicho que las mujeres bellas eran una distracción no bienvenida? ¿No sería culpa suya si se distraía con ellas? Crystal sintió cómo cada vez estaba más irritada. Le habían enseñado a responsabilizarse de sus acciones, pero quizá los jeques sí podían culpar a los demás de sus errores.

–Alteza, permítame que me asegure de que lo he comprendido. Si usted fuera incapaz de concentrarse en una tarea, como decimos en el campo de la educación, ¿sería culpa de la mujer por ser bella?

Una vez más, Crystal lo miró a los ojos y permitió que él la observara. Si su disfraz no era bueno, era mejor que lo descubriera cuanto antes. No se consideraba una mujer muy bella, pero en su ciudad, solía ser alguien que llamaba la atención. Consideraba que su capacidad para cuidar niños no debía basarse en su aspecto.

Se miraron durante un instante y ella deseó que él dijera algo. Lo mejor era que se enterara cuanto antes de su opinión. Sobre todo, por los niños.

—A ver si he comprendido la pregunta —dijo él, con brillo en la mirada—. ¿Me pregunta quién es el culpable si soy incapaz de concentrarme en presencia de una bella mujer?

—Más o menos.

—La culpable es ella, por supuesto.

Crystal no estaba segura de si estaba bromeando y decidió comportarse como si no fuera así.

—Entonces, hay algo que debe saber sobre mí antes de que lleguemos más lejos.

Fariq apoyó los codos sobre el escritorio y se echó hacia delante.

—¿El qué?

—El principio básico que tengo a la hora de trabajar con niños es que uno siempre tiene que responsabilizarse de sus acciones.

—También hay algo que debe saber sobre mí.

—¿El qué?

—Que no soy un niño. Y que nunca me equivoco.

–Siempre es bueno saber la opinión de un jefe –dijo ella–. Suponiendo que siga siendo mi jefe. O yo su empleada –añadió Crystal y contuvo la respiración.

–Creo que mi tía ha hecho una buena elección. Lo hará muy bien.

Crystal debería estar contenta por haber pasado la entrevista: estaba contratada. Sin embargo, una vez obtenido el trabajo, se sentía ligeramente desilusionada. Él creía que era una mujer corriente, tal y como Crystal fingía ser. No había sido capaz de ver más allá de las gafas y la ropa que ella llevaba. Sin embargo, debía respetarlo. A pesar de pertenecer a una familia que pagaba a otros para que criaran a sus hijos, amaba tanto a los niños que había insistido en conocerla. Era evidente que le parecía muy importante dar su aprobación a la persona que cuidaría de ellos.

–Estoy deseando conocer a los niños –dijo ella.

–Se los presentaré enseguida –dijo él con orgullo en la voz y ternura en la mirada.

Se puso de pie, rodeó el escritorio e hizo un gesto para que Crystal pasara delante. Ella se detuvo junto a la puerta. Ambos fueron a abrirla al mismo tiempo y sus manos se rozaron.

–Permítame –dijo él, y ella se estremeció.

–Gracias.

Al salir, miró a su alrededor. Sus zapatos de tacón se hundieron ligeramente sobre la gruesa moqueta. Las paredes estaban cubiertas de madera tallada sobre la que colgaban diferentes fotos de El Zafir.

Nunca había visto tanta elegancia como la que había en el palacio. Suelos de mármol, escaleras enormes, una fuente en el recibidor, grandes jardines... Había muebles caros, cuadros y tapices por todas partes.

En la zona de oficinas del palacio había cuatro despachos. El del rey, el del príncipe heredero y el de Fariq, que era donde se encontraban. Al final del pasillo había otro más, y supuso que sería el de Rafiq, el más joven de los hermanos. Le pareció oír voces de niño y después unas carcajadas.

—Se han ido por allí.

—Ésa es una frase de las películas del oeste de su país.

—Conoce la expresión.

—Asistí a la universidad en Estados Unidos.

—Sí, es cierto. Lo sabía.

Entraron en el último despacho y vieron que en el sofá había dos niños sentados con un hombre que sólo podía ser el hermano de Fariq. En una de sus rodillas estaba sentada una niña que le peinaba el cabello. Al mismo tiempo, el príncipe Rafiq le hacía cosquillas al niño que estaba sentado sobre su otra rodilla. El pequeño se reía a carcajadas y le pedía que parara. Sin duda, aquéllos eran los gemelos de cinco años que ella tendría que cuidar.

—Y dicen que los hombres no son capaces de hacer dos cosas a la vez —comentó Crystal sin poder contenerse.

—Guarde bien el secreto —dijo Fariq, arqueando una ceja.

El brillo de sus ojos y la sonrisa de sus labios indicaban que estaba bromeando y que tenía sentido del humor.

—¡Papá! —dijeron los niños al verlo.

Corrieron hacia él y se agarraron a sus piernas. Él se agachó y los abrazó.

—Hola, pequeña —dijo mientras acariciaba la nariz de su hija—. Y tú —acarició la cabeza del niño—. Hay alguien que quiere conoceros —los niños se volvieron para mirar a Crystal con curiosidad—. Ésta es la señorita Rawlins. ¿Qué se dice?

—Hola —dijo el niño mirando a su padre—. Quiero decir, ¿cómo está?

Fariq asintió con aprobación.

—¿Cómo está? —repitió la niña.

El príncipe sonrió a la pequeña y después miró al otro hombre.

—El que hacía de niñera es Rafiq, mi hermano pequeño.

—Alteza —dijo ella.

El príncipe se puso en pie y se pasó la mano sobre el cabello.

—Es un placer conocerla, señorita Rawlins —dijo él, y tendió la mano para saludarla.

—Lo mismo digo, Alteza.

—Llámame Rafiq. Insisto —dijo él, antes de que ella pudiera protestar.

—Gracias —Crystal miró a los niños—. Vosotros debéis de ser Nuri y Hana.

—¿Cómo sabes nuestros nombres? —preguntó la pequeña, impresionada.

—Me los dijo vuestra tía Farrah. Cuando la conocí en Nueva York, me enseñó fotos de los dos.

—Tus gafas son muy grandes —dijo Nuri—. Y muy feas.

–Eres muy observador –dijo ella.

–Tienes el pelo demasiado apretado –dijo Hana al observar que llevaba el cabello recogido hacia atrás.

–Eso es lo que parece –dijo Crystal.

–¿No te duele? –preguntó Hana.

–No –Crystal miró al padre de los niños–. ¿Puedo hacerle una pregunta, Alteza?

–Fariq –dijo él–. Mi hermano tiene razón. En privado no es necesaria tanta formalidad. Yo te llamaré Crystal.

–De acuerdo, Fariq –al pronunciar su nombre se percató de que le parecía exótico.

–¿Es una pregunta estúpida? –bromeó él.

–Vas a hacer que me arrepienta de mi comentario, ¿verdad? –dijo ella con una sonrisa–. No importa. Me arriesgaré. Sólo me preguntaba si a menudo traes a los niños al trabajo.

–Lo dices porque están aquí con mi hermano. La respuesta es no: mi hermano se ofreció a hacerlo. Se siente culpable de la marcha repentina y poco digna de la última niñera.

–No fue culpa mía –protestó el hermano.

–No digas mentiras, tío –dijo Nuri–. La niñera estaba en tu cama.

–¿Y tú cómo lo sabes?

–La tía Farrah se lo dijo al abuelo –explicó el niño–. Después dijo que la nueva niñera debería ser como una ciruela pasa.

–¿Y eso cómo lo has oído? –preguntó Fariq con desaprobación.

–Nuri se ha vuelto a esconder tras el sofá de la tía Farrah –intervino Hana. Después miró a Crystal con timidez y dijo–: Me alegro de que no seas una vieja ciruela pasa.

–Yo también –dijo Crystal, agradecida porque alguien de la familia real pudiera ver el bosque entre los árboles.

–Pequeña, no debes chivarte de lo que hace tu hermano –el príncipe amonestó a su hija.

–¿Aunque sea la verdad y él sea un tonto?

–Aun así –explicó el padre–. La lealtad a la familia es un tesoro.

Fariq disfrutó al ver la expresión avergonzada de su hermano y trató de contenerse para no reír al recordar las palabras de su hijo. No tenía ni idea de que su hijo supiera los detalles sobre la última niñera, pero había acertado. Miró a Crystal y vio que observaba a su hermano. Se preguntó qué estaría pensando.

–Como todas las mujeres que Rafiq conoce, la última niñera se enamoró de él. Actuó de esa manera para llamar su atención, pero el resultado no fue lo que ella esperaba.

–Creo que sé cuál fue el resultado, puesto que yo estoy aquí y ella, no.

–Despido inmediato –confirmó Rafiq–. Convencí al rey para que no la decapitara.

–Estás mintiendo otra vez, tío –dijo Hana entre risas.

–Sí, pequeña. Tu tío es un mentiroso –convino Fariq–. Dice que rechazó sus insinuaciones.

–Es la verdad –protestó él–. Inocentemente, entré en mi habitación y me la encontré. Inmediatamente, me di la vuelta y salí de allí. Nuestro padre me creyó.

–El rey no estaba interesado en las explicaciones –le dijo Fariq a Crystal–. Le ordenó a mi hermano que cesara de coquetear con las empleadas, que se buscara una esposa y asentara la cabeza. Sus palabras exactas fueron que no quería justicia, sólo paz y tranquilidad.

–Puedo comprender por qué –contestó ella.

–Pero nos habíamos quedado sin niñera. Yo estaba en negociaciones para inaugurar un conocido centro comercial en El Zafir. El rey decidió que la tía Farrah acudiera a una agencia de renombre de Nueva York.

Fariq había estado de acuerdo con su padre, y la lista de requisitos le había parecido una buena idea. No deseaba tratar con una mujer que escondiera un corazón malvado tras un rostro de ángel. Con una vez había tenido suficiente.

Fariq pensó que Crystal era exactamente lo que su padre tenía en mente cuando promulgó el decreto. Y que sus hijos tenían buen ojo para los detalles. Las gafas de Crystal eran enormes y feas, pero no podían ocultar sus bonitos ojos color avellana. Eran ojos de gato. Tenían brillo de inteligencia y humor. Fariq también se había fijado en la piel de su rostro, que parecía suave e impecable.

Tenía el cabello castaño, y el peinado parecía incómodo, pero no podía culparla por tener un mechón descolocado.

La falda azul oscura le llegaba hasta los tobillos y hacía juego con una chaqueta que él deseaba fuera más corta y entallada, de forma que pudiera hacerse una idea de su silueta. Los tobillos le daban una idea de cómo serían las piernas que se ocultaban tras la tela. Pero sentía curiosidad de vérselas. «La curiosidad mató al gato», pensó. Debía estar agradecido por el atuendo conservador que ella se había puesto. Necesitaba una niñera, y su tía le había asegurado que Crystal era perfecta.

Él estaba de acuerdo. Le gustaba que fuera tan franca y dijera lo que pensaba. Además, tenía sentido del humor y una mente ágil. Le gustaba, y sintió que debería tener cuidado. Trató de ignorar el sentimiento. Sólo significaba que su relación, a la hora de tratar a los niños, sería más eficiente. Si los encuentros resultaban ser algo más divertido, ignoraría cualquier sensación placentera.

Estaba de acuerdo con su tía. Crystal parecía perfecta. Excepto por una cosa: su sonrisa. La había visto sonreír a su hija hacía unos minutos y Fariq había experimentado una extraña sensación en el pecho. Trató de no pensar en ello mientras oía su melodiosa voz. Expresaba ternura y educación, algo importante para los niños. Lo demás, no importaba.

Crystal se agachó para hablar con los pequeños.

—Hana, estoy de acuerdo con tu padre sobre lo de chivarse. Pero también recuerdo lo bien que uno se siente al meterse con su hermano.

—¿Tienes un hermano, Crystal? —preguntó Rafiq.

—Cuatro —aclaró ella, enderezándose—. Soy la pequeña. Y he de admitir que también fui un poco chivata en su momento.

Fariq la miró.

—¿Y qué les parecía a tus hermanos?

–No muy bien. Pero no podían hacer mucho porque mi padre les ordenó que no me pusieran la mano encima. Siempre decía: «No se pega a las chicas».

–El hombre que pega a una mujer es un cerdo –convino Rafiq.

–Según decía mi padre, es peor que lo que se saca de limpiar las cochiqueras de los cerdos –dijo ella.

–Sin duda, tu padre era un hombre honorable –dijo Fariq–. En mi país no se tolera que los hombres peguen a las mujeres. Es un delito que se castiga con severidad.

–Igual que la mentira y la traición –intervino Rafiq.

Fariq miró a Crystal y pensó que se había puesto pálida. Miró a su hermano y le preguntó:

–¿De qué estás hablando?

–Tus mentiras han manchado mi nombre. Soy un hombre respetable que sólo dice la verdad. No sé por qué nuestro padre me hace responsable del comportamiento de aquella mujer. No es culpa mía.

–¿Qué fue lo que dijo Shakespeare sobre protestar demasiado? –preguntó Fariq.

Pero quizá su hermano no podía evitar que las mujeres lo encontraran encantador. Rafiq miró a Crystal y le preguntó:

–¿Crees que soy un hombre deshonesto?

–Apenas te conozco –contestó ella. Después pestañeó y abriendo bien los ojos añadió–: Lo que quiero decir es que...

–No importa –interrumpió Fariq–. No es necesario que lo arregles. Tu primera respuesta ha sido acertada.

–Entonces, conóceme –dijo Rafiq–. Esta noche, en la cena. Asistirá toda la familia. Decide por ti misma.

«Ya estamos otra vez», pensó Fariq. Pero por algún motivo, las atenciones que su hermano tenía hacia Crystal lo molestaban. ¿Sería por el comentario que hizo ella acerca del orden de enamorarse, casarse y tener hijos? Maldita sea. Era demasiado inocente para enfrentarse al coqueteo de Rafiq.

–Sí, por favor –dijo Hana, mirando a Crystal.

Fariq conocía a su hija. La pequeña, que no solía confiar en los demás con facilidad, había aceptado a aquella mujer sin dudarlo.

–Mi hermano tiene razón. Debes conocer a la familia. La cena es a las siete.

–Muy bien. Gracias.

Respondió con facilidad. Pero Fariq se preguntaba por qué parecía que la nueva empleada hubiera sido condenada a que la decapitaran en la plaza de la medina. Estaba dispuesto a averiguarlo.

CUATRO horas antes Crystal había palidecido tras recibir la invitación para que fuera a cenar con toda la familia real. En aquellos momentos, estaba sentada a la mesa preguntándose si había recuperado el color de su rostro. Aunque estaba segura de que sería una niñera estupenda, no deseaba que la pusieran a prueba delante de toda la familia.

–Me temo que la nueva niñera es un fraude –dijo la princesa Farrah, mirándola.

Crystal se quedó helada. Con el corazón acelerado, sintió que palidecía de nuevo. Haciendo un gran esfuerzo, miró a la princesa:

–¿Perdón?

–Estás muy callada. No pareces la chica vivaz que conocí en Nueva York

–Según mi madre, siempre es mejor no decir nada y arriesgarse a que la gente piense que se es una persona sencilla, que decir algo y demostrarlo.

–Su madre es una mujer sabia –comentó el rey Gamil.

–Así es.

Crystal miró hacia el extremo izquierdo de la mesa, desde donde el rey Gamil la observaba. Pensó que debía de tener cincuenta y tantos años y que aun así seguía siendo atractivo. Su madre habría dicho que era su estilo de hombre.

A Vicky Rawlins le habría encantado cenar con la familia real de El Zafir. Se había casado muy joven y se arrepentía de no haber tenido otra vida que la de la ciudad de Pullman. Cuando Crystal terminó la universidad, sus padres se divorciaron. Después, vino el terrible accidente de coche y la lenta y costosa recuperación de su madre.

A pesar de todo, ella animó a su única hija para que hiciera todo lo que deseara antes de casarse y formar una familia. Cuando se enteró de que Crystal había conseguido aquel trabajo, se puso muy contenta. Eso, además del generoso salario que le ofrecían, era lo que hacía que Crystal estuviera decidida a tener éxito en su trabajo. El fracaso no era una opción; preferiría que la decapitaran.

—El hecho de que esté tan callada, ¿significa que no está disfrutando de la velada? —le preguntó el rey.

—Al contrario, Majestad. Nunca había cenado tan bien.

—Me alegro de que haya disfrutado de la comida —el rey dejó su tenedor de oro sobre la mesa.

—Y la compañía también es algo ejemplar.

Miró alrededor de la mesa y se fijó en que los príncipes habían heredado los rasgos de su padre. Antes de la cena, había conocido al príncipe Kamal, el mayor de los tres hermanos. También era alto, moreno y muy atractivo. Aunque para ella, Fariq era el más atractivo.

La princesa Farrah era la hermana del rey. Su edad era imposible de adivinar. Podía tener entre cuarenta o sesenta años, aunque Crystal se inclinaba por la cifra menor. Tenía el cabello oscuro y los ojos negros y grandes.

La princesa Johara era la única hija del rey. Tenía diecisiete años y era muy guapa. Estaba sentada en el mismo lado de la mesa que Crystal. Hana estaba entre ellas y Nuri al otro lado de la princesa.

—Me da la sensación de que hay algún otro motivo para que estés callada —comentó Fariq—. Algo aparte de la prudencia.

—¿De veras? —dijo ella. Aquel hombre era demasiado perceptivo.

—¿Es posible que te sientas intimidada por lo que te rodea?

—¿Yo? ¿Intimidada?

Era una chica que se había criado en una pequeña ciudad de Washington. Aquella noche, estaba cenando con toda la familia real de un país petrolífero. Se encontraban en una habitación amueblada con las piezas más caras que había visto nunca. Grandes candelabros iluminaban la habitación y la fragancia de las flores invadía el ambiente. Posiblemente, el mantel que cubría la mesa costaba más de lo que ella podía ganar en un mes.

Crystal trató de contener la risa histérica que se apoderaba de ella. Miró a su alrededor y decidió que el lugar era para sentirse intimidada.

—Ahora que lo dices —dijo ella, mirando a Fariq—. Me siento insignificante y asombrada por lo que me rodea.

—Por favor, no te sientas así —dijo la princesa Farrah—. Somos gente normal.

–Defina «normal» –Crystal se rió–. Alteza, mi familia nunca ha tomado el aperitivo antes de la cena y nuestra ropa formal consiste en camiseta, vaqueros y zapatillas.

Miró el vestido marrón que llevaba y suspiró. No le quedaba especialmente bien y tampoco resaltaba su figura. Aunque sabía que para el trabajo necesitaría vestidos elegantes, no habría podido ponerse nada que la favoreciera. A su lado, Hana se metió debajo de la mesa para recoger la servilleta que se le había caído.

El rey frunció el ceño y se aclaró la garganta.

–Quizá seamos un poco más formales que las familias normales. Pero estoy de acuerdo con Farrah en que debes relajarte y ser tú misma. He de decir que mi hermana hizo un gran trabajo al contratarte. Creo que serás una niñera estupenda para Nuri. Y quizá para Hana, si sale de debajo de la mesa –dijo con desaprobación.

La niña se cubrió la boca con la mano para contener la risa y miró a Crystal. Ella deseaba haberse incorporado al trabajo, ya que así habría podido levantarse para ir a acostar a los pequeños, que ya estaban cansados. Pero no empezaba a trabajar hasta el día siguiente. Al menos, los niños seguían de buen humor. Pero si eso cambiaba, se vería obligada a decir algo. Le guiñó un ojo a la niña y señaló la silla para que se sentara de nuevo.

–Gracias, Majestad. Agradezco su cumplido –le dijo con una sonrisa. Empezaba a estar más tranquila. Hasta entonces, nadie había visto nada más allá de sus horrendas gafas y atuendo sencillo. Debería estar agradecida y sentirse feliz. Pero no era así. Y eso hacía que se sintiera confusa.

—¿Puedo preguntarte dónde fuiste a la universidad? —preguntó Kamal. Era el más serio de los hermanos. Rafiq era amistoso y encantador. Fariq era tranquilo, aunque tras su apariencia reservada, se escondía un buen sentido del humor.

—Estudié en la Universidad de Washington.

—¿Y qué estudiaste?

—Me licencié en Educación Infantil.

—¿Qué otros aspectos te cualifican para cuidar de mis sobrinos?

Ella miró a Fariq y percibió cierta sorna en su mirada. «Ya estamos otra vez», pensó. Se sentía como si estuvieran entrevistándola de nuevo.

—Me pagué los estudios cuidando niños de familias adineradas durante los meses de verano y las vacaciones de invierno. Adjunté las referencias al currículo que le entregué a la princesa Farrah.

—Las miraré —dijo Kamal.

Crystal se preguntaba si los miembros de esa familia se comunicaban entre sí o si todos hacían lo mismo porque consideraban que tenían que mantenerlo todo bajo control. No pudo evitar hacer una pregunta:

—¿Hay alguien más que quiera entrevistarme para asegurarse de que soy apta para el puesto? —dijo con dulzura.

La princesa Farrah contestó:

—No permitas que te asusten los hombres de la familia Hassan, cariño. El trabajo es tuyo desde que te contraté en Nueva York. Mis sobrinos tienen mucha tendencia a parecer importantes.

Fariq dejó el vaso de agua sobre la mesa.

—No se trata de aparentar cuando hablamos de mis hijos.

—Estoy de acuerdo. Yo también quiero mucho a los niños —dijo Farrah—. La agencia de Nueva York tiene fama de ser la mejor. Con su ayuda, me encargué de buscar a la niñera perfecta. Hana y Nuri estarán en buenas manos. Crystal es una joven admirable.

—El tiempo lo dirá —dijo él.

Crystal pensó que las palabras de Fariq contenían un reto oculto. Antes de decidir si debía preocuparse o no, Nuri se metió debajo de la mesa para buscar su servilleta.

Johara no se dio cuenta. Miró a su padre.

—Quiero ir a Nueva York.

—Sólo es una ciudad —comentó el padre, restándole importancia a su comentario—. Estás mucho mejor aquí. Ésta es tu casa, y el lugar al que perteneces.

—No quiero estar a salvo. No quiero pertenecer a ningún sitio. Me gustaría vivir experiencias nuevas. Ojalá pudiera vivir mi vida sin que nadie me dijera lo que tengo que hacer.

—Tonterías, Johara. Ya es hora de que te dejes de sueños estúpidos.

—No son sueños estúpidos...

—Ya basta. No quiero escuchar más tus fantasías de niña —la joven lo miró enojada, pero obedeció. Crystal la comprendía. Sabía que el rey era un hombre que se caracterizaba por escuchar las necesidades del pueblo. Pero si no escuchaba a su propia familia, acabaría mal. Crystal compartía las mismas inquietudes y necesidades que todos los jóvenes. Una de ellas era que los tomaran en serio, además de conseguir la felicidad y buscar su independencia–. Cuéntame, Crystal, ¿tienes alguna afiliación política en tu país? –preguntó el rey, cambiando de tema.

Aunque Crystal deseaba decirle que le preguntara a su hija qué era lo que deseaba hacer en Nueva York, se contuvo.

–Sí, Majestad. Soy *republícrata*.

Se hizo un silencio en la mesa y Crystal se percató de que todos la miraban. Todos menos los niños, que estaban jugando con las servilletas y escondiéndose bajo la mesa.

–¿*Republícrata*? –Fariq frunció el ceño–. Estudié la política de tu país, pero nunca oí hablar de ese partido.

–Nadie lo ha hecho. Sólo tiene un afiliado. Básicamente, saco lo mejor de los Demócratas y de los Republicanos.

–Ah, haces una mezcla de ambas políticas.

–Exacto.

–Una mezcla ideológica –dijo el rey con aprobación–. Eso demuestra inteligencia y responsabilidad. No sigues al rebaño. Eres una mujer que puede pensar por sí misma.

–Ésa soy yo. Tengo mucha mezcla política entre mis antepasados. Nada de pedigrí.

–Afortunadamente –intervino Rafiq–. Tengo mucha experiencia con caballos, y creo que los pura sangre dan muchos problemas.

–Ya te contaré –murmuró ella, preguntándose cómo sería trabajar para Rafiq, cuya línea de sangre seguro que era impecable.

–¿Perdón? –dijo él, mirándola a los ojos.

–He dicho que ya lo veré. Puesto que tu hermano también sabe de caballos me contará los problemas que dan los pura sangre.

–Sí –Fariq bebió un poco de champán–. Y en ese aspecto, las personas se parecen mucho a los caballos.

Crystal se sonrojó. ¿Habría oído sus palabras? ¿Había comprendido que la sangre real podía convertirlo en intratable?

–Creo que no lo he comprendido –dijo ella.

–Los pura raza pueden ser difíciles y exigentes. Igual que mis hijos. Necesito a alguien inteligente, fuerte y con recursos para educarlos. Todavía no hemos hablado de tu punto de vista acerca de la educación de los niños.

–Estaré encantada de contártelo cuando quieras.

–¿Qué te parece ahora? –le preguntó.

–Perfecto. Así ahorraré tiempo, ya que los demás también están presentes. ¿Qué te gustaría saber?

–¿Qué opinas de la disciplina? –Fariq dejó la servilleta junto al plato.

–Estoy a favor, pero creo que cualquier castigo debe encajar con el delito.

En ese momento, Hana golpeó el plato con el codo y, al moverlo, chocó contra el vaso y éste se rompió. El agua se derramó por encima de la mesa.

–Oh, Crystal –dijo la pequeña y escondió el rostro contra el hombro de la niñera.

Ella la rodeó con el brazo.

—No te preocupes, cariño. Ha sido un accidente.

—Johara —dijo el rey enfadado. Miró a su hija mientras un sirviente se acercaba a limpiar la mesa—. Esta noche los niños son tu responsabilidad. Haz que se comporten.

—Pero, padre, llevan mucho tiempo sentados...

—Llévalos a su habitación. Ahora mismo.

—Será un placer —la princesa tiró la servilleta sobre la mesa y se puso en pie—. Hana, Nuri, venid conmigo.

Crystal abrazó a la pequeña antes de dejarla ir con su tía. Cuando se marcharon, el silencio se apoderó de la habitación.

Fariq se aclaró la garganta.

—¿Y qué castigo aplicarías para este delito?

—Primero de todo, no ha hecho nada malo. Ha sido un accidente. Si lo hubiera hecho a propósito habría sido otra historia —miró al rey y decidió continuar—. Segundo, estoy de acuerdo con la princesa Johara. Los niños de cinco años son capaces de comportarse bien durante aproximadamente cuarenta y cinco minutos. Hana y Nuri han superado ese tiempo hace tres cuartos de hora. En mi opinión, había pasado su periodo de gracia. Han estado sentados demasiado tiempo y necesitaban comportarse como lo que son, niños.

—¿Qué habrías hecho? —preguntó Fariq.

—Los habría llevado a su habitación para acostarlos hace un buen rato.

—Pero forman parte de la familia real —protestó el rey.

–Niños de la familia real –remarcó ella–. No son adultos. A medida que crezcan, serán capaces de comprender las exigencias de la pompa y solemnidad. Pero sólo tienen cinco años, son casi bebés.

–Pero Johara...

–Disculpe, Majestad –lo interrumpió–. La princesa no tiene la culpa. Tratar de controlar a unos niños de cinco años es como intentar controlar al viento.

–Crystal, tienes mucha razón –la princesa Farrah se limpió la boca con delicadeza y dejó la servilleta junto al plato–. Yo no sé mucho sobre la educación de los niños puesto que no tengo hijos. Gamil tampoco es un experto, ya que sus cuatro hijos se criaron con niñeras y en colegios internos. Sabía que serías la niñera perfecta en cuanto te conocí.

Crystal agradeció el comentario de la princesa. Miró a su alrededor y vio que todos los hombres asentían con aprobación. Un sentimiento de felicidad se apoderó de ella.

Normalmente, su aspecto era lo que más destacaba de ella. Incluso había estado a punto de casarse con un hombre que la consideraba el accesorio perfecto para un abogado en la carrera hacia el éxito. Él le había llegado a decir que guardara su inteligencia para sí, se pusiera derecha, sacara pecho y se mantuviera atractiva. Crystal le había dicho que se olvidara de ella.

Era alentador que la tomaran en cuenta por sus ideas. En aquel trabajo, el aspecto era un inconveniente que tenía que superar. Al ver que Fariq la miraba, se estremeció, y deseó llevar un poco de maquillaje y un vestido bonito. Pero no podía. Hasta que no pasara un tiempo y lo convenciera de que era la mejor persona para cuidar de sus hijos, tenía que esforzarse en guardar el secreto.

–Se lo agradezco, Alteza –le dijo a la princesa.

–¿Cómo es que no tienes hijos? –le preguntó la princesa.

–La señorita Rawlins cree que hay que enamorarse, casarse y tener hijos. En ese orden –intervino Fariq, con brillo en la mirada.

–Ah. ¿Y aún no has conocido al hombre que haga que tu corazón lata más deprisa? ¿Alguien que te haga pensar en el amor?

Sin querer, Crystal miró a Fariq. Enseguida, desvió la mirada y la dirigió a la hermana del rey.

–No, Alteza. Estuve a punto de comprometerme una vez, pero...

–¿A punto? –preguntó Fariq–. ¿Y ahora?

–Ya no forma parte de mi vida –contestó ella, encogiéndose de hombros.

–Así que, ¿para olvidar a aquel hombre has aceptado este trabajo lejos de casa? –preguntó Kamal.

–Desde que era una niña, mi madre me insistió en que había que disfrutar de la vida antes de atarse con responsabilidades.

–Interesante –comentó Fariq.

–Tengo cuatro hermanos que siguieron el ejemplo de mis padres y se casaron muy jóvenes. Yo soy la única que no lo ha hecho, y mi madre espera que haga lo que me dice y no lo que ella hizo. Quiero que se sienta orgullosa de mí.

El primer hombre que estuvo a punto de conseguir que Crystal olvidara lo que le había inculcado su madre sólo la quería como un instrumento para avanzar en su carrera profesional. Después, ella decidió que no sería así. El juego necesitaba dos jugadores. Pensó en Fariq. Una tontería, porque él no estaría dispuesto a participar. Y menos con una mujer corriente.

—Así que los consejos de tu madre han hecho que salgamos ganando —comentó Fariq.

—Espero que sigas pensando de esa manera —se quitó las gafas y se frotó el puente de la nariz. Echaba de menos las lentillas.

La princesa Farrah se dirigió a ella.

—Crystal, ¿de veras necesitas las gafas para corregir tu vista?

La pregunta la sorprendió. Se apresuró para ponerse de nuevo las gafas.

—¿Por qué lo pregunta?

—Porque tienes unos ojos muy bonitos. Y una piel impecable. Por lo que veo no llevas nada de maquillaje.

—No —dijo ella—. Sin gafas soy como un murciélago. La miopía, junto con el astigmatismo, hacen que vea muy mal —al menos, eso era verdad—. Sin las gafas, no podría ver el otro extremo de la mesa. Aunque, en mi defensa, he de decir que es una mesa muy larga.

—Lo es —contestó la princesa—. Pero, qué desgracia. Sin las gafas, estoy segura de que estarías mucho más guapa. ¿Nunca has pensado en ponerte lentillas?

—¿Qué más da? —intervino Fariq—. Está bien como está. La belleza es una cualidad sobrestimada.

—Entonces, ¿prefieres a una mujer fea? –dijo Rafiq.

—No he dicho eso...

—Si la belleza no te atrae, ¿qué atributos encuentras atractivos en una mujer? –preguntó Kamal, esbozando una sonrisa.

—La sinceridad –contestó Fariq sin dudar.

De todos los atributos posibles, ése era el que Crystal no cumplía. Fariq había salido con las mujeres más bellas del mundo y, sin embargo, prefería la franqueza ante el encanto. Eso la sorprendía.

Así que dijo lo primero que se le ocurrió.

—Mi madre siempre dice que la belleza es lo que la belleza hace.

Al cabo de unos instantes, el rey preguntó:

—¿Y qué significa?

—No estoy segura. Creo que tiene algo que ver con utilizar la belleza sólo para hacer el bien.

Todos se rieron, y ella se alegró de haber aliviado la tensión del momento. Con un poco de suerte, la princesa Farrah no continuaría tratando de arreglar su aspecto. Crystal confiaba en que el tema se olvidara. No quería ni pensar en lo que ocurriría si Fariq se enterara de que ella podía mejorar su aspecto si quisiera.

FARIQ DEJÓ sobre la mesa de sus aposentos el documento que estaba leyendo. Cuanto más intentaba concentrarse en su trabajo, más pensaba en la nueva niñera de sus hijos. Horas antes, durante la cena, había descubierto que era animada e inteligente.

Él había prometido que no volvería a dejarse encandilar por un rostro bonito. ¿Estaba rompiendo su promesa al pensar en aquella mujer? No era el tipo de mujer despampanante con las que solían relacionarlo de manera equivocada. Pero le parecía una mujer agradable y sorprendente.

Al oír un ruido en el exterior, miró hacia la puerta del balcón. Se levantó del sofá y miró por la ventana. La noche era oscura, pero Fariq vio una sombra apoyada sobre la barandilla del balcón, cerca de las habitaciones donde dormían los niños.

—Hola –dijo él.

Crystal se volvió al oír su voz. En la penumbra, Fariq vio que se había llevado la mano al pecho.

—¡Cielos! –exclamó–. Pensé que estaba sola.

—Y lo estabas hasta que salí yo. Este balcón llega hasta mi habitación. Todas las habitaciones se comunican a través del balcón y, desde aquí, podemos ver el mar. Mi dormitorio está ahí –señaló Fariq.

–Ah. No comprendía muy bien la distribución. He salido a tomar un poco el aire. Lo siento si te he molestado.

–Para nada –mintió él.

Ella lo había molestado desde antes de que él descubriera que estaba en el balcón. Fariq se fijó en que tenía el cabello suelto y que le quedaba muy bien. En la oscuridad, no podía ver de qué color era, pero sí que le llegaba casi hasta la cintura.

La mayoría de las mujeres que iban a la moda no llevaban el cabello tan largo. Claramente, Crystal no era una mujer que siguiera la moda. Tenía una melena preciosa, pero la tentación de acariciársela lo incomodaba.

A medida que la vista se le acostumbraba a la oscuridad, Fariq se percató de otros detalles. Al darse cuenta de que iba en camisón, le dio un vuelco el corazón. Era un camisón recatado. Tenía el cuello alto y era de raso blanco y encaje.

No llevaba bata, tal vez porque pensaba que estaría sola. La vida que había compartido con su esposa le había enseñado a cuestionarlo todo, y se preguntaba si Crystal ignoraba de verdad su presencia o si tenía otros planes. Pero por la forma en que se agarraba a su camisón de cuello alto, indicaba que no era así. Fariq tragó saliva y decidió que había llegado el momento de regresar al interior. Pero era incapaz de hacerlo. Dio un paso adelante, lo justo para inhalar el aroma seductor de su piel.

–Es tarde –dijo ella–. Será mejor que entre.

–Por supuesto. Todavía te estás adaptando al cambio de hora. Debes de estar cansada.

–No tanto. No podía dormir.

–Entonces, quédate, por favor. Hazme compañía –dijo él.

¿Por qué le había pedido tal cosa? No era sensato buscar la compañía de una mujer. ¿Qué tenía ella que le hacía perder el sentido común?

–De acuerdo.

Sus palabras lo pillaron desprevenido. Era la niñera de sus hijos, así que hablarían de ellos.

–Y Hana y Nuri... ¿están dormidos?

–Como angelitos.

–Quería darte las gracias por ponerte de su parte... delante del rey.

–No tienes que agradecérmelo. Se comportaron como cualquier niño de cinco años y no hicieron nada malo. Tu padre ha tenido cuatro hijos. Debería comprenderlo.

–Han pasado muchos años desde que mis hermanos y yo éramos pequeños. Como dijo mi tía, nos dejó al cuidado de otros.

–Por supuesto, porque él estaba ocupado gobernando el país –se cruzó de brazos y se apoyó contra la barandilla.

–Yo soy el padre. Debería haber salido en defensa de mis hijos.

–Es difícil saber qué comportamientos son adecuados para cada edad cuando no se ha estudiado.

–Señorita Rawlins, ¿es eso un intento de dejarme en ridículo?

Ella sonrió.

–Es la verdad. La mayor parte de los padres trabajan y sólo ven a sus hijos por la tarde. Es la persona que los cuida quien mejor los conoce y quien sabe cuándo tratan de hacer una jugarreta.

—Mis hijos no hacen tal cosa.

—Por supuesto que no. El trabajo de un padre es pensar que sus hijos son perfectos. Me llevará un tiempo conocerlos y ver qué saben y qué son capaces de comprender. Creo que no está bien hacerlos responsables de algo si no pueden comprender lo que se espera de ellos.

—Estarán sometidos a un patrón más duro que el de los niños normales.

—Pero siguen siendo niños.

—Niños de la realeza. Tendrán muchas más presiones sólo por ser quienes son. Se esperará más de ellos sólo por pertenecer a esta familia.

—Si no están preparados para ello, mucha presión será mala.

—Es tu trabajo asegurarte de que eso no suceda.

—Y haré todo lo posible. Pero también necesitan la influencia de alguien que haya pasado por lo que ellos y sepa cómo se sienten.

—¿Alguien como su padre?

—Sí —dijo ella—. Y sus tíos. Y su tía. Johara tiene mucha mano con los niños, los comprende de manera intuitiva y conecta con ellos.

—Como tú —dijo él, y metió las manos en los bolsillos de sus pantalones.

—Gracias —dijo ella—. Me preguntaba por qué...

—¿Sí?

—Dicen que la curiosidad mató al gato. Pero no dejo de preguntarme qué les pasó a las otras niñeras. ¿Por qué habéis tenido cinco en un año?

–Es bueno conocer los errores de los anteriores para evitar cometerlos de nuevo.

–Cometeré otros diferentes –bromeó ella.

–Espero que no sean errores que se condenen con la decapitación.

–Espero que estés bromeando.

–Lo estoy –se rió–. Veamos. Lo de la última niñera ya lo sabes.

–Sí. Puedes estar tranquilo porque no apareceré en la habitación de nadie sin avisar.

–Me alivia oír eso. Otra echaba de menos su casa. La otra no se llevaba bien con los niños. Y la anterior no me caía bien a mí. Y la última... –la brisa movió la melena de Crystal y lo distrajo.

–¿Sí?

–La última salió huyendo con el chófer –dijo al fin.

–Así que la vida en palacio es como un culebrón –dijo ella–. Comprendo que el rey no quiera más trastornos.

–Hablando de trastornos. Hay algo más por lo que quiero darte las gracias.

–¿De veras? ¿Qué?

–La belleza es lo que la belleza hace.

Ella asintió.

–Las sabias palabras de poca utilidad que dijo Vicky Rawlins.

–¿Vicky Rawlins?

–Mi madre.

–Ah. No son de poca utilidad –dijo él–. De no haber sido por las palabras de tu madre, esta noche se habría derramado sangre. La de mi hermano, para ser exactos.

Ella se rió y a Fariq el sonido le pareció tan placentero que no pudo evitar sonreír.

–Crees que podrías derrotar a tus dos hermanos.

–Sin duda, y con una mano atada en la espalda.

Ella se rió de nuevo. Su risa era un agradable sonido que Fariq rara vez escuchaba. Al menos, no en el balcón de sus aposentos. No había estado allí con una mujer desde mucho antes de que su esposa se marchara. El comportamiento de Crystal no tenía nada que ver con la mujer pálida que había sido durante la cena. Era evidente que se había puesto nerviosa, pero había salido del paso muy bien, enfrentándose al rey. Y también a sus hermanos.

–Espero que la cena no haya sido demasiado dura para ti. Cuando Rafiq te invitó parecía que fueras a desmayarte.

–Estuvo bien. Más fácil de lo que esperaba –dijo ella. Había un poco de tensión en su voz.

–¿Qué te ha parecido mi familia?

–Me recuerda a la mía. Ése es uno de los motivos por los que salí en tu defensa. El recuerdo de cómo me atacaban mis hermanos hizo que no me pareciera justo. Me sorprende porque creía que...

–¿Qué es lo que creías?

–Probablemente sea inapropiado que lo diga.

–No si yo te lo pido. Prometo no utilizarlo en tu contra.

–Como si fuera a creer tal cosa.

–¿Dudas de mí?

–Por supuesto.

Él se puso derecho y la miró a los ojos.

–Soy un príncipe de El Zafir y juro por el honor de Hassan. Y, si no digo la verdad, que la furia de miles de tormentas de arena descienda sobre mí.

–¡Caramba! Sin duda tienes facilidad para actuar. ¿Por qué no voy a creerte?

–Eso digo yo.

Ella suspiró.

–Sólo iba a decir que la idea de conocer a toda tu familia a la vez me puso nerviosa porque pensaba que el dinero os haría diferentes.

–¿Snob?

–Tú lo has dicho, no yo –dijo ella–. Pero me equivoqué. Sois como cualquier familia que se ama, se respeta y bromea entre sí.

–El cargo y la riqueza sólo varían las circunstancias. No deberían alterar el carácter básico de las personas.

–Estoy de acuerdo. Todos habéis hecho que me sintiera a gusto. Incluso Johara parece ser una adolescente normal, deseando buscar aventuras y bastante franca. Aunque, comparada con los adolescentes que hay en donde yo vivía, se mordió la lengua en cuanto se lo ordenaron.

–Eso es porque en mi país no hacer tal cosa podría significar perder la lengua.

–Estás bromeando, ¿verdad?

–Sí.

Ella se rió.

–Me alegra oírlo. Pero, en serio, la princesa Johara es maravillosa con tus hijos.

–Los niños adoran a mi hermana.

–Tienes suerte de que ella haya estado cuando no teníais niñera.

–Puede –dijo mirándola a los ojos–. Pero es terca
y rebelde.

–Cambiará.

–Espero que tengas razón. Pero, entretanto, los
niños la admiran. Tiene mucha influencia sobre
ellos, y me preocupa que pueda ser negativa.

–Estoy segura de te preocupas demasiado.

–Quizás. En ese caso, soy afortunado porque has
venido a cuidar de ellos. Hana y Nuri te han aceptado enseguida.

–Me alegro. Por supuesto, sólo será algo bueno si
soy un buen modelo para ellos.

–Mi instinto me dice que eres un modelo estable,
sensata y muy sincera.

–No voy a guardarme la plata de la familia en el
bolso, si es a lo que te refieres.

–No era eso lo que pretendía decir. Además, hemos investigado tu pasado.

–Por supuesto.

–Igual que el de todo el mundo que trabaja en el
palacio. Mi tía Farrah me informó de que no había
nada inesperado en el informe final.

–¿Dijo algo más?

–Sólo que eras perfecta para mí... para el puesto,
quiero decir.

–Es bueno saberlo –se acercó a la puerta y la luz
del interior iluminó la tensión de sus labios–. Ahora,
si me disculpas, creo que es hora de regresar dentro.
Ha sido un día muy largo. Y mañana tengo que cuidar de los niños todo el día. Buenas noches, Fariq.

De pronto, se había marchado. Él se preguntó si
había dicho algo para ofenderla. Pero era imposible.

Sólo había dicho la verdad, como siempre solía hacer. La sinceridad era uno de las cosas más preciadas de la vida.

Tras su encuentro con Crystal, se arrepintió de haber concertado varias reuniones fuera del país para las semanas siguientes, pero se alegraba de dejar a sus hijos en manos de una persona como ella.

Durante varios segundos permaneció mirando el lugar donde ella había estado. Había disfrutado de su compañía y, de pronto, se sentía muy solo. ¿Cómo podía ser? Nada importante había cambiado en su vida y, sin embargo, sentía que la soledad lo agobiaba. ¿Siempre había sido así? ¿O era que nunca se había dado cuenta hasta ese momento?

Crystal retiró los platos del desayuno de la mesa en la habitación de Fariq y comenzó a meterlos en el lavavajillas. Imaginar que estaba en un lujoso apartamento en lugar de en una de las muchas habitaciones del palacio la hacía sentirse más cómoda. Mientras guardaba los platos y los cubiertos, pensó que ya llevaba seis semanas en El Zafir y que había disfrutado de cada momento. Los niños parecían haberse adaptado muy bien a la rutina que ella les había establecido.

Fariq había pasado la mayor parte del tiempo viajando, y eso la sorprendía. El primer viaje de negocios lo emprendió a la mañana siguiente del encuentro casual en el balcón. Ella se había apresurado para regresar a su habitación tras oír que su pasado había sido investigado, pero cuando se tranquilizó, se dio cuenta de que si hubieran encontrado alguna mentira, no la habrían contratado.

Crystal sabía que él viajaba a menudo, pero, de algún modo, no esperaba que se marchara de viaje enseguida. Creía que esperaría hasta asegurarse de que sus hijos estarían a gusto con ella. Sin duda, era un hombre con muchas responsabilidades, pero la prioridad debían ser sus hijos.

Fariq llamaba todas las noches y, después de hablar con sus hijos, hablaba con ella por teléfono para preguntarle cómo había ido el día. Su voz seductora hacía que ella se sintiera atraída por él. Cuando Fariq hablaba, ella sentía...

–Buenos días.

Ahí estaba: la voz seductora que hacía que se pusiera nerviosa. Se dio la vuelta frente al fregadero y lo miró.

–Bienvenido. ¿Cuándo has regresado?

–Anoche. Era tarde –la miró de arriba abajo. Llevaba una blusa blanca y una falda larga–. ¿Dónde están los niños?

–Los he mandado a cepillarse los dientes y a lavarse la cara. Después, irán al aula de estudio.

Fariq la miró. Después, se fijó en que el lavavajillas estaba abierto.

–¿Qué estás haciendo?

–Guardar los platos. Los gemelos se han preparado su plato de cereales.

–Sólo tienes que llamar a los empleados de la cocina para que hagan lo que les pidas.

Ella se apoyó contra el fregadero y se secó las manos con un paño.

–Es bueno que aprendan a hacer las cosas por sí mismos. Los hace sentirse útiles.

–Ya veo.

–Quería que tuvieran un desayuno saludable y se me ocurrió una mezcla de canela, pasas, nueces y miel. Lo han pasado bien preparándolo –dijo Crystal.

–Podías haber llamado al servicio para que recogiera.

–Lo sé. Pero... –se colocó las gafas mientras buscaba una explicación.

–¿Qué? ¿No recuerdas que prometí no utilizar tus palabras en tu contra?

Ella recordaba casi todo lo de aquella noche. La camisa remangada que resaltaba su cuerpo masculino y su voz suave y erótica.

Su ausencia había hecho que ella casi lo olvidara. Pero los niños lo echaban mucho de menos y eso la molestaba.

–Intento crear un ambiente para ellos que sea normal. Crear un equilibrio entre su ambiente habitual y el resto del mundo. ¿Comprendes?

–Totalmente.

–Me alegro. He desarrollado una agenda lo más equilibrada posible, incluyendo clases de música y pintura con un profesor de la universidad. También tienen lectura, matemáticas y algunos idiomas, tal y como me pediste.

Asintiendo, él se cruzó de brazos y se apoyó contra la nevera.

–Es importante que hablen varios idiomas de forma fluida.

–El inglés será la prioridad –dijo ella–. Les he enseñado unos juegos para que el proceso de aprendizaje sea más divertido. Apenas se dan cuenta de que están aprendiendo. Y les encanta el colegio. Si los dejara, irían siete días a la semana.

–¿Y por qué no los dejas?

–Se llama equilibrio. Tú también podrías aprender un poco de eso.

–¿Estás diciendo que trabajo demasiado?

–Tú sabrás.

–Quizá me haya dedicado mucho a mi trabajo desde que...

–¿A qué te refieres? –preguntó ella al ver que fruncía el ceño.

–No importa. Me gustaría ver a los niños ahora –se oyeron gritos en el salón.

–Me temo que por ahí vienen –sonrió ella.

–¡Papá! –Hana entró en la habitación con un panda de peluche–. Gracias por el regalo.

–Y por el mío –dijo el pequeño, sujetando su muñeco.

Los niños corrieron hacia él y lo abrazaron. Fariq le dio un beso a cada uno. Crystal deseó que él pasara más tiempo con ellos. Sin duda, lo necesitaban. Sintió un nudo en la garganta y se volvió con la excusa de terminar de recoger los platos.

–Crystal nos ha preparado cereales, papá –dijo Hana.

–Me ha gustado –dijo Nuri.

–¿Así que es buena cocinera? –preguntó con una sonrisa.

–Oh, sí –contestaron al unísono.

–A lo mejor me preparará un poco a mí –dijo él.

Crystal se preguntó si hablaba con segundas intenciones. Dobló el paño de cocina y lo dejó sobre la encimera.

–Niños, es hora de ir a clase. Esta mañana tenéis música y pintura con la señorita Kelly. Os acompañaré.

–Papá, ¿tú también vienes? –suplicó Hana.

–Por supuesto. Os he echado de menos –dijo él. Sonrió a su hija y después miró a Crystal.

«¿También me ha echado de menos?», pensó ella. Era ridículo, pero tenía que admitir que había notado su ausencia más de lo que esperaba.

Fariq se puso la chaqueta, salieron de la habitación y se dirigieron los cuatro hasta la habitación de estudio.

–Voy a hacer un dibujo para ti, Crystal –dijo Hana cuando se detuvieron frente a la puerta.

–Me encantará –Crystal se agachó y le dio un beso a la pequeña–. Y tú, jovencito, ¿qué vas a hacer hoy?

–Aprenderé una canción para cantártela –dijo el niño.

–Una de mis cosas favoritas –dijo ella, y le dio un beso en cada mejilla. El pequeño puso una gran sonrisa y ella sintió que se le encogía el corazón. Lo abrazó con fuerza–. Es hora de entrar. La señorita Kelly os está esperando. Os veré dentro de un rato.

–Qué suerte tienes de que vayan a pintar y a cantar para ti –dijo él.

Crystal se las arregló para salir del paso.

–Es sólo que has estado mucho tiempo fuera. Tardarán un poco en acostumbrarse a que estás de vuelta.

–No quiero hablar de esto –miró el reloj–. He de irme.

«¿Otra vez?», pensó indignada.

–¿Llamarás a los niños esta noche?

–¿Por qué iba a hacer tal cosa?

–Es lo que haces siempre.

–Cuando estoy de viaje.

–Entonces, ¿no vas a salir del país?

–Voy a mi despacho. Aquí, en el palacio.

Ella lo observó marcharse por el pasillo y sintió cómo su corazón se había llenado de felicidad al enterarse de que no se iba a marchar. Trató de frenar ese sentimiento. Tenía que centrarse en el trabajo. Era hora de que repasara las actividades que había preparado para la tarde. Bajó por las escaleras y se dirigió hacia la zona de los aposentos. Antes de entrar en su habitación, oyó que una sirvienta la llamaba.

–¿Qué ocurre, Salima?

–La princesa Farrah requiere su presencia ahora mismo, señorita Rawlins.

–Gracias. Iré a verla enseguida.

La princesa tenía sus aposentos al final del pasillo. Crystal se detuvo frente a la puerta, llamó y esperó a que le dieran permiso para entrar.

El elegante recibidor nunca dejaría de asombrarla. Había entrado en todas las habitaciones de la familia real, ya que los niños visitaban a menudo a sus parientes, y siempre le sorprendía lo diferentes que eran unas de otras. La de Fariq era la única que tenía cocina, quizá porque tenía hijos. Sus hermanos y su padre tenían habitaciones grandes y muy bien decoradas.

Pero la de la princesa Farrah era la más elegante de todas.

—¿Alteza?

—Aquí, cariño.

La voz provenía del salón, y Crystal se encaminó en esa dirección. Al doblar la esquina, oyó algo parecido a «No progresa en absoluto».

—¿Ocurre algo, Alteza?

—Crystal —dijo la princesa Farrah alzando la vista—. No, no ocurre nada. Estoy frustrada con un proyecto en el que he estado trabajando. Por favor, siéntate. Gracias por venir tan rápido.

—De nada —se sentó a la derecha de la princesa, en el sofá semicircular que dominaba la habitación. Enfrente quedaban las puertas de cristal con vistas al mar de Omán—. ¿Qué puedo hacer por usted?

—Quería hablar sobre los niños. Creo que... —llamaron a la puerta y la interrumpieron—. Adelante.

Se oyeron unos pasos decididos y apareció Fariq. Crystal sintió que se le aceleraba el pulso y entrelazó los dedos sobre su regazo. Tenía las palmas húmedas.

Él miró a su tía e hizo una reverencia.

—Buenos días.

—Sobrino. Gracias por venir tan rápido.

—Dijiste que tenía que ver con los niños. Acabo de dejarlos. Espero que no haya sucedido nada.

—Siéntate —sonrió—. Hana y Nuri son unos angelitos. Y Crystal se porta muy bien con ellos.

Crystal sintió que el sillón se hundía un poco cuando él se sentó. Podría inclinarse ligeramente hacia la izquierda y darle un beso en la mejilla. La idea la sobresaltó. Y no la ayudó el que Fariq la mirara como si pudiera leerle el pensamiento. Ella se sonrojó. La vida en el palacio era mucho más sencilla cuando él estaba de viaje.

—Alteza, es usted muy amable, pero los niños son una delicia. Me encanta cuidar de ellos —de pronto, a Crystal se le ocurrió una cosa. Cuando Fariq estaba ausente, Crystal obedecía las instrucciones de la princesa. ¿Ocurriría algo con los niños que la princesa tuviera que contarles a los dos?—. ¿Ocurre algo con Hana y Nuri que yo no sepa? Estoy abierta a cualquier sugerencia, Alteza. No me importa. Después de todo, conocen a los niños mejor que yo. Y dicen que...

Se calló cuando Fariq le cubrió los labios con el dedo índice. Sintió que le daba un vuelco el corazón.

—Dejemos que mi tía nos cuente lo que tiene que decirnos —dijo él con una sonrisa.

—De acuerdo —miró a la otra mujer—. ¿Por qué me ha mandado llamar? Bueno, a nosotros —corrigió, y miró a Fariq.

La princesa apoyó las manos sobre su regazo.

—Crystal, ¿sabes montar a caballo?

La pregunta era totalmente inesperada.

—He montado un par de veces, pero no puedo decir que tenga experiencia. ¿Eso supone algún problema?

La princesa sonrió satisfecha.

—Para nada. Pero creo que es algo que deberías dominar. Por los niños.

Era algo que Crystal siempre había deseado hacer. ¡Qué suerte! Cuando los sueños y la realidad coincidían, la vida era buena. Eso no le suponía un problema.

A su lado, Fariq asintió.

—Creo que ya sé lo que quieres decir, tía. Y estoy de acuerdo. Enseñaré a Crystal a montar a caballo. Personalmente.

Crystal lo miró. Eso sí que le suponía un problema.

ARIQ ESTABA fuera del establo disfrutando de la brisa y el cielo azul. El olor de la arena y el mar, mezclado con el perfume del jazmín, hizo que se sintiera orgulloso de su país. Lo había echado de menos. Una buena cabalgada era lo que necesitaba después de sus viajes de negocios.

Después de dejar a su tía, Fariq le había dicho a Crystal que se cambiara de ropa y se reuniera con él allí. Había dado instrucciones en el establo para que ensillaran los caballos y había llamado a su asistente para que cancelara todas las citas de la mañana. Entre Farrah y su hermana, los niños estarían atendidos hasta que Crystal regresara de la clase. Fariq encontraba la idea de enseñarle a montar a caballo más placentera de lo que nunca habría imaginado.

Una sensación conocida se apoderó de él, una que le indicaba cuándo se estaba encariñando con una mujer. Después, pensó en las grandes gafas y el peinado poco favorecedor que llevaba Crystal y se rió. No corría el riesgo de sentir nada más profundo. Sin embargo, había dado más importancia a aquella mujer que a ninguna otra desde hacía mucho tiempo. Incluso durante sus viajes de negocios, esperaba impaciente la conversación telefónica que mantenían por las noches para hablar de los niños. Su voz le resultaba seductora y placentera, una buena distracción contra el exceso de trabajo.

Y cuando regresó a casa, su interés por ella había aumentado. Especialmente, mientras la observaba acercarse hacia él por el camino de piedra. Llevaba una blusa blanca de manga corta metida por dentro de unos pantalones vaqueros que resaltaban sus piernas estilizadas que siempre escondía bajo la falda. Y la curva de sus caderas también era más pronunciada de lo que él esperaba.

A su lado, uno de los caballos relinchó. Fariq le acarició la cabeza por encima de la valla.

—Paciencia, amigo. Pronto le enseñaremos todo lo que tenga que aprender.

Sus palabras lo sorprendieron. Era su deber asegurarse de que la niñera de sus hijos aprendiera a montar a caballo. Nada más.

Crystal se detuvo junto a Fariq. Se colocó las gafas de sol sobre su nariz pecosa y lo miró.

—Si hubiera sabido que tenía que ir vestida de manera formal, me habría puesto los vaqueros de noche.

Él miró la camisa de seda blanca que llevaba y los pantalones de montar. Después la miró a ella.

—Me encargaré de que te proporcionen la ropa adecuada.

—¿Lo que llevo es inapropiado?

No para él. Le gustaba cómo la tela de la blusa resaltaba sus pequeños pechos.

—Mientras nos quedemos en los confines del palacio, está bien. Si nos adentrásemos en el desierto, sería desaconsejable no llevar el atuendo tradicional. Hoy te enseñaré lo básico y no iremos demasiado lejos. A medida que vayas aprendiendo y salgamos de los límites del palacio, los guardas de seguridad nos acompañarán.

–¿Será necesario? –preguntó con preocupación.

–Es sólo una precaución que debo tomar como miembro de la familia real. No permitiré que te ocurra nada.

–Y respecto al atuendo tradicional, ¿cómo sabré lo que es apropiado?

Fariq no podía ver la expresión de sus ojos debido a sus gafas oscuras, pero vio cómo se mordía el labio inferior con nerviosismo y se fijó en que tenía una boca sensual y tentadora.

–No te preocupes. Puesto que eres mi empleada, es mi responsabilidad proveerte de todo lo que necesites para realizar tu trabajo –miró los zapatos que ella llevaba y arqueó una ceja–. Las botas son fundamentales.

Ella se miró los pies y dijo:

–Tú eres el experto. Pero estás muy ocupado. Seguro que hay alguien más que pueda enseñarme. No es que no aprecie que me dediques tu tiempo, pero ¿realmente es necesario que dirijas tú la clase de montar a caballo?

–Haré todo lo posible para asegurarme de que mis hijos estén seguros.

–¡Vaya! –ella levantó las manos–. Un paso atrás. Cuando la princesa Farrah lo mencionó, me entró curiosidad, pero reaccionaste tan rápido que no me dio tiempo a preguntar. ¿Qué tiene que ver que yo sepa montar a caballo con los niños?

–La equitación es un deporte elegante, aprobado por el rey. A los cinco años es el momento adecuado para que Hana y Nuri aprendan a montar. Forma parte de su cultura y es algo que deben aprender. Él había tratado de que las clases comenzaran justo cuando se produjo la crisis con la última niñera. Debido a los viajes de negocios y al tiempo en que tardaron en encontrar otra niñera, las clases tuvieron que ser retrasadas. Tu trabajo es controlar todas las actividades de mis hijos. Por tanto, debes aprender a montar a caballo.

–No seré yo quien les enseñe. Sólo los acompañaré.

–Pero tendrás que ser capaz de seguirlos; si no, ¿cómo harás bien tu trabajo?

–Si es parte del trabajo, ¿por qué no figuraba en la lista de requisitos? ¿Por qué no pedíais una mujer corriente, inteligente y que supiera montar a caballo? –se movió y el sol iluminó su cabello castaño, que llevaba recogido con una horquilla grande. A Fariq la imagen le pareció cosa de magia–. ¿Fariq?

–¿Hmm? –él trató de concentrarse en sus palabras–. No era necesario encontrar a una jinete experta. Había otras consideraciones más importantes, y puesto que tu licenciatura demuestra que eres capaz de aprender...

–Pero montar a caballo es diferente que recitar frases sacadas de un libro. Requiere coordinación. Y habilidad atlética –miró hacia los caballos y frunció el ceño–. Y decisión.

–Eso no me preocupa. A cualquier mujer que deje su entorno para ir a trabajar a un lugar del otro lado del mundo, no le falta decisión.

–¿Y qué hay de la niñera que se fue porque sentía nostalgia?

–Eres mucho más madura que ella. Y sospecho que te gusta la aventura. A menos que hayas mentido.

–¿Perdón? –se quedó inmóvil.

–A mi tía –explicó él, preguntándose por qué había reaccionado así–. Antes, cuando dijiste que querías aprender a montar. ¿No dijiste la verdad?

–Ah. Eso –suspiró–. Sí. Me gustaría mucho aprender a montar.

–Por eso, me sorprende tu rechazo.

–Es sólo que me incomoda pensar que vas a dejar de hacer cosas más importantes. ¿No podría enseñarme alguno de los mozos de cuadra?

Las clases requerían cercanía y contacto personal. ¿Que la tocara otro hombre? Fariq no quería ni pensar en ello. Era su deber proteger a la niñera de sus hijos. Pero parecía que ella se resistía a pasar tiempo en su compañía.

La observó con atención y percibió que estaba tensa. ¿Sería que él la ponía nerviosa? Era algo incomprensible que él le resultara desagradable. Por lo tanto, debía ser lo contrario: ella se sentía atraída por él. Curiosamente, la idea lo complacía.

–Te enseñaré a montar –dijo él–. He organizado mi agenda para poder hacerlo.

–Pero Fariq...

–Soy el mejor jinete de la familia real, aunque Rafiq no esté de acuerdo. Y tú has venido para cuidar de mis hijos. Por tanto, es mi responsabilidad enseñarte a montar... ya que soy padre y jefe a la vez

—ella se dispuso a decir algo y él levantó la mano—. No quiero oír nada más al respecto.

—De acuerdo. Entonces, vamos.

Fariq encontró la situación muy estimulante. La idea de tocarla le resultaba muy atrayente, aunque fuera con la excusa de darle clase.

—Primero, debes conocer a tu caballo. Éste es el mío, Midnight —dijo él acariciando el cuello del animal. Después, señaló un caballo marrón que estaba junto al suyo—. Ésa es Topaz. La he elegido especialmente para tu uso personal. Es dócil y se portará bien. Una verdadera joya.

¿Como Crystal? Preciosa, pero fuerte. ¿Sería capaz de soportar las duras condiciones del desierto? El tiempo lo diría.

Sin dudarlo, ella levantó la mano y acarició el cuello de la yegua. Luego se rió.

—Creo que nos hemos caído bien. Es una buena chica —miró hacia el interior de los establos—. He visto las instalaciones. Y apuesto a que es una yegua feliz, teniendo en cuenta lo bonito que es este lugar. No soy experta, pero ¿los establos no son de caoba?

—Sí. Es una madera muy resistente.

—Muy bonita.

—Los establos están climatizados y los abrevaderos son automáticos y de acero inoxidable.

—Un establo por todo lo alto —comentó ella—. Esos caballos sólo necesitan un microondas y una televisión de alta definición. Hay gente, incluso puede que en este país, que daría cualquier cosa por vivir en un lugar como el que viven estos caballos. Aunque la dieta a base de cereales puede resultar un poco monótona.

Fariq estaba deslumbrado por su sonrisa y por cómo le transformaba el rostro. Hizo un esfuerzo por concentrarse en sus palabras.

—Los animales que hay aquí son purasangre. Es de sentido común que haya que cuidarlos en el mejor entorno.

—¿Y qué hay de los ciudadanos de este país? ¿También se cuida de ellos?

—Tenemos muchos programas para cuidar de ellos.

—Me alegra oírlo —dijo mirando a la yegua—. ¿Cuándo me puedo subir?

—Ahora, si estás preparada —comprobó que el bocado de la yegua estuviera bien puesto—. Recuerda que siempre tienes que montar desde la izquierda —dijo él, y se volvió para mirar a su caballo—. Pon el pie izquierdo en el estribo y pasa la pierna derecha por encima de su lomo.

—De acuerdo.

Fariq oyó un ruido y, al mirar por encima del hombro, vio que Crystal estaba montada en Topaz.

—No he visto tu técnica, pero veo que lo has conseguido.

—Me he criado viendo películas del Oeste. De algo me ha tenido que servir.

—Eso parece —se sentía un poco decepcionado al ver que no había necesitado su ayuda.

Tras comprobar que Crystal tenía bien regulados los estribos, Fariq se subió a su caballo.

—Toma las riendas con la mano izquierda —dijo él. La miró y vio que ya lo había hecho.

—Ahora sólo tengo que mover la mano hacia la dirección donde quiero ir, ¿verdad? Y tirar con cuidado si quiero que pare. Agarrarme fuerte con las piernas.

—Sí —cuando hizo avanzar a su caballo, Topaz lo siguió.

—¿Qué te parece? Me temo que todas esas horas de televisión me sirvieron para algo —él frunció el ceño. Ella lo miró y se rió—. ¿Con esa mirada no asustas a los niños y a las mujeres, Fariq?

—No tengo ninguna mirada especial. No sé qué quieres decir.

—Si tú lo dices...

—¿Dudas de mi palabra?

—Es una pregunta delicada. Si digo que sí, puede que te veas obligado a mentir y te arriesgues ante la furia de miles de tormentas de arena. No quiero ser un daño colateral. Por tanto, no dudo de tu palabra.

—Yo nunca miento.

—¿Nunca? —preguntó ella—. ¿No crees que a veces una mentira puede ser buena, que existen mentiras piadosas? Si tu tía te preguntara si su vestido nuevo hecho a medida le hace el trasero grande, ¿qué le dirías?

—La verdad. Cualquier otra respuesta no sería sincera, y eso es algo que aborrezco.

—Estoy de acuerdo en que hay ciertas cosas que requieren absoluta veracidad, pero a veces hay pequeños detalles que no son importantes. ¿Por qué eres tan estricto?

—Los motivos no son importantes. Lo que has de saber es que detesto que los demás mientan y que es algo que no me permito a mí mismo.

–Ya veo –dijo ella.

No. No había manera de que la inocente Crystal supiera cómo su mujer le había enseñado lo valiosa que era la verdad. Aquella mujer ya no formaba parte de su vida, pero las cicatrices perdurarían para siempre. Lo único bueno que le había dado eran sus hijos. Significaban todo para él. Por ellos y por todos los niños de El Zafir, él estaba decidido a que su país fuera próspero y se valorara en el nuevo orden mundial. Para ello, tenía que afianzar la base económica de El Zafir.

Los hombres no sólo vivían del petróleo. Fariq estaba decidido a diversificar sus intereses económicos. Y para ello tenía que asistir a reuniones en otros países. Esa misma mañana, Crystal había criticado sus frecuentes ausencias y había lamentado el hecho de que Hana y Nuri no tuvieran madre. Pero si hubiera conocido a Fatima, hubiera comprendido que estaban mejor sin ella. También habría comprendido por qué Johara se comportaba de manera rebelde y por qué a él le preocupaba la influencia que tenía sobre sus hijos.

Mirándola de reojo se percató de que Crystal se había puesto tensa. Tenía el cuerpo rígido y parecía cansada. Topaz se movía inquieta.

–Relájate –dijo él–. Lo estás haciendo muy bien.

–Gracias –contestó ella, sin mirarlo a los ojos.

Por suerte, Crystal no había necesitado muchas instrucciones. Su pensamiento se había desviado de la conversación. ¿De qué estaban hablando? De la sinceridad. Ella le había dicho que no dudaba de su palabra.

Pero él sí tenía algunas dudas. La mayoría sobre su propia salud mental. Porque deseaba acariciarla para que dejara de sentirse tensa y su rostro recuperara la sonrisa. Quería tocarla. Deseaba tener la labia que tenía Rafiq a la hora de tratar con las mujeres. Cuanto más se enfrentaba a ese pensamiento, más temía que su ceño fruncido asustara a mujeres y niños. Así que permaneció en silencio.

Después de montar una hora a caballo, Crystal tenía la espalda cansada y la parte interior de los muslos dolorida. Cuando se bajó del caballo, tenía la sensación de que no podría sostenerse sobre sus piernas.

Después de que Fariq le dijera que nunca mentía, habían montado en silencio durante un rato. Todas las mujeres sabían que los hombres no siempre decían la verdad. ¿Por qué tenía que trabajar para el único hombre que nunca mentía? Se sentía culpable y pensó si debía contarle su secreto o no. Mediante algunos pagos a los acreedores, había conseguido evitar que su madre tuviera que vender la casa. Pero todavía quedaban montones de facturas médicas por pagar.

Entonces pensó en los niños. Cinco niñeras en un año. Hasta su llegada habían estado con sirvientes y miembros de la familia... con cualquiera que tuviera un rato para ellos. Con ella parecían felices y contentos. ¿Era justo abandonarlos otra vez?

Finalmente, decidió esperar más tiempo. Cuando Fariq viera que Crystal era buena para los niños, ella se lo contaría todo y esperaría que él lo comprendiera. Un rato antes le había suplicado a Fariq que la dejara ir más deprisa y él había aceptado. Ella no recordaba cuándo había sido la última vez que lo había pasado tan bien. Y parecía que él también había disfrutado. Pero sus ojos parecían dos brasas de carbón, y la tensión casi emanaba de ellos.

—Lo has hecho muy bien para ser tu primera clase —la miró y algo brilló en sus ojos—. Se te está soltando el cabello.

—Debí habérmelo sujetado mejor.

Pero la expresión de sus ojos transmitía que él no estaba de acuerdo.

—Vuelves a tener color en el rostro. Tus mejillas están coloradas. ¿Has disfrutado?

—Mucho —contestó ella.

Fariq detuvo a Midnight frente al establo y se bajó del caballo. Ató las riendas a la valla y, después, hizo lo mismo con el caballo de ella.

Se volvió y se sorprendió al ver que ella seguía montada en la silla. Puso una media sonrisa y le dijo:

—Una cosa es ver una película del Oeste y otra actuar en ella, ¿verdad?

—Si lo que me estás preguntando es si me duele la espalda, la respuesta es sí —al ver que sonreía aún más, ella frunció el ceño—. No debería hacerte tanta gracia.

—No me hace gracia —dijo él, con las manos en las caderas—. Eso sería impropio de un caballero, por no decir descortés. Por desgracia, cuando uno aprende a montar, los músculos de ciertas zonas vulnerables sufren. Hasta que te acostumbres a la silla, ésa será la consecuencia –se acercó por el lado izquierdo y extendió los brazos–. Te ayudaré a bajar.

–Gracias, pero puedo hacerlo sola.

Se agarró a la silla y desmontó del caballo. Cuando se disponía a caminar, se tambaleó y Fariq la sujetó.

–Quizá, para ser tu primera clase, hayamos estado montando demasiado tiempo.

–Me lo he pasado muy bien. Además, creo que no habría importado el tiempo que hubiéramos montado. Las partes vulnerables de mi cuerpo también se acordarían de ti.

Otras partes vulnerables se alegraban de estar apretadas contra el torso de Fariq, y al sentir que sus fuertes brazos la rodeaban, Crystal se estremeció y sintió cómo se le aceleraba el corazón.

Él sonrió.

–Aun así, debí haber sido más sensible con tu inexperiencia. Prometo recompensarte.

«¿Cómo?», pensó. Al ver que Fariq la miraba con ardor, ella temió haber pronunciado la pregunta en voz alta. Él continuó mirándola como si fuera lo más valioso del mundo y Crystal sintió que se le cortaba la respiración.

Al instante, él agachó la cabeza y la besó en la boca, haciendo que una corriente eléctrica recorriera el cuerpo de Crystal. Introdujo la lengua en su interior y ella se estremeció al sentir una ola de calor. A Fariq se le aceleró la respiración y la abrazó con más fuerza para sentir sus pechos presionados contra su torso. Crystal se sorprendió al notar la evidencia de su deseo.

Fariq comenzó a acariciarle el cabello y ella disfrutó de sus caricias. Pensó que podría derretirse allí mismo, prisionera de sus labios.

Cuando se separaron, él la miró y le dijo:

—Estás llena de sorpresas. Tan apasionada, brillante y misteriosa como el desierto.

Crystal tenía el corazón acelerado y no sabía qué decir:

—Fariq, yo...

Él suspiró y pasó un dedo por la montura de sus gafas de sol.

—Mi pequeña joya del desierto... déjame ver tus ojos.

¿Iba a quitarle las gafas? De pronto, ella regresó a la realidad. Se separó de él soltándose de su abrazo. No llevaba maquillaje. Tenía el cabello suelto y no llevaba puesta ropa ancha. Las gafas de sol eran la única parte del disfraz que seguía en su sitio. Su única defensa.

—Tengo que irme.

—Todavía no. Déjame que...

Ella negó con la cabeza.

—Tengo que relevar a Johara. Los gemelos se preguntarán dónde estoy.

—Saben que estás conmigo.

—Pero todo ha sucedido tan rápido... —y no hablaba, precisamente, de la clase de equitación—. Quiero decir... No tuve tiempo de prepararlos para mi ausencia —dijo ella, y se volvió.

—Espera —le tendió la mano. Cuando vio que ella estaba temblando, cerró el puño. La expresión de sus ojos era oscura e ininteligible—. Te he hecho sentir incómoda.

–Sí... No... Yo...

–No sucederá otra vez –¿eso significaba que iba a despedirla? Fariq le acarició el cabello–. Pero no me arrepiento por haber descubierto que tienes muchas más facetas de las que imaginaba. Espero aprender más sobre ellas.

Crystal suspiró hondo. Las buenas noticias eran que no iba a perder el trabajo. Las malas... que él quería conocerla mejor. Y sabía que lo haría.

Porque él nunca mentía. La idea la hizo estremecer, y decidió que no podía permitirlo.

–He estado pensando. Puesto que mi clase de hoy ha ido tan bien quizá a partir de ahora pueda practicar por mi cuenta.

Él negó con la cabeza.

–Hay muchas otras cosas que debo enseñarte.

Crystal se preguntaba en qué otro tipo de educación estaría pensando.

–Pero sigo pensando que te quito tiempo para otros asuntos más importantes.

¿Qué podía ser más importante que la forma en que la había abrazado? Evidentemente, el beso la había trastornado.

–Al contrario. El tiempo es de esencial importancia. En dos semanas deberás ser lo bastante competente como para acompañarme a mí y a los niños al desierto. Hay algo importante a lo que debo asistir y me gustaría que Hana y Nuri vinieran conmigo. Por tanto, te ruego que vengas.

–Ya veo.

Crystal abrió bien los ojos y se alegró de que él no pudiera vérselos. Cuando él retiró la mano, ella se contuvo para no tocar la zona donde habían estado sus dedos. Su calor quedaría grabado en su cuerpo para siempre. Asustada por cómo había reaccionado ante él, se dio la vuelta y se contuvo para no salir corriendo. Cuando ya estaba bastante lejos, el hechizo se rompió, y se percató de que Fariq no le había dicho que lo sentía. Ella no pudo evitar alegrarse por ello, aunque estaba segura de que él nunca se disculpaba por nada.

Y ella no quería que él se enterara. Los hombres siempre la habían juzgado por su apariencia externa. Sin embargo, él la había besado a pesar de su aspecto. Y había sido algo maravilloso. No podía arrepentirse por ello.

Pero estaba metida en un lío. ¿Cómo iba a solucionarlo?

CAPÍTULO 5

HABÍAN pasado dos semanas desde que Fariq la había besado.

Mientras Crystal montaba a caballo detrás de Fariq por el desierto, se dio cuenta de que todo era diferente después del beso que habían compartido. Nunca la habían besado de esa manera.

Y desde aquel día, se preguntaba por qué no le había pedido una explicación en ese mismo instante, y siempre llegaba a la conclusión de que había estado demasiado preocupada por que no le quitara las gafas.

Crystal esperaba que él la culpara por ello, pero nunca le había dicho nada al respecto. Ni siquiera había sacado el tema. Nunca le había pedido perdón. Ni la había vuelto a besar.

Por desgracia, había motivo para ello y era muy humillante. Crystal no lo había impresionado. Y todo lo que dijo acerca de que le gustaría conocerla mejor había quedado en el olvido. Porque si eso era lo que deseaba, había tenido muchas oportunidades. Habían montado a caballo todas las tardes. A veces, los niños los acompañaban para aprender. Pero la mayor parte de las veces iban solos, porque Fariq quería asegurarse de que ella estuviera preparada para la gran salida. Él le había contado que iban a ir al oasis por respeto a alguna tradición misteriosa.

Y allí estaba, siguiéndolo, tal y como él le había ordenado. El séquito los acompañaba, algunos a caballo y otros en vehículos todo terreno. Todos a una distancia discreta. Crystal estaba emocionada.

Observó a Fariq cabalgando con sus hijos: era tan tierno con ellos... Los pequeños habían comenzado el viaje montando su propio caballo, pero cuando se cansaron, Fariq los montó en uno de los coches. Crystal se alegraba de que los niños estuvieran allí. Pensó que quizá Fariq no deseara besarla de nuevo, pero ella sí que se sentía tentada de hacerlo.

Crystal sabía adónde se dirigían, pero no el motivo. Sentía tanta curiosidad que apremió al caballo y se colocó al lado de Fariq.

–¿Hemos llegado ya?

–Pronto.

Eso era lo que les había dicho a los gemelos desde diez minutos después de que salieran del establo. Y ya llevaban casi dos horas viajando.

–Y ni siquiera podemos jugar a las matrículas –dijo ella, contemplando el desierto.

–¿Y qué juego es ése?

–En los viajes largos, mis padres nos decían que buscáramos las letras del alfabeto en las matrículas de los coches que pasaban para que mis hermanos y yo nos entretuviéramos.

–No, aquí no podemos jugar a eso.

Ella se movió en la silla y se sorprendió al ver que no le dolían los músculos. «La práctica hace mucho», pensó. Además, el atuendo tradicional que llevaba era muy cómodo.

—Me gusta la ropa tradicional –dijo ella–. Tenías razón.

—Por supuesto –dijo con una media sonrisa para luego preguntar–: ¿Sobre qué?

—Las botas son de gran ayuda. Los pies no se me resbalan en los estribos.

—El traje tradicional de El Zafir te queda muy bien.

Al oír sus palabras, ella se sintió radiante. Cuando se probó la ropa por primera vez, pensó que nunca podría acostumbrarse a llevar tantas capas. Llevaba una chilaba blanca que le llegaba hasta los pies y que tenía una capucha para cubrirle la cabeza. Un velo le ocultaba la cara. Debajo, llevaba unos pantalones sueltos y una blusa de manga larga y cuello alto de suave algodón que en un principio parecía agobiante, pero que resultó ser bien fresca.

Ella sonrió.

—No creo que los expertos en moda coincidieran con tu opinión de que esto me queda bien, pero ésta es la ropa más cómoda que me he puesto nunca. Tu país está a años luz en lo que se refiere a pantallas solares. No hay forma de que los rayos ultravioletas traspasen todas estas capas de tela.

—¿Y las botas también son cómodas?

—Oh, sí. Muy cómodas.

—Me alegro de que te gusten –se acercó con el caballo al coche donde iban sus hijos.

—¿Ya hemos llegado, papá? –le preguntó Hana por la ventana.

–Sí, papá –intervino Nuri–. Me duele el pompis.

Fariq miró a Crystal arqueando una ceja.

–¿Pompis?

–Es otra manera de llamar a las zonas vulnerables.

–No queda mucho –dijo Fariq mirando a su hijo.

–Allí está –dijo Crystal, cuando llegaron a lo alto de una duna–. Me parece que ahí hay un oasis y una tienda.

–¡Bien! –gritaron los niños.

Conteniendo su emoción, Crystal contempló la escena. Había palmeras, vegetación variada y un pequeño lago. En el centro, una gran tienda. Y justo detrás, una antena parabólica que parecía de comunicaciones.

–¿Qué es eso? –dijo ella, señalando una caseta que había junto a la antena.

–Un generador para el climatizador.

–Así que éste es el estilo de El Zafir –dijo ella con frialdad. ¿Cuándo se acordaría de pensar en el mundo real? Se fijó en que un nutrido grupo de personas esperaba frente a la tienda–. Al parecer, han tenido filtraciones acerca de tu visita.

–No ha sido una filtración –dijo él, y no añadió nada más.

Se detuvieron y, enseguida, los rodearon cuatro escoltas. Ayudaron a Crystal a bajar del caballo y, junto con Fariq y los niños, la acompañaron al interior de la tienda. Fariq le sugirió a Crystal que mirara a su alrededor y que dejara a los niños con él.

Al cabo de unos instantes, su vista se había adaptado a la luz del interior. La tienda era más grande de lo que parecía. El suelo estaba cubierto de alfombras persas y varios almohadones cubrían unos sofás blancos. Crystal recorrió el lugar y comprobó que, además, había dormitorios y baños.

Llegó hasta una habitación grande que no tenía ningún mueble excepto una silla de madera. Frente a ella había una fila de gente esperando.

Fariq se detuvo a su lado.

—Es hora de comenzar —le dijo.

—¿El qué? —preguntó ella, mientras los niños le daban la mano.

—Ya lo verás —le señaló una pila de almohadones que había junto a la silla—. Trae a los niños y sentáos ahí.

—De acuerdo.

Crystal obedeció. Los gemelos se colocaron a su lado y se acurrucaron contra su cuerpo. Ella sintió un nudo en la garganta. Le sorprendía lo rápido que había llegado a quererlos. Se fijó en la gran fila de gente que estaba esperando. Se sentía incómoda mirando.

Un hombre se colocó detrás de ella.

—Me llamo Khalid, soy ayudante del príncipe Fariq. Me ha pedido que le haga de intérprete.

Ella le preguntó qué estaba sucediendo, pero él hizo un gesto para que guardara silencio. Un hombre se colocó delante de Fariq e hizo una reverencia. Durante un buen rato, habló en el idioma nativo de El Zafir. Fariq escuchó con atención y contestó. El hombre puso una amplia sonrisa, hizo otra reverencia y se marchó.

—¿Qué ha pasado? —le preguntó Crystal a Khalid.

—La esposa de ese hombre está en estado. Anteriormente, ha sufrido dos abortos y ahora también tiene problemas. Debe llevarla a la capital para que reciba tratamiento médico. Cuando llegue el momento del nacimiento, quiere que su hijo nazca en el hospital que está construyendo el príncipe Kamal.

—¿Estará terminado para entonces? —preguntó ella.

—Abrirá dentro de poco. Ese hombre no tiene un vehículo en buen estado para hacer el viaje.

—¿Y qué va a hacer?

—Él príncipe acaba de regalarle uno —contestó Khalid.

—¿Así sin más? ¿Fariq le ha dado un coche?

—Sí.

—Esto supera a los concursos de la tele...

Él hizo un gesto para que se callara al ver que otra persona se acercaba a Fariq. Como Crystal no comprendía sus palabras, se fijó en Fariq y, al ver lo atractivo que estaba en el atuendo tradicional, se le aceleró el corazón.

Se fijó en el brillo de su mirada. Los hombres continuaban hablando y, de pronto, el desconocido puso una amplia sonrisa e hizo una reverencia. Crystal no podía esperar a que le tradujeran lo que había sucedido.

—Khalid...

—Le ha pedido un préstamo. Tiene intención de montar un negocio de mobiliario.

—¿Y el príncipe considera que puede arriesgar su dinero sin más?

—No le preocupa que el negocio tenga éxito o no. El príncipe Fariq le ha dado más dinero del solicitado. La única condición es que contrate a tantas personas como sea posible. Su objetivo es proporcionar a su pueblo un medio de vida para mantener a sus familias.

—¡Caramba!

Ella comenzó a contarles a los niños que su padre era como el Papá Noel de El Zafir. Pero cuando los miró, vio que se habían quedado dormidos con las mejillas apoyadas en su regazo. El viaje los había dejado agotados, así que dejó que siguieran durmiendo.

Fariq atendió peticiones que consistían en dinero desde para cubrir gastos médicos hasta para emprender un negocio. Khalid le explicó a Crystal que era algo más que pura generosidad. El príncipe deseaba diversificar la economía del país y para ello necesitaba que la gente trabajara. Crystal estaba fascinada. Y por la expresión de Fariq, él disfrutaba de cada minuto de su trabajo.

Por segunda vez en ese día, un fuerte sentimiento se apoderó de ella. Había comprendido lo que sentía por los niños. Pero lo que sentía por el padre era mucho más complicado. Y peligroso.

A la mañana siguiente, fuera de la tienda, Fariq se despidió de Hana y de Nuri con un beso y los metió en un coche con escolta para que los llevaran de regreso al palacio.

—Pórtate bien con la tía Farrah —le dijo a Nuri.

—Sí, papá —contestó el niño—. ¿Pero cuándo va a venir Crystal? Tengo algo que quiero enseñarle.

—Es su día libre. Debes esperar.

–¿Y por qué necesita un día libre? –preguntó el pequeño.

–Porque vosotros la mantenéis muy ocupada y necesita descansar.

–Sólo jugamos con ella. Es más divertida que la tía Farrah.

–Sí –convino su hermana–. Casi tan divertida como tía Johara. Pero me gusta más Crystal.

A Fariq también le gustaba. Más de lo que quería admitir. Desde que la había besado, no había podido pensar en otra cosa. Las clases de montar a caballo se habían convertido en una tortura, ya que cada tarde deseaba besarla de nuevo.

–Me alegro de que os guste Crystal. ¿Y queréis que esté contenta con nosotros?

–Sí –contestaron los pequeños al unísono.

–Yo también. Entonces, tenemos que dejar que descanse.

–¿Quién tiene que descansar?

Fariq se volvió y vio que Crystal salía de la tienda. Iba vestida con la túnica y llevaba la cara cubierta con el velo. Pero sus ojos chispeaban tras las gafas. Él sintió un nudo en el estómago.

–Tú –contestó él–. Al menos, ésa era mi intención.

–Crystal, nos vamos con la tía Farrah para que puedas estar contenta –dijo Nuri.

Hana asintió.

–Papá dice que tienes que descansar.

Crystal se acercó al coche.

–No estoy cansada. Si me necesitáis, iré con vosotros.

Los niños negaron con la cabeza, y Nuri dijo:

–Encontraremos a alguien más con quien jugar.

–Estoy segura de que Johara os entretendrá –dijo ella.

–Adiós, Crystal –se despidieron.

Crystal los abrazó.

–Sed buenos.

Fariq frunció el ceño al ver que el coche se alejaba. Al oír el nombre de su hermana se había sentido incómodo. La madre de Johara se había parecido mucho a su esposa... salvaje y egoísta. Se sentía más tranquilo cuando era Crystal quien cuidaba a su hija. Pero ella tenía derecho a un día y una tarde libre a la semana. Su tía Farrah lo había regañado porque Crystal nunca se tomaba tiempo libre. De vez en cuando iba a hacer algún recado a la ciudad, pero regresaba enseguida al palacio. Siempre estaba con los niños. Pero ese día él había hecho que no fuera así.

–Entonces, ¿supongo que regresaremos al palacio a caballo? –dijo ella.

–Sí –contestó Fariq, y se cruzó de brazos–. Pero primero, ¿te gustaría hacer una excursión? –extendió el brazo señalando el desierto.

–Mucho.

Fariq se sintió más satisfecho al ver la sonrisa de su rostro que el día anterior concediendo todo lo que le pedían los ciudadanos de El Zafir. Eso lo dejó perplejo.

–Muy bien. Los caballos nos están esperando –vio que Crystal se volvía para mirar la tienda.

–¿Y la tienda? ¿Podemos dejarla ahí?

–Es una tienda permanente. Hay empleados que viven en ella. Mi padre la conserva como símbolo de nuestro pasado nómada. A mis hermanos y a mí nos gusta venir aquí para airear las ideas.

–¿Como una isla desierta a la que poder escapar?

–Así es –dijo él con una sonrisa.

Fariq se dio cuenta de que con Crystal sonreía a menudo. Quizá por eso le gustaba pasar tiempo con ella. No tenía nada que ver con cómo había reaccionado ante su beso. Aunque el recuerdo de lo que había sucedido dos semanas atrás todavía permanecía en su memoria, como aquel cabello alborotado, como si acabara de salir de la cama de un hombre. Incluso entonces, con el cabello y el rostro cubierto, Crystal lo excitaba. Le resultaba inexplicable.

–Vamos –montaron los caballos y él se adelantó. Rodearon el oasis y él le explicó que había un manantial natural que nutría la frondosa vegetación–. Por supuesto, cuando descubrimos que había petróleo, la economía del país cambió.

–Imagino –dijo ella–. Por cierto, ¿de qué se trataba todo lo de ayer?

–Te hablé de ello el primer día que dimos clase de montar a caballo. Es uno de los programas con los que se ayuda al pueblo.

–Deberías habérmelo explicado mejor. Fui idiota al insinuar que los caballos estaban mejor cuidados que los ciudadanos.

–Pensé que te causaría más impacto si lo veías por ti misma.

–Desde luego. Tengo que disculparme.

–No importa. Mi abuelo comenzó con esa tradición, después continuó mi padre y ahora yo. Pronto le cederé el privilegio a Nuri.

–Pero sólo tiene cinco años. ¿No es demasiado joven?

–Tradicionalmente, es la edad en la que los niños de la realeza empiezan a aprender sobre su cultura y sobre lo que se esperará de ellos.

–Por eso querías que vinieran los gemelos. Y yo con ellos.

Él asintió. Pero eso no explicaba por qué quería que ella se quedara allí sin los niños. Debía tener cuidado. Los peligros que entrañaba el desierto no tenían nada que ver con los de una mujer. Aunque aquella mujer no parecía peligrosa. Además, su tía había dicho que era perfecta.

Pero si era cierto, ¿por qué se había emocionado cuando ella aceptó hacer una excursión a caballo? Su esposa nunca habría aceptado la invitación. Consideraba que era un entretenimiento horrible.

Sin duda, había invitado a Crystal a montar a caballo por pura cortesía. Puesto que era una de sus empleadas y estaba temporalmente en el país. «Si no, ¿por qué iba a ser?», pensó mirando el árido desierto que se extendía tras el oasis. El desierto era como una mujer. Cuando acechaba el peligro, uno aprendía a no cometer dos veces el mismo error. Le mostraría los alrededores y después se dirigirían al palacio, donde ya no estarían a solas.

Crystal lo miró.

–Háblame de la tradición por la que hacéis que se cumplan los deseos del pueblo.

–Mi abuelo creía que el pueblo debía compartir su riqueza. Dos veces al año se reunía con los ciudadanos para concederles lo que le pedían.

—Me sorprende que no hubiera más gente. Podrías haberte pasado varios días escuchando sus peticiones.

Él sonrió.

—El procedimiento se nos fue de las manos y nos vimos obligados a revisarlo. Ahora, todas las peticiones han de hacerse por escrito. Se revisan y sólo se invita al oasis a aquellas personas a las que se les va a conceder lo que han pedido.

—Entonces, ¿ellos ya saben antes de venir que se les va a conceder lo que han pedido?

—No.

—Pero todos los que vienen consiguen lo que piden.

—Sí.

—Eres un actor nato.

—¿Por qué?

Ella lo miró, y después giró la cabeza hacia otro lado.

—Eres distante, y actúas como si no te importara. Después haces de ángel de la guarda.

—Es mi trabajo.

—¿Por qué ocultas el hecho de que eres sensible?

Antes de que él pudiera responder, una fuerte racha de viento levantó la arena que había a su alrededor. Los caballos se movieron inquietos. Estaban acostumbrados a cabalgar por el desierto y Fariq había aprendido a no ignorar sus instintos y su comportamiento, que muchas veces advertía de algo que iba a suceder. Al ver que el caballo de Crystal seguía inquieto, él agarró las riendas y trató de tranquilizarlo.

–Debemos regresar al oasis ahora mismo. En el desierto, las tormentas de arena son inesperadas.

–¿No será mejor que regresemos al palacio? ¿No estaremos más seguros allí?

–Sí. Pero no llegaríamos a tiempo. Tenemos que ponernos a cubierto enseguida. Por si acaso.

–¿Cuánto tiempo pasará antes de que podamos regresar al palacio?

–Quizá algunas horas.

Ella se encogió de hombros.

–No es tanto.

–O más –añadió él.

–¿Puede que tengamos que pasar aquí la noche?

–A lo mejor más de una. Pero no te preocupes. Estarás a salvo. Te prometo que no te sucederá nada.

Fariq le había hecho esa promesa tras ver que la mirada de Crystal era temerosa. Deseaba tomarla entre sus brazos, pero se contuvo. Por eso había prometido protegerla de los elementos.

Porque, por supuesto, estaba a salvo de él.

CRYSTAL retiró las sábanas preguntándose cómo podría solucionar aquello. Estremeciéndose, escuchó cómo el viento y la arena chocaban contra la tienda. Antes de la tormenta, el lujoso interior le había hecho olvidar que no estaba en el palacio. Pero, en esos momentos, la fuerza de la naturaleza le recordaba que sólo estaba en el interior de una gran pieza de lona.

Encendió la lamparilla de noche y se puso la bata. La tormenta se había vuelto más fuerte desde que regresaron del oasis y se pusieron a cubierto. Fariq había avisado a su familia de que se quedarían allí. Los empleados les habían preparado la cena y, después, Fariq los había convencido de que regresaran a casa con sus familias por si la tormenta se volvía aún más intensa. Después de cenar, Fariq se puso a trabajar un rato. Crystal se retiró con un libro a la habitación donde había dormido la noche anterior, pero la fuerza del viento hizo que no pudiera dormir y que decidiera levantarse para seguir leyendo.

–He visto que tenías la luz encendida.

Crystal se sobresaltó al ver que Fariq estaba en la puerta.

–No sabía que todavía estabas despierto.

Por suerte, ella estaba leyendo y tenía las gafas puestas. Pero llevaba el pelo suelto. Se cerró bien la bata, como si eso fuera a ayudarla a recomponer su disfraz.

Él todavía llevaba los pantalones de algodón y la camisa que había llevado durante el día.

–¿Estás bien?

–No podía dormir –admitió ella–. No dejo de preguntarme si vamos a salir volando como en el cuento del Mago de Oz.

–Por si te sirve de algo, aquello fue un tornado. Esto es una tormenta de arena –dijo él con una media sonrisa–. Algo muy diferente y bastante habitual en esta parte del mundo.

–Todo es culpa tuya.

–¿Perdón? –dijo él arqueando una ceja y cruzando los brazos sobre el pecho.

–Está claro que has mentido hace poco –explicó ella–. La furia de miles de tormentas de arena caerá sobre ti y yo estoy en medio de la línea de fuego. Así que, imagino que todavía quedan novecientas noventa y nueve.

Él se rió.

–¿Y ahora quién está demostrando su don para el teatro?

–Hacemos buena pareja, ¿verdad? –dijo ella dando un suspiro–. Yo puedo ser Sarah Bernhardt y tú puedes ser Laurence Olivier –una fuerte racha golpeó la pared de tela y ella la miró con nerviosismo–. Después también está eso de «Soplaré y soplaré y tu casita derrumbaré».

–¿Te refieres al lobo malo? –le preguntó mirándola a los ojos–. He oído hablar de él. Es uno de los cuentos favoritos de Hana y Nuri.

La expresión de su rostro era tan masculina que Crystal sintió que se derretía por dentro y deseó que la besara de nuevo. Pero por eso él debía marcharse y permitir que siguiera leyendo.

Fariq la miró durante unos momentos y ella le preguntó al fin:

–¿Necesitas algo? –al ver que sus ojos se oscurecían, supo que había hecho la pregunta equivocada–. Quiero decir, ¿te puedo ayudar? –se equivocó de nuevo–. ¿Para qué has venido? –preguntó sin más.

–Puesto que es la primera tormenta de arena que has sufrido, quería asegurarme de que no tenías miedo.

–Estoy bien –mintió.

En ese mismo instante, otra racha golpeó contra la tienda y Crystal se levantó del sofá donde estaba sentada.

–Veo que no estás asustada –dijo él, y se acercó para agarrarla por los hombros.

El roce de sus dedos la tranquilizó, pero al mismo tiempo hizo que se pusiera nerviosa. El calor de sus manos traspasó la tela de la bata y se extendió por todo su cuerpo. Crystal tragó saliva y lo miró.

–Me ha pillado desprevenida. Eso es todo. Puedes irte. De veras.

–Te prometo que no hay motivo para preocuparse –dijo él.

–No estoy preocupada –contestó temblando.

–Me quedaré contigo y haré que te olvides de la tormenta. ¿Quizá te ayude beber un poco de vino?

—No creo —era lo que le faltaba para desinhibirse. Era muy mala idea quedarse a solas con él, pero su presencia la hacía sentir menos miedo—. Si pudiéramos hablar durante unos minutos... Conversar me sentará bien.

—Por supuesto. Sentémonos —dijo él, y la ayudó a acomodarse en el sofá—. ¿De qué te gustaría hablar?

—Me gustaría continuar con la conversación de antes.

El sofá cedió ligeramente cuando él se sentó. Estaban lo bastante cerca como para que ella pudiera sentir el calor de su cuerpo e inhalar el aroma de su piel.

—No recuerdo bien. ¿De qué conversación hablas?

—De cuando te negaste a admitir que eres un hombre sensible.

—No voy a admitir nada —dijo él, con humor en la mirada—. Sólo diré que no puedo permitirme debilidades.

—Al contrario. Yo estaba delante cuando repartías dinero como si se tratara de billetes del Monopoly. Desde donde yo estaba parecía que podías permitirte cualquier cosa. Y juraría que estabas disfrutando con ello.

Él colocó el brazo en el respaldo del sofá, muy cerca de la melena de Crystal.

—Hablaba de forma figurativa. Lo que quería decir es que ocultar sus carencias es parte del deber de un jeque. La mejor defensa es un ataque. Disfrazado, uno puede trabajar libremente. ¿No estás de acuerdo?

Crystal se quedó de piedra al oír sus palabras y se colocó bien las gafas antes de mirarlo. ¿La había descubierto? ¿Quería que mordiera el anzuelo?

—No sabría decirte —contestó ella justo en el momento en que el viento sacudía la tienda con fuerza.

—Estás pálida. ¿Todavía tienes miedo?

—No es miedo. Estoy nerviosa. Es mi primera tormenta de arena. Y estamos solos.

—No tienes nada que temer del viento... ni de mí.

—No tengo miedo de ti. Y si el resto del mundo pudiera verte con tus hijos como he hecho yo, tu disfraz no serviría de nada.

—Me alegro de que confíes en mí. Mientras estés bajo mi protección, te prometo que estarás a salvo en todos los aspectos. Tu castidad está a salvo conmigo.

—Mi castidad y yo te lo agradecemos.

—Si fueras virgen, según la legislación de El Zafir, tu padre podría hacer que te casaras si estuvieras en una situación comprometida.

—Entonces, tienes suerte de que mi padre no se vaya a enterar de que hemos pasado la noche solos.

—¿Eres virgen? —le preguntó asombrado.

Ella pretendía que su comentario fuera una gracia, pero él se había tomado en serio sus palabras. Y había dado en el clavo.

—No es algo de lo que quiera hablar contigo —dijo con las mejillas sonrojadas.

—Pero estuviste comprometida. ¿Cómo puede ser?

—Nunca me acosté con el hombre con el que estaba a punto de casarme. Ni con ningún otro —añadió bajando la vista, muerta de vergüenza.

—¿Por qué?

—Había algo que me hacía no confiar en él. Y resultó que tenía razón.

—¿Qué hizo?

No podía decirle que su prometido sólo la quería para lucirla en público.

—No era la persona que yo creía que era —dijo al fin.

—Entonces, fuiste muy inteligente al no entregarte a él —la sujetó por la barbilla e hizo que lo mirara a los ojos—. Estamos solos. Pero aunque no creas nada más, créete esto. Soy un hombre honrado. No voy a ponerte en una situación comprometida.

—¿Por qué? —preguntó sin pensar. Enseguida se arrepintió de sus palabras.

—Porque eres virgen.

—¿Y qué diferencia hay? —parecía que estuviera suplicándole—. Sólo es curiosidad.

—Ya te dicho que las leyes de El Zafir son muy duras con los hombres que deshonran a una mujer.

—¿Y qué pasa si ella no quiere casarse?

—Si se ha hecho público, no le quedaría más remedio. Es la ley.

—Seguro que hay formas de evitarlo. Si ella no quiere casarse, guardará el secreto.

Él asintió.

—La ley está hecha para proteger a la mujer de los hombres que las utilizan y luego las dejan de lado.

—¿Y por qué una mujer iba a querer casarse con un hombre como ése?

—Al menos, le ofrece ciertos recursos... si es lo que ella desea.

–Entonces, si tú... si nos acostamos, ¿estarás obligado a casarte conmigo si mi padre así lo quiere?

–Sí.

–¿Pero tú no quieres casarte? –preguntó ella.

–Así es.

–¿Debo sentirme ofendida?

–No tiene nada que ver contigo. Todos los hijos de la casa de Hassan tienen que casarse y tener herederos. Hace años esta norma se cumplía por causas prácticas: debido a la alta tasa de mortalidad, para asegurar la sucesión de la realeza, era necesario tener muchos hijos.

–Pero la medicina ha avanzado mucho –dijo ella–. De hecho, tu hermano está construyendo un hospital nuevo para ampliar el que hay ahora. Seguro que la tasa de mortalidad es mucho menor.

–Sin duda, pero también es una tradición. Cada uno de nosotros ha de traer hijos al mundo.

–Tú ya has cumplido con tu deber.

–Así es. No hay necesidad de que me case otra vez, y no tengo intención de hacerlo.

–¿Por qué?

Su mirada se volvió oscura y habló con frialdad.

–No deseo hablar de mi desagradable pasado. Está muerto. Sólo ten por seguro que tu castidad estará a salvo conmigo.

–Entonces, ¿no te aprovecharás de que estemos aquí atrapados y a solas?

–Por principio, no me gusta estar a solas con una mujer, pero como tú bien dices, estamos atrapados. La ley no prohíbe disfrutar de la compañía del otro, siempre y cuando el hombre no se aproveche. Puesto que no quiero casarme de nuevo, no tienes nada que temer de mí.

Así que una mujer lo había herido. Crystal deseaba borrar su ceño fruncido y la tensión de su boca, una boca que había sido dulce y seductora el día que la besó. ¿Volvería a sentirla de la misma manera?

No tenía derecho a pensar en ello. No era más que la niñera de sus hijos. Y pensar de esa manera ponía en peligro su trabajo.

El viento no había cesado y pequeñas piedras golpeaban contra la tienda. Crystal se estremeció y se llevó la mano al corazón. Fariq se la agarró.

—Tienes la mano fría. Todavía tienes miedo.

—No, yo...

—No mientas —le advirtió—. No se te da bien.

—De acuerdo. Tienes razón. Tengo miedo.

—Lo sé. Pero no hay motivo para ello —dijo con una sonrisa.

—El viento me pone nerviosa. Me da la sensación de que en cualquier momento la tienda va a salir volando. No quiero quedar enterrada viva entre montañas de arena, y que dentro de miles de años un arqueólogo encuentre mis restos.

—Estoy seguro de que no sucederá.

—¿El qué? ¿Lo de que la tienda salga volando, o lo del arqueólogo?

—Las dos cosas. Te aseguro que he vivido tormentas mucho más fuertes que ésta —le acarició los nudillos con delicadeza—. ¿Cómo puedo ayudarte? Dímelo y te haré olvidar lo que sucede fuera. Dime cómo puedo calmar tus miedos.

–Bésame.

«Oh, cielos», pensó ella. Lo había dicho porque momentos antes había estado pensando en su boca y en cómo había disfrutado del beso.

Durante un instante, Fariq quedó asombrado por la petición de Crystal. Después, la rodeó con el brazo y le acarició la mejilla.

–Como desees –susurró, y la besó en los labios.

Ella cerró los ojos y suspiró. Sintió que él se movía para abrazarla con más fuerza, hasta que sus pechos quedaron presionados contra el torso de Fariq. Él colocó una mano detrás de la cabeza de Crystal y le acarició el cabello. Ella le acarició la mejilla, notando la barba incipiente en su rostro. Fariq le acarició el contorno de la boca con la lengua, suplicándole que separara los labios. Ella abrió la boca y cuando él le acarició el interior, se estremeció. Una ola de calor recorrió su cuerpo y se instaló en su entrepierna. Se movió tratando de acercarse más a él.

Fariq gimió y la agarró por la cintura, la levantó y la sentó sobre su regazo.

–¿Qué estás haciendo? –susurró ella.

–Lo que me pediste. Ayudarte a olvidar la tormenta –le besó la palma de la mano.

–¿Qué tormenta? –susurró ella.

Él la miró.

–Ya no tienes frío.

–No tengo frío –admitió ella.

–¿También has olvidado tus temores?

–¿Que si he olvidado mis temores? –repitió sin aliento.

Él se refería a la tormenta, y la respuesta era que sí. Pero lo que sucedía en el exterior no era nada comparado con lo que ella sentía en su interior.

Crystal había besado a otros hombres. E incluso con alguno se había sentido tentada de llegar hasta el final, pero nunca había sentido algo parecido a lo que estaba experimentando aquella noche. Nunca había conocido un hombre como Fariq Hassan, misterioso, sexy y un gran besador. Él conseguía que se olvidara de todo, incluso del hecho de que era la niñera de sus hijos.

«La niñera».

Crystal se incorporó sobresaltada. Recordó que la última niñera se había tenido que ir por enamorarse de un jeque. Crystal no quería que le pasara lo mismo. Además, no podía permitirse el lujo de perder ese trabajo. Y no podía culpar a Fariq de lo que había sucedido. Ella se lo había pedido.

—Lo siento, Fariq. Ha sido una estupidez por mi parte.

—Al contrario. En cuanto a besos se refiere, ha sido maravilloso.

—Creo que sabes lo que quiero decir. En mi defensa, sólo puedo decir que la tormenta me ha puesto nerviosa.

—Créeme cuando te digo que no tienes por qué disculparte.

—Es tarde —dijo ella.

—Sí —él la tomó en brazos y la acostó en el sofá—. ¿Podrás dormir ahora?

—Seguro que estaré bien —mintió.

Fariq se puso en pie y se acercó a la puerta.

—Si no lo consigues...

—No te preocupes por mí.

—Muy bien. Te veré por la mañana —contestó, y se se marchó. Pero su calor permaneció en la habitación. Poco a poco, Crystal fue volviendo a la realidad, y trató de poner en orden sus sentimientos.

Sin embargo, sentía más curiosidad que nunca hacia Fariq y sobre la mujer que lo había hecho estar en contra del matrimonio. Estaba decidida a descubrir qué le había sucedido para que se sintiera así. Por los niños, por supuesto. Y a pesar del beso que habían compartido.

¿La habría besado sólo para quitarle el miedo? ¿Era tan educado? Probablemente era como todos los hombres y ya lo había olvidado. En realidad, no era tan importante que dos personas se besaran en medio del desierto. Pero por los niños sí era importante.

Y si él no superaba el trauma que había vivido, dejaría secuelas en sus hijos. Crystal los quería demasiado y haría todo lo posible para evitarlo.

CAPÍTULO 7

FARIQ paseaba con nerviosismo de un lado a otro de su habitación del palacio. El recuerdo de Crystal invadía su cabeza. El cabello suelto cayendo por sus hombros y acariciándole la cintura. Las delicadas curvas de su cuerpo presionadas contra el suyo... ¿Sólo habían pasado veinticuatro horas desde que la había tenido entre sus brazos?

Aquella mañana la tormenta de arena había dado paso a una lluvia continuada. Fariq había pedido que un coche los llevara de regreso al palacio. Lo sucedido la noche anterior lo había dejado en un estado de confusión.

Estar a solas con Crystal le había parecido algo muy placentero y deseaba quedarse atrapado con ella en otras novecientas noventa y nueve tormentas de arena. Así que no estaba tan a salvo con él como le había dicho.

Ni siquiera la conversación que le había llevado al recuerdo de la traición de su esposa había sido suficiente para que evitara besar a Crystal. A pesar de que le había prometido que su castidad estaba segura con él. Por suerte, ella le había dado las buenas noches, porque si no, habría estado perdido. Le había costado admitir que si ella no se lo hubiera pedido, la habría besado de todos modos.

El viaje de regreso al palacio no les había brindado la oportunidad de hablar sobre la atracción mutua que había entre ellos. Su asistente personal había acompañado al chófer y, durante el viaje, había puesto a Fariq al día sobre los asuntos de negocios que habían tenido lugar durante su ausencia.

Pero quizá era mejor así. Crystal era su empleada y vivía bajo su mismo techo. Fariq no podía permitirse mostrar sus debilidades por ella. ¿Conseguiría olvidarla algún día?

A lo mejor debía hablar con ella sobre lo que había sucedido. Dejó su bebida sobre la mesita de café, salió al pasillo y se dirigió a la habitación de Crystal. Al acercarse, oyó voces en su interior. ¿Con quién estaba hablando? La rabia lo invadió por dentro. En un instante, recordó el momento en que descubrió que su mujer le había sido infiel. Había elegido personas importantes que llevarían al escándalo a la familia real si se descubría su relación. Lo que más le molestaba era lo bien que lo conocía y cómo utilizaba el amor que sentía por sus hijos en su defensa. Ella sabía que él nunca haría nada para hacer daño a la madre de sus hijos.

Se detuvo junto a la puerta entreabierta y escuchó. Oyó que Crystal hablaba con calma y seguridad. Su dulce voz lo hizo estremecer, pero trató de concentrarse para identificar a la persona que estaba con ella. Cuando reconoció la voz de Johara se sintió aliviado.

—He quedado con él muchas veces —dijo ella.

–¿Sola? –le preguntó Crystal.

–Sí. Lo quiero y él me quiere. Mi padre y mis hermanos no me darían su aprobación. Pero eso no me preocupa. Es fácil evitar que me descubran. Nadie presta atención a lo que hago.

–Pero es peligroso, ¿no te das cuenta, Johara?

Fariq no podía aguantar más.

–¿Crystal?

–¿Fariq? –ella abrió la puerta.

–He oído voces –miró a su hermana.

Johara estaba de pie junto a la cama y tenía los zapatos en la mano, la ropa y el cabello empapados. Crystal le tendió una toalla.

–¿Qué sucede? –preguntó él.

La chica lo miró y dijo:

–Me ha pillado la lluvia y...

–No mientas –ordenó él–. Te he oído. Te has escapado para encontrarte con alguien.

–Fariq –dijo Crystal–. Cálmate.

–Me gustaría saber quién es el hombre que tu padre y tus hermanos no aceptarían.

Johara se secó la cara con la toalla. Después comenzó con el cabello.

–No te interesa.

–Eso seré yo quien lo juzgue. Dime cómo se llama.

–Fariq, enfadándote no conseguirás nada –intervino Crystal–. Tenemos que escuchar lo que Johara tiene que decir.

–Ojalá supiera quién es ese canalla.

–¡Nunca te lo diré! –gritó la chica.

–Ya lo veremos. Ve a tu habitación. Papá querrá hablar contigo.

–¿De veras? ¡Qué novedad!

–Fuera –dijo él señalando la puerta–. Y no se te ocurra escapar. Lo notificaré a seguridad para que te detengan.

–Llevo diecisiete años prisionera en este palacio. Ahora, acabas de hacerlo oficial –dijo Johara, y miró a Crystal–. Siento haberte involucrado en esto –antes de salir de la habitación, miró a su hermano.

Fariq siguió a su hermana hasta el salón. Descolgó el teléfono y llamó a seguridad.

–Soy el príncipe Fariq. Mi hermana está castigada en su habitación. Quiero que alguien vigile la puerta y el balcón de su dormitorio –cuando colgó, se volvió para encontrarse con Crystal–. ¿Qué?

–Yo... Yo... No sé qué decir.

–¿Desde cuándo?

–Todo lo que me viene a la cabeza es inapropiado.

–No lo utilizaré en tu contra.

–¿Sabes qué? A estas alturas, creo que no me importaría si lo hicieras.

–Estás enfadada.

–Por decir algo –dijo soltando una carcajada.

–¿Por qué?

–¿Cómo has podido hacer eso?

–Haré más que castigarla en su habitación.

–No me refiero a eso. Estaba tratando de hablar con ella. Supongo que has oído bastante como para saber que se ve con alguien.

–Sí.

–Pues gracias a ti, no he podido averiguar desde cuándo ni qué ha hecho con él. Tú fuiste quien me dijo que la legislación de El Zafir obliga a contraer matrimonio al hombre que le quite la virginidad a una mujer. Incluso aunque ella desee casarse con él, acabas de humillarla. ¿Crees que ahora va a contarte algo?

—Por supuesto —dijo él.

Ella soltó una carcajada.

—Creo que puede llegar a ser más cabezota que tú.

—Me dará la información que quiero o sufrirá las consecuencias. Se está comportando como una cría desobediente y testaruda y eso no se puede tolerar.

Crystal colocó las manos en las caderas.

—¿Alguien te ha dicho alguna vez que la obstinación es una cualidad positiva en los adultos? Si se canaliza de forma adecuada, permite a las personas conseguir lo que se proponen. No creo que sea de gran ayuda reprimirla.

—A menos que derive en desafío, insubordinación y rebelión.

Crystal se acercó a la ventana y contempló la lluvia durante unos momentos. Cuando se volvió para mirar a Fariq otra vez, estaba muy tensa.

—Fariq, Johara es una adolescente... Ni una niña, ni una mujer. Es una chica normal con las necesidades normales que tiene de decidir sobre su propia vida.

—Tiene a su familia.

—¿Ah, sí? La primera vez que cené con tu familia me dio una idea clara de a qué se enfrentaba Johara. Nadie la escucha. Todo el mundo le da órdenes, le dice que es tonta o encuentra otra manera de invalidar sus sentimientos.

–Eso no es cierto.

–Es bastante cierto. Y te diré algo más: se siente sola y quiere tener amigos de su edad. Eso es normal.

–Johara es una princesa.

–No importa si uno vive en un palacio o en una chabola: si no se encuentra amor en casa, sale a buscarlo a otro sitio. Y ella lo ha encontrado. Pero gracias a ti, no he tenido la oportunidad de descubrir su nombre.

–Ella es miembro de la familia real –dijo él.

–Si crees que porque haya nacido aquí, es diferente al resto en cuanto a los sentimientos y las hormonas de la adolescencia, eres un príncipe del país de la fantasía –suspiró–. Tienes que ser más permisivo con ella.

–He de admitir que lo que dices tiene sentido. Pero debes comprender que el hecho de nacer donde ha nacido significa que está sometida a unas obligaciones mayores. Con la riqueza y el privilegio llega la responsabilidad. Es algo que todos tenemos que aprender.

–No se trata de ser perfecto. La familia real tiene fallos. Tú admitiste que ocultas tus debilidades. Pero me apuesto todo lo que tengo a que cuando te cortas, te sale sangre... Física y emocionalmente.

–No –contestó él con furia–. Mi bella e infiel esposa me curó de cualquier debilidad emocional.

–Oh, Fariq. Yo... yo...

–Te prohíbo que digas que lo sientes. No necesito que sientas lástima por mí. El pasado ya no importa.

–Te equivocas.

–Nunca me equivoco.

Ella suspiró.

–Creo que los dos sabemos que no es así. Pero no hagas que tu hermana pague por los pecados de otra persona. Hasta que no seas capaz de discutir esto de forma racional, estamos malgastando saliva.

Fariq comenzó a decir que quería a su hermana y que sólo deseaba su felicidad, pero Crystal le dio la espalda y salió de la habitación. Quizá fuera lo mejor. Él no deseaba discutir.

No. Eso no era del todo cierto. Discutir con ella le había parecido estimulante. Siempre la había admirado por ser una mujer capaz de pensar por sí misma. Lo que acababa de suceder demostraba que ella no tenía miedo de decirle lo que pensaba. Era evidente que los requisitos que había puesto su padre a la hora de contratar una nueva niñera no habían funcionado: Fariq se sentía atraído por ella.

Pero en esos momentos, su prioridad era informar al rey de que Johara, su única hija, su pequeña joya, había quebrado las normas reales de modestia y decoro.

Tenía la sensación de que, cuando saliera el tema, Crystal tendría un par de cosas que decir al respecto. La idea lo hizo sonreír. Después de la noche que había pasado, no se imaginaba que nadie pudiera conseguir que lo hiciera.

Crystal dejó el lápiz de ojos y contempló lo que había hecho con Penny Doyle, la asistente de Rafiq. Habían pasado varias semanas desde que Fariq y ella habían discutido sobre el comportamiento de Johara. Él también le había revelado que su mujer le había sido infiel. No habían vuelto a hablar de ello, pero lo recordaba porque se preguntaba si él aprobaría el aspecto de Penny Doyle.

La joven también se había presentado para el puesto de niñera, pero había llegado a Nueva York después de que Crystal ya hubiera sido contratada. Al parecer, a la princesa Farrah le había caído bien la rubia de ojos azules y la había contratado como secretaria del príncipe Rafiq.

Aquella noche, El Zafir en general, y Rafiq en particular, celebraban un acto benéfico para ayudar a paliar el hambre de los niños del mundo. Penny tenía que asistir, y como no estaba acostumbrada a maquillarse ni a peinarse para un evento como ése, Crystal se había ofrecido a hacerlo. Ambas se habían hecho amigas, puesto que las dos eran norteamericanas y sus habitaciones en el palacio quedaban cerca.

El vestido plateado de cuello alto y manga larga que llevaba Penny lo había comprado en un viaje a París. Le quedaba estupendamente.

—Estás preciosa —dijo Crystal—. ¿Te ha dicho alguien que eres muy guapa?

—No. Pero esta noche estoy dispuesta aceptar todo el refuerzo positivo que me den. ¿De veras crees que voy bien?

—Mejor que bien —le aseguró Crystal—. Me muero de envidia —daría cualquier cosa por ponerse un vestido bonito, maquillarse y peinarse bien.

—¿No vas a ir? —le preguntó Penny.

–Me quedaré con los niños. Además, tú deberías saber la respuesta a eso. Has estado involucrada en todos los detalles del evento, incluso en la lista de invitados. Y con lo guapa que estás, vas a volver loco a Rafiq.

–¿De veras?

«Oh–oh», pensó Crystal, «sólo con mencionar su nombre le brillan los ojos y se le sonrojan las mejillas. Penny está enamorada».

–Recuerda, cenicienta: la vida no es un cuento de hadas. Cuando el reloj dé la media noche, nada cambiará, ni siquiera la calabaza. Regresa a tu habitación, quítate el maquillaje y vete a dormir para poder trabajar al día siguiente. Las chicas como nosotras no se casan con un príncipe para ser felices y comer perdices.

–Lo sé –Penny se puso en pie y se colocó delante del espejo–. Pero por esta noche, voy a olvidarme de todo eso.

–No te olvides de tener cuidado con los lobos disfrazados de ovejas.

–De acuerdo. ¿Algo más?

–Sí. Recuerda cada detalle para contármelo luego. Quiero darle todos los datos a mi madre. Le hubiera encantado ver esto. Siempre ha querido viajar, pero se está recuperando de un terrible accidente de coche.

–Siento oírlo. A mi madre también le habría encantado este lugar. Falleció cuando yo era una niña –dijo con tristeza.

–Lo siento –dijo Crystal–. No pretendía ser insensible.

–No te preocupes. Además, te estoy muy agradecida por que hayas convertido en cisne al patito feo. Ahora tengo que irme, o llegaré tarde –dijo con una sonrisa.

–Y yo tengo que regresar con los niños. Mucha suerte –le dijo–. Pásalo de maravilla.

Crystal abrazó a su amiga y recogió la bolsa donde llevaba el maquillaje. Después salió al pasillo. Le daba pena no poder asistir al baile.

Le hubiera encantado ponerse un vestido bonito y quitarse la ropa sencilla que llevaba a modo de disfraz. Los niños ya se habían encariñado con ella. Quizá había llegado el momento de que Fariq se enterara de que normalmente llevaba lentes de contacto, otro peinado y ropa que la favorecía más.

Se dirigió a los aposentos de Fariq y entró.

–Ya he regresado –dijo ella.

–Estamos en el salón –le dijo Fariq.

Crystal entró en el salón y se detuvo al verlo.

–¡Caramba!

Él estaba de pie y más atractivo que nunca. Vestía un esmoquin negro con ribetes de raso, una camisa blanca plisada y una pajarita negra.

–¿Caramba? ¿Eso significa que das tu aprobación? –peguntó él, y metió las manos en los bolsillos del pantalón.

–Creo que esta noche cumples con el código de vestimenta.

Al oír un sollozo, Crystal se fijó en que Hana estaba sentada en el sofá.

–¿Qué ocurre? –preguntó. Se acercó a la pequeña y la sentó en su regazo.

Hana se acurrucó junto a ella.

—Papá dice que me tengo que quitar el esmalte de las uñas.

Crystal se fijó en que la niña se había maquillado y recogido el cabello. Después le agarró la mano y vio que tenía las uñas pintadas de rosa.

—Ya veo.

—No voy a hacerlo —dijo la niña—. Y no pienso quitarme el peinado. La tía Johara me ha puesto guapa.

Fariq se arrodilló junto a ellas y se dispuso a acariciar a su hija. La niña se retiró.

—Eres muy bella por dentro, pequeña. No necesitas maquillaje ni adornos para hacerte bella por fuera.

—No —dijo ella—. Crystal, dile que no me haga quitármelo.

Crystal lo miró a los ojos y vio miedo, dolor y rabia en su mirada. Hana no era su hija y ella no había pasado por nada tan doloroso como para decidir que nunca volvería a casarse. Se negaba a intervenir hasta que no conociera la historia de Fariq.

Abrazó a la niña y le dijo:

—¿Sabes qué? Es la hora del baño. Te dejaré estar más rato en la bañera si eres buena chica y te metes corriendo en ella.

—¿Cuánto tiempo más?

—¿Cuánto tiempo quieres?

—Una hora.

Crystal se rió.

—Te quedarás arrugada como una pasa. ¿Qué tal ocho minutos?

–Diez –dijo la pequeña.

–De acuerdo –dijo Crystal, riéndose al ver la cara de alivio de Fariq.

–Te quiero, Crystal –dijo Hana bajándose del sofá. Miró a su padre de reojo–. Tú no me caes bien, papá.

Cuando se quedaron a solas, Crystal se puso de pie y trató de decir algo que aliviara la tensión del ambiente.

–Una hora frente a diez minutos. La negociación ha ido mejor de lo que esperaba. No será así cuando sea un poco mayor.

–Ojalá fuera una niña para siempre –contestó Fariq.

–No lo dijo en serio.

–¿No?

–En pocos minutos se habrá olvidado de todo esto. Sólo estaba jugando a vestirse de fiesta –dijo ella.

–Las costumbres de toda una vida se aprenden en la infancia –dijo él.

–Estoy de acuerdo. Pero es divertido. Estamos hablando de jugar a vestirse de fiesta. A las niñas les encanta ponerse la ropa de su madre y fingir que son mayores.

–No me gustaría que Hana quisiera ser como su madre.

–A lo mejor estás exagerando un poco sobre todo este asunto. Mi madre siempre decía que la flexibilidad es el pilar fundamental de la paternidad.

–Nunca había oído esa expresión.

–Y sin embargo, eres muy flexible. ¿Quién lo habría dicho? Mira, Fariq. La paternidad es una negociación continua. Los niños tratarán de encontrar tus debilidades y luego se lanzarán a tu yugular. La mejor estrategia es no permitir que te acorralen. Si se les prohíbe algo, lo mejor es asegurarse de que realmente no lo van a conseguir. Porque en cuanto se les dice que no, ellos lo desean más que nunca. Sé que para mí es muy fácil ser objetiva. Hana no es mi hija, pero...

–No. Es mi hija. Y eso no es negociable –la miró–. Tengo que irme, pero volveré para darles las buenas noches a los niños.

Crystal lo observó salir de la habitación. Al parecer, aquella noche no era la adecuada para quitarse el disfraz.

Respiró hondo y pensó en lo que había sucedido. El juego de Hana era completamente inocente. Por algún motivo, Fariq no lo veía así. Ella tenía la sensación de que su comportamiento era debido al dolor, pero no podía ayudarlo si no se enteraba de lo que le había pasado.

Aquella noche Crystal había sido capaz de calmar la situación, pero llegaría un momento en que eso no fuera posible. Defendería a Hana si fuera necesario, igual que había hecho con Johara. Pero no sin conocer todos los detalles. Y conocía a la persona que podía proporcionárselos.

CAPÍTULO 8

CRYSTAL abrió la puerta y dejó pasar a la princesa Farrah.

–Alteza –le dijo–. Está guapísima.

La princesa sonrió y dijo:

–Los niños me llamaron para que pasara por aquí.

–Lo sé –Crystal se lo había sugerido.

–¿Ocurre algo?

–Sólo que Hana y Nuri quieren ir a la fiesta. No puedo hacerles comprender que aunque sea una fiesta para recaudar fondos para los niños de los países pobres, es un evento sólo para adultos. Pensé que a lo mejor, si alguno de los invitados más importantes venía a verlos, se conformarían. Eres la última visita real. Johara acaba de irse –Crystal oyó que los niños se acercaban.

–Tía –dijo Hana, rodeando a la mujer con los brazos–. Estás preciosa.

Nuri se detuvo frente a ella y dijo:

–Me gusta tu vestido.

–Gracias, niños –los abrazó.

–Me gusta más que el de la tía Johara –dijo Hana–. Pero a papá no le gusta que juegue a vestirme de mayor.

La mujer frunció el ceño y miró a la niña.

—Tú papá tiene motivos para no querer que crezcas demasiado deprisa. Nunca olvides que os quiere más que a su propia vida.

Crystal colocó las manos en los hombros de los niños.

—Bueno, ya habéis visto a todos los miembros de la familia que van a la fiesta. Ahora hay que irse a la cama. Corred a cepillaros los dientes y elegid un cuento cada uno.

—Dos cuentos —dijo Nuri.

—Sí —dijo la hermana—. Como no podemos ir a la fiesta...

—De acuerdo —dijo Crystal con un suspiro—. Dos cuentos.

—¡Bien! —dijeron a la vez, y salieron corriendo.

La princesa Farrah seguía con el ceño fruncido cuando Crystal se volvió para mirarla.

—¿Crees que soy demasiado blanda con ellos? —preguntó Crystal—. Es sólo que sé cómo se sienten por no poder participar en el evento.

—¿Porque tú tampoco puedes participar?

—No es parte de mi trabajo.

—No se puede vivir en un palacio y no percibir la excitación de los preparativos de una gala como la de esta noche. Seguro que para una mujer joven es difícil resistirlo.

—Mentiría si dijera que no. Pero hay otra cosa que me preocupa —se colocó las gafas.

—¿El qué? —la princesa la miró a los ojos.

—Es sobre Fariq. Esta noche ha sucedido algo y... Lo siento: quizá usted debería estar en un sitio mucho más importante que éste. Podemos hablar en otro momento.

–Tonterías. Sentémonos un momento. Esta noche voy a estar mucho tiempo de pie, y nadie me echará de menos un rato.

–Si está segura... –Crystal la llevó hasta el salón y la princesa se acomodó en el sofá.

–Lo estoy. ¿Qué ha pasado con Fariq? Tiene que ver con que Hana se haya vestido de persona mayor, ¿verdad?

–Sí. Estaba jugando con Johara mientras yo ayudaba a Penny a vestirse para la gala. Cuando regresé, él estaba discutiendo con Hana porque se había pintado las uñas, y se había vestido como los mayores. Es sólo una niña, lo que hace es normal. No puedo evitar sentir que él ha exagerado un poco, pero no lo comprendo. Sé que estuvo casado y que su esposa le hizo mucho daño. Pero no quiso hablar de ello, Alteza.

–¿Me estás preguntando qué le sucedió?

–Sí. No es sólo curiosidad, aunque admito que sí me la produce. Pero si no trata de superar esos sentimientos, su actitud afectará para siempre la relación con sus hijos.

–Estoy de acuerdo –la princesa respiró hondo–. Fariq estuvo casado con una mujer muy bella que no conocía el significado de la palabra fidelidad. Su encanto provocó que muchos hombres se fijaran en ella, mi sobrino incluido, pero ella aceptó su proposición de matrimonio. Él creía que ella lo amaba, pero después de cumplir con el deber de esposa y darle dos hijos, se dedicó a prestar atención a otros hombres. Hombres poderosos, que eran intocables.

–¿Y Fariq lo sabía?

–Al principio, no, pero al final descubrió la verdad.

–Así que ella se marchó y él se quedó con los niños. Eso explicaría su ausencia –dijo Crystal.

–Si fuera tan sencillo... –dijo la princesa–. En El Zafir, cuando un príncipe se casa es para siempre. Fariq hizo todo lo posible por ignorar su orgullo herido y seguir adelante por el bien de sus hijos. Ella no era de sangre real y no tenía que someterse a tal restricción.

–¿Se quedó y continuó siéndole infiel?

–Sí. Para nosotros era evidente que ella no lo quería, incluso antes de que se casaran. Sólo estaba interesada en la riqueza y la posición social.

–¿Qué sucedió? ¿La echó él?

–Era como si fuera eso lo que ella buscaba. Pero, no. El rey Gamil y sus hermanos intentaron convencer a Fariq de que le diera una cantidad de dinero y cortase la relación con ella, aunque no pudiera cortar los lazos legales. No importaba si vivían juntos o no, él tendría que mantenerla durante el resto de su vida. Y Fariq no quería darle la espalda a la madre de sus hijos.

–Entonces, no comprendo por qué nunca la he conocido. Seguro que quiere a Hana y a Nuri. Es evidente que Fariq sabe lo importante que es una madre para los hijos. ¿No les habrá prohibido verla?

–Ella está muerta.

–Oh, cielos.

–Se mató en un accidente de avión que pilotaba su amante.

–Oh.

La princesa Farrah se puso en pie y se alisó el vestido.

–Así que, ya ves, Tiene buenos motivos para preocuparse por Hana. Tiene miedo de que pueda ser como su madre. Le preocupa que la influencia de Johara, por muy inocente que sea, derive en un mal comportamiento. Si se equivoca con su hija, será por exceso de precaución.

«Qué pesadilla», pensó Crystal. Fariq era un hombre orgulloso y ella podía imaginarse el dolor que aquella situación debía haberle provocado. No era de extrañar que no quisiera casarse otra vez.

Crystal acompañó a la princesa Farrah hasta el pasillo.

–Ahora lo comprendo todo, pero Hana no. Él tiene que tratar de neutralizar los sentimientos sobre el pasado y permitir que ella desarrolle su propia personalidad. Si tiene que pagar por los pecados de su madre, crecerá siendo rebelde y enfrentándose a él.

–Estoy de acuerdo –dijo Farrah con una sonrisa–. Es bueno que estés aquí. Para ayudarlo a ver lo que está haciendo.

–No es mi función hacérselo ver.

–Pero creo que no permitirás que una cosa así te impida decir lo que piensas.

–Confía demasiado en mí, Alteza. No puedo permitir que nada ponga en riesgo mi empleo –ni siquiera lo que sentía hacia el príncipe.

El beso que había compartido con Fariq la noche que quedaron atrapados en el desierto era inolvidable. Pero sabía que no podía permitir que sucediera otra vez. Tenía que tener mucho cuidado, porque la idea de que su madre lo perdiera todo era demasiado dura como para contemplarla.

La princesa se apoyó en el marco de la puerta.

–Crystal, eres maravillosa con los niños y ellos te adoran. Tenemos suerte de tenerte aquí.

–Gracias.

Cuando la princesa se marchó, Crystal apoyó la espalda en la puerta. Ella también adoraba a los niños. Sentía pena por ellos y por Fariq, tras enterarse de lo que había sucedido en el pasado.

–¿Crystal?

Levantó la vista y vio que Nuri la llamaba.

–¿Ya habéis escogido los cuentos?

–Hana y yo queremos preguntarte algo.

Crystal tuvo la sensación de que tendría que enfrentarse a otra negociación. Al fin y al cabo, aquel niño ocuparía algún día un puesto en el gobierno de su país, y no era demasiado pronto para prepararlo para ello.

–¿El qué? –Crystal se fijó en que Hana estaba detrás de él.

–Queremos ir a la fiesta.

–Ya. Pero no estáis vestidos para la ocasión –dijo ella, mirando sus pijamas–. Y habíais pedido un cuento extra.

–Conozco un sitio secreto. Podremos ver lo que pasa en la fiesta, pero nadie nos verá a nosotros.

–Eso evitará un problema.

–Hana y yo olvidaremos lo del segundo cuento si nos permites espiar la fiesta.

–¿Qué os parece si hoy nos saltamos los cuentos? Vamos a ver lo que está pasando y después a la cama. Sin discusión.

–Vale –dijo el niño con una sonrisa.

–Id a poneros la bata.

Los niños obedecieron. Cuando regresaron, Nuri los guió escaleras abajo y por una serie de pasillos. Les explicó que en el palacio había muchos lugares en los que esconderse. Finalmente llegaron a un balcón que daba sobre la sala de fiestas. Unas cortinas de terciopelo cubrían el lugar y una barandilla de madera de teca cerraba el espacio.

–Bien hecho –le dijo Crystal a Nuri. Se sentó en el suelo y pidió a los niños que hicieran lo mismo–. No queremos que nadie nos vea.

Miraron entre la abertura de las cortinas y observaron lo que sucedía abajo. Se oía la música. Hombres y mujeres, todos muy elegantes, se movían por la sala. Los camareros ofrecían canapés y champán en bandejas de plata.

–Mira, Crystal, ahí está el tío Kamal –dijo Hana.

Ella vio cómo el príncipe heredero sonreía a una mujer de cabello oscuro. El hombre rara vez sonreía, y Crystal se preguntaba quién sería esa mujer.

–Ya lo veo. Y allí está vuestro abuelo y la tía Farrah.

–He visto al tío Rafiq –dijo Nuri–. Está hablando con Penny Doyle.

–Ella me cae bien –dijo Hana.

A Crystal también. Y esperaba que se lo estuviera pasando de maravilla. Pero era importante que recordara que al día siguiente volvería a ser la secretaria de Rafiq.

–No veo a la tía Johara –dijo Hana.

–Ni a papá –comentó Nuri.

De pronto, se abrió la puerta que había detrás de ellos.

–¿Qué tenemos aquí?

La voz de Fariq hizo que a Crystal se le pusiera la piel de gallina. ¿Estarían haciendo algo que iba en contra de las normas del palacio? ¿Fariq se enfadaría por el hecho de que ella hubiera permitido que los niños espiaran la fiesta?

–Hola, papá –dijo Nuri poniéndose en pie–. Queríamos ver la fiesta, así que le enseñé a Crystal cómo llegar hasta aquí.

–Ya veo.

Crystal se puso en pie y ayudó a Hana a levantarse.

–Hemos tenido una dura negociación. Han cambiado los cuentos de antes de acostarse y han prometido que se irían a la cama sin discusión, si les permitía ver lo que sucedía en la fiesta.

–Ya veo.

–Espero que no estés enfadado. Me pareció...

–No lo estoy –miró a su hija y vio que ésta no lo miraba.

Crystal tenía la sensación de que él iba a tratar de solucionar el enfado de su hija.

–Los llevaré a la habitación –dijo Crystal.

–Aún no. Tengo una sorpresa –se echó a un lado y permitió que un camarero se acercara.

El hombre colocó unas servilletas de tela en el suelo y dejó dos copas junto a ellas. Crystal sonrió al ver que las copas contenían zumo de manzana con burbujas. El camarero también dejó dos platos de aperitivos; después, hizo una reverencia y se marchó.

—Gracias, papá –dijo Nuri.

—Ha sido un placer, hijo mío –miró a su hija y le tendió la mano– ¿Me concede este baile?

La pequeña lo miró con timidez y asintió. Después colocó la mano sobre la de su padre. Él le dijo que pusiera los pies sobre los suyos y juntos bailaron un vals. Crystal sintió un nudo en la garganta al ver cómo la niña se reía mientras bailaba con su padre.

Cuando cesó la música, Fariq hizo una reverencia y le dio las gracias a su hija.

—Ahora, si no te das prisa, tu hermano se lo comerá todo.

—Gracias, papá –le dijo dándole un abrazo. Después se sentó frente a su hermano para compartir el banquete.

Fariq se colocó junto a Crystal.

—¿Siempre eres tan permisiva con mis hijos?

—Sólo en ocasiones especiales –dijo ella, mirando lo que sucedía en la fiesta–. Espero que los invitados hayan venido en plan generoso.

—La fundación Ayuda a los Niños recaudará bastante dinero con este acto.

—¿Cómo estás tan seguro?

—Muchos de los objetos donados son únicos. Se espera que una canción escrita por un músico famoso recaude más de doscientos mil dólares. Con un Rolls Royce de fabricación limitada se recaudarán unos seiscientos mil. También hay un fin de semana en un castillo de Francia. Y eso es sólo el principio.

–Oh, cielos –dijo ella–. ¿Apostarás por el castillo por mí?

–¿Puedes gastarte setenta u ochenta mil dólares?

–Miraré cómo tengo la cuenta y te lo diré –bromeó ella.

–No te preocupes, yo te lo regalaré –bromeó él–. Eso sucederá dentro de un rato. Entre tanto, el champán fluirá libremente.

Ella suspiró, preguntándose qué se sentiría al disponer de tanta riqueza. Nunca lo sabría. Lo único que quería era tener dinero suficiente para pagar las facturas médicas de su madre y regresar a la normalidad.

–Ojalá pudiera ver la subasta.

–Mi tía me ha llamado la atención por no haberlo arreglado todo para que pudieras asistir a la fiesta.

¿Ella? ¿A la fiesta? Habría sido divertido. Peligroso, pero divertido. Siempre había pensado que la personalidad era más importante que el aspecto de una persona. Pero esa noche, le hubiera gustado tener mejor aspecto.

–Sólo soy la niñera.

–Aun así,eres una invitada en nuestro país. He sido un estúpido por no haber pensado en ello. Pero he tomado medidas para rectificar la situación.

–¿Qué quieres decir?

–Fue mi tía Farrah la que os vio aquí arriba. Dijo que Johara no se encontraba bien y que había pedido excusas para marcharse de la fiesta. Ella sugirió que mi hermana se ocupara de los niños mientras yo te invitaba a pasar la velada bajo la hospitalidad de El Zafir.

—¿Qué le ocurre a Johara? —preguntó Crystal.

—Mi tía sólo dijo que estaba cansada.

—Si no se encuentra bien, debería meterse en la cama. Hana y Nuri son mi responsabilidad.

—Ella dijo que prefería cuidar de los niños antes que asistir a la fiesta. A mí me encantaría que me permitas que te lleve como acompañante.

Se abrió la puerta y apareció Johara.

—Me llevaré a los niños a su habitación —dijo.

—¿Te encuentras bien? Quizá deberías descansar un poco —dijo Crystal, y se fijó en que tenía ojeras.

—Cuidaré de estos dos —sonrió a los niños.

—¿Nos leerás un cuento? —preguntó Nuri, y miró a Crystal de reojo.

—¿Te has olvidado de nuestro trato? —preguntó ella con fingida seriedad.

—Pero, Crystal, he oído decir a nuestra profesora que es muy importante leer antes de acostarse —dijo el niño.

Johara agarró a los niños de la mano.

—No me importa leerles un cuento corto.

—¿Papá? —preguntó Hana.

Crystal lo miró a los ojos y supo que era un blando. La pequeña lo tenía agarrado del dedo meñique.

—Uno muy corto —dijo él, y les dio un beso de buenas noches.

—No te preocupes —dijo Johara—. Cuidaré de ellos como si fueran míos.

—Gracias —abrió la puerta para que salieran los tres. Después regresó junto a Crystal y contempló la fiesta—. Ahora te llevaré al baile.

–No –dijo Crystal mirando la ropa que llevaba puesta–. Estoy horrible. No puedo ir así.

–Entonces, primero te acompañaré a que te cambies de ropa.

–Pero no tengo nada apropiado. Aprecio mucho la preocupación de la princesa Farrah, pero no quiero bajar ahí y quedarme como una pava.

–Una imagen interesante –dijo él–. Sin embargo, eres mucho más agraciada que eso.

–Pero me has comprendido.

–Sí. Y me da la sensación de que puede que te sientas así. Sólo hay una solución. Me quedaré y traeré la fiesta aquí.

Crystal se estremeció de puro nerviosismo. Debía rechazar su oferta con mucha educación. Pero, ¿cómo iba a ser tan maleducada? Había pasado toda una noche con él en el desierto, y había sobrevivido a su apasionado beso. ¿Qué peligro había en quedarse a su lado y observar cómo transcurría la fiesta?

–Gracias –le dijo–. Eres muy amable.

Sólo esperaba que no llegara a arrepentirse de aquella noche.

ARIQ abrió la botella de champán que le había pedido al camarero. Estaba a solas con Crystal y eso le gustaba. Se esperaba que todos los miembros de la familia real atendieran los actos oficiales. Eso no significaba que a él le gustaran las aglomeraciones, las cámaras y las mujeres deseosas de alcanzar la fama.

En realidad, cada vez le gustaba menos salir en viajes de negocios, y sabía que Crystal era responsable de ello.

Se había sentido atraído por ella desde el primer día que entró en su despacho, a pesar de su aspecto. O quizá por ello. No había coqueteado con él, sino que había hablado con claridad sin importarle las consecuencias. Y sus hijos la adoraban. Y a él le gustaba cada vez más.

Momentos antes, cuando su tía le dijo que Crystal y los niños estaba espiando, Fariq sintió un fuerte deseo de estar con ella. Y puesto que ya había hecho acto de presencia en la fiesta, era la excusa que necesitaba para salir de allí.

Sirvió dos copas de champán y le entregó una a Crystal.

—¿Por qué brindamos?

Ella se colocó las gafas y dijo:

—Por los jefes comprensivos.

—No lo entiendo —dijo él.

Ella sonrió.

—He perdido la cuenta de las veces que he mostrado mi desacuerdo contigo respecto a la educación de tus hijos en particular, y de la de los adolescentes en general. Tú me has escuchado siempre y, al parecer, sin ningún sentimiento en contra. O al menos, no me he dado cuenta.

—¿Eso es una disculpa por tu comportamiento, señorita Rawlins?

—No. Eso implicaría que estoy equivocada. Sólo estaba diciendo que ante determinadas situaciones tengo opiniones diferentes a las tuyas y que tú no las utilizas en mi contra.

—Así que crees que me equivoqué al manejar el conflicto que tuve con mi hija esta tarde.

—Mi madre siempre decía que no hay que juzgar a nadie hasta que no se ha caminado una milla en sus zapatos. Yo no tengo hijos y no me he casado nunca. Creo que he sacado conclusiones sin tener en cuenta todos los factores.

—Tu madre es una sabia mujer.

—Sí —dijo ella—. Me he dado cuenta de que la menciono a menudo. Los niños también se han fijado. Espero que no te importe.

—La sabiduría traspasa generaciones, fronteras y franjas horarias. Tu padre es afortunado por tener a tu madre.

—Ya no —dijo ella, y bebió un trago de champán—. Están divorciados.

–Lo siento.

–Yo también –se bebió el resto de la copa en varios tragos–. Criaron a sus cinco hijos y, cuando yo me fui a la universidad, deberían haber pasado los mejores años de su vida. Sin embargo, decidieron que no tenían nada en común que los mantuviera unidos.

–Debió de ser difícil para ti –no era una pregunta. Fariq podía ver tristeza en la expresión de su rostro–. Aun así, todavía crees en el amor, el matrimonio y los niños.

–Es lo que me enseñó mi madre. Siempre me ha dicho: haz todo lo que desees antes de establecerte. Ahora me pregunto si en su relación había tensiones que yo no percibía. Es posible que pensara que nunca tendría la posibilidad de viajar como siempre había deseado. Quizá, el mensaje oculto era: recorre el mundo, vive por ti misma, sigue tus sueños porque la vida no siempre se ajusta a un plan.

–Sé egoísta.

–No siempre es malo. Ojalá mi madre hubiera pensado en ella misma más a menudo –dijo Crystal–. Si lo hubiera hecho, no estaría como está ahora...

–¿Qué le pasa?

–Nada. No tiene ningún interés.

Fariq rellenó la copa de champán. Sólo la de ella, porque él no le había dado ni un sorbo.

–Al contrario. Me encantaría saber más sobre la mujer que pasa tanto tiempo con mis hijos. Te encuentro una mujer compleja.

–Por favor, no pienses que esto afectará a tus hijos...

–Nunca se me había ocurrido. Los has defendido demasiadas veces, igual que a mi hermana, como para dudar de que harás todo lo posible para su bienestar.

Ella se volvió y contempló lo que sucedía en la fiesta.

–Estoy asombrada por la devoción que la familia real muestra hacia los niños del mundo. Esta fiesta es una muestra de ello.

–Es el proyecto de Rafiq –explicó él.

–Ya me he enterado. Hablando de personas complicadas...

–¿Te ha causado algún problema?

Crystal bebió un poco de champán y, al oír sus palabras, se atragantó. Él le dio unas palmaditas en la espalda hasta que ella lo miró a los ojos. Se quitó las gafas y se frotó los ojos. Fariq la contempló un instante y pensó que era muy atractiva.

–¿Me estás preguntando si me ha hecho alguna insinuación? ¿Si ha coqueteado conmigo?

–Sí.

Ella soltó una carcajada.

–Apenas lo he visto. De hecho, los niños estaban preguntando por él. Han notado su ausencia. Pero se rumorea que está interesado en Penny Doyle.

–¿Se rumorea?

–Sí. Las noticias vuelan en el palacio.

–¿Qué es lo que has oído?

–Que Rafiq la llevó a París y que regresó con un vestuario apropiado para su trabajo de secretaria –hizo un gesto para señalar a la pareja que bailaba en el salón–. Incluido ese fabuloso vestido que lleva mientras baila con él.

–Esta noche está preciosa –dijo él–. Diferente.

–He oído que la han ayudado un poco –miró a otro lado.

–¿Otro rumor de palacio?

–Digamos que sí –se terminó el contenido de la copa–. Mira lo bonita que es la ropa y la cantidad de joyas que hay en ese salón. ¿Qué se debe sentir al saber que puedes comprarte lo que quieras sin preocuparte del presupuesto?

Fariq nunca había pensado en ello. Era un privilegio que daba por garantizado, aunque sus hermanos y él se preocupaban mucho por cubrir las necesidades de su pueblo. Miró a Crystal y vio que estaba tensa.

Se apoyó contra la barandilla y sintió el aroma de su perfume. Estaban tan cerca que también podía sentir el calor de su cuerpo. Era una mezcla embriagadora, y puesto que no había probado el champán, no había otro motivo para que pensara de esa manera.

–Háblame de tu familia. ¿Teníais que ajustaros a un presupuesto?

Ella se rió.

–Era tan ajustado que había que tener mucho cuidado. Con cinco hijos que mantener, mis padres tenían que recortar gastos siempre que fuera posible. Creo que el presupuesto familiar mejoró cuando crecí, porque empecé a comer menos.

–¿Y cómo recortaban gastos?

–Nos pasaban la ropa de unos a otros... excepto a mí –añadió–. Mi madre cosía mucha de la mía. Sobre todo la de... –se calló de pronto. Él estaba tan cerca que podía sentir su tensión.

–¿Qué?

–Nada. La de las actividades del colegio... los bailes y cosas así.

Fariq tenía la sensación de que no era eso lo que ella iba a decir.

–¿Qué ocurre, Crystal? ¿De qué tienes miedo?

–Nada –dijo ella–. Estaba pensando en mi madre. Todavía sigue luchando.

–¿En qué sentido? ¿Hay algo que pueda hacer para ayudarla?

–No es tu problema.

–Pero si a ti te preocupa, a mí también. Como dijiste, soy un jefe comprensivo. Es bueno para el palacio mantener a los trabajadores contentos y felices.

–Estoy contenta. Me gusta mi trabajo. Les tengo mucho cariño a los niños y deseo permanecer aquí hasta que termine el contrato.

–Y nosotros deseamos que te quedes... el tiempo que quieras.

–Espero que sigas pensando de esa manera.

–¿Por qué no iba a hacerlo?

–No sé –se retiró de la barandilla y dejó la copa sobre el carrito que había llevado el camarero–. Debo regresar con los niños.

–Pero no has probado la comida que han traído.

–Lo sé –dijo ella–. Las dos copas de champán han caído en mi estómago vacío.

–¿No has cenado?

–Primero ayudé a Penny con el peinado y... –se calló–. Me pidió que le aconsejara mientras se vestía para la fiesta de esta noche. Después se hizo la hora de acostar a los niños...

–Has tenido una tarde muy ocupada –escogió un canapé de la bandeja–. Es hora de que alguien se ocupe de ti –le dijo, y llevó el canapé a sus labios.

Ella sintió que se le aceleraba el corazón. ¿La afectaba su proximidad? Desde luego, él se había fijado en las curvas de su cuerpo, en el aroma de su piel y en sus labios seductores. Los músicos comenzaron a tocar un bonito vals.

–¿Me concede este baile?

–No, yo...

Antes de que pudiera terminar su respuesta, él la agarró por la cintura y la atrajo hacia sí. De pronto, sintió que Crystal le pertenecía. Abajo, en el salón de baile, estaban algunas de las mujeres más bellas del mundo. Pero, por algún motivo, ninguna lo atraía tanto como Crystal.

Desde luego, ella no era la clásica belleza. Quizá ése era el secreto. Lo había cautivado con su encanto y su inteligencia.

Despacio, la guió entre la improvisada pista de baile, agradecido por que la cortina los protegiera parcialmente de los ojos ajenos. Tenía pocas oportunidades de estar a solas con ella. La miró y le dijo:

–Estás sonrojada.

–No estoy acostumbrada a beber champán.

–No era una crítica. El color de tu piel es muy bonito.

Ella tropezó y él dejó de bailar para sujetarla.

–Te equivocas. No soy bonita.

–Al contrario. Yo nunca me equivoco. La forma de tu boca es muy atractiva. Todavía recuerdo su suavidad, después de besarla hace mucho tiempo.

Es como si lo hubiera soñado, y me gustaría comprobar si mi recuerdo es el correcto.

Mirándola fijamente, se dispuso a quitarle las gafas.

–Tengo que ir a ver a los niños –dijo ella, y se volvió para marcharse antes de que él pudiera detenerla.

Fariq observó durante unos instantes el lugar donde Crystal había estado. Ella tenía miedo y él lo sabía. Quizá sus temores tuvieran que ver con su madre. Pero había algo más. Y él deseaba saber qué era. Le habría gustado que Crystal hubiera confiado en él.

–Cenicienta y el Príncipe vivieron felices para siempre –Crystal cerró el cuento que le estaba leyendo a Hana. Miró a la pequeña y vio que tenía los ojos cerrados. Al ver que una sombra aparecía por el pasillo, enseguida supo quién era. Lo había dejado hacía un rato.

Hana abrió los ojos de pronto.

–Papá, has regresado.

Fariq entró en la habitación y se acercó a la cama.

–Sí. He venido a verte. Deberías estar durmiendo, como tu hermano.

–Estaba demasiado nerviosa y no me podía dormir. Crystal me ha leído un cuento. El de Cenicienta.

–¿Ah, sí? –le acarició la mejilla.

Crystal trató de no inhalar su aroma embriagador. Momentos antes, había estado entre sus brazos. Bai-

lando. Los dos solos. Podía haberse quedado allí
para siempre. Pero él había intentado quitarle las gafas para besarla.

Aunque deseara ese beso de forma desesperada,
no podía permitir que él la viera sin gafas. No podía
arriesgarse a que la descubriera. Tenía mucho en
juego.

—¿Crystal? —dijo Hana.

—Sí, cariño.

—Mi papá es un príncipe. ¿No te parece guapo?
¿No es como el del cuento?

—¿Tú qué crees? —preguntó ella.

—No lo sé. Para mí es papá.

—Sin duda es un príncipe.

—¡Qué diplomática! —dijo él entre risas.

—En el cuento, Cenicienta era la criada y se casa con
el príncipe —medio dormida, Hana se dio la vuelta y se
acurrucó entre las sábanas—. Quizá deberías casarte
con mi papá para que puedas quedarte aquí para siempre —dijo antes de cerrar los ojos.

Crystal apagó la luz y ambos salieron del dormitorio.

—Buenas noches —le dijo a Fariq y se encaminó
hacia su habitación.

—Me gustaría hablar contigo —dijo él.

—Muy bien —lo siguió hasta el salón y se sentaron
en el sofá—. Siento que Hana todavía estuviera des-
pierta —dijo ella—. No debí permitir que se excitara
tanto con la fiesta antes de irse a la cama.

—Al contrario. Cuando sea un poco mayor, Nuri y
ella tendrán que asistir a los actos públicos. Está
bien que se vayan preparando —se quitó la chaqueta,

se arremangó la camisa y se aflojó la pajarita. Estaba muy sexy.

Ella no podía dejar de fijarse en su boca sensual. Deseaba besarlo. Pero debía decirle la verdad antes de que comenzaran a explorar la atracción que había entre ambos. ¿Corría el riesgo de perder el trabajo? Fariq sabía que era una buena niñera porque los niños estaban encantados con ella.

—Respecto a lo que Hana ha dicho hace unos momentos —comenzó a decir él—, respecto al matrimonio... ¿Le has estado llenando la cabeza de cuentos de hadas?

—¿Perdón? —preguntó con rabia.

—Creo que la pregunta ha sido muy clara.

—Primero, todas las noches les leo un cuento a cada uno, el que ellos elijan. Se sabe que los niños que leen antes de acostarse obtienen mejores resultados en la escuela —hizo una pausa para recuperar el aliento—. Segundo, tu hija tiene una gran imaginación.

—No me gustaría que ninguno de mis hijos se llevara una desilusión. Pero tendrán que aprender que las cosas no siempre salen como queremos.

—Por supuesto que no. Si Hana vuelve a sacar el tema, le dejaré claro que no hay ninguna posibilidad de que tú y yo... Que no hay forma de que tú y yo nos casemos.

—¿No? —preguntó Fariq.

—No.

—¿Por qué?

—Porque no eres mi tipo —contestó ella.

—¿Es eso verdad? ¿Y cuál es tu tipo?

—Un hombre que no es como tú.

–Bien. Me alegro de que lo veas de esa manera.

–Fariq, no es más que una niña. Lo bueno es que se ha encariñado conmigo. Igual que yo con ellos. No espero ni quiero nada de ti –le dijo–. Durante la entrevista de Nueva York, la princesa Farrah me dejó muy claro que siempre debía comportarme con decoro y de manera profesional.

Él asintió.

–Tu trabajo es mantener a los niños felices. Aparte de eso, tu único deber es no causar problemas.

–Lo sé. No lo he hecho, y no espero atraer la atención de nadie. Ni siquiera de mi jefe. Cuando termine mi contrato, regresaré a mi país –se puso de pie–. Ahora que ya sabes que lo tengo todo claro...

–No te vayas. He de recordarte que no voy a ser tan estúpido ni tan débil como para enamorarme otra vez.

–Lo sé. Antes le pregunté a tu tía, y ella me contó lo que te había hecho tu esposa.

–¿Cómo pudiste hacerlo?

Ella se cruzó de brazos y lo miró a los ojos.

–Tienes una carga emocional que afecta a la relación con tu hija. Es mi trabajo saberlo para poder ayudarla con lo que pueda derivarse de ello.

–¿Como, por ejemplo...?

–El hecho de que esté pagando por lo que su madre te hizo. Mi trabajo es mantener a los niños felices. Es más que alimentarlos, bañarlos y acostarlos. Tienen sentimientos, son listos y perceptivos. Tarde o temprano Hana va a preguntarse qué ha hecho para que la odies.

Fariq dio un paso adelante.

—Adoro a mi hija. Daría mi vida por ella o por mi hijo.

—No tienes que convencerme de ello. Pero los actos son mejores que las palabras. Lo que le has demostrado a ella es que te supone un problema que sea una niña, y que quiera jugar a vestirse como los mayores. Y no hay nada de malo en ser una niña mientras se pueda. Los niños aprenden lo que viven. Si viven en un ambiente crítico, crecerán siendo críticos. Cuando se dé cuenta de que crees que es capaz de comportarse de esa manera, ¿cómo dejará de convertirse en tu peor pesadilla?

—No permitiré que eso suceda.

—¿Y destrozarás su vida en el proceso? ¿La alejarás de ti? ¿Igual que tu padre está haciendo con tu hermana? —suspiró—. He hablado con tu tía porque tú no habrías hablado conmigo. Necesitaba comprender tu pasado para ayudar a tus hijos a tratar con él.

—No hay nada con lo que tengan que tratar —se cruzó de brazos—. Soy su padre. Nunca me volveré a casar. Fin de la historia.

—¿Y eso es lo que piensas decirles? ¿Sin darles ninguna explicación?

—Es como son las cosas. Como dijiste, no podemos estar de acuerdo en todo. No puedes saber cómo me siento.

—Quizá eso sea bueno. Puedo ser objetiva porque no estoy implicada emocionalmente —mintió.

—Esta discusión ha terminado. Es tarde y no hay nada más que decir —se volvió y salió de la habitación.

Crystal se sentía como si el aire no le entrara en los pulmones. Él nunca llegaría a verla de manera diferente a su esposa. Se había equivocado al pensar que existía una atracción entre ellos; al menos, no era así por parte de él. Sólo se comportaba de manera encantadora para mantenerla contenta.

Sabía que podía enamorarse de él en cualquier momento. Y que arriesgaría su trabajo si le decía la verdad. Quizá debería ser sincera y marcharse de allí, porque enfrentarse a él día tras día, sabiendo que nunca se interesaría por ella, iba a ser difícil y doloroso.

Pero todo lo demás seguía igual. Si no mantenía el empleo, su madre perdería la casa al no poder pagar las facturas. Crystal no podía permitir que eso sucediera. Tenía que quedarse allí y enfrentarse a lo que pudiera pasar.

CAPÍTULO 10

FARIQ se percató de que llevaba treinta minutos mirando fijamente la pantalla vacía del ordenador. El recuerdo de Crystal había permanecido en su cabeza durante toda la semana anterior, desde el día del baile benéfico. Decidió apagar el ordenador.

—Amahl —llamó a su secretario.

—¿Alteza?

—Cancela todo lo que tenga para hoy —dijo poniéndose de pie.

—¿Incluida la reunión con el señor Wellington? Está impaciente por verlo para ultimar los detalles de los grandes almacenes que van a abrir.

—No puedo verlo —no conseguía olvidar a Crystal y tenía que descubrir por qué. Y sabía que, hasta que no lo hiciera, no podría concentrarse—. Dile al señor Wellington que podemos desayunar juntos mañana, tan pronto como quiera. Cambie todas mis citas. Y si surge alguna novedad, mis hermanos tendrán que ocuparse de ella durante mi ausencia.

—De acuerdo, Alteza.

Fariq salió de su despacho. No podía dejar de pensar en el coraje que había tenido Crystal al decirle que su carga emocional afectaría a sus hijos.

Tampoco podía olvidar su cuerpo entre sus brazos, ni que tarde o temprano se marcharía y que su ausencia dejaría un gran vacío. Pero no tenía sentido que pensara en ello. Sólo tenía una solución: encontraría otra manera para que se quedara allí.

Pero desde la noche de la discusión, cada vez que él regresaba a casa ella se metía en su habitación y sólo salía si los niños necesitaban algo. Fariq sospechaba que lo estaba evitando. Tenía que poner fin a aquella situación.

«Quizá montar a caballo con ella me sentara bien», pensó.

Se dirigió al salón y se encontró a Johara tumbada en el sofá con un paño mojado sobre la frente.

—¿Estás enferma, hermanita? ¿Necesitas que llame al médico?

—Ya me ha visto el médico, gracias a la tía Farrah. Estoy segura de que sólo es cansancio.

—Entonces, debes descansar —le agarró la mano y vio que la tenía fría—. ¿Qué estás haciendo aquí?

—Cuidar a los gemelos. Pero ahora están con la tía Farrah.

—¿Dónde está Crystal?

—Es su tarde libre. Creo que me dijo que iba a la ciudad. A ver el bazar y a ocuparse de un asunto familiar.

—¿Un asunto familiar?

—No me dijo el qué.

Fariq se sintió decepcionado al no encontrar a Crystal en el palacio. Pero conocía muy bien la ciudad, así que iría a buscarla. Después de todo, un príncipe podía encontrar a quien se propusiera.

Besó a su hermana en la frente.

—Descansa. Voy a ir a la ciudad.

—Yo que tú iría a la zona de finanzas. Me dijo que iba a ir al banco. Salúdala de mi parte.

—Lo haré.

Con la información que Johara le había proporcionado y la ayuda de su cuerpo de seguridad, Fariq encontró a Crystal en el banco, y esperó a que saliera apoyado en su coche. Cuando la vio acercarse a la puerta giratoria, se enderezó. Ella llevaba una falda larga y una chaqueta a juego. Llevaba la cabeza cubierta con un pañuelo y unas gafas de sol. Al ver que comenzaba a caminar por la calle, y que no lo había reconocido, se dio el placer de observarla un momento y después la llamó:

—Crystal.

Ella se volvió.

—Fariq, ¿qué estás haciendo aquí? Los niños... ¿Están bien?

—Están bien —se acercó a ella—. Johara me ha dicho que podría encontrarte aquí. Si necesitas ayuda con algo, estaré encantado de dártela.

Ella negó con la cabeza.

—Sólo estaba enviando dinero a mi madre. Ya está hecho. Ahora, si me disculpas...

Él le bloqueó el paso.

—Pensé que a lo mejor te gustaría un poco de compañía en tu tarde libre.

—No quiero alejarte de otros asuntos más importantes —le dijo con frialdad.

–No tengo nada que hacer. Me he tomado la tarde libre –la agarró del codo–. Ven. El bazar está por aquí, a la vuelta de la esquina. Te lo enseñaré.

Ella se soltó y dio un paso adelante.

–No pensaba pasar la tarde en la ciudad. Tengo que regresar con los niños. Johara no se encontraba bien.

–Hana y Nuri están con mi tía Farrah. Deseo que pases la tarde fuera del palacio.

–¿Por qué? ¿Te preocupa que pueda llenarles la cabeza de historias románticas y cuentos de hadas?

Él se detuvo y la miró.

–Estás enfadada por lo de la otra noche...

–No estoy enfadada. Sólo trato de seguir las normas y no traspasar los límites. Es evidente que mi opinión no cuenta, aunque sea una profesional en lo que al cuidado de niños se refiere. Así que, si me disculpas, me voy para no causarte ningún problema aquí, en la ciudad.

–Crystal, me gustaría recuperar la relación de amistad que teníamos antes de la discusión de la semana pasada.

–¿Por qué? Mi trabajo es mantener a los niños contentos. Sé que tienes la teoría de que también hay que mantener a los empleados contentos porque es beneficioso para el palacio. Y estaré muy contenta de regresar con los niños. Así que, si te apartas de mi camino, consideraré que hemos recuperado nuestra relación de amistad –se cruzó de brazos y esperó.

–No me parece que estemos como estábamos antes. Siento si he dicho algo que te haya molestado.

–¿Te estás disculpando? –esbozó una sonrisa.

–Eso implicaría que estoy equivocado, y ambos sabemos que eso es imposible.

–Si fuera lo bastante atrevida como para perder este empleo, te diría que eres imposible. Pero aprecio mi trabajo. Por tanto, sólo diré lo que habría dicho mi madre. Si el zapato encaja...

–Póntelo. Sí, uno de los dichos de tu madre. Anoche los niños estaban enfadados y Nuri llamó a su hermana estúpida. Ella le recordó que tu madre siempre dice «Si lo que vas a decir no es más bello que el silencio, no digas nada». Están muy intrigados con tu madre y con sus dichos.

–Es una mujer curiosa –admitió Crystal–. La echo de menos. Si yo tuviera la mitad de su fuerza...

–¿Te mantienes en contacto con ella?

–Por e-mail. A veces, la llamo por teléfono. Pero es caro. Sólo la llamo cuando quiero oír su voz.

–Si lo deseas, puedes llamarla desde el palacio siempre que quieras. No te preocupes por el gasto. Como dijiste, puedo permitírmelo.

–Gracias –dijo con una sonrisa de verdad–. Eso significa mucho para mí. Y puede que te tome la palabra. Así, el tiempo se me hará más corto hasta que pueda verla de nuevo. ¿Sabes?, acepto la oferta de paz y te la agradezco mucho.

–Un placer.

Fariq se sintió aliviado al ver la sonrisa en su rostro otra vez. Pero oírla hablar de su madre lo había puesto nervioso. Llegaría el día en que ella regresara a Estados Unidos. Y él no quería que se fuera. ¿Cómo podía asegurarse de que se quedara? Quizá debería hacerle un nuevo contrato. O...

El matrimonio era un contrato permanente. Los niños adoraban a Crystal. Y él la admiraba y respetaba. Además, parecía contenta en su país. ¿Qué había de malo en proponerle matrimonio? Por motivos puramente prácticos, por supuesto. Ella le había dicho que él no era su tipo. Pero eso podía cambiar. Y si se casaban, no tendría que buscar otra niñera para sustituirla.

Era una buena estrategia.

Crystal no recordaba cuándo lo había pasado mejor. Fariq no había admitido que estaba equivocado, pero le había pedido disculpas por lo que le había dicho. El resto del día lo pasaron en la ciudad. Estuvieron en el bazar y él le regaló un anillo de plata que ella había dicho que le gustaba. Después, la invitó a cenar en un restaurante elegante, a la luz de las velas.

—Gracias por un día tan maravilloso —le dijo ella cuando regresaron al palacio.

—Lo mismo digo. Me ha gustado ver la ciudad en tu compañía —contestó él.

—Es una ciudad preciosa.

Parecía la despedida del final de una cita. Se preguntaba si él le daría un beso de buenas noches. Cuando abrió la puerta de su habitación, él la agarró de la mano para detenerla. Crystal lo miró y él apoyó el antebrazo en la pared, acercándose más a ella.

—¿Ocurre algo? —le preguntó a Fariq.

—Al contrario. Deseaba decirte que no recuerdo una tarde más agradable que la de hoy.

—Yo estaba pensando lo mismo.

–Entonces, hay algo en lo que estamos de acuerdo.

–Y muchas cosas en las que no –le recordó.

–Las discusiones son buenas.

–Eso no lo discuto. Ahora tenemos que ir a relevar a Johara –lo miró y, al ver el brillo de sus ojos, se estremeció. Se dio la vuelta y, cuando se disponía a abrir la puerta, notó que él le soltaba la horquilla que le sujetaba el cabello. Antes de que pudiera reaccionar, sintió que le acariciaba el cuello y la melena.

–Tienes un pelo precioso. ¿Por qué te gusta llevarlo recogido? –preguntó él.

–Es más cómodo. Ahora, si me disculpas, tengo que ir a...

–Un momento –Fariq le quitó las gafas y se las guardó en la chaqueta.

–No, Fariq. Por favor, no. No puedo hacer esto. No puedo perder este...

–Yo puedo. Y lo haré –dijo él, y la besó en los labios.

Crystal cerró los ojos. Llevaba tiempo deseando que la besara, pero pensaba que no sucedería jamás. Fariq le acarició el cabello y ella apoyó las manos contra su pecho.

Con mucha delicadeza, él la abrazó y ella sintió que una ola de calor recorría su cuerpo y se instalaba entre sus muslos. También sintió un dolor en el corazón. Rodeó el cuello de Fariq con los brazos y se acercó más a él. Podría quedarse allí para siempre.

Él le acarició la mejilla.

–Crystal, nunca me he sentido de esta manera. Me gustaría...

De pronto, se abrió la puerta.

—Papá, Crystal. Me parecía que os había oído.

Nuri estaba en la puerta. Crystal se separó de Fariq y respiró hondo.

—Hola —dijo, tratando de olvidar la pasión.

—Por fin has venido a casa.

—¿Qué ocurre? —preguntó, y entró en la habitación. Veía borroso porque necesitaba las gafas.

—La tía Johara está enferma otra vez. Está en el baño. Me dijo que fuera a buscar a la tía Farrah.

—Iré con ella —le dijo a Fariq.

—Sí. Yo me quedaré con los niños.

Crystal corrió hasta el baño y llamó a la puerta.

—¿Johara? ¿Estás bien? ¿Puedo pasar?

—Un momento.

—¿Qué ocurre? Por favor, déjame entrar.

Instantes más tarde, se abrió la puerta. Johara estaba muy pálida.

—Estoy bien. Ahora me encuentro mucho mejor.

—Los niños dijeron que te habías puesto enferma de repente.

—Creo... creo que he comido algo que no me ha sentado muy bien.

—¿Quieres que llame al médico de palacio? Iré a...

—No, no es necesario. Ya me ha visto antes.

Crystal tenía una teoría sobre lo que estaba pasando. La chica había admitido que había estado a solas con un hombre. Crystal sabía lo fácil que era dejarse llevar. ¿No había permitido que Fariq le quitara la gafas y la besara en el pasillo? ¿Y si alguien los hubiera visto? Podía haber perdido el trabajo, lo sabía muy bien. Y ella era más madura que la hermana de Fariq. Sujetó a la chica por la cintura.

—Deja que te ayude para llegar al salón.

—Estoy bien. Puesto que ya has regresado, iré a tumbarme a mi habitación.

—De acuerdo.

Crystal la acompañó hasta la puerta del dormitorio. Oyó que Fariq hablaba con los niños en la habitación contigua.

Johara abrió la puerta y sonrió.

—Ah, se me olvidaba. Los niños sentían curiosidad por tu madre. Debes de haberles dicho que tenías un álbum de fotos, porque lo sacaron de tu habitación y estaban mirándolo. Teníamos que haberte pedido permiso, pero habíamos oído hablar mucho de tu familia y queríamos ver alguna foto. Espero que no te importe.

Entonces fue ella la que sintió ganas de vomitar.

—Iré a guardarlo en su sitio —«antes de que lo vea Fariq», pensó—. Espero que te recuperes pronto.

Cuando Johara se fue, Crystal se dirigió a guardar el álbum de fotos. Nunca se le había ocurrido que tener varias fotos de su familia podía ser algo peligroso.

Al salir del salón se encontró con Fariq. Estaba sentado mirando las fotografías del álbum. Ella deseó quitárselo antes de que él descubriera la verdad. Pero al ver la expresión de su rostro, supo que era demasiado tarde.

—Fariq, yo... ¿Dónde están los niños?

—Los he mandado a sus habitaciones. Han mirado tus cosas sin tu permiso, y ahora van a reflexionar sobre lo que han hecho. Aunque no me parece justo, porque si no lo hubieran hecho, nunca habría averiguado la verdad sobre ti.

—Puedo explicártelo.

—Por supuesto que puedes —la miró—. Así que tu clase del instituto te nombró la chica más bella del colegio. ¿Fue antes o después de que te nombraran la reina del año?

—Por favor, deja que te lo explique...

—También hay un artículo de periódico. Te nombraron la mujer más bella de la ciudad.

—¿Quieres hacer el favor de escucharme?

—¿Por qué no? —preguntó él, en un tono que indicaba que no iba a creerse nada—. ¿Qué más da una mentira más después de tantas?

CRYSTAL se reunió con Fariq en su lujoso salón. Se sentía un poco mareada y deseaba sentarse, pero decidió que era mejor mantener esa conversación de pie. El temor se había apoderado de ella y sabía que estaba a punto de perder todo lo que le importaba.

–¿Puedes devolverme las gafas? –le preguntó y extendió la mano.

–¿No crees que es hora de abandonar el disfraz? Ya he descubierto tu secreto.

–Disfraz es una palabra muy dura y negativa.

–Sí, y muy precisa. Has fingido ser lo que no eres.

–Creo que eso es una exageración.

Él la miró de arriba abajo.

–¿Ése es tu aspecto habitual?

–Es para trabajar. Me recojo el pelo, no me maquillo y me pongo las gafas.

–Por eso no querías que te las quitara. Era una máscara eficaz, porque tus ojos te delatarían –Crystal confiaba en que sus ojos no le dijeran que estaba enamorada de él–. No sé cómo no me he dado cuenta.

–Si no me devuelves las gafas, no podré ver nada.

–¿O sea que la historia de tu vista es cierta?

–Sí. Normalmente llevo lentillas.

–Por supuesto –le devolvió las gafas y ella se las puso.

–Mira, Fariq, si no estuviera cualificada para este puesto, comprendería que te pusieras así. Pero, ¿he maltratado a los niños? ¿He desatendido mis obligaciones, su cuidado o sus estudios? ¿He perturbado la rutina del palacio?

Su silencio era suficiente respuesta. Pero no explicaba por qué sus ojos la miraban de manera ardiente.

–Ése no es el problema –dijo él.

–Aunque sea la mejor niñera que has tenido nunca y aunque los niños se hayan encariñado conmigo, ¿no vas a pasarme ni una? Tenía muy buenos motivos para hacer lo que hice.

–No tendrán que ver con el deseo de casarte con un príncipe de la casa de los Hassan, ¿verdad?

–El matrimonio nunca ha sido mi motivación. Es mucho peor que eso y ni siquiera es un noble motivo. Simplemente, tiene que ver con el dinero.

–¿Cómo?

–Primero, deja que te asegure que las referencias y las credenciales son legítimas. Soy muy buena en mi trabajo y estoy muy cualificada.

–Eso nunca lo hemos puesto en duda. Pero tu comportamiento...

–Cuando llegué a Nueva York, la entrevistadora me iba a eliminar por mi aspecto.

–¿Y te lo tomaste como un reto?

–Sobrevivir siempre es un reto.

–Sabía que te gustaba dramatizar, pero... ¿sobrevivir?

–Necesitaba el dinero, pero no para mí. Es para mi madre.

–De veras, Crystal. Puedes hacer algo mejor que esto.

Ella decidió ignorar su sarcasmo.

–Mis padres tuvieron hijos cuando aún eran adolescentes. Trabajaron mucho para sacar a sus cinco hijos adelante. Nunca tuvieron presupuesto para lujos ni para viajar. Todos teníamos que contribuir como pudiéramos.

–¿Así que te has disfrazado para poder pagarles un viaje?

–Por supuesto que no.

–Comprendo.

–¿Cómo lo vas a comprender? Nunca has tenido que preocuparte por tener comida sobre la mesa, ni por pagar la hipoteca.

–No, nunca he tenido esa experiencia.

–Quería decirte la verdad. Muchas veces. Pero hubo varias cosas que me detuvieron.

–Por favor, continúa. No puedo esperar para oír qué es más importante que la verdad –se cruzó de brazos y la miró implacable.

–Me encariñé con los niños y ellos, conmigo. Han nacido en un lugar privilegiado, pero eso puede ser bueno o malo. Vi la oportunidad de proporcionarles un equilibrio.

–Los niños son fácilmente manipulables.

–Mi madre siempre ha soñado con viajar. Siempre me dijo que hiciera todo lo que deseara antes de casarme, ya que si no, nunca tendría la oportunidad. Y resulta que tenía razón.

—¿Por qué?

—Yo fui la última en marcharme de casa. Después, mis padres se divorciaron. Parece que cuando yo me fui se dieron cuenta de que lo único que los unía eran sus hijos.

—¿Por qué?

—Probablemente porque se casaron muy jóvenes y finalmente ambos admitieron que no eran felices. Pero mi madre nunca había trabajado fuera de casa. En los trámites de divorcio, le dieron a elegir si quería estudiar algo para poder trabajar después, o si prefería quedarse con la casa. Eligió la casa.

—No lo comprendo.

—Suponía que podría mantenerse con un trabajo no cualificado. Pero no quería dejar la casa donde había criado a sus cinco hijos.

—Ya. No lo entiendo, pero continúa con la historia —dijo él con sarcasmo.

—Consiguió seguir adelante con su vida, y no le iban mal las cosas. Hasta que tuvo el accidente. Un conductor borracho se chocó con ella —Fariq la miró con escepticismo—. El caso sigue pendiente de juicio. Compruébalo si quieres.

—Lo haré.

—Mi madre sufrió un golpe en la cabeza. Estuvo en coma y pensábamos que iba a morir. Al final, sobrevivió. Fue entonces cuando empezó el verdadero trauma.

—¿Por qué?

—Su tratamiento era muy caro y no tenía seguro médico. Se lo ofrecieron en el trabajo, pero no podía permitir que se lo descontaran del sueldo. Si yo lo hubiera sabido, habría hecho algo. Pero ella nunca me lo contó.

—No comprendo qué tiene esto que ver con el hecho de que me hayas engañado.

—No, no lo comprenderás. Porque siempre has tenido suficiente dinero. Nunca has tenido que sacrificarte ni que luchar por nada.

—Continúa.

—Su recuperación fue muy lenta. Y ella nunca volverá a ser la misma. Todavía tiene que hacer rehabilitación y no podrá trabajar. Pero mis hermanos se están ocupando de ella. Todos estamos poniendo de nuestra parte.

—Contribuyendo —comentó él.

—Como siempre hemos hecho. Mis hermanos tienen que mantener a sus familias, así que la parte económica me toca a mí. Tenemos que pagar facturas médicas de varios cientos de miles de dólares, o si no...

—¿Qué?

—Podría perder su casa —tragó saliva—. Haría cualquier cosa por evitar que eso sucediera.

—Es evidente —dijo él—. ¿Ella sabe que me has engañado?

—No —admitió—. Cuando estaba buscando trabajo, me enteré de este puesto. No supe que buscabais una niñera corriente hasta que me entrevisté con la de la agencia. Como tenía mucha experiencia, me convocaron para otra entrevista. Cambié mi aspecto y me aceptaron como candidata. Tu tía me contrató. Pero mi madre sólo se enteró de que era un trabajo en el extranjero y que ganaría mucho más de lo que podría ganar en Estados Unidos. Tenía que ayudarla. Ella había dejado de lado sus sueños para sacar adelante a sus hijos. ¿Cómo no iba a hacerlo por ella?

—¿Y tus métodos para obtener el empleo le habrían parecido bien?

—No habría aprobado nada que no fuera la pura verdad.

—En eso estamos de acuerdo. ¿Y no podías conseguir un préstamo?

—No tengo nada que me avale para poder pedir el dinero que se necesita para pagar la deuda.

—No creo que el fin justifique los medios.

—Pero no hay nada malo en los medios que he utilizado. Ponte en mi lugar. Si tu padre, tus hermanos, o tu tía Farrah necesitaran algo... Si tus hijos tuvieran un problema y ésta fuera la única manera de solucionarlo, ¿no habrías hecho lo mismo?

—No.

—¿Cómo puedes decir eso? —comenzó a temblar.

—Porque está mal hecho. Tus actos son deshonestos. Además, si hubieras sido sincera y hubieras contado tus motivos, creo que mi tía también te habría contratado. Tienes mucha experiencia y tus referencias son impecables.

—No podía arriesgarme. Pero siempre he pensado que la belleza está en el interior de las personas. Ésta era una oportunidad para ver si se me valoraba por mi personalidad y mi inteligencia.

—¿Por qué lo ponías en duda?

—Por favor: no estaríamos aquí si no fuera por ese maldito requisito que pedía una niñera «corriente».

Los hombres de tu familia veis la belleza como una distracción en vez de como algo positivo. Sois iguales que...

—¿Que quién?

—No quiero hablar de ello.

—Me gustaría oírlo.

Ella lo miró a los ojos.

—Sabes que estuve comprometida. Antes de salir con él, pensaba que sólo algunos hombres buscaban una esposa trofeo. Me equivocaba. Él pensaba que yo sería la esposa perfecta para un hombre que buscaba prosperar. En una fiesta, me atreví a dar mi opinión. Me llevó a un lado y me dijo que me mantuviera callada y que tratara de ser guapa y silenciosa.

—Evidentemente, era un canalla.

Al recordarlo, Crystal sintió dolor y humillación.

—Evidentemente. Pero lo que quiero decir es que desde el primer día que llegué aquí, a nadie le preocupó mi aspecto. Los niños me aceptaron enseguida y me encariñé con ellos. Nosotros hemos hablado de muchas cosas. De política, economía y educación. Lo negarás, pero creo que respetas mi opinión. Me habéis valorado por mi personalidad e inteligencia, no por mi aspecto. Y he descubierto algo que no esperaba de ti.

—¿Qué has descubierto?

—Que eres un hombre bueno.

—Los halagos no te van a ayudar.

—Te gusté a pesar de que no fuera guapa. ¿Sabes lo que eso significa para mí?

—Te equivocas.

–¿De veras? Entonces, ¿cómo se explica el beso que me has dado hace un rato?

–No tengo nada que explicar.

–Debe de estar bien eso de ser príncipe y poder esconderse tras el trono cuando alguien te cuestiona.

–Esconderse es tu especialidad, no la mía.

–Yo me he mostrado tal y como soy. Cuando llegué aquí, tuve que confiar en mi forma de ser y en mi fortaleza. No era tu tipo de mujer, pero me prestaste atención. Hoy me has buscado en la ciudad. Me has besado.

–Eso fue antes de enterarme de que eras un espejismo.

–Te niegas a comprenderlo porque estás enfadado. Pero si fueras sincero, admitirías que sentimos una atracción mutua.

–Aunque hubiera algo de verdad en lo que estás diciendo, has hecho un gran trabajo para erradicarla. Mi esposa me dio una lección sobre la falsedad de la naturaleza femenina. Tú acabas de reforzar el mensaje. No habrá una tercera vez.

–Me da pena que hayas aprendido la lección equivocada.

–¿Y cuál es?

–Nunca juzgues un libro por la portada.

La miró y ella sintió que se le encogía el corazón.

–Creo que será mejor que recojas tus cosas. Organizaré todo para que regreses a Estados Unidos. Por la mañana, un coche te llevará al aeropuerto para que tomes el primer vuelo disponible.

Crystal trató de contener las lágrimas.

–Muy bien. Haré el equipaje ahora mismo.

Él se volvió y se marchó sin decir palabra. Crystal no podía culparlo por no haberla escuchado. Ya no sólo le preocupaba haber perdido el trabajo, sino también que le hubieran roto el corazón. Estaba enamorada de Fariq Hassan.

A la mañana siguiente, Fariq fue a hablar con su tía. Ella estaba sentada tomándose una taza de té cuando Fariq entró enfadado.

—Es evidente que has oído las noticias de tu hermana —dijo Farrah.

Eso lo detuvo.

—¿Qué noticias?

—Está embarazada.

Él respiró hondo.

—Maldita sea. Eso explica su enfermedad.

Crystal le había explicado lo que pasaría si ignoraban las necesidades y los sentimientos de la joven princesa. Y tenía razón.

—¿Cómo se lo ha tomado mi padre?

—¿Tú qué crees? Está dolido y enfadado. La ha castigado y ahora no tiene escapatoria porque nunca admitirá que se ha equivocado. La ha desheredado y le ha retirado la palabra. Dice que no tiene ninguna hija.

—Hablaré con mi padre, pero primero quiero hablar contigo, tía Farrah.

—¿Qué ocurre?

—Elegiste mal a la niñera que contrataste. La he despedido.

—¿Es eso cierto?

–Lo es. Y cuando encuentres a otra, te sugiero que investigues su pasado. Y, al menos, deberá tener cincuenta años.

–Crystal fue investigada.

–La próxima vez, que investiguen mejor –ordenó.

–Por la indignación que veo en tu rostro, me da la sensación de que has descubierto que es más bella de lo que finge ser.

–¿Lo sabías?

–Por supuesto. ¿Cómo te has enterado?

–Vi un álbum de fotos. Dice que se disfrazó de esta manera para conseguir el trabajo y poder pagar las facturas médicas de su madre.

–Es cierto.

–¿Cómo lo sabes?

–He leído el informe –lo miró y sacudió la cabeza mientras dejaba escapar un suspiro.

–¿Por qué no me lo dijiste?

–Porque la última vez que lo comprobé, eras perfectamente capaz de leer por ti mismo.

–¿Y por qué la contrataste? Reúne todas las condiciones que mi padre trataba de evitar con sus requisitos.

–Es perfecta para ti, algo que tu padre no comprendería.

–No te entiendo.

–Por supuesto que no. Cuando la agencia me entregó las fichas de las candidatas, me comentaron todo acerca de Crystal. Cuando la conocí, me impresionaron su ánimo, su inteligencia y sus recursos. Además, me impactó el amor y la fidelidad que sentía por su familia. Sabía que era una mujer bella, pero también tenía coraje y belleza interna, y eso no es habitual.

—¿No te molesta que te haya engañado?

—Al contrario. No lo ha hecho. Tenía todos los datos sobre ella y realicé una elección ejemplar. Si ha engañado a alguien, ha sido a ti.

—Ha mentido —dijo él.

—No. Viste lo que querías ver. Y te enamoraste de la belleza de su alma.

—Soy Fariq Hassan, príncipe de la casa de los Hassan. Soy demasiado inteligente como para enamorarme.

Pero las palabras de su tía llegaron a lo más profundo de su ser. Crystal le había dicho lo mismo. Pero la traición de su esposa había hecho que protegiera su corazón. No le quedaba más remedio que enfrentarse a la verdad.

Se había sentido atraído por ella. La había besado. La había deseado. Y, a pesar de conocer su secreto, aún la deseaba. Incluso había pensado en el matrimonio para no dejarla escapar. Pero, ¿enamorado? No. Era demasiado inteligente para enamorarse.

—Fariq, estás haciendo eso que tanto aborreces: mentir. O peor aún, engañarte a ti mismo.

—Crystal es la que me ha engañado. Y pensar que había considerado la posibilidad de casarme con ella...

—Ajá. Lo sabía. Si no te das cuenta de que estás enamorado, eres idiota.

—Los motivos eran puramente prácticos.

–Ya... –dijo ella.

¿Por qué sentía él la necesidad de defenderse?

–Mis hijos se han encariñado con ella. No quería que se pusieran tristes cuando se le terminara el contrato.

–Fariq, ayer vi que la besabas. Los niños me llamaron cuando iba a ver a tu hermana. Ese beso no era el de un hombre que está siendo práctico.

–Fue antes de que descubriera que no era como se muestra.

–Te han hecho daño. La traición de una esposa es como una puñalada en el corazón. Tienes miedo de cometer otro error y volver a sufrir.

–No tengo miedo de nada.

–Díselo a alguien que te crea. Harías cualquier cosa para que nadie volviera a dañar tu orgullo. Pero está claro que estás enamorado de Crystal. Sé que quieres mucho a tus hijos, pero si no sintieras algo por ella, la idea del matrimonio no te habría rondado la cabeza. Ahora buscas una excusa para no amarla. Pero créeme: si insistes, arriesgarás tu felicidad.

Su tía tenía razón. Él lo sabía. Se sentó a su lado y se preguntó cómo podía calmar el dolor que sentía en el corazón.

–Se ha ido, tía.

–¿Se ha ido?

–El coche la llevó al aeropuerto esta mañana –miró el reloj–. El avión ya ha despegado.

Justo en ese momento, sonó el teléfono y su tía contestó:

–¿Qué quieres decir con que nadie los ha visto? –preguntó con preocupación–. Llama ahora mismo a seguridad y alerta a todo los empleados. Hay que localizar a los niños ahora mismo.

–¿Nuri y Hana? –preguntó él atemorizado.

–No los encuentran en ninguna parte.

Fariq se enfrentó al pánico que se apoderaba de él. No podía perderlo todo. Encontraría a sus hijos. Y cuando estuvieran a salvo, buscaría la manera de solucionar las cosas con la mujer que amaba.

CAPÍTULO 12

NURI MIRÓ a Crystal mientras sujetaba la mano de su hermana.

—No te enfades, Crystal...

Crystal ya no era su niñera y, al pensarlo, las lágrimas afloraron a sus ojos.

—No lo estoy... No estoy enfadada.

Abrió la puerta de las habitaciones de Fariq y metió a los niños. Cuando ella descubrió a los pequeños, la limusina que la había llevado al aeropuerto ya se había marchado. Si no se hubiera sentado junto al conductor, se habría dado cuenta de que los dos diablillos estaban escondidos en la parte trasera del coche.

Tenía que admirar su valor y se sentía orgullosa de su inteligencia. No había sido fácil para ellos seguirla hasta el avión sin que nadie se percatara. Se estremeció al pensar en el peligro que habían corrido estando solos. Había tenido que tomar un taxi para llevarlos de vuelta al palacio. Todo el mundo recibió a los niños de forma cariñosa.

—No debéis hacerlo nunca más.

—Pero, Crystal, no queremos que te marches —dijo Hana con los ojos llorosos.

—Hana tiene razón, Crystal. Te queremos. Y deseamos que te quedes aquí para siempre —Nuri se esforzó por contener las lágrimas.

Se abrió la puerta y Fariq entró en la habitación. Miró a Crystal, y después a los niños.

–Hana, Nuri...

Se agachó y abrió los brazos. Los niños corrieron hasta él y Fariq los abrazó y los besó. Después, dio un suspiro y miró a Crystal. Ella deseó poder leer su pensamiento.

–No volváis a hacerme esto –dijo él a los niños.

–Lo sentimos, papá –dijo Hana–. Pero oímos que le habías dicho a Crystal que se fuera.

–¿Estabais espiando?

–Quiere decir que si estabais escuchando cuando nadie sabía dónde os encontrabais –intervino Crystal.

–Sí –confirmó Nuri–. Eso era lo que estábamos haciendo. Y Hana se puso a llorar porque no quería que Crystal se fuera.

–Tú también lloraste.

–Los hombres no lloran –dijo Nuri.

–Algunos sí –dijo Crystal–. Y no por ello son más débiles.

Era el último mensaje que podía transmitirles, pero esperaba que lo aprendieran bien. Nuri era quien más la preocupaba. Si alguien no le enseñaba a abrir su corazón, sería igual que su padre.

–¿Por qué os escapasteis? –preguntó Fariq.

–Íbamos a irnos con Crystal –dijo la niña.

–¿Pero qué pensabais hacer?

Ellos lo miraron sin decir palabra y Crystal suspiró.

–Fariq, tienen cinco años. No lo han pensado bien. Es un comportamiento normal para su edad.

–No como el de los adultos que hay a su alrededor.

–¿Qué?

–Nada –contestó Fariq y besó a los niños de nuevo–. Id a lavaros. Los dos.

–¿Estás tratando de deshacerte de nosotros, papá? –preguntó Nuri.

–¿Por qué piensas tal cosa? –dijo Fariq.

–Porque no estamos sucios –dijo Hana.

–Recordadme que no sea condescendiente con vosotros en el futuro –les dijo–. Me gustaría hablar con Crystal. A solas. Ahora, marcháos –dijo, y los empujó suavemente hacia sus dormitorios. Hana se acercó a Crystal.

–Te quiero, Crystal.

–Yo también –dijo Nuri.

Ella los abrazó.

–Obedeced a vuestro padre –dijo con voz temblorosa, y los niños salieron de la habitación. Una vez a solas con Fariq, Crystal añadió–: Estaba a punto de irme.

–Mi tía me ha dicho que Johara está embarazada.

Crystal cerró los ojos y dijo:

–Me lo temía.

–Tenías razón.

Ella lo miró asombrada. No podía creer sus palabras.

–No me hace ninguna ilusión. Fue ese tipo de situación lo que hizo que mis padres tuvieran que casarse y que fueran infelices. Por eso mi madre me insistió tanto en que viviera aventuras primero, y que después me casara.

–¿Qué pasa si el amor aparece antes? –preguntó él–. ¿O los niños?

Ella no comprendía lo que quería decir.

–Es hora de que me vaya.

–La construcción del hospital está muy avanzada. Kamal dice que dentro de unos meses estará terminado. Está contratando gente para trabajar en él.

«¿Qué tiene que ver todo esto? Quizá sólo sea una forma de retenerme», pensó.

–Lo recuerdo. Me enseñaste a una enfermera estadounidense el día de la fiesta.

–Ali Matlock, sí.

–Mira, Fariq, siento todo lo que ha pasado. Sobre todo haberos hecho daño a ti y a los niños. Así que ahora es mejor que me vaya.

–¿Por qué?

–Me has despedido. He perdido el avión porque he tenido que traer a los niños. Pero tomaré el siguiente.

–¿Cuándo sale?

–Mañana. Esperaré en el aeropuerto.

–¿Por qué no esperas en el palacio?

–No creo que sea buena idea. Ya sabes: no dejes para mañana lo que puedas hacer hoy.

–No estoy de acuerdo. Creo que es una idea estupenda.

–¿Para qué quieres que me quede? No podías esperar para deshacerte de mí.

–Es evidente que los niños están tristes. Y el futuro de tu madre...

–No te atrevas a tener lástima de mí. Encontraré otro trabajo. Ayudaré a mi madre a mantener su casa. No quiero que me contrates otra vez porque te doy pena.

–Tu madre no perderá su casa.

–Por supuesto que no lo hará.

–Yo me ocuparé de ello.

–No, yo me ocuparé. No es tu problema.

–¿Cómo lo harás?

–Encontraré otro trabajo. Dos, si es necesario.

–Se me ha ocurrido una idea...

–¿Qué? No. No quiero saberlo. No creo que pudiera soportar otra entrevista en el palacio. Además, con mi educación y mi pasado, sólo estoy cualificada para ser niñera o maestra. Y me has despedido.

–Sí. Y no dejas de recordármelo. Pero hay otro puesto disponible.

–¿Para hacer qué?

–Para ser mi esposa.

Crystal creía que se iba a desmayar.

–Perdona. Tengo que sentarme.

Al instante, él la tenía sujeta por la cintura.

–¿Te encuentras bien?

–Sí... No... Creo que tengo un problema de oído. Juraría que me has pedido que me case contigo.

–Lo he hecho.

–¿Por qué? –lo miró y, al ver el brillo de su mirada, se le aceleró el corazón.

–Hana, Nuri y yo... Nos iba a faltar algo en la vida. Yo...

–Si es por los niños... Los quiero mucho. Pero aprendí una lección con el matrimonio de mis padres. No se gana nada sacrificando tus sueños y tus principios.

–No se trata de los niños. Es lo que yo deseo.

–¿Cómo puede ser? Crees que soy una mentirosa y una falsa. No podrías casarte con alguien como yo.

Él la soltó y se colocó frente a ella.

—Te equivocaste sobre la lección que yo aprendí. No se trata de juzgar un libro por su portada. Estaba convencido de que no suponías una amenaza para mis sentimientos. Pero con tu inocencia y tu pasión me hiciste bajar la guardia. Entonces, me robaste el alma y el corazón.

—¿De veras?

—De veras.

Un sentimiento de felicidad la inundó por dentro. Sabía que él estaba dando un gran paso. Pero no iba a ponérselo fácil.

—¿Por qué pensabas que aceptaría otro trabajo en el palacio?

—Porque me quieres —dijo él con una sonrisa.

A Crystal le dio un vuelco el corazón.

—Aunque tuvieras razón, y no estoy diciendo que la tengas, aceptar sería una estupidez por mi parte.

—¿Por qué? Y no me digas que no soy tu tipo. Respondiste de manera apasionada ante mi beso.

—No es eso. Nunca confiarás en mí. Sin confianza, no puede haber respeto mutuo y, por tanto, no puede haber amor.

—Confío en ti. Tenía miedo de...

—¿Miedo? ¿Tú?

Fariq la tomó de las manos.

—Podría enfrentarme a la muerte sin miedo, pero enfrentarme a un futuro sin ti... La maldita excusa para tu disfraz funcionó sólo porque yo veía lo que quería ver. Desde luego, no ocultaba tu belleza... ni la interna, ni la externa.

—Entonces, ¿me quieres?

—Creo que ya te lo he dicho —dijo él.

—Creo que no estoy de acuerdo –dijo ella–. Me has dicho muchas cosas, pero no has mencionado la palabra «querer» ni una sola vez. Me habría dado cuenta.

Fariq la tomó entre sus brazos y la miró a los ojos fijamente.

—Te quiero. Confío en ti con toda mi alma y mi corazón.

—Yo también te quiero.

—Te casarás conmigo –no era una pregunta, pero tampoco una orden.

—Sí –dijo ella–. Deseo ser tu esposa enteramente.

—Bien.

—Entonces, ¿puedo considerar que has admitido que exageraste en cuanto a lo de mi disfraz? ¿Y que te estás disculpando?

—Al contrario. Nunca me equivoco. Pero es posible que no tuviera en cuenta las circunstancias –la abrazó con más fuerza–. Te diré una cosa: si me abandonas, la luz de mi vida se irá contigo. Me enseñaste a no juzgar un libro por su portada, ni a una mujer por su belleza. Lo que importa es la pureza de corazón.

—Y tú no me has visto sólo como un rostro bonito. Me has enseñado que el amor no surge según uno lo tiene planeado. Y que cuando surge, hay que agarrarlo con las dos manos. La vida no se detiene porque uno se enamore. Pero amar hace que el viaje se haga mas dulce y que merezca más la pena.

Oyeron un ruido en el pasillo y ambos se volvieron a mirar. Vieron dos cabezas que se escondían.

Fariq sonrió.

—Creo que nos están espiando.

Ella le devolvió una sonrisa llena de alegría.

–Ha llegado el momento de compartir la felicidad que sentimos.

–En eso estamos de acuerdo. Me llena de placer saber que mis niños crecerán en una casa llena de amor. Y que no arrastrarán las cicatrices de mi pasado en su vida. Por todo ello, te estaré siempre agradecido –la rodeó por la cintura–. ¿Niños?

–Sí, papá –aparecieron al instante.

–Tengo que deciros una cosa.

–Vas a casarte con Crystal –dijo Hana.

–Sí.

–¿Eso significa que podremos llamarla mamá? –preguntó Nuri.

–Si queréis... –dijo Fariq.

–Un gran abrazo –dijo Crystal, y extendió los brazos.

Fariq la miró a los ojos.

–Y se escribió en la historia de El Zafir que la niñera se disfrazó para besar al jeque.

Crystal sonrió.

–Hay que escribir también que, después de todo, la belleza domó al jeque. Y que vivieron felices para siempre.

Novias del desierto

Casarse con un jeque

Teresa Southwick

HARLEQUIN

ERA IGUAL de fácil amar a un hombre rico que a un hombre pobre.

Si lo que una buscaba era amor.

Ali Matlock no lo estaba buscando. Había decidido tomarse un descanso en eso del romance y centrarse en su carrera profesional. Para ello había viajado desde Texas hasta la otra parte del mundo en busca del trabajo de su vida. Iba a trabajar en un hospital construido por un jeque y ganaría tres veces más de lo que cobraba una enfermera en su país. Pero lo mejor de todo era la oportunidad de correr aventuras en El Zafir, un lugar mágico y misterioso.

Mientras ordenaba el equipo médico en la sala de enfermeras del área de Maternidad, oyó que se abrían las puertas del ascensor y que bajaba Kamal Hassan, el príncipe de la corona y jeque de El Zafir. Llevaba un traje muy elegante y estaba muy atractivo. Seguramente, también lo estaba sin el traje.

Pero ella nunca lo sabría, a pesar de que cinco meses atrás la había besado en los jardines del palacio bajo la luz de la luna. Pero la vida le había enseñado a no confiar en los hombres, y menos en los que besaban a una mujer que estaba a punto de estar comprometida.

Él se detuvo a hablar con uno de los trabajadores del hospital y ella aprovechó para observarlo. Tenía el cabello negro. Era alto y atractivo. Tenía los ojos oscuros y una nariz aristocrática. Los pómulos prominentes y la tez aceitunada. La forma de su boca era maravillosa, y ¡desde luego sabía utilizarla! Al recordar el beso que habían compartido le dio un vuelco el corazón y, al mismo tiempo, recordó que tenía que tener cuidado con los príncipes vestidos de etiqueta.

Ali había conocido a su tía, la princesa Farrah Hassan, en el mes de enero, cuando la mujer visitó el lugar donde ella trabajaba en Texas. La princesa había ido a visitar a Sam Prescott, un viejo amigo de la familia que era el dueño de Prescott International. Mientras estaba allí, sintió un dolor en el pecho que resultó no ser de importancia. Farrah había insistido en que Ali aceptara viajar en marzo con todos los gastos pagados a El Zafir, para hablar sobre un trabajo en el hospital que su sobrino estaba construyendo. A Ali le había resultado imposible rechazar la invitación a pesar de que no tenía intención de aceptar el puesto, y había asistido a un baile benéfico que se celebraba en El Zafir.

Aunque quedó encantada con el país y con el trabajo que le ofrecían, no aceptó la oferta. Porque estaba enamorada. Pero eso era historia pasada. Ya sólo le interesaba su carrera. Al menos, si no podía tener amor, correría aventuras. ¿No estaba bien que pudiera combinar ambas cosas en El Zafir? Trabajo y aventuras, eso era lo que necesitaba.

Y no podía quitarse la sensación de que un jugador clave en su aventura estaba situado a poca distancia de ella. ¿A causa del beso? Al recordar el tacto de sus labios, sintió un nudo en el estómago. Pero estaba segura de que, desde aquella noche, él no había pensado en ella ni una sola vez. Lo más probable era que ni siquiera recordara su nombre. ¿Por qué iba a hacerlo? Ella pertenecía a otro mundo muy distinto al suyo. Entonces, ¿por qué la había besado?

Él terminó la conversación y miró hacia donde estaba Ali.

—Hola —le dijo.

—Alteza —dijo ella, y apretó el bolígrafo que tenía en la mano.

Él se acercó y se detuvo a su lado sin dejar de mirarla. El aroma de su loción de afeitar invadió la habitación y Ali sintió que se le humedecía la palma de las manos.

—Me alegro de verla de nuevo, Alexandrite.

—Gracias. Recuérdeme que no subestime su capacidad de recordar detalles insignificantes, como un nombre que no deberían haberle puesto a nadie.

—Al contrario. Su nombre es precioso. Es una joya, ¿no es así?

Ella asintió.

—Pero Ali es mucho más sencillo.

—Al contrario. Creo que Ali es muy complicado —al cabo de un instante, miró a su alrededor—. ¿Qué le parece?

–¿El hospital? En una palabra, impresionante.

El primer día de trabajo se lo habían enseñado. Recordaba las columnas y los suelos de mármol del recibidor, el mostrador de la recepción de madera de cerezo... La sala de urgencias, el laboratorio y la sala de rayos X que se encontraban en la planta baja. Las oficinas en la primera, y más arriba, las habitaciones y la UCI, con el equipo más moderno del mercado. Era un edificio de siete plantas con tecnología punta.

–Una buena palabra. La más apropiada –comentó él con una sonrisa y arqueando una ceja.

El brillo de sus ojos denotaba el orgullo que sentía y Ali comprendía por qué. Hasta los ascensores estaban enmarcados en oro. Ali no podía decir si era de catorce quilates, pero eso no tenía importancia.

La familia real de El Zafir tenía mucho dinero. El príncipe estaba decidido a proporcionarle a su país la mejor tecnología médica de Occidente, para ofrecerle a su pueblo los mejores cuidados en tema de salud. Era casi como una obsesión, y Ali se preguntaba por qué.

En su última visita, había hablado durante largo rato con la princesa Farrah, pero la tía del jeque no le había contado los motivos, si es que los había, de la obsesión del príncipe. Después de que su tía fracasara, él trató de convencer a Ali para que aceptara el trabajo, pero, entonces, había rechazado.

–Esta mañana, mi tía me informó de que había llegado –dijo él, mirándola fijamente.

–Hace una semana –confirmó ella.

–¿Ha conocido a la enfermera jefe? –le preguntó.

–Me ha caído muy bien.

–Siento haber tenido que contratar a otra persona para el puesto que le ofrecí en un principio. Pero cuando rechazó mi oferta...

–Estoy encantada de que todavía quedara algún puesto vacante, Alteza. El puesto de enfermera responsable del área de Maternidad es una oportunidad estupenda.

–¿No está desilusionada por el hecho de no poder añadir algo más prestigioso a su currículum? Por lo que recuerdo, eso le resultaba tentador –dijo esbozando una sonrisa.

Ali sintió que se le aceleraba el pulso al ver que su comentario no hacía referencia alguna a que él le resultara tentador. No iba a decirle que con uno de sus besos podía tentar a cualquiera. Probablemente ya lo supiera. Después de todo, tenía fama de ser un playboy.

Metió las manos en los bolsillos de la bata blanca que llevaba sobre unos pantalones verdes.

–En realidad, la idea de aceptar ese trabajo me ponía un poco nerviosa.

–No lo comprendo. Tiene una licenciatura en Enfermería, ¿no es así?

–Sí. Una licenciatura de cinco años. Pero un título no sustituye a la experiencia. Cuando llegue a lo más alto de mi profesión, necesitaré ambas cosas.

–¿Cuándo? –los ojos le brillaban con inteligencia–. ¿Está segura del futuro?

–He estudiado mucho y trabajado duro. Soy buena en lo que hago. La princesa Farrah insistió en que estoy preparada. Quiero pensar que tiene razón. Pero me da la sensación de que me ha ofrecido este trabajo porque es difícil conseguir que alguien venga a trabajar aquí desde la otra punta del mundo. Sé que mi edad podría ser un problema. A los veinticinco, encontraré dificultades a la hora de dirigir a enfermeras que tendrán mucha más experiencia que yo.

—Mi padre accedió al trono de este país a la misma edad.

—Eso es diferente.

—Sin duda —dijo él, y metió las manos en los bolsillos del pantalón—. Ser enfermera jefe es un juego de niños en comparación.

—Quizá sí, comparado con gobernar un país. Pero sigue siendo un reto —dijo ella, tratando de no ponerse a la defensiva.

—No lo discuto. Y no estoy subestimando lo que usted hace. En mi país no hay suficientes profesionales de la salud para cubrir los puestos del hospital. Da igual cuál sea el salario, tiene razón acerca de que es difícil encontrar personal cualificado que esté dispuesto a dejarlo todo para venir aquí a trabajar. Estoy en deuda con usted.

Ella no tenía nada que dejar y, desde que su madre murió un año atrás, tampoco tenía familia. Excepto un padre al que no veía desde hacía años.

—Estoy deseando enfrentarme a los retos de mi nuevo trabajo.

—Mi tía confía plenamente en su capacidad para ejercerlo de manera ejemplar.

—La princesa Farrah es muy amable.

–Y al parecer, más persuasiva que yo. Puesto que fue ella quien la convenció de que aceptara el trabajo en El Zafir.

–Es cierto que cambié mi opinión acerca del trabajo –dijo Ali–. Hace unas semanas me puse en contacto con ella para ver si había algún puesto vacante. La princesa fue muy amable y me ofreció uno diferente.

–Su prometido debe echarla mucho de menos.

Ella lo miró con incredulidad. ¿Es que no tenía nada más importante que hacer aparte de recordar lo que ella le había dicho hacía más de un año?

–¿Mi prometido?

–Sin duda. La noche en que la acompañé al baile benéfico mencionó que estaba a punto de comprometerse. Si no recuerdo mal, sus palabras exactas fueron que su prometido no daría saltos de alegría si usted aceptaba un trabajo en la otra parte del mundo.

«El príncipe se acuerda demasiado bien», pensó Ali. Por desgracia, al regresar a su país, había descubierto que Turner Stevens, y ella no tenían la misma idea acerca del compromiso.

–Alteza, resulta que...

–Llámame Kamal.

–No me parece apropiado.

–En privado, como ahora, es perfectamente admisible. Y si yo lo deseo, así será.

–Kamal –dijo ella, preguntándose si él siempre conseguía lo que deseaba–. Resulta que...

–¿Qué? –preguntó él.

Ella suspiró.

–Que las noticias de mi compromiso fueron algo exageradas.

–¿Cómo?

–Rechacé su oferta de trabajo porque creía que el hombre con el que llevaba saliendo mucho tiempo iba a proponerme matrimonio.

–¿Y lo hizo?

Ali sintió un nudo en el estómago y notó que la rabia y el dolor se apoderaban de ella, además de un fuerte sentimiento de vergüenza. Pensó en contarle una mentira, pero enseguida descartó la idea. Mentir al futuro rey no sería cosa buena.

–Sí, lo propuso. Pero no a mí.

Kamal frunció el ceño y comentó:

–¿Así que la estupidez del canalla hizo que El Zafir saliera ganando?

–Que frase tan bonita.

–Resulta que, después de todo, te conozco bien.

Ali recordaba que él le había dicho que ella no habría ido a visitar su país si tuviera claro que no deseaba aceptar la oferta de trabajo. Ella le había preguntado que si creía que la conocía tan bien. Y resulta que estaba en lo cierto. Ni siquiera la princesa Farrah la habría convencido de visitar El Zafir si ella no hubiera estado interesada en la oportunidad que le ofrecían. ¿Es que en el fondo contaba con la posibilidad de que la propuesta de matrimonio no fuera para ella? No. De haber sido así, la traición de su prometido no la habría afectado tanto.

–Qué bien que con una sola noche puedas saber cómo soy –dijo, con mayor brusquedad de lo que deseaba–. ¿Y qué te trae por aquí hoy? –preguntó para cambiar de tema.

–Vengo aquí todos los días –dijo él, y entornó los ojos.

Entonces, ¿cómo no lo había visto antes? Quizá su tía acababa de contarle que Ali había llegado. Su idea de correr una aventura se trasladaba a terrenos exóticos. Y no incluía enamorarse de un hombre que besaba a una mujer que estaba comprometida. Era demasiado inteligente para eso.

—Ya veo —Ali agarró una carpeta que estaba sobre las cajas que los separaban—. Me alegro de volver a verte, Kamal. Ahora, si me disculpas, tengo mucho trabajo que hacer.

—Haré todo lo posible para que tu estancia en El Zafir sea lo más agradable posible.

—Gracias.

Mientras lo observaba marchar, Ali no pudo evitar desear que no tuviera la espalda tan ancha y la zancada tan larga. Porque hombre rico, hombre pobre, ladrón... daba igual. Amar a un hombre no era fácil. Punto.

Aunque sus vidas no tenían nada en común. Él era gobernador de un país. Y a ella la habían contratado para dirigir el área de Maternidad de su hospital. Y si eso no le bastaba para convencerse, ninguna de las fuentes que había consultado acerca de El Zafir, hablaba de la posibilidad de que su aventura en el extranjero incluyera un romance con un apuesto príncipe.

Ali Matlock era una distracción.

Kamal había llegado a esa conclusión porque su reunión había durado más de lo habitual. Y la culpa era de ella. Los ministros de educación y finanzas le habían tenido que repetir las cosas dos o tres veces porque él no podía concentrarse por culpa de la atractiva estadounidense. Era una debilidad que le costaría mucho superar.

Cuando salió de la sala de reuniones y se dirigió a la zona del palacio donde se encontraban los aposentos familiares, miró el reloj. Sin duda, se había perdido la revisión preparto de su hermana Johara. La joven estaba embarazada de ocho meses, consecuencia desafortunada de su rebeldía adolescente. Tras un primer enfrentamiento, el rey había ignorado a su hija. Y el padre del bebé había tenido la audacia de matarse en un accidente de moto antes de que Kamal pudiera obligarlo a que se casara con su hermana. A cambio, Kamal le había prometido a Johara que siempre podría contar con él.

Ese día no había roto la promesa, pero la había estropeado.

Se detuvo frente a la puerta de las habitaciones de su hermana y llamó antes de entrar. Cuando su tía le dio permiso para que entrara, obedeció, contento de que la mujer estuviera allí con su hermana.

Atravesó el recibidor y entró en el salón. Su tía Farrah estaba sentada en el sofá semicircular que había en el centro de la habitación y Penny y Crystal, sus cuñadas, estaban con ella.

—¿Ha venido el doctor? —preguntó Kamal a su tía.

La mujer lo miró sujetando una taza de porcelana en la mano.

—Sí.

–Ha venido y se ha ido –dijo Penny–. Se disculpó por no esperarte. Pero tenía que regresar al hospital.

La pequeña mujer rubia de ojos azules había cautivado el corazón de su hermano cuando trabajaba de secretaria para él. Rafiq, el encantador de la familia, se había enamorado enseguida y le había pedido que se casara con él. Aunque todavía no se le notaba, Penny estaba esperando un hijo.

–Me he retrasado –explicó él.

–Qué buena excusa –dijo Crystal–. Creo que te valdría cualquier excusa para evitar un cosa así.

–¿Qué cosa?

–Ya sabes –Crystal sonrió y demostró que lo estaba pinchando–. Los cuidados de la embarazada, tobillos hinchados, retención de líquidos.

–Ah –dijo él, con media sonrisa.

Se fijó en la melena rojiza de Crystal. La habían contratado como niñera de los gemelos de su hermano Fariq y, enseguida, su hermano y ella se habían enamorado. Ambos esperaban un hijo para finales de año, pero apenas se notaba que estaba embarazada.

Kamal sintió un poco de envidia. Sus hermanos ocupaban el segundo y tercer puesto para subir al trono. Podían permitirse enamorarse. Él no. No tenía intención de permitir que nada lo distrajera de las responsabilidades que tenía con el país y su pueblo. Para él, el matrimonio era sólo un deber que había que cumplir, pero el amor no se vería implicado.

–¿Dónde está Johara? –preguntó Kamal.

–En la otra habitación –contestó Farrah.

–¿Qué ha dicho el doctor?

–Que quiere verla una vez a la semana hasta que dé a luz.

–¿Por qué?

–Es lo habitual durante el último mes de embarazo –frunció la frente–. Tiene la tensión un poco alta. Todavía cree que no es para preocuparse, pero nos ha pedido que lo llamemos si tenemos alguna duda o preocupación.

Él asintió. El embarazo y el parto eran lo más natural del mundo. A menos que hubiera una complicación. Él había visto morir a la madre de Johara cuando había dado a luz. Tratando de no pensar en ello, miró a las tres mujeres que estaban en el sillón. Dos de ellas tenían un brillo inconfundible.

–¿Puedo preguntar por vuestras revisiones?

–Todo bien –le informó Penny–. Ya no tengo náuseas y estoy bien.

–Yo también. –dijo Crystal–. Mi único problema está en el peso. Tengo que comer menos postres y más proteínas.

–Comprendo, bella mujer.

–Kamal, eres un adulador desvergonzado. Igual que tu hermano. Aunque Fariq no permitía que me diera cuenta en un principio.

Penny se rió.

–Eso era antes de que descubriera tu disfraz.

«Una época interesante», pensó Kamal. Su tía había ido a una agencia selecta de Nueva York para contratar a una niñera para los niños de su hermano, preferiblemente una mujer corriente que no llamara la atención para evitar que se rompiera la armonía del palacio. Había regresado con dos empleadas que habían cautivado a sus hermanos. Kamal se dio cuenta de que su tía también era la responsable de haber llevado a Ali Matlock para que trabajara en el hospital, y se preguntaba si debía estar preocupado. Decidió no estarlo. Ya había conocido a la mujer que conseguía distraerlo de su trabajo. Ali no era más que eso, una distracción y él no permitiría que fuera algo diferente.

Pero se suponía que debía tener herederos. Y pronto. Su padre y su tía Farrah le lanzaban indirectas cada vez más claras.

Crystal suspiró.

–¿Sabes que la primera vez que conocí a Fariq me dijo que las mujeres bellas eran una mala distracción?

–No –se apresuró a decir Kamal. No podía permitir que ella se enterara de que minutos antes él había pensado lo mismo. Pero Ali había hecho que perdiera la concentración. Por fortuna, ella trabajaba en el hospital y no en el palacio. Era poco probable que lo distrajera por segunda vez.

Justo entonces, la risa de una mujer llegó hasta sus oídos, antes de que la princesa Johara llegara al salón. Tras ella, entró la mujer que él consideraba una distracción no bienvenida. Ali Matlock.

–¡Kamal! –su hermana se acercó a saludarlo.

Él la besó en ambas mejillas.

–¿Cómo estás, pequeña?

–No tan pequeña –dijo, y se cubrió el vientre con las manos–. ¿Te ha contado la tía Farrah lo que ha dicho el médico? ¿Lo de mi tensión? –preguntó con un brillo de preocupación en la mirada.

–Me han informado –él miró a Ali.

Iba vestida igual que horas antes en el hospital. Llevaba la melena color caoba recogida en un moño, pero varios mechones caían alrededor de su rostro y acariciaban su largo cuello. Sus ojos de color marrón verdoso, con brillos dorados, lo miraban con atención.

Seis meses antes, él la había visto vestida con traje de noche. Durante los meses siguientes, había pensado en ella muchas veces, pero no comprendía por qué. Era una mujer como cualquier otra. Entonces, ¿por qué no había sido capaz de olvidarla?

–Volvemos a encontrarnos –dijo al fin.

–Así es. Puesto que trabajo en el área de Maternidad, el doctor McCullough quería que hoy fuera su enfermera. Él ha regresado al hospital, pero mi turno ya ha terminado y la princesa Johara insistió en que me quedara con ella después de la visita a domicilio –miró a su alrededor y se rió–. Y vaya domicilio.

–La primera vez que vi el palacio pensé que debía dejar un rastro de miguitas para encontrar el camino de regreso –dijo Penny.

–Ya me lo han contado –dijo Crystal–. Pero créeme, caminar es bueno para la cintura.

–A menos que seas tan grande como una casa –dijo Johara.

–Mientras no haya ninguna complicación, caminar es bueno cuando se está en estado. O debería decir: en vuestro estado –Ali sonrió mirando a las demás–, conjunto de princesas embarazadas.

Todos se rieron. Incluido Kamal.

–Deberías hacer eso más a menudo –le dijo Ali–. La gente tendría menos posibilidades de salir corriendo de la habitación.

–Nadie sale corriendo por mi culpa...

–Algunas sí tienen que correr –Penny se puso en pie–. Esta princesa tiene una cita con el ministro de Educación. Espero que tenga buenas noticias para mí –añadió, mirando a Kamal.

–Se han destinado fondos suficientes para tu programa de educación infantil –le informó Kamal.

–Excelente –se puso de puntillas y le dio un beso en la mejilla–. Te veré en la cena.

–Espera –dijo Crystal, poniéndose en pie–. Yo también he de irme. Los gemelos estarán a punto de terminar la clase de arte. Me encanta ver sus dibujos –besó a Kamal en la mejilla–. Adiós a todos. Ali, encantada de conocerte. Estoy segura de que volveremos a verte pronto.

–Será un placer para mí –contestó ella.

–Me temo que yo también he de marcharme –dio la tía Farrah–. Ali, gracias por venir. Si hay algo que necesites mientras estés trabajando en el hospital, házmelo saber.

–Gracias, Alteza.

Cuando todas se marcharon, Kamal se quedó con las dos mujeres. Una estaba muy embarazada, y la otra hacía que se pusiera nervioso. La risa que ella le había provocado, lo había desarmado.

–Kamal, Ali me ha pedido que le enseñe mis aposentos. Me alegro tanto de que esté aquí. El doctor me ha asustado. Dijo que tener la tensión alta durante el embarazo podía poner en peligro al bebé.

–Y a ti –le advirtió Ali–. Pero vamos a evitar problemas. Es importante que estés tranquila.

–Estaba muy tranquila –dijo la chica–. Hasta que el médico me contó todas las cosas horribles que le podían pasar a mi bebé. Pero tú has hecho que me sienta mejor.

–Me alegro.

–Si me disculpas un momento, tengo que... –miró a su hermano–. Necesito...

–¿Ir al baño? –Ali terminó la frase por ella.

–¡Sí! –Johara miró a su hermano–. Hazle compañía a Ali. Y sé amable con ella.

–Siempre soy cordial –dijo él. Era la segunda vez que insinuaban que su formalidad podía ser intimidante. Su hermana salió de la habitación y lo dejó a solas con Ali–. Me gustaría saber la verdad –dijo él–. ¿Lo de la tensión es algo grave?

–El doctor McCullough se toma los embarazos muy en serio. Igual que yo.

–Yo también. ¿Pero mi hermana corre peligro?

–No inmediato. Todo lo que le he dicho es completamente cierto. No tenéis por qué estar alarmados.

–Al contrario. Cuando una mujer está embarazada, siempre hay que preocuparse. La madre de Johara murió por complicaciones en el embarazo. Nos dijeron que era una cosa extraña, pero aun así falleció. Mi hermana tenía cinco años.

–Lo siento –dijo consternada–. No lo sabía.

–Sucedió hace muchos años. Pero sobre mi hermana. Es muy joven... apenas es una adolescente. Pensaba que la juventud era algo positivo.

–Al contrario. Las adolescentes tienen mayor riesgo de sufrir hipertensión a causa del embarazo. Si no se trata, puede provocar ataques.

–¿Qué puede hacerse al respecto? –preguntó él.

–Reposo en cama. Darle medicación si fuera necesario. Un síntoma sería que se hinchara...

–Mi hermana tiene los tobillos hinchados. A menudo dice que está reteniendo suficiente agua como para que aumentara el nivel del mar de Omán.

Ali sonrió.

–Eso es normal. Pero no lo sería si se le hinchara el rostro y las manos. Tienes que observarla por si...

Johara regresó al salón con una mano en la zona lumbar

–No puedo creer que dentro de unas semanas voy a ser madre. Por un lado estoy deseando ver al bebé y tomarlo en brazos, pero por otro, me da miedo el proceso de traerlo al mundo.

–Todo irá bien –le aseguró Ali.

–La tía Farrah dice que no duele. Pero no sé si creerla.

–La gente tolera el dolor de manera diferente –dijo Ali, tratando de ser diplomática.

–Ella nunca ha dado a luz –dijo Kamal.

–Ah. Eso hace que su opinión no sea válida –Ali rodeó a Johara con el brazo y la guió hasta el sofá. Después se sentó junto a ella–. Yo tampoco he tenido hijos nunca, pero he presenciado muchos partos y puedo contarte mis impresiones. Hay dolor. Pero también hay medicación para que el dolor no sea tan fuerte. La semana que viene, cuando veas al doctor otra vez, podemos hablar de ello. Saber es poder. Cuánto más sepas, sentirás que tienes más control sobre la situación.

–Estoy de acuerdo –dijo Johara–. ¿Qué opinas tú, Kamal?

–Lo que Ali dice tiene sentido. Ella ha estudiado y trabaja en esa área. Tienes que estarle agradecida porque haya decidido trabajar en nuestro país.

–Lo estoy. Pero me gustaría... –Johara bajó la vista.

–¿Qué te gustaría, pequeña? –preguntó él.

–Me gustaría que mi madre estuviera aquí.

Kamal trataba de comprender. Su madre también había muerto cuando él apenas era un niño de diez años y no recordaba lo que era apoyarse en otra persona. Porque esa fue la primera vez que había visto a su padre mantenerse fuerte y no perder el control. Cinco años más tarde, el rey se casó con la madre de Johara y también la perdió. Tuvo que enfrentarse a la muerte de otra esposa amada y pagó un alto precio por ello. Fue entonces cuando Kamal prometió que nunca sucumbiría ante el amor.

Kamal se sentó junto a su hermana, le sujetó la barbilla e hizo que lo mirara.

–Si pudiera hacer que volviera, lo haría sin pensarlo.

–Tampoco tengo padre... –dijo con tristeza.

–Sí lo tienes...

–No. Ya lo oíste. Cuando se enteró de que estaba embarazada dijo que ya no era su hija. Desde entonces, sólo ha hablado conmigo lo estrictamente necesario. Y siempre enfadado. Lo he avergonzado y nunca me perdonara por ello. Soy peor que la muerte para él.

Kamal temía que su hermana estuviera en lo cierto.

–Dale tiempo, Johara. Hasta entonces, quiero que sepas una cosa. No estás sola. Yo siempre estaré a tu lado.

–Eres tan bueno conmigo. Hay algo que me gustaría pedirte –dijo ella, tomándole la mano.

–Sólo tienes que decírmelo, hermanita, y haré todo lo posible para dártelo. Pídeme lo que quieras.

–Quiero que Ali viva en el palacio y esté conmigo hasta que nazca el bebé.

CAPÍTULO **2**

QUEDARSE en el palacio?

Ali no se había imaginado esa posibilidad. Estúpido, pero cierto. Se sentó en el sofá semicircular y pensó que había aventuras y aventuras. Para eso había ido a El Zafir.

También por eso había aceptado acompañar al doctor a la visita domiciliaria. La oportunidad de ver el interior del palacio era irresistible. Pero ¿quedarse allí todos los días? Una chica corriente de Texas. Eso era una aventura demasiado grande.

–Johara, ¿es eso realmente necesario? –le preguntó Kamal a su hermana–. El médico de palacio está aquí y...

–Él no es especialista en obstetricia.

–Ali tampoco –señaló él.

–Pero Ali trabaja con mi médico. Sabe de estas cosas y me siento a gusto con ella.

–Está bien, pequeña. Soy tu hermano. Me gustaría apoyarte en todo lo posible y pensaba que conmigo no tendrías problemas.

La princesa apoyó la cabeza en el hombro de su hermano.

–No quería ofenderte. Pero en un momento como éste, una mujer necesita a otra mujer a su lado.

–Tienes a Penny y a Crystal –dijo él–. Estoy convencido de que estarán encantadas de poder ayudarte.

–Están recién casadas y no tienen formación sanitaria. Además, no quiero entrometerme en su felicidad.

–Están casadas con tus hermanos, quienes están tan preocupados como yo por tu bienestar.

–No me gustaría alejar de mis hermanos a sus esposas, cuando deberían centrarse en el comienzo de sus nuevas vidas. Y familias.

Ali observó a los dos hermanos. La reacción del príncipe heredero le parecía muy interesante. Hasta ese momento, no se le había ocurrido que la realeza pudiera tener las mismas reacciones que los demás. Pero ¿cuál era el problema?

Quizá tuviera que ver con la línea invisible que separa a la realeza de los comunes. Él era cordial y educado, pero quería mantenerla a distancia.

Ali levantó la mano y dijo:

–Perdonadme, pero...

–¿Puedo sugerirte a la tía Farrah? –besó a su hermana en la cabeza–. Es una mujer soltera y ha sido como una madre para ti desde que murió la tuya.

–Nuestra tía se ha portado muy bien conmigo. Pero no tiene ninguna experiencia en el tema de los hijos –protestó Johara–. Como bien dijiste, nunca ha tenido un hijo.

–Ali tampoco –dijo él, y la miró.

Ella se sonrojó. ¿Cómo podía excusarse para que los hermanos hablaran del tema en privado?

No le gustaba estar presente y que todos hablaran de ella como si no estuviera allí.

—Ya. Pero ya hemos comentado que es enfermera especializada en partos. Ha presenciado muchos y tiene experiencia en el tema. Si está en el palacio por las noches, me tranquilizará. Y el médico ha dicho que debo estar tranquila. ¿Por qué dudas, Kamal?

Una buena pregunta. Ali se preguntaba lo mismo. Él la miró, pero su expresión era indescifrable.

—Ali ha venido desde la otra punta del mundo y se ha alojado en el complejo para estadounidenses. Sería presuntuoso pedirle que interrumpiera su vida una vez más. Además, el palacio está más lejos del hospital.

—A cinco minutos más —protestó Johara—. Diez como mucho.

—Sería una imposición imperdonable, hermanita. No es como si estuvieras sola de verdad.

—No hay nada de malo en preguntárselo.

Kamal le dio un beso en la mejilla.

—Creo que debes descansar. Pareces fatigada.

—Estoy un poco cansada —admitió.

—Yo me encargaré de todo —dijo él—. Ve a tumbarte. No temas. No te pasará nada. Yo me ocuparé.

—Ali, gracias por haberte quedado conmigo. Te lo agradezco de veras.

—De nada.

Cuando su hermana salió de la habitación, Kamal se puso en pie y se colocó al otro lado de la mesita de café.

–Te pido disculpas si la petición de mi hermana te ha hecho sentir incómoda.

No era la petición sino su actitud lo que la había molestado. Pero no era apropiado decírselo a un príncipe. Y menos a un príncipe cuyo proyecto prioritario era el hospital donde ella trabajaba. Si él decidía despedirla, ¿quién se lo impediría?

No se acabaría el mundo porque ella perdiera su trabajo, pero desde luego supondría un problema a la hora de consolidar su futuro.

–Tu hermana no tiene que disculparse por nada.

–¿Quieres decir que yo he hecho algo que merece una disculpa? –preguntó él arqueando una ceja.

–La princesa Johara es joven y está embarazada y asustada. Sólo ha dicho que quería que me quedara con ella. Eso no me ha hecho sentir incómoda. Ha sido tu reacción lo que me ha desconcertado. ¿Por qué no quieres que me quede con ella

–No me importa. Sólo quería que mi hermana comprendiera que no puede descabalar la vida de la gente a su antojo. Algunas personas se sienten intimidadas y no se dan cuenta de que está permitido rechazar una petición de un miembro de la familia real.

–No te preocupes por mí. No me intimidáis –mintió–. Puedo hablar por mí misma y decir que no.

–Entonces, le diremos que no puedes aceptar su invitación para que vivas aquí en el palacio hasta que dé a luz.

–No es eso lo que quería decir. Puedo aceptar la invitación. Es sólo que no estoy segura de querer hacerlo.

–¿Es eso? –preguntó él sorprendido.

–Has supuesto que sabías lo que yo iba a hacer. Si quieres conocer mi respuesta, pregúntamelo.

Kamal arqueó las cejas. Enderezó el cuerpo y separó un poco los pies. Era como si estuviera dejándole claro que el jefe era él y que ella no lo había arrinconado en una esquina.

–Como desees –dijo él–. ¿Aceptarías la propuesta de mi hermana para que vivas en el palacio hasta que ella dé a luz? Antes de contestar, quiero advertirte que mi hermana estará bien cuidada si decides contestar que no.

Estaba claro. Él quería que rechazara la propuesta. Pero Ali era la dueña de su destino y nadie tomaría decisiones por ella.

–Estaré encantada de aceptar la invitación de la princesa Johara.

Antes de que pudiera evitarlo, Kamal se puso tenso y entornó los ojos. Él no quería que se quedara en el palacio real. ¿Y por qué iba a querer? Ella no pertenecía a la clase de la realeza. Ni siquiera era una buena hija. Su padre la había abandonado a ella y a su madre para casarse con una mujer de clase alta.

Pero aunque Kamal conociera su historia, ¿cuál era el problema? El palacio era tan grande que no tenían por qué encontrarse. Él no tendría que verla. De pronto, se percató de cuánto deseaba quedarse.

–¿Mi hermana corre peligro inminente?

–Si me estás preguntando si es necesario o no que me quede en el palacio, la respuesta es no. Lo único que conseguiremos con mi presencia es que la princesa esté tranquila.

–No me gustaría interferir con las labores del hospital para las que has sido contratada.

–Eso no será un problema. Siempre que Johara sepa que tengo que trabajar. Si se conforma con que esté aquí después del trabajo, aceptaré la invitación.

–Muy bien.

–De acuerdo –asintió Ali. Aunque no sabía cómo sería la vida en palacio, aquello le parecía una aventura emocionante. Y si se encontraba con Kamal por el pasillo, él podía ignorarla si quería. Ella sonreiría y lo saludaría, porque una persona nunca se equivoca siendo educada.

–Informaré a mi tía de que vas a trasladarte al palacio.

–¿Ocurre algo, Kamal? –su tía Farrah estaba sentada bebiendo un refresco antes de la cena.

–Por supuesto que no. ¿Por qué lo preguntas?

–Te conozco desde que naciste. Desde que eras pequeño, cuando algo te preocupa, la vena de tu frente comienza a palpitar. Y ahora está palpitando.

–Bromeas –dijo él, y se llevó la mano a la frente.

–¿De qué quieres hablar que no puedes esperar a que nos juntemos para la cena?

–De Ali Matlock.

–Menos mal –murmuró ella.

–¿Perdón?

–He dicho fenomenal.

–¿El qué?

–He hablado con Johara. Ella me dijo que iba a pedirle a Ali que se quedara con nosotros en el palacio hasta que naciera el bebé. Creo que es una idea estupenda.

–¿Lo crees?

–Después de lo que dijo el doctor, estaré más tranquila si hay una enfermera profesional en el palacio.

–Ya hay un médico altamente cualificado en el palacio –le recordó él.

–Cierto. Pero tener una enfermera especializada en maternidad tranquilizará a Johara. Y he de admitir que, aunque el doctor no pretendía asustarnos, me quedé preocupada después de que le hiciera la revisión a tu hermana.

–Yo también.

También estaba intrigado por la enfermera estadounidense. Desde el principio había notado que era una mujer sincera. Después, se había dado cuenta de que también era peleona. Estaba seguro de que si no se hubiera enfrentado a él, habría sido capaz de olvidarla. Y, durante los meses siguientes, vivirían bajo el mismo techo. Tenía que decidir qué le parecía eso.

–Kamal, ¿me has oído?

–Lo siento, tía. Estaba pensando en cosas importantes.

–Yo también. ¿Ali ha aceptado quedarse?

–Sí. Vendrá después de trabajar en el hospital y se quedará aquí hasta que mi hermana tenga el bebé.

–Pediré que preparen la habitación contigua a la de Johara –dijo la tía de Kamal con brillo en los ojos.

–Muy bien. Si no hay nada más, dejaré el resto de detalles en tus manos y te veré en la cena –se volvió para marcharse.

–Espera, Kamal. Ya que estás aquí, hay otro tema que me gustaría tratar contigo.

–¿Sí?

–Tu padre me ha consultado sobre el tema de tu esposa.

–No tengo esposa.

–Sí. Eso es lo que lo preocupa.

–No comprendo por qué tiene que hablar de mi estado civil contigo.

–Porque te niegas a casarte y está preocupado. Ya es hora; Kamal.

–No estoy de acuerdo.

–Ya no eres tan joven. Es tu deber, como príncipe de la corona, casarte para tener herederos al trono.

–Sé cuál es mi deber. Pero no veo motivos para adelantar el proceso.

–Tu comportamiento lo demuestra.

–¿A qué te refieres?

–Has salido con muchas mujeres, pero no pareces interesado en ninguna de ellas.

«Hasta ahora», pensó él recordando el brillo de los ojos de Ali. Deseaba que ella fuera como el resto de las mujeres que él había conocido.

–No quiero precipitarme. Me gustaría que la unión fuera duradera.

–Te repito que te conozco desde que eras un bebé. Sé que dudas por otros motivos. Soy consciente de que eres muy sensible.

–Ese sentimiento implica una debilidad que no puede permitirse el hombre que asumirá la responsabilidad de gobernar un país.

–La línea de sucesión pasaría al hijo de tu hermano, si fuera necesario. Pero eso sería el último recurso. Eres el príncipe heredero, y probar es tu obligación.

–Lo he hecho, tía Farrah. Pero la mujer que elija ha de tener ciertas cualidades.

–Ya te lo he dicho, tienes que hacer todo lo posible por tener herederos. ¿Qué pasos vas a seguir para encontrar una esposa que pueda proporcionártelos?

–No te preocupes, tía, haré lo que se espera de mí.

–No lo has hecho hasta el momento. ¿Por qué he de creer que lo harás ahora?

–Porque mi padre lo desea.

–Eso es cierto. Me ha encargado que me ocupe de que cumplas pronto tu deber. Debo preguntarte cómo vas a tratar de encontrar a una mujer adecuada para el matrimonio. Si necesitas ayuda, yo podría...

–No la necesito –respiró hondo y trató de contener su enojo.

–Sólo quería ayudar. ¿Quieres que te presente una lista con posibles candidatas?

–Elegir una esposa no es como contratar a un empleado. Ella debe reunir ciertas cualidades, y yo soy muy capaz de encontrar a una candidata adecuada.

–Como desees –dijo ella–. Pero es imperativo que comprendas lo preocupado que está tu padre.

–Creo que lo comprendo.

–No. Pero escucha esto. Si no eliges una esposa en un plazo de tiempo que el rey considere aceptable, la elección dejará de ser tuya.

–Tenía entendido que los matrimonios concertados eran algo del pasado en El Zafir –dijo él, tratando de mantener un tono neutral.

–Sólo porque se han convertido en algo innecesario. Pero si continúas retrasándolo, la práctica puede ser fácilmente reinstaurada.

–Muy bien. He comprendido el mensaje –tragó saliva.

Se despidió de su tía y regresó a sus aposentos para cambiarse para la cena. De pequeño, su padre siempre le decía que la responsabilidad va unida al poder. De observar a su padre, Kamal había aprendido que la sensibilidad emocional era un fallo indeseable. Nadie comprendía el deber mejor que Kamal Hassan. Haría lo que esperaban de él. Pero antes tendría una última aventura. De pronto, la imagen de Ali Matlock ocupó su pensamiento.

CAPÍTULO 3

ALI DECIDIÓ que cenar en el palacio real
era como caerse en la parte profunda de
una piscina sin saber nadar. Una cosa era
estar a solas con Kamal, pero cenar con toda la familia real en un enorme comedor le resultaba intimidante.

Se sentía como si estuviera en otro planeta. Observó las lámparas de araña que colgaban del techo, los arreglos florales que había sobre la mesa,
la cubertería y todo lo demás que había en la habitación.

Miró a la princesa Farrah que estaba sentada en
un extremo de la mesa. La mujer estaba hablando
con su sobrino Rafiq y con Penny, su esposa. El
rey Gamil estaba en la cabecera de la mesa hablando con Fariq y Crystal sobre las oportunidades
que El Zafir ofrecía a los inversores extranjeros.
Kamal estaba sentado entre Johara y Ali. Ella no
sabía de qué hablar. Una cosa era cuidar a una adolescente que estaba a punto de ser madre y otra
muy distinta tener que cenar con toda la familia de
la joven. En la universidad había aprendido que
para enfrentarse al pánico escénico a la hora de dar
una conferencia, un truco era imaginarse al público

en ropa interior. Se fijó en Kamal y estudió la ropa que llevaba. De pronto, comenzaron a temblarle las manos. Una cosa estaba clara, imaginarse a Kamal en ropa interior no la ayudaría a superar el momento.

—¿Ali?

—¿Hmm? —desvió la mirada hacia la princesa Farrah—. Disculpe, ¿qué me decía, Alteza?

—He dicho que me alegro de que hayas aceptado venir a cenar con nosotros esta noche. Queríamos darte la bienvenida y hacer que tu primera noche en palacio fuera memorable.

—Yo... —se aclaró la garganta—. Le aseguro que es una experiencia que nunca olvidaré —contestó.

—¿Tus habitaciones te parecen cómodas? —preguntó la princesa.

—¿Hay algo que necesites? —preguntó el rey.

Ali dejó el tenedor de oro a un lado del plato de porcelana. Ni siquiera se sentía capaz de probar el postre.

—Mis habitaciones son maravillosas —dijo ella, imaginando cómo era su dormitorio.

El salón daba a un balcón con vistas al mar de Omán. El dormitorio tenía muebles de madera de cerezo y el suelo de mármol. ¿Cómo no iba a gustarle? Era la mejor habitación que había tenido nunca.

Johara se echó hacia delante para poder verla y le dijo:

—Me alegro de que puedas quedarte aquí. Me tranquiliza mucho tenerte cerca. Yo...

–Farrah –el rey Gamil interrumpió a su hija y se dirigió a su hermana–. ¿Hay algún avance en el tema que estuvimos hablando el otro día?

Ali miró a la princesa adolescente y vio que se había sonrojado cuando su padre actuó como si no estuviera allí. Se había puesto tensa y su mirada indicaba resentimiento. Ali no pudo evitar sentir lástima por ella. Pero antes de que pudiera pensar en lo que acababa de suceder, la princesa Farrah se puso a hablar.

–Kamal y yo hemos hablado de ello. Tengo muchas esperanzas acerca de que a partir de ahora las cosas irán mejor.

–¿Podemos saber qué cosas? –preguntó Penny.

–Probablemente no, cariño –respondió Rafiq–. Así que cambiaré de tema –miró a su hermana–. Johara, ¿cómo te sientes?

«¡Bien!», pensó Ali. Sólo porque su padre pretendiera que ella no estaba allí, el resto de los hombres no tenían por qué hacer lo mismo.

–Grande –contestó la joven, y se miró el vientre–. Estoy deseando que nazca el bebé.

–Me lo imagino –dijo Crystal–. A mí apenas se me nota y no puedo esperar para sujetar a mi hijo entre mis brazos.

Fariq la miró.

–Mi esposa es una madre estupenda. Me lo ha demostrado con Hana y con Nuri.

–Los gemelos la adoran –dijo Penny–. Pero después de ver lo incómoda que está Johara, voto por acortar el periodo de gestación.

–Haré un edicto –dijo Kamal–. Y lo enviaré al gabinete de gobierno de El Zafir. Veremos qué se puede hacer para satisfacer tu petición.

–Sí –convino Johara–. Estoy de acuerdo.

El rey se aclaró la garganta.

–Crystal y Penny, ¿vosotras estáis bien? Tengo entendido que el médico vino ayer.

–Penny y yo estamos bien –dijo Crystal.

Ali trató de pensar algo para añadir a la conversación. Era un tema que dominaba. El rey había sido amable con ella a pesar de que fuera la enfermera de su hija.

–Alteza, debe estar muy ilusionado con la idea de tener tres nuevos nietos casi a la vez –dijo al fin.

El rey Gamil, la miró y dijo:

–Sólo voy a tener dos nietos.

Ali sintió que el corazón se le aceleraba al ver que Johara tenía los ojos llenos de lágrimas y esperó a que alguien saliera en su defensa. Crystal y Penny parecían tan asombradas como ella. Los hombres fulminaban a su padre con la mirada, pero no decían nada. Ali no podía permanecer callada.

–Johara es su hija. Cuando dé a luz dentro de un par de semanas, su hijo también será su nieto.

–Señorita Matlock... Ali –dijo él rey–. No espero que comprenda esto, pero yo ya no tengo una hija.

–No puede decirlo en serio –dijo ella–. Sé que no es la situación ideal, pero...

–Ella está aquí debido a la insistencia de sus hermanos y de su tía. Pero eligió darme la espalda al ignorar todo lo que nos enseñaron sus antepasados. No puedo perdonarla.

–No fue así, padre –Johara dejó la servilleta sobre la mesa–. Me enamoré.

Como si no hubiera dicho nada, el rey dio un sorbo de café y se dirigió a Kamal.

–¿Cómo van las cosas en el hospital?

–Padre, ¿eres consciente de que el médico ha dicho que Johara está en un momento delicado? Su estado puede verse muy afectado por el estrés. Ella necesita tu apoyo...

–Su estado es que está embarazada y no tiene marido. Me ha avergonzado.

–Pero, Alteza –intervino Ali–. Johara es muy joven. ¿Usted nunca cometió un error a su edad?

–Como visitante en nuestro país, no puedes comprender la situación. Las acciones deshonrosas tienen sus consecuencias.

Johara se puso en pie.

–El rey es muy estricto en sus creencias. Se niega a admitir que los tiempos están cambiando, incluso en El Zafir. Puesto que no puedo convencerlo de ello, debo centrar toda mi energía en mi bebé.

Salió de la habitación y todos quedaron en silencio.

–Los tiempos están cambiando –dijo Kamal al cabo de un instante.

«Sin duda, la chica ha cometido un error», pensó Ali. «Pero desde luego está pagando por ello». Johara estaba pasando por una de las experiencias más memorables que puede tener una mujer y tenía que enfrentarse a la desaprobación de su padre. Ali cruzó los dedos bajo la mesa y deseó que el príncipe heredero le dejara claro que era un insensible.

–Algunas cosas no deben cambiar –dijo el rey.

–Padre, mi hermana está en un momento delicado. Sin duda, tu actitud contribuye a su nerviosismo y eso puede causarle daño a ella y al bebé.

–No te metas en esto, Kamal –ordenó el rey–. Siempre has sido un débil en lo que a ella se refiere. Este comportamiento es inaceptable para el hombre que me sustituirá en el trono de El Zafir.

Ali se fijó en que el rey no mencionaba el nombre de su hija ni se refería a ella como hermana de Kamal. Era como si no fuera parte de su familia. Miró a Kamal y esperó a que se enfrentara a su padre. Su mirada desprendía rabia y tenía la mandíbula tensa, pero no dijo nada más.

¿Dónde estaba el héroe que había visto el día anterior? ¿Ése que no quería que lo arrinconaran en una esquina?

Kamal encontró a Ali en los jardines del palacio. Paseaba de un lado a otro murmurando para sí mientras inhalaba el aroma de las flores. Las estrellas brillaban en una noche sin luna. Aquél era uno de los lugares favoritos de Kamal y, a menudo, acudía allí en busca de tranquilidad.

Ali no se había percatado de su presencia y seguía paseando como si fuera un gato enjaulado. Cuando se detuvo al final del camino, se volvió y descubrió que Kamal la estaba observando.

–Te estaba buscando –dijo él al ver su cara de furia.

Ella se acercó y se detuvo frente a Kamal.

–¿Johara? ¿Está bien?

–He dejado a mi hermana hace un momento y se encontraba muy bien.

–Entonces, me buscabas por lo que ha sucedido en la cena –dijo Ali en tono desafiante.

–Así es –confirmó él.

–Tengo que explicarte una cosa –dijo ella, mirándolo a los ojos.

–¿Sí?

–Lo paso mal cuando veo que alguien abusa de su poder. Cuando alguien se mete con otro, siempre defiendo al más desprotegido.

–Me he dado cuenta.

–Sé que actúo de manera impulsiva, pero, creo que sólo cuando tengo razón. Como esta noche, por ejemplo.

–¿Qué quieres decir?

–Está mal que tu padre ignore a su hija. Ella me había comentado algo, pero hasta que no lo he visto con mis propios ojos, no lo había creído –lo miró a los ojos–. Johara ha cometido un error –continuó–. Nadie lo niega, ni siquiera ella.

–Lo sé.

–Si él no puede apoyarla, al menos, que no se lo ponga más difícil. Es más, si de verdad la ha repudiado, ¿por qué estaba cenando con toda la familia? ¿Por qué no la ha enviado a algún otro lugar?

–Tendrás que preguntárselo a mi padre.

–Probablemente crea que es lo mejor. Si ella permanece aquí, él puede ignorarla y recordarle que ha cometido un error.

–¿Crees que es un hombre cruel?

–Creo que la forma en la que trata a su única hija es cruel.

–Es complicado –suspiró Kamal–. Pero él la quiere mucho. Es más, es su favorita.

–Tiene una manera curiosa de demostrarlo. Me cuesta creer lo que dices.

–Pensaba que no lo comprenderías. Pero recuerda, un cambio de actitud requiere tiempo y mi padre es de otra generación. Es muy conservador y valora mucho el honor de la familia.

–No me parece muy honorable darle la espalda a un miembro de la familia, a alguien que se supone has de querer.

Su tono de voz hizo que Kamal se preguntara si Ali tendría motivos personales para defender así a su hermana.

Estaban hablando de amor. Un concepto demasiado complejo que él había conseguido evitar. El afecto que se siente por la familia era algo muy claro y directo. Sin embargo, no lo eran los sentimientos que se tejen entre un hombre y una mujer.

–Amor es igual a debilidad –dijo él–. Mira lo que le ha pasado a mi hermana por culpa del amor.

–¿Crees que es débil por ceder ante lo que sentía por un hombre?

–Sólo te diré que un rey no puede permitirse ser débil.

Ali colocó las manos sobre sus caderas y Kamal se fijó en cómo el vestido le resaltaba las curvas.

—¿Lo que quieres decir es que un rey no puede enamorarse?

—Ocurre, pero no es recomendable.

—¿Y cómo se evita?

—Con fuerza de voluntad —esperaba que ella hiciera un comentario. Al ver que sólo negaba con la cabeza, continuó—. Ahora, respecto a tu comportamiento en la cena...

—No voy a disculparme.

—No iba a pedirte que lo hicieras.

—Si quieres que me marche del palacio, lo haré. Pero no voy a decir que lo siento por haber expresado mi opinión... ¿Qué has dicho?

—Que no es necesario que te disculpes.

—Entonces, ¿para qué me estabas buscando?

—Has defendido a mi hermana.

—Y he de advertirte que lo haría otra vez bajo las mismas circunstancias.

—Quería darte las gracias.

—No es tu trabajo. La pregunta es por qué no la defendiste tú. Sé que lo intentaste y que tu padre te ordenó que no te metieras. Obedeciste. ¿Por qué?

—No lo comprenderías.

—Inténtalo. He oído cómo le decías a Johara que siempre la apoyarías. Pero cuando tu padre se metía con ella, tú la dejaste de lado.

Kamal la observó un instante. Era una mujer impulsiva y no comprendería que hay que esperar el momento.

–Por respeto a mi padre, era necesario que permaneciera en silencio.

–¿Y eso no te parece una debilidad?

–Desagradable, pero no débil.

–Es una diferencia de conceptos. Supongo que tenemos que estar de acuerdo en estar en desacuerdo. Y prometo que en el futuro trataré de controlar mi comportamiento impulsivo.

–No lo hagas por mí –dijo él. Estaba preciosa. Y si era a causa de su comportamiento impulsivo, no le importaba que lo mostrara más veces.

Kamal se acercó a un banco cercano–. ¿Quieres sentarte conmigo?

–Debo regresar al palacio. Tengo que ir a ver a Johara y mañana tengo que trabajar.

–Sólo un rato. Si mi hermana necesita algo, te llamarán.

–De acuerdo. Se está tan bien aquí.

Un jazmín y una buganvilla cubrían la pared que había tras ella. Ali estaba preciosa, con su cabello oscuro y los ojos que cambiaban de color marrón a color verde según su humor. Tenía la nariz pequeña y bonita. Sus labios eran fascinantes. Él la había besado hacía unos meses porque no había sido capaz de resistir la tentación. Tampoco había podido olvidar el momento. La agarró del codo y la guió hasta el banco. A través de la tela del vestido, sintió el calor de su piel. De pronto, deseó poder acariciar su cuerpo desnudo.

Se sentaron en el banco, lo suficientemente cerca como para sentir el calor del otro, pero sin tocarse. El aroma de las flores se confundía con el que desprendía la piel de Ali.

—Cuéntame cómo te preparas para ser rey. ¿Qué más hay, aparte del hecho de que no puedes enamorarte?

—Como todas las profesiones, ser monarca tiene sus cosas buenas y sus cosas malas.

—¿Como cuáles?

—El matrimonio.

—Si no puedes enamorarte, ¿cómo vas a casarte?

—Una orden del rey me dejaría sin elección. Es necesario que tenga herederos.

—Pero si no puedes enamorarte, ¿cómo vas a tener hijos?

—Ali, me sorprendes. Creía que todas las enfermeras recibían clase de anatomía y biología.

Ella se sonrojó.

—Sé sobre pájaros y abejas. Es sólo que...

—¿Qué?

—He visto nacer a muchos bebés en todo tipo de situaciones. Madres solteras, como Johara. Parejas emocionadas por traer una nueva vida al mundo. Incluso parejas que no están casadas. Pero en todas parece que se preocupan el uno por el otro. Me parece algo erróneo que la procreación se relegue sólo a la biología y la sucesión.

—Sin embargo, así es como son las cosas para mí.

—Puesto que no estás esperando encontrar a tu media naranja, ¿tienes un plazo para realizar esa unión?

–Me han ordenado que elija una novia pronto, o si no la elegirán por mí.

–Creía que los matrimonios concertados iban unidos a los cinturones de castidad.

–Igual que yo –admitió él–. Pero mi tía me ha informado de que mi padre está impaciente por que elija a la mujer que se convertirá en reina.

–¿Y cómo se elige a esa afortunada mujer? Un día te acercas a alguien por la calle y le dices, ¿quieres ser mi reina?

Él soltó una carcajada.

–No.

–¿Se publica un edicto anunciando que el príncipe de la corona está buscando esposa? Después se celebra un baile y cuando dan la medianoche, la única mujer que te ha llamado la atención sale corriendo y se deja un zapato de cristal. Entonces, todas las mujeres de El Zafir tienen que acudir al palacio con el otro zapato, ¿no?

–Eso es un cuento de hadas –dijo él, acordándose de Cenicienta.

–¿Y qué tal si se le pide un currículum a todas las candidatas?

Kamal recordó la conversación que había mantenido con su tía y cómo le había dicho que elegir esposa no era como contratar a una empleada. Hasta el momento, nunca había contratado a nadie con quien considerara la posibilidad de casarse. Contempló los misteriosos ojos de Ali y se percató de que, durante muchos meses, había pensado en ella como posible esposa. Pero en su pensamiento siempre aparecía una cama con sábanas revueltas.

–Nada de currículum.

–Entonces, ¿cómo eliges? ¿Hay algún requisito?

–Sí. Es más que un título. He pensado mucho sobre el tema, puesto que la mujer que se quede a mi lado me ayudará a forjar el destino de El Zafir. Será importante para el legado de mi país. Y eso es muy importante para mí.

–Así que no sólo se trata de coronas y de modales en la mesa.

–Por supuesto que no.

–Pues dime. ¿Qué es lo que estás buscando? Siento curiosidad.

–La mujer que se convertirá en reina ha de preocuparse por los ciudadanos de este país. Su bienestar ha de ser una prioridad. Eso es lo más importante. Alguien que sea atractiva estaría bien, ya que tendrá que figurar mucho en público y permitir que la fotografíen. Otras cualidades importantes son: que sea inteligente, comprensiva y que tenga sentido del humor. Una mujer práctica y obediente que no crea en los cuentos de hadas.

–Así que ese símbolo de la feminidad que va a hacer que finalicen tus días de soltero ha de ser un cruce entre la Madre Teresa y la Princesa Grace.

–Te estás burlando de mí.

–¡Dios me libre! –dijo, y se llevó la mano al pecho–. Pero creo que tienes los días contados.

–Hablas como si estuviera condenado.

–En mi país, los condenados pueden elegir el menú que deseen para su última comida.

–Eso he oído.

–En tu caso, supongo que sería para tu última aventura.

–Es una buena descripción –él había pensado lo mismo cuando terminó de hablar con su tía.

–¿Estás pensando en tener una aventura?

–Se me ha pasado por la cabeza –admitió él.

–¿Y las mujeres también han de presentar un currículum para eso? ¿O has pensado en alguien?

–De hecho, así es.

–¿Y quién es la afortunada?

–Tú.

ALI SE puso en pie y se arrepintió en cuanto vio cómo le temblaban las piernas. ¿Había oído bien? ¿O es que tenían un problema de comunicación?

–¿Qué has dicho?

–Me gustaría tener una aventura contigo.

¿Y cómo se respondía a algo así? Si hubiera estado interesada en el matrimonio, cosa que no era cierta, podía haberse ofendido al ver que él sólo la deseaba para una aventura. Entonces, ¿debía sentirse halagada de que el príncipe quisiera convertirla en su amante, y darle las gracias? ¿O decirle que no era ese tipo de chica y darle una bofetada? No, desde luego que no. Por segunda vez en la noche, se quedó sin habla.

–No... no sé qué responderte –contestó al fin.

–Di que sí –sonrió él.

Ali se dio cuenta de que por un lado deseaba hacer lo que él le pedía. Pero sería una estupidez. Si no era capaz de controlar sus sentimientos, se arriesgaría a que le partieran el corazón.

Por otro lado, ¿cuándo había recibido una oferta como ésa? Y desde luego, él no estaba mal. Sus ojos oscuros ardían con la promesa de darle placer.

Era muy atractivo y Ali estaba segura de que montones de mujeres desearían saber cómo eran sus besos. Pero ella ya lo sabía.

–La otra vez que estuve aquí... –no se atrevía a preguntar lo que se cuestionaba hacía tiempo.

–¿Sí? –Kamal se levantó del banco y se colocó frente a ella.

–¿Por qué me besaste?

–Ali –le sujetó la barbilla y la obligó a levantar la vista. Después, le acarició la mejilla y le colocó un mechón de pelo detrás de la oreja. Ella se estremeció y él sonrió–. ¿De veras eres tan inocente? ¿En serio no sabes lo encantadora y deseable que eres?

No debía ser tan deseable porque si no ya se habría casado. Pero sí lo bastante como para que el doctor Turner Stevens jugara con ella hasta encontrar a alguien mejor.

–Eso es una pregunta como: ¿has dejado de pegar a tu mujer?

–¿Perdón?

–No hay una respuesta buena. Si digo que sí, me calificarás de egocéntrica. Si digo que no, me acusarás de ir por ahí buscando cumplidos.

–Estaré encantado de decirte cumplidos –dijo él.

–No lo comprendes. Yo...

–Eres tú la que no comprende. Soy un hombre que nunca acepta un no por respuesta.

–Una buena cualidad para un futuro rey.

–Así es. Y me parece justo advertirte.

–¿Sobre qué?

–En según qué cosas, no soy un hombre paciente. Ésta es una de esas cosas. Creo que la negociación sobre este asunto ha terminado y que ha llegado el momento de pasar a la acción.

–¿Qué clase de acción?

–Voy a besarte, para convencerte de lo que pienso. Después, me gustaría oír que aceptas mi propuesta.

En otras circunstancias, se habría sentido ofendida. Pero era difícil sentirse así cuando él la miraba como si fuera la mujer más deseable del mundo.

–Rodéame el cuello con los brazos –dijo Kamal.

Ali se puso de puntillas y obedeció. Él la agarró por la cintura y la atrajo hacia sí.

–Es como si el cielo estuviera entre mis brazos –murmuró él.

Ali sintió que se le aceleraba el corazón al notar sus senos contra su pecho. Kamal la besó en la frente. Después en la mejilla, el cuello y detrás del lóbulo de la oreja. Ella suspiró de placer.

–Ah –dijo él con satisfacción. Acercó su boca a la de ella y la besó. Despacio, mordisqueándole los labios. «Podría estar así siempre», pensó ella, y sintió que la tensión se agolpaba en su vientre y que una ola de calor recorría su cuerpo.

Kamal le acarició el labio superior con la lengua y ella abrió la boca para que explorara su interior. De pronto, deseaba más.

Él le acarició el cabello y colocó la mano en la nuca de Ali, presionando para que sus bocas estuvieran más juntas.

Cuando se separaron, la besó en la frente y en la mejilla, y suspiró justo antes de que ella retirara los brazos de alrededor de su cuello. Kamal le dio un beso en la palma de la mano y le cerró los dedos antes de soltarla. Dio un paso atrás y pasó los dedos entre su cabello.

La miró y ella echó de menos el calor de su cuerpo.

«Di algo», pensó ella, pero él permaneció en silencio.

—Es una buena técnica de negociación la que has puesto en práctica –dijo Ali al fin.

—Estoy esperando a que digas sí.

Su voz indicaba que ella no era la única que sentía que temblaba la tierra. Una lástima, porque si hubiera notado indiferencia o arrogancia en su forma de hablar, habría sido capaz de decirle que no le interesaba. Sin embargo, había química entre ellos y estaban forjando un sentimiento que ella no era capaz de comprender. ¿Cómo podía tomar una decisión en esas circunstancias?

—Voy a tener que dejarte. He de ir a ver a Johara. Buenas noches, Kamal –dijo ella, y se marchó.

Había creído que estaba preparada. La primera vez que él la había besado ella estaba comprometida y la había pillado por sorpresa. Por eso, se quedó deseando más. Esa vez, él se lo había advertido.

Y ella seguía deseando más.

Cuando Turner le propuso matrimonio a una mujer de la alta sociedad, Ali se sintió utilizada y triste por haber perdido el tiempo con él. Y, desde luego, nunca había imaginado que otro hombre, que ni siquiera fingía amarla, le pediría que tuviera una aventura con él. Al menos, el príncipe heredero dejaba claro cuáles eran sus intenciones.

Kamal salió de la reunión que tenía con la junta de directores del hospital y pensó en Ali. La enfermera estadounidense aparecía a menudo en su pensamiento. Cuatro días antes, en los jardines del palacio, Kamal le había hecho saber que deseaba tener una aventura con ella, pero aunque vivía en el palacio, no la había visto desde entonces y eso hacía que le costara concentrarse en el trabajo.

Su huida repentina del jardín lo intrigaba. Normalmente, las mujeres no lo dejaban plantado, sino que estaban ansiosas por satisfacer sus deseos.

Era importante que consiguiera dejar de pensar en ella. Tenía que pasar a la acción. La mejor manera de olvidarse de ella, era continuar con la aventura. Así al cabo de un tiempo, se aburriría, la dejaría y elegiría una esposa.

Le habían contado que Ali estaba dando formación a los nuevos miembros del equipo de enfermería en el aula que había al final del pasillo. Kamal estaba deseando verla en acción. Y no sólo como enfermera.

En silencio, entró en la habitación. Ali estaba delante de un atril y cinco mujeres la escuchaban con atención. Él agarró una silla y se sentó. Se percató del momento en que Ali notó su presencia porque vio cómo le palpitaba una vena del cuello.

La prueba de que se había puesto nerviosa al verlo era más que gratificante y se alegró de haber decidido continuar con su plan.

No sabía qué tenía aquella mujer para que él estuviera tan decidido a conseguir su objetivo. Era encantadora y deseable, pero otras veces había tenido romances con mujeres mucho más bellas y nunca se había sentido así. Siempre había conseguido olvidarse de ellas. ¿Qué tenía Ali que no conseguía quitársela de la cabeza? Era probable que fuera porque no había conseguido que aceptara su propuesta. «Lo hará pronto», pensó.

—Eso es todo, chicas —dijo Ali—. Ya habéis visto el hospital y os he contado su funcionamiento, los derechos y privilegios del personal. ¿Alguna pregunta?

Kamal levantó la mano al ver que ninguna enfermera lo hacía.

—Chicas, tenemos visita. Quiero presentaros a Su Alteza Kamal Hassan. Él es el motivo principal por el que todas estamos aquí. Tenemos que estarle agradecidas por este fabuloso hospital.

—Señoritas —sonrió él cuando todas se volvieron para mirarlo.

—¿Tenía una pregunta, Alteza? —le preguntó Ali.

—¿Puedo hablar con usted cuando termine la clase?

—Por supuesto —dijo ella con tono profesional—. Chicas, quiero que os vayáis con una última idea. Como enfermeras tenemos el deber de no causar daño, pero eso no es tan sencillo como parece. La mayoría de nosotras nos hacemos enfermeras para ayudar a otros. Pero a veces es prudente quedarse atrás y observar, no precipitarse. Recordad, no causar daño. A veces es mejor observar y esperar.

Las nuevas enfermeras recogieron sus cosas y salieron del aula. Cuando Kamal se quedó a solas con Ali, se puso en pie y se acercó a ella.

—Ali.

—Kamal.

—¿Estás bien?

De cerca le parecía aún más bella. Incluso con el uniforme del hospital, se le aceleraba el corazón al verla.

—Estoy bien.

—No has comido con nosotros en el palacio —dijo él, incapaz de disimular su tono de desaprobación.

—Puesto que tu hermana se niega a ver a su padre, pensé que era más importante hacerle compañía durante el desayuno y la cena.

—Ya. Tu devoción por Johara es encomiable.

—Sale de cuentas dentro de un par de semanas. Mi objetivo es mantenerla lo más sana posible en cuerpo y espíritu.

—Entonces, ¿no me has estado evitando?

—No —contestó ella.

—¿Tu única motivación para acompañar a Johara en las comidas es no causar daño?

Ella sonrió.

—Creía que estabas escuchando.

—Te equivocaste.

—¿Querías algo? —preguntó ella, golpeando con los dedos el atril.

«A ti», pensó él, pero no era el momento de decírselo.

—Sí. Tengo un asunto entre manos.

Ali se puso nerviosa al oír sus palabras. Estaba pensando en la propuesta que él le había hecho.

—¿Qué es?

—Voy a crear un Comité de Calidad para que apoye a la Junta de Directores del hospital en cuanto a la organización y la solución de problemas.

—Entiendo —suspiró aliviada.

—Estarán representadas todas las categorías de empleados.

—¿Cómo puedo ayudarte?

—Me gustaría que fueras una de las representantes.

—¿Ese comité es sólo para aparentar?

—No. Tendrás la oportunidad de cambiar y mejorar la política hospitalaria cuando sea necesario.

—Una propuesta atractiva.

—Eso es. Te daré la oportunidad de que te lo pienses. Búscame cuando tengas la respuesta.

—Puedo darte la respuesta ahora mismo. Me entusiasma la idea de poder aportar algo al hospital. Además, es una buena manera de mejorar mi currículum.

—Muy bien. Te informaré de cuándo será la primera reunión.

—Estoy impaciente.

—Yo también.

—¿Vas a estar allí?

–Por supuesto. Quiero asegurarme de que este centro sea el mejor de la región. ¿Algún problema?

–Para nada –dijo ella–. Tu dedicación es encomiable.

–Soy un hombre muy dedicado cuando se trata de cumplir con mis objetivos.

Ali se mordió el labio inferior y lo miró.

–Hablando de objetivos... –le dijo.

–¿Sí?

–He notado que en los últimos días ha aumentado mucho la actividad del hospital. ¿Puedes contarme qué es lo que sucede?

Kamal se cruzó de brazos. Estaba convencido de que ella iba a darle la respuesta a la pregunta que lo corroía por dentro. Se había equivocado. Sin embargo, sintió cómo la admiración que sentía por ella aumentaba.

–Estoy seguro de que te has dado cuenta de que ya se están ingresando pacientes en el hospital.

–Sí.

–Me gustaría hacer una inauguración oficial. Se han puesto en marcha los preparativos para celebrar una gala para la inauguración. Además, se aprovechará para recaudar fondos para la investigación.

–Eso es una buena cosa. La sanidad no es barata, ni siquiera en El Zafir, donde el dinero no supone un problema.

–Siempre es algo importante, sobre todo para aquellos ciudadanos que no lo tienen. Pero mi objetivo es proporcionar un lugar con la tecnología más avanzada y la mejor investigación médica.

Necesitaremos gente brillante de todo el mundo. Por supuesto, los descubrimientos los compartiremos con el resto de la comunidad médica.

–¿Tienes un plan para todo eso?

–Sí. Además de la gala, vamos a celebrar un congreso de medicina. Participarán, sobre todo, médicos de los Estados Unidos, pero también hemos invitado a especialistas de todo el mundo.

–Qué oportunidad más maravillosa.

–Mi intención es que se convierta en un evento anual. La comunidad mundial debe llegar a un acuerdo no sólo político, sino también médico para encontrar la cura del cáncer y de las enfermedades coronarias. Todavía tenemos que erradicar la mortalidad infantil y las complicaciones del nacimiento.

–Es magnífico –dijo ella con una amplia sonrisa.

–Para este primer congreso, he decidido ser egoísta. La mayor parte de los temas propuestos tratan sobre las maneras más eficaces de dirigir un centro hospitalario.

–Puesto que éste acaba de abrirse, es buena idea aplicar una política sólida desde el principio –comentó ella–. Por cierto, algo que me gustaría tratar en la primera reunión del Comité de Calidad es una filosofía que se está aplicando en los Estados Unidos. ¿Has oído hablar de la política de «sin culpables»?

–Explícamela.

–Es un método para reducir o eliminar errores a largo plazo.

–No lo comprendo. Cuando se comete un error, la persona responsable debe sentir el peso de las consecuencias.

–Eso es –dijo ella–. Nos han enseñado que cuando cometemos un error hay unas consecuencias. Eso hace que la mayoría de los empleados no quieran reconocer sus errores. Por eso los adolescentes mienten a sus padres... para evitar que les echen la bronca. Y el motivo principal, sobre todo en los hospitales, por el que los trabajadores tratan de encubrir sus errores.

–¿Y de qué va esa política de la que hablas?

–Se trata de animar a los empleados a que sean sinceros sin temor a las consecuencias. A veces, puede ser un problema del sistema y no del individuo. Así que, en lugar de ocultar el problema bajo la alfombra, éste puede identificarse, solucionarse y evitarse en el futuro.

–Interesante.

–El conocimiento de un problema existente debería generar formación, no disciplina.

–Es un concepto difícil. Para mí, si alguien hace algo mal, se merece un castigo. Con la intención de inculcarle que en el futuro deberá evitar cometer errores.

Ése era el motivo por el que había construido el centro. Para corregir un error y evitar la pérdida de vidas humanas.

–¿Estás bien? –preguntó ella, mirándolo a los ojos–. Tienes una expresión extraña.

–Estoy bien. Sólo estaba pensando en tu teoría. No creo que pueda funcionar.

–¿Pero no te das cuenta? Tiene mucho sentido. Si los empleados pueden ser sinceros sin miedo a perder su trabajo, el funcionamiento diario del hospital será mucho mejor. Eso será beneficioso para los pacientes puesto que recibirán mejores cuidados.

–Las posibilidades son interesantes –dijo él.

Pero no tan intrigantes como el brillo que adquiría la mirada de Ali cuando hablaba del tema, ni cómo se le curvaban los labios al hablar. Kamal tuvo que esforzarse para no besarla allí mismo.

–Sí, son muy interesantes. Si tienes unos minutos podemos comentarlas...

–Llego tarde a una reunión de negocios en el palacio.

–Ah.

–Tengo que irme. Que tengas un buen día, Ali.

–Tú también. Adiós, Kamal.

Él se marchó sin mirar atrás. No se fiaba de sí mismo y quería evitar la tentación de tomarla entre sus brazos para besarla de nuevo. Pero si lo hacía, estropearía el plan que tenía para esa noche.

ALI SE acomodó en el asiento de cuero de la limusina que la llevaba de regreso al palacio. Kamal había insistido en que el coche y el chófer estuvieran a su disposición para cuando tuviera que ir al hospital. Era fácil acostumbrarse al lujo, y al menos la ayudaba a olvidar la conversación que había mantenido con el príncipe.

Él había hecho más de un comentario con intención de recordarle que esperaba una respuesta sobre el tema de la aventura amorosa. Le había dicho que era un hombre muy dedicado a conseguir sus objetivos. Y por la forma que tenía de mirarla, le dejaba claro que el objetivo era ella. Sin embargo, había salido de la habitación sin mirar atrás.

¿Qué estaba sucediendo? Quizá debería sentirse aliviada porque él estaba perdiendo el interés por ella. Aunque sabía que un hombre tardaba más o menos cuatro días en olvidarse de ella, claro que nunca había estado con un príncipe del desierto. ¿O debería sentirse molesta porque no hubiera continuado insistiendo en su propuesta? «Ninguna de las dos cosas», pensó, y trató de superar la desilusión que sentía observando las calles de la ciudad.

Cuando llegaron al palacio, la limusina se detuvo frente a la escalera de piedra de la entrada principal. Ali se bajó del coche, enfadada porque no conseguía quitarse a Kamal de la cabeza. Deprisa, se dirigió a su habitación confiando en no encontrarse con él.

Se cambió de ropa y se puso unos vaqueros y una camiseta. Iba a cenar con Johara, así que no necesitaba vestirse de manera elegante. Antes de que le diera tiempo de telefonear a la princesa, llamaron a la puerta.

Abrió y se encontró a Emir, el asistente personal de Kamal.

—Buenas tardes, señorita Matlock —dijo él.

—Hola.

—Tengo instrucciones del príncipe de la corona para que la lleve hasta él.

Ali sintió que se le aceleraba el corazón. Estaba segura de que Kamal sólo querría hablar de la situación del hospital, pero le parecía muy considerado por su parte que hubiera mandado a su asistente para que la guiara por el palacio. Aunque todavía no conocía bien el lugar, sabía más o menos dónde se encontraba el despacho de Kamal.

Cuando llegaron a la planta baja, Emir la guió por un pasillo de suelo de mármol. Al llegar a un cruce, Emir torció a la derecha y ella le dijo:

—¡Espera! El despacho del príncipe está hacia el otro lado.

—Sí —dijo el asistente con una sonrisa—. Pero no es ahí donde la espera el príncipe. Si no le importa seguirme...

–De acuerdo.

La guió hasta la puerta trasera del palacio. Después bajaron por unas escaleras que daban a un camino que los llevaría al garaje donde se guardaban todos los coches de la familia real. Un Mercedes estaba aparcado en la puerta y Kamal esperaba junto al coche con los brazos cruzados.

Iba vestido con el atuendo tradicional del país, que consistía en pantalones blancos y camisa de algodón que dejaba entrever el vello varonil que cubría su pecho. En la cintura, llevaba anudado un fajín de color azul que lo hacía parecer un pirata del desierto.

El asistente hizo una reverencia y dijo:

–Alteza, la señorita Matlock.

–Buen trabajo, Emir. Puedes irte. Que tengas una buena tarde –dijo Kamal.

–Gracias, Alteza. Y que disfrute de la suya.

Ali no podía apartar la vista de Kamal.

–¿Qué sucede?

–Me gustaría que me acompañaras durante la cena.

Ella miró los vaqueros que se había puesto.

–No estoy vestida para la ocasión.

–Tu ropa es perfectamente adecuada para donde vamos.

–¿Y dónde vamos?

–Ya lo verás –abrió la puerta del pasajero–. ¿Quieres subir?

–Cenar me parece bien, pero ¿qué pasará con Johara? No sabe dónde estoy.

–Ha sido informada de que estarás conmigo. Y donde vamos hay muy buena comunicación. Podrá contactar con nosotros si es necesario.

–Vale.

Comenzó a meterse en el coche y Kamal la agarró del brazo para ayudarla. El contacto de sus dedos la hizo estremecer.

Después, él rodeó el coche y se sentó al volante.

–¿Vamos sin chófer?

–Quería conducir yo –la miró a los ojos y se puso las gafas de sol–. Mis guardaespaldas nos seguirán y establecerán un cerco seguro pero discreto.

–Ya. ¿Pretendes ser un hombre normal cenando con una mujer?

–Eso mismo –dijo él, y arrancó el coche.

–Y yo me lo creo.

–Todos los hombres tienen que comer, y tener una acompañante atractiva es algo deseable.

–Mira, Kamal, quisiera tener un hombre corriente tanto como cualquier otra mujer, pero...

–¿Quisieras encontrar un hombre corriente?

–Claro –se encogió de hombros–. Después de salir con Turner aprendí lo que es importante. Un hombre que vaya a trabajar por las mañanas y que después regrese a casa con su mujer y sus hijos. Un hombre sincero, trabajador, que tenga los pies en la tierra y se ponga primero una pernera del pantalón y después la otra.

–No hay otra forma de ponerse los pantalones –la miró–. Ah, es una expresión que utilizáis en los Estados Unidos.

–Sí, supongo que nos gusta hablar de esa manera.

Kamal salió a la carretera y tomó un camino que llevaba hasta el desierto. Enseguida, no había más que dunas a su alrededor.

Mientras esperaba a que Kamal dijera algo, Ali lo observaba de reojo. Se fijó en que tenía el mentón prominente y en que, incluso de perfil, era muy atractivo. Miró de nuevo por la ventana y al ver que no había más que desierto preguntó:

—Cuéntame a que restaurante vamos.

—No es un restaurante.

—Entonces, ¿vamos a una barbacoa?

Él la miró esbozando una sonrisa.

—No.

—Vale. Déjame que adivine. Me llevas a un oasis en el desierto donde se hace trata de blancas.

—Tienes una parte de razón.

—¿Qué parte?

—Tendrás que esperar para verlo.

—¿Cuánto falta para que lleguemos?

—No mucho.

Era evidente que no iba a darle muchos más datos, así que se acomodó en el asiento y disfrutó del viaje. No era una limusina, pero desde luego era mejor que todo a lo que ella estaba acostumbrada.

Después de una hora de trayecto llegaron a un oasis. Ali tuvo que parpadear un par de veces para asegurarse de que no era una ilusión óptica. Era un lugar asombroso. Frente a ellos, en medio del desierto, se extendía una porción de tierra cubierta de palmeras y plantas que rodeaban una gran tienda. Un arroyo de agua clara corría hasta un pequeño lago.

Kamal se detuvo frente a la tienda y apagó el motor.

—Ya hemos llegado.

—¿Qué es este lugar?

—Es donde mi padre, mis hermanos y yo venimos a reflexionar.

—¿Una especie de hogar lejos de casa?

—Exacto. ¿Quieres que te haga un recorrido?

—Por supuesto.

Cuando salieron del coche, Kamal la agarró del brazo y la acompañó al interior de la tienda. Le mostró el salón, los dormitorios y el resto de las habitaciones. El suelo estaba cubierto con tupidas alfombras persas. En las paredes había tapices que hacían que el lugar no pareciera una tienda. Quizá estuviera lejos del palacio, pero desde luego reunía los estándares de la residencia de la familia real.

Kamal la guió hasta el comedor. Allí había una mesa de madera de cerezo servida para dos con cubertería de oro, y vajilla de porcelana. La habitación estaba decorada con flores frescas llenas de aroma. Aunque Ali sabía que Kamal sólo había tenido que hacer una llamada para que prepararan el lugar, continuaba asombrada.

Apareció un sirviente con bandeja de plata y dos copas llenas de champán.

—Gracias —dijo Ali, y agarró una de las copas.

—¿Por qué brindamos? —dijo Kamal, y agarró la otra copa.

—Por lo corriente.

Él arqueó una ceja y chocó la copa contra la de ella.

El sirviente apareció de nuevo.

—Alteza, ¿desea que le sirva la cena ahora?

Cuando Kamal la miró, Ali asintió.

—Estoy hambrienta.

—Cenaremos ahora —dijo él.

Kamal separó una silla de la mesa para que Ali se sentara. Ella se acomodó y se colocó la servilleta en el regazo. Kamal tomó asiento y, al instante, aparecieron dos camareros con ensaladas y un cesto de pan. Les sirvieron la comida. Toda estaba exquisita y era de gran calidad.

Cuando el sirviente apareció y preguntó si deseaban algo más, Kamal le dijo que él y el resto del servicio podían retirarse. Hasta ese momento, Ali había estado tranquila, pero una vez a solas con Kamal recordó que él le había dicho que quería tener una aventura con ella. Esa cena había sido su manera de recordárselo.

Y estaba funcionando. Pero Ali no podía reconocerlo a pesar de que le dieran todo el champán del mundo. Se sentía atraída por su encanto y su inteligencia.

Por suerte, el lujoso ambiente le recordaba que ella no pertenecía a ese mundo y que él no era lo que ella estaba buscando. Si decidía ceder ante su propuesta, debía tener claro que no era algo para siempre, sino sólo una aventura sin compromisos.

—Retirémonos a un lugar más cómodo.

—Aquí estoy perfectamente bien —dijo ella.

—Como desees —le rellenó la copa—. ¿Qué te gustaría hacer?

—Hablar.

–¿Sobre qué?

Buena pregunta. De algo impersonal. De algo que ambos tuvieran en común.

–Siento curiosidad por saber por qué era tan importante para ti construir el hospital.

Kamal frunció el ceño y tensó los labios. Permaneció en silencio durante unos instantes y Ali pensó que no iba a contestar.

–Me extraña que me hagas esa pregunta. Como decís los estadounidenses, es el lugar del crimen.

–¿Qué crimen?

–Me siento responsable por la muerte de la segunda esposa de mi padre –Ali no podía creer lo que estaba oyendo. La mujer había fallecido a causa de complicaciones en el embarazo. Permaneció callada y esperó a que continuara–. Yo acababa de regresar de la universidad. Mi padre tenía que asistir a una reunión de los países petrolíferos de la región. Daria estaba embarazada de siete meses, pero quería ir con él.

–¿Y por qué no fue?

–Con Johara tuvo un embarazo difícil. Le habían advertido que no tuviera más hijos, pero estaba decidida a darle un hijo a mi padre. El médico le prohibió volar. Ella insistió en que mi padre se fuera, asegurándole que estaría bien. Él regresaría antes de que ella saliera de cuentas.

–Todo parece normal –dijo ella–. ¿Qué ocurrió?

–Daria echaba de menos al rey. Se sentía inquieta y atrapada en el palacio. Ambos solían venir al oasis. Aquí es donde mi padre recarga su energía con el recuerdo de sus antepasados. Yo le sugerí a

Daria que hablara con el doctor y viniera aquí para relajarse. Ella aceptó.

—Continúa.

—Recibí una llamada de su doncella. Daria había comenzado a sangrar. Mandé el helicóptero con el doctor. Por desgracia, la hemorragia era severa y cuando llegó a la clínica de la ciudad, había perdido tanta sangre que no pudieron hacer nada por salvarla a ella ni a la criatura.

—Pero el médico le había dado permiso para viajar hasta aquí. ¿Cómo iba a ser culpa tuya?

Kamal la miró a los ojos.

—No había consultado con el médico. Y había empezado a... ¿cómo se dice?

—¿A manchar?

—Sí. Había empezado a manchar antes de salir del palacio.

—Pero tú no lo sabías.

—No importa lo que yo supiera. Si no le hubiera sugerido el viaje, la ayuda habría estado más cerca. Le prometí a Johara que construiría un hospital con la mejor tecnología para que otras niñas no tuvieran que sufrir lo mismo que sufrió ella. Pero era poco consuelo para una niña de cinco años que había perdido a su madre. Le dio por seguirme a todas partes.

—¿Y por qué a ti? ¿Por qué no a tu padre?

—Ella es igual que Daria. El rey no podía soportar ver a su hija.

—Siento que tu familia tuviera que pasar por esa tragedia.

—¿Pero?

Ali decidió no preguntarle cómo sabía que había un pero.

—Es evidente que has cargado con la culpa como si fuera una manta de seguridad.

—¿Qué significa eso?

—Hoy cuando estuvimos hablando de política hospitalaria dijiste que si uno hace algo equivocado, debe recibir un castigo. No estoy segura de por qué te sientes culpable por la muerte de Daria. No hiciste nada malo.

—Entonces, ¿por qué me parece que sí?

—Porque fue una tragedia, pero no fue culpa tuya, Kamal. No eres todopoderoso. Le sugeriste algo que creías que le sentaría bien. Ella podía haberse negado a ir. Incluso si se hubiera quedado en el palacio, si la hemorragia era lo bastante grande, es posible que no se hubiera salvado. Han pasado doce años. Tienes que superarlo de una vez por todas.

—¿Es una orden?

—Ahora que lo dices... —lo miró a los ojos—. ¿Por qué tardaste tanto en cumplir tu promesa de construir el hospital?

—La etapa de planificación fue larga y dolorosa. Era necesario crear un sistema sanitario en el país antes de comenzar a construir. Mi país se enfrentaba a duras batallas financieras en muchos frentes para poder equipararse con los países occidentales. Convencer a las personas adecuadas para que invirtieran su dinero en el proyecto llevó tiempo.

—Y ahora está terminado.

—Sí —dijo con orgullo.

–Ya has hecho penitencia y has cumplido tu promesa. ¿No es hora de que te perdones a ti mismo y olvides el pasado?

–Es más sencillo decirlo que hacerlo. Cuando veo a mi hermana embarazada no puedo evitar preguntarme si habría tenido que enfrentarse a esta situación si su madre hubiera vivido para guiarla durante los años de rebeldía.

Ali podía ver el dolor y la culpa en el brillo de sus ojos. También algo más.

–Quieres mucho a tu hermana, ¿verdad?

–Sí –contestó él.

–Deja que me aclare. ¿Está bien querer a tu familia, pero no está bien enamorarse de una mujer?

–Eso es. Me alegra de que hayas comprendido el concepto.

–El amor es una reacción involuntaria ante un estímulo específico que es distinto para cada persona. Algunos lo llaman química. Otros dicen que es culpa de las feromonas. Sea cual sea el misterio que hace que una persona se sienta atraída por otra es irrelevante. Uno no puede controlar ese sentimiento.

Él se enderezó en la silla.

–Soy Kamal Hassan, príncipe de la corona y heredero al trono de El Zafir. Por supuesto, tengo poder sobre esas cosas.

–Vale.

–Hablas con escepticismo –dijo él–. ¿Por qué?

–Porque eres hombre.

–Sí, pero no comprendo.

–Mi escepticismo acerca del amor y de las relaciones puede tener algo que ver con la forma en que mi padre trató a mi madre. Se divorciaron porque él encontró a alguien mejor... una mujer que con sus contactos y su dinero pudo sacar adelante su empresa de construcción. Para mi madre fue tan doloroso y humillante que nos mudamos a otro lugar. Desde entonces, rara vez veía a mi padre. No se lo podía molestar con algo tan mundano como mis visitas. Al parecer, amaba a su segunda esposa. Lo último que he oído es que siguen juntos y que ha tenido otras dos hijas para ocupar mi lugar.

—Un hombre que abandona a un hijo es un canalla —dijo enfadado.

—Tu padre abandonó a tu hermana —dijo ella.

—Él permite que viva bajo su mismo techo. Para un hombre de su generación, es todo lo que puede hacer.

—Si tú lo dices.

—El afecto familiar y la responsabilidad es algo sagrado que no puede incumplirse. Tu padre es un pobre hombre y sus actos demuestran que tengo razón a la hora de evitar el amor. Hace que un hombre sea débil.

Él tenía razón acerca de su padre, pero ella siempre había pensado que tenía un fallo de personalidad. Y Turner... lo mismo. Pero Kamal asumía el peso de su país... de su pueblo. Quizá era lo que se esperaba del hombre que iba a convertirse en rey. O quizá era un perfeccionista. Pero era el hombre más fuerte que había conocido nunca, con la coherencia moral que iba unido a ello.

De veras creía lo que decía. Ali suspiró. Las palabras de Kamal la habían convencido. Estaba bien que se sintiera atraída por Kamal siempre que recordara que no tendría futuro con él si llegaba a amarlo. Él se casaría y tendría herederos porque era su deber y no hacerlo era de débiles. Pero nunca se permitiría amar a una mujer.

—El amor es algo que espero encontrar —dijo ella, y se puso en pie—. Y espero encontrarlo con un hombre corriente que busque lo mismo que yo en la vida.

Él se puso en pie y le tendió la mano.

—Ven aquí.

Sin saber por qué, Ali le dio la mano y permitió que Kamal la atrajera hacia sí. Podía sentir el calor de su cuerpo e inhalar el aroma de su colonia. Él la rodeó por la cintura y la abrazó.

—Hemos perdido mucho tiempo hablando de cosas serias. Ahora, quiero besarte.

Aunque no se lo hubiera dicho, el brillo de sus ojos dejaba claro cuáles eran sus intenciones. Acercó su boca a la de ella y, cuando Ali cerró los ojos, la besó en los labios. En ese mismo instante sonó su teléfono móvil. Se separó de ella con cara de enojado. «Espero que sea importante», pensó Ali temiendo por quién estuviera al otro lado de la línea.

—¿Sí? —Kamal contestó el teléfono. Ali observó cómo el miedo se apoderaba de la expresión de su rostro—. Envía el helicóptero inmediatamente —dijo, y colgó el teléfono.

—¿Qué ocurre?

—Mi hermana se ha puesto de parto. Es demasiado pronto.

CAPÍTULO 6

ALI LE tomó las manos y se las apretó.

–No es como la otra vez. Esto no tiene nada que ver con lo que le pasó a su madre.

–Es demasiado pronto –repitió él.

–Sólo se ha adelantado un par de semanas. Además, averiguar la fecha de parto no es una ciencia exacta. Y el primer bebé siempre es impredecible.

–¡Maldita sea! ¿Dónde está el helicóptero? –dijo él, y retiró las manos. Comenzó a pasear de un lado a otro–. El destino es imprevisible. Es una ironía que yo esté aquí y que justo ahora se haya puesto de parto.

–Si alguien debe sentirse culpable, soy yo. Johara me pidió que me quedara con ella porque estaba nerviosa. ¿Y dónde estoy?

–Estás aquí porque yo te invité –dijo él.

–Kamal, escúchame –se detuvo frente a él–. No puedes responsabilizarte del mundo entero. Tienes que delegar en otros.

–Ésa no es mi forma de ser.

«¿Cómo no va a gustarme este hombre?», pensó Ali. Kamal tenía la capacidad de cuidar de todo el mundo. Y conseguía lo que se proponía a pesar de que, a veces, tuviera que sacrificar su felicidad.

Se echó a un lado para continuar paseando y ella le bloqueó el camino una vez más.

–Gracias a ti, Johara está a cinco minutos de un hospital que posee la tecnología más avanzada. Su médico está allí. Es uno de los mejores tocólogos con los que he trabajado.

–No es suficiente.

–Ella estará bien. Probablemente ya esté en el hospital con todo el personal médico a su alrededor.

–Quiero que estés al lado de mi hermana. ¿Dónde está el maldito helicóptero?

En la distancia se oyó el ruido de un motor acercándose por el aire.

–Y estaré con ella enseguida –dijo Ali–. Aunque no estoy vestida para trabajar.

Casi se aliviaba porque los hubieran interrumpido. Llevaba una ropa normal, y si él hubiera tratado de quitársela no se lo habría impedido. Habría estado tan entregada a su beso que no habría podido ni protestar. Si el teléfono no hubiera sonado...

Salvada por el móvil.

Incapaz de quedarse quieto, Kamal paseaba de un lado a otro de la sala de espera del hospital. Ali y él habían llegado al helipuerto del hospital unas horas antes. Su tía Farrah y sus hermanos estaban allí con sus esposas.

Todos le decían que no había motivos para preocuparse. Pero él no podía evitarlo. Otra vez había hecho algo parecido... esperar noticias de una madre y su hijo. Sentía la misma ansiedad, sólo que el entorno y los protagonistas eran diferentes. Y el resultado, ¿sería el mismo?

Fariq se puso en pie y se colocó frente a él.

—Vas a desgastar la moqueta.

—No me importa.

—Kamal, has de tener fe. Johara y su bebé estarán bien.

—Para ti es fácil decir eso. Tienes dos hijos bien sanos.

—Y doy gracias por ello todos los días. No te olvides que todos sufrimos la tragedia de la querida esposa de nuestro padre y del hijo que habría sido nuestro hermano. Nadie considera que tuvieras la culpa, excepto tú. Y lo más probable es que este parto sea normal.

—Nadie nos lo garantiza.

—Eso es cierto —suspiró su hermano—. Sólo podemos esperar.

Kamal asintió, pero las palabras de Ali invadieron su cabeza. Él había hecho todo lo posible para construir un hospital con el mejor equipo. El doctor que atendía a Johara era uno de los mejores.

El recuerdo de sus palabras lo tranquilizó y, en silencio, le agradeció que estuviera junto a su hermana en el momento del parto.

Fariq lo agarró del hombro.

—Créeme, hermano, la historia no se repetirá.

Kamal asintió, pero no terminaba de creerlo. La historia se repetía todo el rato. Los mismos errores se cometían una y otra vez. Y él era el hijo de su padre. ¿Y si la atracción que sentía por Ali se convertía en algo más? ¿Y si él era como su padre y no era capaz de controlarlo? Desde la niñez lo habían educado para convertirse en rey y sólo deseaba hacerlo bien.

¿Pero y si la debilidad se apoderaba de él y no le permitía hacer bien su trabajo? Como su padre. No podía permitir que eso sucediera. Debería luchar contra sus sentimientos. Tenía que encontrar la manera de olvidar a Ali.

Se abrió la puerta y el doctor McCullough entró en la sala.

–¿Doctor? –Kamal se acercó a él y el resto de la familia hizo lo mismo–. ¿Cómo está mi hermana?

El doctor sonrió.

–Tiene un niño precioso de cinco libras y media.

Kamal sonrió y suspiró aliviado.

–¿Y Johara? ¿Está bien?

–Cansada y dolorida, algo normal después de un parto.

–Dentro de poco estaré yo igual –dijo Penny.

Rafiq la agarró por los hombros.

–Estaré siempre a tu lado. Si pudiera pasarlo por ti, lo haría.

–Es fácil decirlo –dijo ella, y apoyó la cabeza en su hombro.

–De hecho, la princesa ha tenido un parto bastante corto –dijo el médico–. Por lo general, el primer bebé tarda más tiempo en nacer.

–Una buena manera de tranquilizarme, doctor –dijo Crystal.

Fariq la agarró de la mano y le besó los dedos.

–Si hubiera un elixir que hiciera las cosas más fáciles, recorrería el mundo en su busca.

Crystal sonrió.

–Sé que me estás camelando, pero me encanta.

Kamal envidiaba a sus hermanos y las mujeres que los amaban. Pero puesto que era el primogénito, su destino era otro y no incluía el placer del amor.

–Me gustaría ver a mi hermana –dijo.

–Puedes verla unos minutos. Pero es tarde y está cansada. Necesita descansar. Los demás podrán ver a ella y al bebé mañana.

La princesa Farrah sacó el teléfono móvil de su bolsillo.

–Informaré al rey.

–Gracias –dijo Kamal.

Su familia dio las gracias al doctor y salió de la sala de espera para regresar al palacio. Kamal se acercó a la habitación destinada a la realeza. Estaba diseñada para que se pudiera dar a luz allí mismo y después se convirtiera en una habitación de hospital con una puerta que daba a una habitación contigua donde podía quedarse un familiar.

Algún día, los hijos de Kamal nacerían allí. Y la madre... Kamal no conseguía borrar la imagen de Ali de su memoria.

Entró en la habitación y miró a Ali. En sus brazos sujetaba a un bebé envuelto en una manta azul. Ella miraba a la criatura con tanta ternura que Kamal sintió un vacío en su interior. ¿Cómo sería ser el objeto de su devoción?

–¡Kamal! –Johara sonrió al verlo.

–Hermanita –dijo él, y se acercó a la cama para besarla en la mejilla–. ¿Estás bien?

Ella asintió.

–¿Has visto a mi hijo?

Ali se colocó al lado de Kamal y le enseñó al pequeño.

–¿A que es muy bonito? –preguntó Ali.

Kamal la miró y dijo:

–No creo que ése sea el adjetivo adecuado para un niño.

Johara se rió.

–El médico dice que es un niño grande y fuerte. ¿Te gustaría sujetarlo?

–Sí.

Ali colocó al pequeño en los brazos de Kamal.

–¿Kamal?

Él miró a su hermana y la tranquilizó.

–El rey sabe que ha nacido tu hijo –dijo antes de que ella preguntara.

–¿Está aquí? –preguntó ella con esperanza.

–No.

–Es tarde y necesitas descansar –dijo Ali–. Tu padre verá a su nieto mañana.

–No, no vendrá –dijo Johara con los ojos llenos de lágrimas.

A Kamal le disgustaba que su padre fuera tan orgulloso e hiciera pasar a su hermana por todo aquello.

Johara se secó una lágrima que rodaba por su mejilla.

–Las últimas palabras que me dijo fueron que ya no tenía una hija. Ahora, tampoco tiene un nieto.

–Cambiará de opinión. Dale tiempo –comentó Ali.

–Conozco a mi padre. Es un cabezota. Me niego a someter a mi hijo a un hombre así. No lo criaré en un palacio donde lo tratarán como si el pecado fuera suyo.

–¿Qué vas a hacer? –le preguntó Ali.

–Le pediré al rey que me permita ir a los Estados Unidos –dijo Johara.

Kamal sabía que su hermana soñaba con hacerlo desde hacía mucho tiempo. También sabía lo que su padre opinaba al respecto.

–No te dará permiso.

–Entonces, me iré sin él.

–Johara tiene razón –intervino Ali–. Si tu padre no cambia de actitud hacia ella y el bebé, no será sano para la criatura que crezca aquí.

–Oíste que el rey me prohibió intervenir.

–Lo recuerdo. Dijo que siempre fuiste débil en lo que a tu hermana se refiere. Pero eso no es cierto. Te convertiste en el padre que él se negó a ser.

–Hermano –dijo Johara–. Debes ayudarme.

–Tienes que hacerlo –Ali lo miró con confianza–. Eres el único que puede.

Ali vio a Kamal fuera de la sala de conferencias en el hospital. Le parecía curioso el hecho de que lo veía más allí que en el palacio. Hacía dos semanas que Johara había regresado a casa con el bebé. La joven se había recuperado bien físicamente. Sin embargo, sufría los efectos emocionales del abandono de su padre.

Kamal todavía no se había dado cuenta de su presencia. Estaba hojeando unos papeles y tenía la cabeza agachada.

Ali continuaba hospedándose en el palacio puesto que la princesa Farrah se lo había pedido. La mujer le había dicho que su sobrina apreciaría su apoyo emocional. Pero Johara había insistido en cuidar sola de su hijo, diciendo que era su responsabilidad. Pero su padre no había reconocido al hijo de su única hija. Y Kamal no había hecho nada para ayudar a su hermana. Ali estaba tan segura de que iba a hacerlo, que se sentía un poco decepcionada.

Ali oyó que el ascensor se detenía en la planta donde se encontraba ella y se volvió para ver quién se bajaba. Al ver al rey Gamil, se sorprendió. Nunca lo había visto en el hospital.

—¡Kamal!

El rey pasó junto a ella casi sin mirarla. Parecía enfadado.

—Padre —dijo Kamal al verlo.

—¿Qué has hecho con Johara? —dijo con furia.

—¿Qué te hace pensar que he hecho algo con ella?

—No está en el palacio.

—¿Cómo lo sabes? ¿Has ido a verla?

—Su doncella dice que se ha ido.

Ali se sentía como si estuviera en medio de una batalla. Se retiró tras una esquina pero seguía oyendo la conversación. No era difícil, puesto que el rey estaba gritando.

–¿Por qué crees que yo sé dónde está?

–No me trates como a un idiota.

–De acuerdo. Lo he arreglado todo para que mi hermana y su hijo vayan a un lugar donde estén seguros y felices.

–Dime dónde está.

–Johara me pidió que no dijera dónde se encuentra.

–Soy su padre. No tienes derecho a ocultarme dónde está. Te exijo que me lo digas.

–He hecho una promesa a mi hermana y no incumpliré mi palabra.

–¿Tu palabra? ¿Es eso más importante que una orden del rey?

–En este caso... sí. Le prometí a Johara que siempre la apoyaría.

–¿Cómo vas a hacerlo si no está aquí?

–He hecho lo que ella me pidió. Le he facilitado la posibilidad de criar a su hijo en armonía.

–¿Contra el deseo de su padre?

–No eres su padre desde hace años.

Al oír sus palabras, Ali se estremeció. Hacía falta mucho valor para ponerse de parte de su hermana sabiendo que el rey se enfadaría y, sobre todo, para decirle las cosas claras.

–Eres un hombre débil, Kamal. Tengo grandes dudas sobre tu capacidad para convertirte en un buen rey –dijo con mezcla de dolor y rabia.

El rey se dio la vuelta y se dirigió al ascensor pasando por delante de ella. Ali observó a Kamal. Estaba en el mismo sitio, pero la expresión de su rostro era de disgusto.

Se acercó a él y colocó la mano sobre su hombro.

—Sólo quiero decirte que está equivocado.

—¿Mi padre?

—Sé que no debía haberos escuchado. Así que denúnciame si quieres.

—¿Y en qué está equivocado?

—Vas a ser un rey estupendo.

—¿Y cómo lo sabes?

—Has mantenido tu palabra, a pesar de que tu padre estuviera muy disgustado.

—Algunos me llamarían imbécil. No estoy tan seguro de que estuvieran equivocados.

—Yo sí lo estoy. No puedo ni empezar a comprender a lo que tendrás que enfrentarte cuando te conviertas en gobernador de tu país. Pero creo que lo que hiciste por Johara fue lo correcto. Aunque echaré de menos a ella y a su bebé.

—Yo también.

—Está claro que la quieres mucho. Sé lo difícil que ha debido ser dejarla marchar. Me parece que lo que hiciste ha sido muy elocuente. ¿Qué más se puede pedir a un rey?

—Es mi deseo ser un buen rey, para que este país ocupe un buen lugar en el nuevo orden mundial. Me gustaría mejorar el nivel de vida de los ciudadanos. Un hombre débil no puede hacer tal cosa.

—Tu padre estaba enfadado. Ha dicho todo eso porque está dolido. No cree lo que dijo.

—Cree cada palabra.

—Sabías que iba a enfadarse. Si crees lo que ha dicho sobre ti, ¿por qué lo hiciste? ¿Por qué organizaste todo para que tu hermana pudiera marcharse del país?

–Porque era lo correcto. Porque Johara me lo pidió –miró a Ali y le tomó las manos–. Y porque tú lo deseabas –dijo con una medio sonrisa.

Se volvió y entró en la sala de conferencias.

Ali pestañeó varias veces para asegurarse de que no estaba soñando. ¿Había ayudado a su hermana para que saliera del país porque ella se lo había pedido? El corazón le latía con tanta fuerza que pensaba que iba a estallar.

Se presionó las sienes con los dedos tratando de pensar. Johara y el bebé ya no estaban en el palacio, así que ella ya no tenía por qué quedarse allí. Tenía que alejarse de Kamal. Él pertenecía a ese mundo, pero ella no.

Aunque la atraía la idea de convertirse en la mujer de sus sueños, sabía que era algo imposible. Y él también lo sabía, por eso sólo quería una aventura amorosa con ella. Y si él decidía seguir adelante con su intención, ella estaría metida en un gran lío. Porque no estaba segura de cuál sería su respuesta. Antes hubiera tenido la posibilidad de mantener a raya sus sentimientos.

Pero el gesto heroico de Kamal había hecho que fuera algo imposible.

CAPÍTULO 7

ALI RECORRIÓ varias habitaciones del palacio para comprobar que no se dejaba ningún artículo personal. Después de la reunión del Comité de Calidad que se había celebrado el día anterior, le había informado a la princesa Farrah que regresaría a su apartamento del recinto estadounidense. Mientras estaba en el trabajo, los empleados del palacio le habían hecho el equipaje.

Al ver que no le faltaba nada cerró la maleta y la sacó al recibidor.

Llamaron a la puerta y supuso que era el chófer que la princesa Farrah le había prometido que le enviaría. Cuando abrió, se sorprendió al ver a la princesa en persona. Detrás de ella había un sirviente con un carrito.

—Ali, cariño, no podía permitir que te marcharas sin tomar el último té.

Ali no tenía prisa por regresar a un apartamento vacío. La compañía era más que bienvenida. Y quizá nunca más tuviera la oportunidad de tomar té en el palacio.

—Entre, por favor.

La princesa sonrió y entró en la habitación. Con un gesto de la mano hizo que el sirviente entrara con el carrito. Él obedeció y comenzó a servir el té sobre una mesita que había en el salón.

–¿Necesita algo más, Alteza? –dijo colocando una bandeja de sándwiches y otra de pasteles sobre la mesa.

–No. Gracias, Khalid.

Él asintió y se marchó.

–Ali, me gustaría darte las gracias por el apoyo que le has dado a mi sobrina –dijo la princesa, y se sentó en el sofá semicircular–. Espero que no haya sido mucha molestia interrumpir tu vida para quedarte aquí.

Ali se sentó en la esquina del sofá y la miró.

–Princesa Farrah, no quiero ser impertinente ni irrespetuosa, pero habría que ser estúpido para considerar el hecho de vivir en el palacio una molestia.

La princesa soltó una carcajada.

–No considero que seas para nada impertinente. Eres encantadora. Y te echaremos de menos. Creo que Kamal más que nadie.

–¿Por qué lo dice? Apenas lo veo.

–Sé que ayer discutió con el rey.

Ali asintió.

–¿Cree que Kamal se ha equivocado al ayudar a su hermana a marcharse? ¿Cree que ha cometido un error?

La princesa sirvió dos tazas de té y le entregó una a Ali.

–Voy a echar mucho de menos a mi sobrina –dijo–. Y a su bebé.

Ali se sorprendió al ver que las lágrimas aflora-
ban a sus ojos.

—Lo siento, Alteza, no debí habérselo preguntado. Si prefiere no hablar sobre esto...

—Estoy bien. Pero la idea de no poder tomar en
brazos al bebé que hemos esperado durante tanto
tiempo —suspiró—. Me entristece. Pero es algo a lo
que hay que enfrentarse.

—¿No puede ir a ver a Johara, allá donde esté?

—Kamal no dirá dónde se encuentra... ni siquiera
a mí. Ya se lo he preguntado. Su hermana desea
que su padre no la encuentre. Está preocupada por
si la hace regresar.

—¿Lo haría?

—Sé que no lo comprenderás, pero él quiere mucho a Johara. Es posible que la obligara a regresar.

—¿Y eso no le parece bien?

—Sí y no. Los echo mucho de menos. Pero estoy
de acuerdo con mi sobrina en que éste no es un
ambiente saludable para que se críe el bebé. Gamil
ha de aprender que las antiguas costumbres no
siempre son las mejores. Mi sobrina ha cometido
un error, pero tratarla con dureza significa perder
no a uno, sino a dos miembros de la familia. Creo
que ha aprendido mucho, que será una buena madre y una persona productiva. Esté donde esté
—sonrió—. Me alegra que estuvieras con Kamal
cuando se enfrentó a su padre.

—No estaba con él. Oí la conversación.

—Kamal se preocupa mucho por su padre y le
gusta que opine bien de él. Las duras palabras que
le dijo Gamil lo afectaron mucho. Pero él me

contó lo que le dijiste después. Y he de decir, que su ánimo parecía mucho mejor de lo que yo esperaba.

—¿Su relación se verá afectada a causa de este incidente?

—Se les pasará. Kamal le dirá a su padre que hizo lo que creía que estaba bien y que no quería ofenderlo. Gamil le contestará que un hombre no puede hacer más que lo que siente que está bien. Y todo terminará.

—¿Tan simple como eso?

—A veces los hombres son muy simples —dijo la princesa—. Es un arma de doble filo.

Ali se rió, pero todavía quería hacer una pregunta.

—¿Fue el padre de Kamal quien lo enseñó a que no podía enamorarse y ser un buen rey?

La princesa dejó escapar un suspiro y puso la taza sobre la mesa.

—No pronunció las palabras, pero ése fue el mensaje. Mi hermano se enamoró locamente dos veces y en ambas ocasiones perdió a la mujer de su vida. Su primera esposa, la madre de mis tres sobrinos, murió de cáncer.

—Kamal me contó cómo murió la madre de Johara.

—La muerte de Daria fue inesperada. Era bastante joven y creo que eso se lo hizo más difícil a Gamil. Cayó en una fuerte depresión y durante un tiempo le resultó muy difícil cumplir con su deber. Kamal tuvo que sustituirlo.

–¿Y entonces aprendió que para hacer un buen trabajo y entrar en los libros de historia como un buen líder, nunca debe enamorarse?

–Sí –confirmó la princesa–. El amor es una debilidad y el hombre que herede el trono de El Zafir no puede sucumbir ante él.

–Es muy triste –dijo Ali.

–Me temo que mi sobrino ha aprendido la lección demasiado bien. Ha crecido sabiendo que algún día gobernará el país y desea hacerlo lo mejor posible. No permitirá que los sentimientos personales interfieran con su deber.

–¿No forma parte de su deber proporcionar un heredero al trono?

–Sí.

–Y probablemente, la madre ideal sea una mujer de la realeza.

–Mi hermano me ha pedido ayuda para crear una lista de posibles candidatas para que se conviertan en la esposa de su hijo.

–Suena como a una selección para un trabajo.

–La sucesión de la corona es un trabajo muy serio –explicó la princesa–. En tu país hay un presidente y un vicepresidente, y la línea sucesoria se establece en la Constitución. Pero llevamos cientos de años siendo una monarquía y la función de gobernador la hereda el hijo mayor del rey. Kamal tiene la responsabilidad de casarse y tener un heredero. Ha tenido muchas oportunidades para elegir esposa y todavía no lo ha hecho. El tiempo apremia.

–¿Por qué? Kamal no es tan mayor, Alteza. ¿No tiene todo el tiempo del mundo?

–Su padre desea retirarse, pero no lo hará hasta que Kamal se haya casado.

Ali sintió un escalofrío. El proceso de selección de esposa para Kamal era desalmado. Menos mal que su nombre no aparecería en la lista. Pero en el fondo, sabía que era mentira. Entre Kamal y ella había algo. Química, o lo que fuera.

La princesa se puso en pie.

–Debo irme. Pero quería que supieras lo mucho que aprecio lo que has hecho por Johara.

–No ha sido nada –dijo Ali poniéndose en pie–. Sólo he dormido aquí. Kamal ha sido el que la ha ayudado de verdad.

–Esto no es una despedida –dijo la otra mujer–. Estoy segura de que te veré en las celebraciones planeadas para la inauguración oficial del hospital.

–Seguro.

Antes de salir, se volvió y dijo:

–Por cierto, los especialistas invitados al congreso de medicina han comenzado a llegar. Creo que uno de ellos viene del hospital donde tu trabajabas en Texas. A lo mejor lo conoces. Se llama Turner Stevens.

–Sí –Ali trató de mantener la compostura aunque el corazón le latía muy rápido.

–Me alegro de que vayas a encontrarte con un amigo de tu país. Adiós, cariño.

–Adiós.

Ali cerró la puerta. ¿Que si lo conocía? El mundo era cada vez más pequeño. De todos los países petrolíferos del mundo, Turner tenía que aparecer en el que estaba ella. Ali no deseaba verlo. ¿Si no para qué había dejado su trabajo y se había ido a la otra punta del mundo?

Ali ocupó su puesto en la puerta de la cafetería del hospital. Acababan de terminar los talleres de la mañana y ella se había ofrecido a responder cualquier pregunta y a guiar a los participantes del congreso al comedor. El chef de la familia real hacía los honores en la cocina y las mesas estaban servidas como si fuera un restaurante de cinco estrellas.

Ella vio que Turner Stevens salía del ascensor y se dirigía hacia ella. Para entrar en el comedor tenía que pasar por delante suyo, tal y como lo había planeado.

—Hola, Ali —le dijo con una sonrisa.

—Turner, ¿cómo estás?

—Bien. ¿Qué tal tú?

¿Que qué tal ella? La última vez que habían hablado en Texas él le contó que le había propuesto matrimonio a la hija del jefe de servicio del hospital. Ali se había quedado de piedra y se había marchado para evitar que él viera sus ojos llenos de lágrimas. Antes de que él supiera lo humillada que se sentía al ver cómo había elegido a una mujer mejor, tal y como había hecho su padre con su madre.

—Estoy fenomenal —dijo ella—. No podría estar mejor.

—Tienes un aspecto estupendo —dijo él—. Supongo que trabajar en la otra punta del mundo te sienta bien.

–Supongo. ¿Has tenido oportunidad de ver algo del país?

–Un poco.

–Es fabuloso. Hay un museo cerca de los edificios de gobernación que es maravilloso. Sé lo mucho que te gustan los museos y en éste se explica detalladamente la historia de El Zafir y su gente. Cómo se descubrió el petróleo y el impacto que tuvo en la economía. Creo que te gustará.

–Gracias. Iré a verlo.

Se miraron durante unos instantes. Él no había cambiado ni una pizca. Seguía teniendo los ojos azules y de mirada poco sincera.

–Me sorprende...

–Deberías...

–Habla tú –dijo ella.

–Vale –aceptó él–. El doctor McCullough dijo que te ofreciste voluntaria para mostrarnos el hospital esta mañana. Me sorprendió un poco.

–¿Por nuestro pasado?

–Sinceramente... sí.

Ella lo había hecho a propósito. Estaba a cargo del área de Maternidad y puesto que muchos de los médicos que asistían al congreso eran de esa especialidad, habría podido encontrarse con Turner en cualquier momento, y prefería hacerlo en su terreno y a su manera. No iba a permitir que su primer encuentro tras muchos años fuera casual. Quería estar preparada y tenerlo todo bajo control para no darle la satisfacción de que pensara que todavía estaba enamorada de él.

Ali respiró hondo.

–Lo nuestro es agua pasada. Aquí es donde trabajo y estoy muy orgullosa de ello. Este hospital es
uno de los mejores en los que he trabajado. El
príncipe de la corona Kamal Hassan no ha escati-
mado en gastos para que así sea. Este congreso es
una de las maneras mediante las que piensa mantenerse al día de los últimos avances en medicina,
tanto en tecnología como en tratamientos e investigación. Quiere que se convierta en un evento
anual.

–Parece un buen tipo.

–Lo es.

–Gracias –Kamal apareció detrás de ella.

–No lo había visto –dijo ella.

–Estabas ocupada. Por favor, preséntame a tu
amigo.

–Oh, no somos amigos –dijo ella–. Solíamos
ser...

–¿Sí? –preguntó él.

Ali tenía la sensación de que Kamal ya lo sabía.

–Turner Stevens, Su Alteza Real Kamal Hassan,
príncipe de la corona de El Zafir y el anfitrión de
este evento.

–Un placer conocerlo –dijo Turner, y le tendió
la mano.

–El placer es mío –dijo Kamal–. Bienvenido a
mi país.

–Gracias. Estoy muy impresionado con el hospital. Y, por supuesto, también con el personal
–dijo mirando a Ali–. Puedo decirle, por experiencia personal, que Ali sabe perfectamente lo que
hace.

–Ya lo sé –dijo Kamal–. Recientemente ha nacido un nuevo miembro de la familia real y Ali ha sido de gran ayuda.

Los dos hombres mantuvieron una pequeña conversación y Ali se sintió como si estuviera observando un partido de tenis. ¿Podían ser más diferentes? Hubo un tiempo en el que ella pensó que Turner era lo mejor del mundo. Era un hombre apuesto, inteligente y ambicioso. Tan ambicioso que la dejó por una mujer que le sería más útil en su profesión.

Kamal era inteligente, atractivo y diligente. Todavía no había elegido una mujer que le fuera útil en su trabajo, pero lo haría. Sin embargo, sus motivos no eran personales. De hecho, él estaba sacrificando su felicidad personal por su país y su pueblo.

–Doctor Stevens, no me gustaría hacerle perder el almuerzo. Puedo asegurarle que estará exquisito.

–No me cabe ninguna duda, Alteza –se dirigió a Ali–. ¿Me acompañarás?

–Tengo muchas cosas que hacer para prepararme para esta tarde y para mañana –dijo ella, negando con la cabeza.

–Por cierto –dijo Kamal–, me gustaría verte para hablar del acto inaugural.

–De acuerdo. ¿Cuándo?

–Te enviaré a mi chófer más tarde, cuando hayas terminado tu trabajo.

Ella quería decirle que debían hablar de negocios en horas laborales y no por la noche. Pero con Turner presente y escuchando todo lo que decía, no podía hacerlo. El príncipe de la corona valoraba su opinión y ella deseaba preguntarle a Turner que cuál era su opinión sobre ella en esos momentos. También deseaba poder decirle a Kamal que no quería pasar sus horas libres con él. Pero eso sería una gran mentira.

–De acuerdo, Alteza. Lo veré más tarde.

–Esperaré impaciente.

KAMAL paseaba de un lado a otro de sus aposentos, impaciente por la llegada de Ali. Hacía cuarenta y cinco minutos que había enviado la limusina para que fuera a buscarla. Su apartamento no estaba lejos del palacio. Justo en el momento en que se disponía a hacer una llamada, golpearon la puerta y se dirigió a abrir. Ella estaba en el pasillo.

—He estado esperándote.

—Siento haber tardado tanto —dijo ella, y entró en el recibidor.

—El trayecto hasta el palacio no lleva tanto tiempo.

—No. Salí tarde del trabajo y quería refrescarme un poco. No estabas preocupado por mí, ¿verdad?

—Por supuesto que no. El esfuerzo que has hecho mereció la espera. Estás preciosa.

Llevaba un vestido blanco de punto y una chaqueta a juego que le llegaba hasta los tobillos. El cabello peinado de manera casual, pero de tal forma que hizo que Kamal deseara acariciárselo mientras sus cuerpos desnudos se entrelazaban. La imagen hizo que se le acelerara el corazón.

—Estás siendo amable conmigo porque sé que estoy hecha una piltrafa. He estado corriendo durante todo el día en el trabajo. Todo el personal del área de Maternidad ha estado al límite porque varias mujeres se pusieron de parto a la vez. Parece ser que los bebés no podían esperar a la inauguración oficial del centro. Todos han sido partos normales menos uno. La madre tuvo complicaciones.

Con cuidado, Kamal le sujetó la barbilla para verle los ojos. Tenía ojeras debido al cansancio. Ali siempre era fuerte, y estaba dispuesta a ayudar en cualquier momento. Pero ¿en quién se apoyaba ella?

Le tomó la mano y le dijo:

—Ven, te serviré una copa de vino.

—Es la mejor oferta que me han hecho en todo el día.

Él la guió hasta el salón e hizo que se sentara en el sofá que daba al ventanal con vistas al mar. Sobre la mesa de cristal había una cubitera con una botella de vino blanco enfriándose. Kamal la descorchó y sirvió dos copas. Le entregó una a Ali y con la otra, se sentó a su lado. Sus caderas se rozaron y él colocó el brazo sobre el respaldo del sofá, pero sin tocarla. Aunque lo deseaba.

—¿La madre y el bebé? ¿Están bien? —preguntó Kamal.

Ella asintió.

—De hecho, si tenía que suceder fue en el mejor momento.

—¿Por qué?

—Por el congreso, teníamos especialistas en obstetricia para dar y tomar. El doctor McCullough le pidió a Turner que mostrara la técnica de cauterización con láser más reciente que se utiliza para detener hemorragias.

—¿Turner? ¿El hombre con el que te he visto hoy?

Ali bebió un poco de vino y arqueó una ceja.

—No finjas que no sabes quién es.

—Por supuesto que lo sé. Es el canalla al que tenemos que agradecerle tu presencia en El Zafir.

Ella sonrió.

—El mismo que le propuso matrimonio a otra mujer que no era yo.

Algo por lo que Kamal le estaría eternamente agradecido. Sin embargo, le molestaba que Ali hubiera trabajado con él ese día.

—Es el hombre que te hizo daño, ¿cómo puedes halagarlo?

—No lo halago a él, sino a su talento como médico.

—¿Lo consideras heroico?

—¿En medicina? Sí. ¿Como ser humano? Es el más canalla entre los canallas. ¿De qué querías hablar conmigo?

Kamal estaba tan asombrado por el nudo que se le formaba en el estómago al pensar en Ali con su antiguo amante que no era capaz de comprender su cambio de tema.

—¿Qué?

—Me pediste que viniera porque decías que querías hablar conmigo de una serie de cosas.

—Sí. Es una lástima que ya no estés viviendo en el palacio.

—¿Me echas de menos?

—¿Por qué lo preguntas?

—Tu tía me lo mencionó. La tarde que me mudé a mi apartamento tomamos el té juntas y me dijo que de toda la familia real, tú eras el que más me echaría de menos.

—¿Ah, sí?

—Me dijo que le habías contado que habías discutido con tu padre por haber ayudado a Johara a marcharse a los Estados Unidos. La princesa Farrah dijo que creía que estabas agradecido porque yo estuviera allí para hablar contigo después. ¿Eran suposiciones suyas o es la verdad?

—Un poco de las dos —dijo él.

Kamal recordó que su padre lo había acusado de ser un hombre débil respecto a su hermana. Si el rey se enteraba de que además estaba agradecido porque Ali estuviera presente para darle apoyo después de la discusión que mantuvo con él, dudaría firmemente de la capacidad de Kamal para ser un gobernador fuerte.

—Bueno, ¿y de qué querías hablar conmigo que era tan urgente como para requerir mi presencia en palacio? —lo miró a los ojos—. ¿Para qué estoy aquí?

«Para mantenerte alejada del médico estadounidense», pensó Kamal. No iba a permitir que aquel hombre volviera a hacerle daño.

—Tengo muchas cosas en mi cabeza. ¿Qué es lo que dije?

—Que tenía que ver con la ceremonia de inauguración —le recordó ella.

—Ah, sí. Quiero que me acompañes al evento —Ali abrió bien los ojos, pero Kamal no fue capaz de descifrar lo que sentía. Ni tampoco lo que sentía él. Desde aquella tarde, cuando vio a Ali con otro hombre, lo invadía un sentimiento de incertidumbre. Era algo nuevo para él y no le preocupaba demasiado–. Bueno, sólo te he pedido que me acompañes –dijo al ver que ella no contestaba–. Es una pregunta sencilla. No comprendo por qué tardas tanto en responder.

–Eso es porque eres un hombre de la realeza.

–No comprendo qué tiene que ver el género o el estatus social con todo esto.

–Te lo explicaré –dijo ella, después de beber un poco de vino–. La inauguración es un acto formal que requiere un atuendo formal. Eres el príncipe de la corona, lo que hace que el atuendo sea aún más importante.

–Estarías preciosa con cualquier cosa –«o sin nada», pensó él, y notó cómo se excitaba.

–Eres un adulador desvergonzado. Creo que será mejor que no vaya.

Si sólo se trataba de ropa, él podía solucionarlo. Si era porque Ali no quería que su relación se volviera más cercana, era otra historia. Los extraños sentimientos que Kamal había experimentado al verla con otro hombre lo convencieron de que debía conseguir tener una aventura con ella. Debía conseguir quitársela de la cabeza para poder continuar con su futuro.

Dejó la copa sobre la mesa, agarró la de Ali y la dejó junto a la suya.

–Tenemos un asunto por terminar.

–¿Tenemos? Yo no...

Se acercó más a ella y le acarició el cabello.

–Creo que fue aquí donde lo dejamos cuando mi hermana eligió el peor momento para ponerse de parto.

–Ah –dijo ella casi sin respiración–. Eso.

–Sí... eso –sonrió él–. No me gusta dejar cabos sueltos.

–¿Eso es lo que soy para ti?

–Eres la mujer más inolvidable del mundo –dijo él, acariciándole un mechón.

–Y tú, caballero, eres un diablillo con lengua de plata.

–Me gusta como suena eso.

–No pienses, ni por un minuto, que me afectan tus halagos.

–Nunca pensé tal cosa –dijo él, y le acarició la mejilla. Después pasó un dedo por sus labios con mucha delicadeza y notó cómo a Ali se le aceleraba la respiración.

De pronto, no podía esperar a besarla de nuevo. Agachó la cabeza y acercó la boca a la suya. Ali suspiró y se estremeció. Kamal la agarró por la cintura y la atrajo hacia sí. Ella le rodeó el cuello con los brazos y presionó los senos contra su pecho.

Kamal sintió que se le aceleraba el corazón. Le acarició los labios con la lengua y ella los separó para invitarlo a entrar. Cuando le acarició el interior de la boca, sintió que una ola de calor recorría su cuerpo. Durante unos instantes, sus lenguas permanecieron entrelazadas y en continuo movimiento.

Cuando se separaron, Kamal la besó en el cuello, en el hombro, a la vez que llevaba la mano a

uno de sus senos para acariciárselo. Ella gimió y se
acercó más a él.

Kamal sentía que le faltaba aire en los pulmones. No podía pensar de manera coherente
cuando estaba con esa mujer. ¿Qué tenía Ali que
le producía tanto deseo? Siempre había sido capaz de evitar esa clase de sentimientos hacia las
mujeres, sin embargo, Ali hacía que quisiera olvidarse de todo menos de ella. Deseaba hacerle el
amor hasta que ningún otro hombre ocupara su
pensamiento.

Anhelaba llevarla a su cama y acariciarle todo
el cuerpo hasta que fuera incapaz de pensar de manera coherente. Deseaba entrelazar sus cuerpos y
pasar toda la noche junto a ella.

No quería dejarla escapar.

La idea fue tan repentina que necesitaba una
respuesta. La besó en los párpados, en la nariz y
detrás de la oreja antes de susurrar:

–Ali, quédate conmigo esta noche.

–Kamal –contestó ella–, no puedo respirar cuando
me besas así.

–Me alegro –dijo él con una sonrisa.

Ella lo soltó, respiró hondo, se puso en pie y
dijo:

–Tengo que irme.

Él también se puso en pie.

–Pero si acabas de llegar. Había pensado que
podíamos cenar...

–No es todo lo que tenías planeado –se volvió
antes de que pudiera ver la expresión de su rostro y
se dirigió a la puerta.

Kamal la siguió y colocó la mano sobre la puerta para que no pudiera abrirla, la besó en el cuello y la oyó suspirar.

–Dime que mis caricias no te hacen desear más.

–Kamal... No sé si todo esto está bien.

–Por supuesto que sí.

–Para ti, quizás. Pero no estoy segura de si para mí también.

–Permíteme que cure el daño que él te causó.

–No sólo es lo que Turner me hizo. También tiene que ver conmigo.

–Cuéntame. Quiero saberlo absolutamente todo sobre ti. Entonces te mostraré lo que está bien para los dos.

–¿Sin contar con el mañana? No puedo. Por favor, déjame salir.

–De acuerdo. Por ahora. Pero esto no es el final –respiró hondo y retiró la mano para que pudiera marcharse.

–Buenas noches –dijo ella, y se alejó deprisa por el pasillo. Kamal entró en el salón y agarró la copa en la que había bebido Ali. Todavía tenía el contorno de sus labios marcado en el borde. Eran unos labios absolutamente preciosos. ¿Por qué se había marchado? ¿Era por haber visto a su antiguo amor? ¿Todavía sentía algo por ese canalla?

Él había confiado en que para ese momento ya habría tenido bajo control sus sentimientos hacia la enfermera estadounidense. Sin embargo, cada vez se sentía más cautivado por ella. No podía ceder ante la fascinación. Debía encontrar la manera de convencerla para que fuera suya. Entonces, podría olvidarla con facilidad y continuar con su futuro.

Ali acababa de dejar pasar a Penny Hassan, la esposa del príncipe Rafiq Hassan, a la consulta del doctor McCullough. La princesa estaba a mitad del embarazo y había ido a hacerse una revisión rutinaria. Ali esperaba en la sala de enfermería.

Al ver que había un periódico junto al ordenador leyó el titular:

¿Qué clase de mujer hay que ser para casarse con un jeque?

Agarró el periódico y leyó el artículo. Era una entrevista con la princesa Farrah que hablaba de la inauguración del hospital. La princesa elogiaba a su sobrino por el trabajo que había hecho por el bienestar de la gente. Él consideraba que la atención sanitaria era un derecho de todos los ciudadanos. A mitad del artículo, el entrevistador cambiaba de tercio y preguntaba sobre el hombre que la prensa había calificado como: *El soltero de la realeza más cotizado.*

La princesa contestaba diciendo que su sobrino estaba tan ocupado que el rey y ella habían tenido que realizar una lista de mujeres para que el príncipe eligiera a una como esposa y que pronto se tomaría la decisión. Ali estaba tan inmersa en la lectura que no se dio cuenta de que alguien más estaba en la sala.

–Un artículo interesante –dijo Penny mirando el periódico.

–Sí.

Ali tenía dificultad para respirar. Era como si sobre su pecho tuviera un gran peso. Comprendía que Kamal debía casarse, pero por algún motivo, al leer el artículo la información le había parecido algo muy doloroso.

–Pareces asombrada.

Ali dejo el periódico y miró a Penny.

–¿Por qué lo dices?

–No es un secreto que Kamal está loco por ti.

–Eso no es cierto –dijo ella.

–Opino lo contrario. Me di cuenta la primera vez que os vi a los dos en los jardines del palacio, la noche del baile benéfico. Kamal trataba de convencerte para que aceptaras un trabajo aquí. Ya entonces, se sentía atraído por ti.

Ali nunca olvidaría esa noche. Poco después de que le presentara a Penny y a Rafiq, Kamal la había besado bajo la luz de la luna. Y ella le había dicho que estaba comprometida. Pensaba que era verdad, pero descubrió que Turner le había propuesto matrimonio a otra mujer. Aquella noche, Kamal la había sorprendido por su osadía al besar a una mujer comprometida con otro hombre, pero también le había dado el beso más seductor que le habían dado nunca. Pero no esperaba volverlo a ver jamás.

–Si acaso estaba interesado, fue sólo porque lo rechacé. Imagino que no está acostumbrado a que le digan que no.

Aunque la noche anterior, en sus aposentos, lo había oído alto y claro. Ali no estaba segura de dónde había sacado la fuerza necesaria para soltarse de su abrazo. Ni de cómo había podido rechazar los besos que tanto deseaba.

–Es cierto. Me temo que la palabra no se ha erradicado del vocabulario de la realeza. Después de todo, aquí estás. Es evidente que la princesa Farrah te convenció para que aceptaras la oferta.

–Sí –Ali no pensó que fuera necesario contarle lo de Turner–. Entre el generoso salario y la posibilidad de aventura, era la oportunidad de mi vida.

–Recuerdo que la misma noche que te conocí, Rafiq dijo que su tía debería estar al mando del departamento de recursos humanos del país. Dijo que tenía mucho talento para reclutar personal cualificado. No estoy segura de si sabes que Crystal y yo la conocimos en Nueva York, donde una selecta agencia de empleo le había dado una lista de candidatas para el puesto de niñera de los gemelos de Fariq. Yo llegué tarde a la entrevista y ya habían contratado a Crystal. Pero la princesa Farrah y yo nos caímos bien y ella me ofreció un trabajo como su secretaria.

–No. No lo sabía.

–Cuando llegué, me asignaron a Rafiq. Su padre se había apropiado de su secretario y yo lo sustituí. No descubrimos hasta mucho más tarde que su padre y su tía habían estado haciendo de celestina. Al parecer, la princesa hizo lo mismo cuando contrató a Crystal.

–¿Qué quieres decir?

–El rey estaba disgustado debido a un escándalo que se había producido en el palacio. La antigua niñera se había enamorado de Rafiq. No puedo culparla. Yo me enamoré de él nada más verlo —sonrió—. El rey ordenó que contrataran a una mujer corriente para cuidar de los niños porque pensaba que así se pondría fin a los escándalos del palacio. A Fariq le pareció bien porque ya lo había pasado mal por culpa del amor y no quería volver a sufrir. Pero Crystal necesitaba el trabajo y ocultó su atractivo poniéndose unas gafas horribles y vistiéndose con ropa fea.

—¿Y Fariq se percató de cómo era ella en realidad?

—¿Bromeas? Es un hombre —dijo ella con una sonrisa—. Pero la princesa Farrah se dio cuenta enseguida. Más tarde nos enteramos de que había decidido desde el primer momento que Crystal era la mujer adecuada para Fariq y que la había contratado aposta.

—Muy interesante.

—De hecho, lo interesante es que la princesa Farrah también te ha contratado a ti.

—No lo entiendo.

—Está haciendo de celestina otra vez —dijo Penny.

—Eso es lo que dice el artículo. Pero no tiene nada que ver conmigo.

—¿Y por qué crees tal cosa?

—Porque aquí dice que la princesa Farrah y el rey han entrado en negociaciones con las familias reales de países vecinos para encontrar una esposa para el príncipe heredero.

—¿Y?

–Pues que está claro que pretenden que se case con una princesa. Eso demuestra que tu teoría es equivocada.

–Crystal y yo somos estadounidenses. Ninguna tenemos nada que ver con la realeza. Y nos hemos casado con príncipes. Sigo con mi teoría.

–Pero ninguno de vuestros maridos es el príncipe heredero. Además, él tiene que tener herederos. La mujer que tenga sus hijos será una princesa.

–Crystal y yo pensábamos lo mismo. La noche del baile benéfico Crystal me ayudó a peinarme y maquillarme. Yo estaba tan nerviosa con la idea de asistir al evento que ni siquiera me pregunté cómo alguien que llevaba un peinado tan poco atractivo y que no se ponía maquillaje, podía ser capaz de hacer milagros con mi aspecto –suspiró al recordar aquella noche–. Cuando terminó de arreglarme me advirtió que no me enamorara en el baile como la Cenicienta. Me dijo: la vida no es un cuento de hadas. Cuando el reloj dé la medianoche, nada cambiará. Tú regresarás a tu habitación, te quitarás el vestido y tendrás que trabajar a la mañana siguiente. Las chicas como nosotras no se casan con príncipes. Sin embargo, las dos nos hemos casado con ellos.

–¿Y qué me quieres decir? –preguntó Ali.

–Estás medio enamorada de Kamal. Como ya te dije antes, no es secreto que él trata de conquistarte. Podrías ser la tercera esposa del desierto. La que algún día se convertirá en reina.

Ali negó con la cabeza. No tenía intención de compartir con nadie que Kamal le había hecho proposiciones, pero no con promesas de amor eterno. Él le había ofrecido tener una aventura.

–Aunque sea verdad lo que dices, Kamal es el príncipe heredero. Puede que tontee conmigo, pero apuesto a que se casará con una princesa. La madre de sus hijos tendrá sangre real.

–No estoy tan segura. Crystal y yo tenemos un pasado corriente. Creo que la princesa Farrah eligió mujeres como nosotras para sus sobrinos a propósito. Mujeres normales que equilibraran la vida de los príncipes y no permitieran que fueran demasiado orgullosos. Está claro que eres una mujer trabajadora, como nosotras.

–Sigo pensando que te equivocas. Cuando Kamal ocupe el trono, a su lado estará una princesa de sangre real.

–El tiempo lo dirá –dijo Penny, y miró el reloj–. Esta conversación es fascinante, pero he quedado con Rafiq para comer. Quiere saber cómo fue la revisión.

–¿Cómo ha ido?

–Bien, como siempre.

–Me alegro.

–¿Te veremos en el acto inaugural? –preguntó Penny.

Quedaban seis días para la ceremonia.

–No.

–Qué lástima. Esperaba verte allí. Adiós, Ali.

Ali observó cómo Penny se metía en el ascensor. No tenía sentido decirle que Kamal no la querría después de cómo lo había dejado la noche anterior. Pero no tenía otra elección. Se había convencido de que no podía tener una aventura con él. No podía entregarle su cuerpo si no le entregaba el corazón.

Sabía que no podía aspirar a más con el príncipe de la corona porque no era la clase de mujer que atraía a ese tipo de hombres. Turner se lo había enseñado. Lo que necesitaba era un hombre corriente como ella.

Sin embargo, Kamal se sentía atraído por ella. Se lo había demostrado con sus besos. Pero él creía que no podía permitirse sucumbir ante el amor. Y ella no quería casarse con él aunque él quisiera. ¿No era así?

Ya no estaba tan segura. Al menos, había aprendido que cuando llegara el momento y encontrara al hombre adecuado, éste debía quererla por cómo era. Kamal era el hombre equivocado porque no podía prometerle más que una relación apasionada de tiempo limitado.

Era como si hubiera trazado una línea en la arena al proponerle una aventura en lugar de matrimonio. Y ella había decidido no traspasarla.

AL DÍA siguiente llevaron al apartamento de Ali un perchero llenó de vestidos de diseño. Kamal los había enviado para que se los probara. Al final, se los probó, aunque no necesitaría ninguno para la ceremonia de inauguración que se celebraría cinco días más tarde.

Ali se miró en el espejo que había en la puerta del vestidor de su habitación. El vestido largo que llevaba contrastaba con el resto de su habitación. Era imposible ignorar el contraste entre lo pretencioso y lo práctico.

Cuando la noche anterior salió de la habitación del príncipe Kamal, pensaba que él había comprendido el mensaje. Pero después de que Penny saliera del hospital, una mujer apareció en el despacho de Ali diciendo que la enviaba el príncipe Kamal para que le tomara las medidas. Por lo visto, también le había encargado una serie de vestidos de su talla para que eligiera el que quería llevar al acto inaugural.

¿Es que Kamal nunca abandonaba? Lo que estaba haciendo con ella era chantaje. Se miró en el espejo y admitió que era efectivo. Iba a resultarle difícil no aceptar su oferta cuando el vestido largo de tul color rosa que llevaba la hacía sentirse como una princesa.

Se miró en el espejo desde todos los ángulos posibles. Suspiró y pensó que era una lástima no poder ponerse ese vestido en público. Incluso, aunque pudiera comprarlo, cuando regresara a su vida normal en Texas, no tendría muchas oportunidades para lucirlo.

Llamaron a la puerta y se quedó paralizada. No esperaba a nadie. Quizá, lo mejor fuera que no abriera.

Llamaron de nuevo y se sobresaltó. Era evidente que, fuera quién fuera, no estaba dispuesto a marcharse.

—¿Quién es? —preguntó al fin.

—Soy Kamal.

Ali respiró hondo. ¿Cómo no se le había ocurrido que él podía aparecer allí? Además, él ya sabía que ella estaba en casa, así que no tenía elección. No podía dejarlo en la puerta. Era de mala educación. Incluso aunque la hubiera pillado probándose los vestidos.

Puso una gran sonrisa y abrió la puerta.

—Hola.

Kamal se quedó mirándola de arriba abajo y ella se sonrojó al darse cuenta de que su mirada había quedado clavada en los hombros que tenía al descubierto. Al verla, él sonrió de pura satisfacción.

—¿Puedo pasar?

—Por supuesto —dijo ella, y se retiró a un lado.

—Es un apartamento muy acogedor —dijo él.

—Es bastante cómodo.

Ali miró a su alrededor y decidió que todo el apartamento, con sus dos habitaciones, un baño, la cocina, el salón y el comedor, cabría en el salón de la habitación que solía ocupar en el palacio. Otro recuerdo más del contraste que había entre ambos.

–Estás preciosa –dijo él, y se cruzó de brazos sin dejar de mirarla.

Ella deseó poder ocultar su pecho, pero entonces demostraría que su mirada la inquietaba. En cambio, puso las manos en las caderas y dijo:

–No creas que no sé lo que estás tramando.

–No estoy tramando nada –dijo él.

–La última vez que estuvimos juntos...

–¿Sí? –preguntó él, dejándole claro con la mirada que recordaba el beso que habían compartido.

Ella también lo recordaba. Con todo detalle. Y deseaba que la besara de nuevo. Deseaba estar entre sus brazos presionada contra su pecho. Deseaba que la acariciara por todo el cuerpo, pero nada de todo lo anterior era posible.

–Te dije que no tenía nada elegante para ponerme el día de la ceremonia.

–Lo recuerdo.

–Enviaste a una mujer para que me tomara medidas y lo siguiente que pasa es que recibo una docena de vestidos en mi apartamento.

–¿Te molesta?

–Sí.

–Eres la primera mujer que conozco que se queja por recibir vestidos bonitos.

–No son los vestidos lo que me molesta, sino la táctica manipuladora que has utilizado.

—Explícate, por favor.

—Intentas convencerme para que vaya a la ceremonia contigo.

—Simplemente estoy quitando los obstáculos que pueden impedir que aceptes venir conmigo. Eres libre de rechazar mi invitación.

—Sabías que no iba a ser capaz de resistirme a probarme esos vestidos.

—Sospechaba que quizá te gustaría tener la oportunidad de ponértelos. Eso es todo. Nunca te obligaré a hacer algo que no desees.

—Pero no tengo ningún sitio a donde ir con estos vestidos. No acepté ir a la ceremonia contigo.

—Ah, pero tampoco dijiste que no. Sólo dijiste que no tenías nada apropiado que ponerte para la gala.

—Aún no tengo nada que ponerme —dijo ella—. Estoy segura de que todos estos vestidos tienen un precio que se sale de mi presupuesto.

—¿Y si no tuvieran precio?

—Pero seguro que... deben tener... No pueden ser gratis.

—Pueden serlo, si la diseñadora te los regala.

—¿Y por qué iba a hacer tal cosa?

—Si te los pones en un acto público y te fotografían junto a mí, le harás mucha publicidad.

—¿Y por qué iba yo a querer hacer eso?

—La diseñadora es una mujer de aquí que ha descubierto mi tía Farrah. Su nombre empieza a ser conocido en el mundo de la moda y el vestido adecuado en la mujer adecuada podría asegurarle el futuro.

–Así que no sólo te estaría dejando a ti de lado, sino que mi decisión afectaría también a la princesa Farrah y a alguien que tiene bajo su cuidado.

–Así es.

«¿Y ahora qué?», pensó Ali. Kamal la atraía demasiado como para decirle que no. Y le mentiría si le dijera que no quería ir a la gala. Pero había una cosa que necesitaba saber antes de aceptar la invitación.

–Kamal, ¿recuerdas la propuesta que me hiciste?

–Cada día.

–Bueno, pues mi respuesta es no.

–Ya veo –dijo él tensando la boca.

–No, creo que no lo comprendes. No soy esa clase de mujer. No es mi estilo. Estoy buscando algo permanente y satisfactorio con un hombre normal.

–¿Y yo no soy normal?

Ella se rió.

–No podrías ser normal ni aunque tu vida dependiera de ello. Así que, una aventura no es para mí.

–¿Y crees que diciéndome esto dejaré de invitarte a la ceremonia?

–Sólo creo que debes saberlo en caso de que prefieras anular la invitación.

–No. Deseo que me acompañes.

–Entonces, acepto.

–Y me gustaría que llevaras ese vestido.

–Pero no es nada conservador –protestó ella.

–Lo será cuando te pongas el chal que va a juego para ocultar tu preciosa piel de las miradas de otros hombres.

–¿Cómo sabes que tiene un chal a juego?

–Este vestido lo elegí yo –sonrió.

Ali no había visto a Kamal desde la noche en que apareció en su apartamento cinco días antes. En esos momentos, estaba a punto de salir de la limusina para ir al baile. Era el acto inaugural del hospital y se sentía como la Cenicienta a pesar de que Kamal no había ido a recogerla en un coche de caballos. Él estaba más atractivo que nunca.

Cuando le dio la mano para ayudarla a salir del coche, se dio cuenta de lo nerviosa que estaba. Se sentía maravillosa con ese vestido. Nunca sería princesa, pero en aquel momento se sentía como una.

Kamal le apretó la mano para tranquilizarla y le ofreció el brazo para que se agarrara a él.

–Estás bellísima –le dijo.

–Tú también estás muy bien.

–Lo tomaré como un cumplido.

–Ésa era mi intención.

–Es hora de enfrentarse al mundo. ¿Estás preparada? –preguntó él–. No te pongas nerviosa.

–¿Es un orden real?

–Sin duda.

Nada más acercarse, los fotógrafos y periodistas entraron en acción. Los flashes se disparaban desde todos lados. Los guardaespaldas de Kamal contenían a la multitud para que los dejaran pasar. Ali oyó cómo la gente susurraba: «¿Quién es esa? Nunca la había visto. ¿Será la futura reina?» «Si supieran que soy Ali Matlock, una mujer corriente de Texas...», pensó ella, y la idea la hizo sonreír.

Kamal la guió hasta el edificio contiguo al hospital donde se habían preparado varias mesas frente a una tarima. A medida que avanzaban entre los invitados ella podía ver las caras conocidas de varios doctores que había atendido durante el congreso de los días pasados junto a sus esposas. De pronto, vio a Turner. Estaba solo, de pie y tenía una copa de champán en la mano.

Ali lo había visto varias veces durante la semana, pero había evitado sacar el tema de su prometida. En parte, porque no quería saber nada de ella y en parte porque quería que él pensara que lo de ellos realmente era agua pasada. Pero ya tenía claro que la prometida de Turner no lo había acompañado al viaje. Cuando sus miradas se encontraron, él sonrió y levantó la copa para saludarla. Ella asintió y miró a Kamal, justo en el momento en que éste tensaba la mandíbula y miraba fijamente a Turner.

Se acercaron al fondo de la habitación. El resto de la familia real ya estaba en la mesa principal. Cuando Kamal y ella se unieron a ellos, el resto de los invitados tomó asiento y los camareros sirvieron la comida. Ali estaba demasiado nerviosa para comer. La decoración era preciosa y quería fijarse en todos los detalles para no olvidarlos jamás. Era un mundo que no volvería a ver y la idea la hacía entristecer.

Finalmente, Kamal se presentó y leyó un discurso que tenía preparado. Cuando terminó, miró a los asistentes y dijo:

—Quiero dedicar este lugar a mi difunta madre adoptiva, por ello lo he nombrado Daria Hassan Memorial Hospital. Y les pido que centren todos los recursos posibles en la lucha contra la enfermedad y para la conservación de la vida. Gracias a todos por venir.

Un fuerte aplauso inundó la habitación y Ali miró a Kamal. Un profundo sentimiento invadió su pecho. Él había conseguido su objetivo. Y para ello había invertido mucho tiempo, mucha energía y muchos recursos. Pero no había abandonado. Sólo un hombre capaz de tener sentimientos profundos podría haber cumplido ese compromiso. Quizá tratara de apartar sus sentimientos, pero no podría hacerlo siempre. Ali creía que Kamal podía llegar a enamorarse, una vez que ya había cumplido su objetivo. Pero el hombre que se convertiría en rey no le entregaría su amor a una mujer como ella.

Una vez más, la tristeza se apoderó de ella.

Kamal estaba rodeado de periodistas. Nadie iba a echarla de menos si salía a tomar el aire. Buscó la salida y se dirigió al jardín. Sentir el aire fresco contra su piel le pareció una delicia.

—Hola, Ali —oyó de pronto.

—Turner —dijo cuando se volvió para ver quién la llamaba.

–Estás preciosa –dijo él acercándose a ella.

–Gracias –se fijó en él y vio que seguía igual de atractivo que siempre. Tiempo atrás había pensado que lo amaba, y cada vez que lo veía se le formaba un nudo en el estómago. Sin embargo, esa noche no sucedió.

Porque no era Kamal.

–Cuéntame, Turner. ¿Cómo está tu prometida? ¿Cómo se llamaba? ¿Lynnda?

–Bien –dijo él–. El personal del hospital no va a creer cómo está la que fue nuestra pequeña Ali.

Ella intentó sonreír.

–¿Habéis fijado ya la fecha de la boda?

–¿Cuéntame que tienes con el príncipe?

–Somos amigos.

–Me sorprendió que te fueras a la otra punta del mundo a trabajar. ¿Estás contenta en El Zafir?

–Muy contenta –contestó con sinceridad. Le encantaba su trabajo y se sentía realizada profesionalmente–. Pero tú... Debes estar emocionado. Casarse es toda una aventura. Y para ser un hombre que se gana la vida trayendo niños al mundo, debes estar ansioso por formar tu propia familia.

–No tengo prisa –se puso tenso–. Prefiero hablar sobre ti. ¿Qué tal es eso de convivir con la realeza?

–Interesante.

–¿Has estado en el palacio?

–De hecho, viví allí un par de semanas.

–Estoy seguro de que al príncipe le pareció algo estupendo –dijo con sarcasmo–. ¿También lo llaman arrejuntarse?

–Estuve allí por causas oficiales.

–¿Como enfermera? ¿Por qué?

–No puedo contártelo. Y me gustaría saber más de Lynnda y de ti. ¿No quiere tener hijos? ¿Su reloj biológico no la apremia?

–No tengo ni idea –dijo con brusquedad.

De pronto, Ali lo comprendió todo. Turner había sido abandonado por la mujer por la que él la abandonó a ella.

–Lynnda te ha dado el pasaporte.

–Fui yo quien rompió con ella –dijo con rabia–. No estaba a gusto. Después de que salieras huyendo...

–No salí huyendo –soltó ella–. Aproveché una oportunidad laboral.

–Una que en un principio habías rechazado –le recordó–. Porque estábamos juntos.

–Las cosas acaban saliendo de la mejor manera.

–Esta vez no. Cuando te fuiste me di cuenta de que te echaba de menos –la agarró de los brazos–. Debí haberte pedido que te casaras conmigo, Ali.

–Turner, no...

–Fui un idiota. Debí haberte propuesto matrimonio cuando todavía podía. ¿Crees que he venido aquí por el congreso? He venido por ti, Ali –la miró con desesperación–. Dame otra oportunidad. Dime que no es demasiado tarde para nosotros.

Ali habría evitado que la besara si no hubiera estado agarrada. Cuando Turner la besó en los labios esperaba sentir lo mismo que había sentido otras veces. Sin embargo, no fue así. Sólo sintió lástima por él.

–No, Turner... –se movió y le obligó a que la soltara–. Sin duda es demasiado tarde.

–No quieres decir eso.

–Nunca he estado más segura de algo en mi vida.

–¿Por qué? ¿Hay otra persona?

–No. Sólo he dado un paso adelante.

–Es por el príncipe –la acusó–. Hay algo entre vosotros, ¿no es así?

–No.

Deseaba decirle que era porque era un manipulador y un trepa en la escala social, y que se alegraba de haberse separado de él. Pero no le serviría de nada. Él la había herido, pero ella no necesitaba herirlo a él. No sentía nada hacia él, y fue entonces cuando se percató de que nunca lo había amado.

–Estás mintiendo, Ali. Un hombre como ése te utilizará y luego te dejará. No es tu tipo.

El hecho de que tuviera razón no le hizo cambiar su percepción hacia él. ¿Cómo había creído que le importaba ese hombre? Por fortuna, el tiempo y la distancia le habían hecho ver la verdad.

–Tengo que regresar dentro –dijo ella con frialdad.

Turner le bloqueó el camino.

–Tengo que decirte más cosas.

–¿Ali? –la voz hostil de Kamal llegó desde la otra punta del jardín.

–Kamal... quiero decir, Alteza –dijo ella.

Kamal deseaba agarrar al otro hombre con las manos. Había escuchado parte de la conversación que había tenido con Ali y estaba seguro de que la había besado. Tomó la mano de Ali y la besó.

–Llevas mucho tiempo separada de mí. No soporto tu ausencia ni un momento más. ¿Nos disculpa, doctor?

Sin esperar a que Turner contestara, colocó la mano de Ali sobre su codo y, agarrados, salieron del jardín. Pero Kamal no estaba preparado para regresar al interior del hospital. Cerca de donde se estaba celebrando la gala había un patio desde el que podía oírse la música.

Se detuvo y, mirándola a los ojos, le preguntó:

–¿Me concedes este baile?

–Por supuesto. Eres mi héroe. Mi caballero con brillante armadura. Mi campeón.

–¿Y eso? –preguntó él con satisfacción.

Ella le dio la mano y él la agarró. Comenzaron a moverse al ritmo de la música.

–Turner quería que regresara con él –dijo sin más.

La rabia se apoderó de Kamal. La imagen de Ali en brazos de otro hombre era impensable. No soportaba imaginársela con nadie más que no fuera él.

–¿Y no quieres hacerlo? –le preguntó con serenidad.

–No. Lo estropeó todo.

–Sin duda –dijo él con una sonrisa.

La pregunta era cómo iba a conseguir él no estropearlo todo también. Ali había rechazado la propuesta de tener una aventura con él. Sin embargo, él cada día la deseaba más.

Lo que significaba que después de esa noche, sería una distracción aún mayor. Observó su bonito rostro y comprendió que tenía que encontrar la manera de terminar con la incertidumbre que ella le provocaba.

Ninguna otra mujer lo había hecho sentirse así, y encontraría la manera de que Ali dejara de hacerlo.

ALI ESTABA acurrucada en su cama y vestida con un batín cuando llamaron a la puerta y decidió no abrir. No le importaba quién estuviera al otro lado. Seguía asombrada por la noticia que había visto en la CNN horas antes. Los periodistas habían mostrado secuencias de la gala que se había celebrado la noche anterior y después se habían centrado en Kamal y en sus proyectos de matrimonio.

La información la había pillado por sorpresa y un fuerte dolor intentaba apoderarse de ella. Por suerte, el trabajo la había ayudado a centrar su atención en otras cosas durante el día. Pero tan pronto como salió del hospital, la tristeza se apoderó de ella.

«Estúpida», se amonestó. Creía que no podría superarlo nunca.

Llamaron a la puerta por segunda vez y con más insistencia. Estaba claro que querían que abriera. La última vez que ocurrió aquello, era Kamal quien estaba al otro lado. El recuerdo hizo que se le encogiera el corazón y que las lágrimas afloraran a sus ojos. No podía ser él. Según las noticias que había oído, no tendría motivos para ir a buscarla.

Se sentó en la cama y esperó en silencio unos instantes confiando en que se marchara. Pero no fue así. Llamaron a la puerta por tercera vez.

Ali se dirigió a la puerta y tras retirar la cadena de seguridad, abrió una rendija.

–¿Estás enferma? –le preguntó Kamal mirándola de arriba abajo,

–No –contestó ella. Deseaba cerrarle la puerta en la cara, pero sabía que era injusto. Tenía motivos para estar enfadada, pero no con él. Kamal nunca le había mentido. Había sido sincero con ella desde el primer momento. Lo miró y deseó poder odiarlo. Pero le ocurría justo lo contrario.

Había pensado que era lo bastante inteligente como para no enamorarse de él. Sin embargo, a pesar de todo, sentía algo muy fuerte por Kamal. Había intentado controlar sus sentimientos, pero había fracasado.

–¿Qué te pasa? –preguntó Kamal con preocupación.

–¿Qué te hace pensar que me pasa algo?

–Estás vestida como para meterte en la cama y aún es temprano.

–He tenido un día duro. Deseaba llegar a casa para descansar.

Era la pura verdad. Los días eran más duros cuando se tenía roto el corazón. Se necesitaba mucha energía para ocultárselo a los pacientes y compañeros de trabajo. Sólo deseaba dormir, pero no podía.

–Deberías haberme informado de que no ibas a asistir a la cena de empleados del hospital.

–¿Por qué tenías que saberlo?

–Soy el príncipe heredero.

–Me olvidé –mintió ella. No tenía ganas de discutir.

Lo cierto era que Ali sabía que Kamal estaría en la cena para decir unas palabras a los empleados y que no tenía fuerzas para enfrentarse a ello. Porque las lágrimas que inundaban sus ojos en esos momentos, se habrían derramado humillándola en público. Era incapaz de contenerlas.

–Ya basta –Kamal apoyó la palma contra la puerta y empujó para abrirla del todo–. ¿Qué pasa?

–Nada.

–No me digas eso –la agarró con firmeza por los brazos–. Estás llorando y quiero saber por qué.

Ella se encogió de hombros y trató de sonreír.

–Cosa de mujeres. Me siento un poco triste. A veces me pasa y lo mejor es estar sola un rato. Siento lo de la cena. Gracias por pasar, pero estaré bien...

–Basta –la sacudió flojito–. No eres el tipo de mujer que llora y se evade de sus obligaciones. Insisto en que me digas qué sucede. Veo lágrimas en tus ojos. ¿Ha pasado algo en el hospital? ¿A alguno de tus pacientes? ¿Ha sido el canalla? ¿Ha contactado contigo? Quiero saber por qué estás triste. Cuéntamelo.

Ella no deseaba hablar de él con él. Sólo empeoraría las cosas. ¿Por qué no la dejaba tranquila?

–Mira, Kamal, no es nada del trabajo. Es algo personal...

–Es él. ¿Qué ha hecho para hacerte daño?

El congreso había terminado hacía dos semanas. Ali no había vuelto a saber nada de Turner desde la noche de la gala. Y desde luego, Turner Stevens no iba a hacerla llorar.

–No. Él ya no puede volver a hacerme daño. Gracias a ti.

Kamal le acarició el cabello.

–Entonces, cuéntame, Ali. Me estás volviendo loco. Alguien te ha hecho daño.

–Estás sacando conclusiones. Eso no lo sabes.

–Te equivocas. Mentiste cuando dijiste que te habías olvidado de la reunión. Mentir no se te da bien, y eso me gusta. Pero eso quiere decir que estás huyendo de algo que te hace daño.

–¿Huyendo? ¿De qué estás hablando?

–Buscaste trabajo en mi país después de haberlo rechazado una vez porque huías del dolor que te había causado la traición de un hombre –la miró–. Cuando se divorciaron, tu madre huyó de tu padre, cortando sus ataduras. Ahora, has huido de una cena del hospital.

Ali puso las manos en las caderas.

–¿Quién te ha enseñado a pensar así?

–No hace falta ser licenciado en psicología para verlo. El comportamiento de salir huyendo cuando te hacen daño es lo que aprendiste de pequeña.

–¿Y?

–Pues que cuando sepa quién es ese hombre, haré que se arrepienta por lo que te ha hecho. Se arrepentirá incluso de haber nacido –la miró fijamente a los ojos–. Quiero saber cómo se llama. Ahora.

Ella lo miró, incapaz de desviar la vista.

–Se llama Kamal Hassan.

–¿Yo? –dio un paso atrás–. No lo comprendo.

–Tengo que sentarme –de pronto, sentía que las piernas no podían sujetarla. Se volvió y se dirigió al sofá.

Kamal la siguió y se sentó junto a ella.

–Explícamelo.

–He visto en la CNN que... Dijeron que vas a anunciar tu compromiso con la princesa Mikayla Sharif, de un país vecino del que no recuerdo el nombre –se alegró de que las lágrimas no amenazaran con escapar de sus ojos–. Así que, supongo que he de darte la enhorabuena.

–¿Crees que estoy comprometido?

–No es algo nuevo, Kamal. Sé desde el primer momento que ibas a casarte.

–Entonces, ¿por qué sufres?

Era un hombre. Peor que los otros. No sólo no se lo ponía fácil, sino que además quería hablar de ello. ¿Desde cuándo un hombre quería hablar de sentimientos?

–Me duele que vayas a casarte porque me he enamorado de ti. Ya está. Puedes marcharte.

Él la observó en silencio durante un instante.

–Tengo la solución para tu desdicha –le dijo al fin.

–No hay solución. Y no me digas que con el tiempo me sentiré mejor. Es posible que sea cierto, pero no me debes nada. Nunca me has mentido ni me has hecho creer que podríamos tener algo más que una aventura. Así que, será mejor que separemos nuestros caminos.

—Tengo una idea mejor.

—Por supuesto —suspiró ella— ¿Y cuál es?

—Te casarás conmigo.

—¿Qué? —preguntó asombrada. No podía creer lo que estaba oyendo.

—Quiero que te cases conmigo. Es la respuesta perfecta.

—Pero estás comprometido con otra. El rey... Tu tía... Está claro que han elegido a alguien para ti. He oído que...

—No sé nada de todo esto y si mi padre ha elegido a alguien para mí, habría sido el primero en enterarme. La información no me llega a través de los medios de comunicación. Acabo de hacer una elección. Te lo repito, deseo que te cases conmigo.

—Si no te conociera, pensaría que lo dices en serio.

—Lo digo en serio. Esto no es motivo de broma.

No. Eso lo había dejado claro. Así que debía decirlo en serio. De pronto, Ali se sintió como si le hubieran quitado un peso de encima y la invadiera la felicidad.

Kamal le agarró las manos y le besó el dedo anular de la mano izquierda. Ali sintió que se le aceleraba el corazón.

—Cásate conmigo, Ali —repitió.

—Sí —susurró ella.

–Nos casaremos en cuanto esté todo arreglado –se puso en pie y tiró de ella–. Serás una magnífica reina –le dijo, y la besó con mucha pasión.

Kamal estaba sentado detrás de su escritorio con la misma sonrisa de toda la mañana. La noche anterior, Ali había aceptado su propuesta y él había conseguido librarse del sentimiento incierto que había experimentado al verla con otro hombre.

Ali era suya. Y la idea lo hacía sonreír.

Emir apareció en la puerta de su despacho.

–Alteza, la señorita Matlock ha venido a verlo.

–Hágala pasar –le dijo, contento de poder verla antes de la tarde.

Instantes después, Ali entró en el despacho y el asistente cerró la puerta. Como siempre, se le cortó la respiración al verla.

Se puso en pie y se acercó a ella.

–¿Por qué has venido? Aunque me complace verte –añadió.

–Quiero hablar contigo –dijo ella.

–¿Qué pasa, Ali? –preguntó Kamal mirándola a los ojos.

–Yo... –tragó saliva–. Es que...

Kamal le agarró las manos y la guió hasta un sillón de piel.

–Siéntate, por favor. Sea lo que sea, puedes contármelo. Vamos a casarnos.

–Es eso... –lo miró a los ojos–. Cuando me pediste que me casara contigo, fui muy feliz.

–Bien.

—Pero he tenido tiempo para pensarlo. No me has dicho ni una vez lo que sientes por mí.

Él había pensado que habían hablado de todo lo necesario y que tenía la situación bajo control. Su reacción lo pilló por sorpresa.

—¿Por qué te lo cuestionas? Te pedí que te casaras conmigo y aceptaste. No hay nada más que decir.

—Hay mucho más que decir.

—¿Cómo qué? —se cruzó de brazos.

—¿Por qué me propusiste matrimonio?

—¿Por qué me lo preguntas?

—Por favor, deja de responder a mis preguntas con otra pregunta —dijo ella—. Puede que te funcione en las negociaciones con otros países, pero no funcionará conmigo. ¿Por qué me pediste que me casara contigo?

—Porque cumples todos lo requisitos que deseo para mi esposa.

—¿Puedes ser más específico?

—Te preocupas por mi gente. El entusiasmo que muestras en el trabajo del hospital lo demuestra. Eso también me indica que te preocupa el futuro de este país. Eres encantadora y muy fotogénica.

—Y salgo muy bien —dijo con sarcasmo.

—Eso es. Después de la gala, los periodistas estaban ansiosos por saber quién era la dama que me acompañaba —decidió utilizar los halagos para calmarla. No tenía ni idea de por qué estaba enfadada, pero lo mejor era que utilizara un método conocido.

—¿Algo más?

–Sí –dijo él–. Eres inteligente.

Ali se alisó el vestido que llevaba.

–¿Has terminado?

–Serás una buena esposa.

–¿Aunque no tenga sangre real? Sólo soy una chica de Texas.

–A pesar de lo que tú creas, la sangre real no es un requisito para convertirse en mi esposa. Eso no asegura que se vayan a tener herederos fuertes y saludables.

–¿Y crees que yo puedo tener hijos robustos y sanos?

–Sí –dijo él–. No hay nada más que decir. Hay aspectos mucho más importantes que la sangre real.

–¿Como cuáles?

–Me haces reír.

–¿Ah, sí? –Ali esbozó una sonrisa.

Kamal se inclinó y apoyó las manos en los brazos de la butaca donde ella estaba sentada.

–Sí –dijo sin dejar de mirarla. La besó en los labios y detrás de la oreja. Ella se estremeció y, al verla, sonrió–. No puedo esperar a que seas mía. Eres la mujer perfecta para convertirte en mi esposa.

Comenzó a besarla de nuevo, pero ella colocó la mano sobre sus labios.

–No. No puedo pensar cuando me besas.

–Piensas demasiado. Es mucho mejor sentir sin más –le agarró la mano y le besó los dedos. Después, le acarició el antebrazo y antes de que la hiciera perder el control, ella se puso en pie.

–¿Qué ocurre, Ali?

–¿Me quieres? –preguntó ella.

–Eso es irrelevante.

–Para mí es lo más relevante. Anoche, cuando me pediste que me casara contigo, estaba... emocionada.

–Bien. Entonces...

–No he terminado. Y esto es demasiado importante como para permitir que me distraigas.

Kamal se cruzó de brazos y se apoyó en el escritorio.

–De acuerdo, continúa.

–Estaba destrozada porque tenía la sensación de que te habías comprometido con otra mujer y que lo nuestro había terminado. Entonces, me pides que me case contigo y me haces sentir como si estuviera en la cima del mundo.

–¿Qué tratas de decirme?

–Nunca me has dicho que me quieres –afirmó ella.

–Te he dicho lo que siento por ti.

–Has enumerado mis cualidades. Quiero saber qué es lo que sientes.

–Me siento de manera excepcional... al menos así me sentía antes de que comenzara esta ridícula conversación.

–¿Te molestan las cosas personales?

–Sí –al ver la expresión de Ali, añadió–. Eres la mujer con la que he elegido pasar el resto de mi vida.

–¿La mujer a la que serás fiel? –preguntó arqueando una ceja.

–¿Cómo puedes dudar de eso? Soy un hombre honrado que da ejemplo a su pueblo. Cuando nos casemos, siempre te seré fiel.

–¿Porque me quieres?

–Porque serás mi esposa y la madre de mis hijos.

–¿Para cumplir con tu deber?

–Así es –dijo él, complacido porque ella comprendiera.

–Entonces, he cambiado de opinión y voy a rechazar tu propuesta.

–¿Por qué? –preguntó asombrado.

–No comprometeré mis sueños conformándome con menos de lo que deseo o merezco.

–Estás hablando de una declaración de amor –dijo él enfadado–. Anoche no te cuestionaste nada de eso y desde hace semanas sabes cuál es mi postura sobre ese asunto.

–El amor no es un punto de vista político. Sin él, el matrimonio es una locura. Anoche estaba desbordada por la felicidad. Hoy veo las cosas con más claridad.

–Tu comportamiento hace que lo dude.

–Habrá personas que estén de acuerdo contigo. Pero para mí está claro que tu visión del matrimonio es casarse por deber. Y sólo me necesitas por eso. No es suficiente. Quiero algo más –afirmó Ali..

–¿No te parece adecuado ser mi reina? Puedo dártelo todo... dinero, riquezas, pasión...

–Sin amor, no servirá de nada. Elegiría antes a un fontanero que me amara incondicionalmente que a un príncipe que considera que no soy más que una obligación –se dirigió a la puerta–. Adiós, Kamal.

–¿Vas a ignorar las condiciones del contrato y marcharte a casa antes de tiempo?

–¿Quieres decir que si voy a salir huyendo?

–Sí.

Ali suspiró.

–No. Siempre te agradeceré que hicieras que me diera cuenta de eso. Es hora de cambiar. No importa lo duro que sea seguir viéndote... sintiendo lo que siento por ti... Me quedaré y cumpliré con mi contrato.

Kamal percibió la expresión de dolor del rostro de Ali, y supo que había necesitado mucha fuerza para decir sus palabras. Era magnífica. Su carácter y fuerza de voluntad eran características que le gustaría que tuvieran sus hijos. Pero también era cabezota. Él no podía decirle lo que ella deseaba escuchar. No podía ceder ante la debilidad del amor.

–Me alegro de que vayas a quedarte.

Ali dio un paso atrás como si la hubieran golpeado. Acababa de perder toda la esperanza.

–Ojalá yo pudiera decir lo mismo.

–Siento haberte disgustado –dijo con la mayor formalidad posible.

–¿Disgustado? –ella se rió, pero no había nada de humor en su risa–. Eso no describe cómo me siento. Es peor que cuando mi padre me abandonó por otra familia. Es más profundo que lo que sentí cuando Turner me destrozó el corazón y le pidió a otra que se convirtiera en su esposa. Lo peor de todo es que no hay ninguna medicación que te ayude a superar el dolor.

—Es tu decisión.

—No. Es la tuya. Pero tengo que vivir con ella. Y tú también.

Se dio la vuelta y salió de la habitación.

Kamal se quedó mirando el espacio que había ocupado la mujer con la que deseaba casarse y sintió que un fuerte sentimiento de vacío se apoderaba de él.

CAPÍTULO 11

KAMAL miró el reloj que había sobre su escritorio y suspiró. Eran las diez pasadas y había vuelto a perderse la cena. Se frotó los ojos y dejó los informes que estaba leyendo sobre la mesa. Se recostó en la silla y sintió sus músculos doloridos. Llevaba mucho tiempo trabajando, pero el dolor que sentía no era nada comparado con la soledad que lo invadía cuando estaba desocupado.

No conseguía olvidarse de Ali. Tenía que encontrar la manera de suavizar la tensión que había entre ellos y comenzar de nuevo.

–¿Todavía estás trabajando? –le dijo su tía Farrah desde la puerta. Kamal vio que el rey estaba a su lado.

–Es tarde, tía Farrah. ¿Qué haces aquí?

–Es tarde, hijo mío –contestó su padre–. Por eso hemos venido a verte.

–No hay motivo.

–Tu tía y yo estamos preocupados por ti.

–No lo comprendo. Todo va bien. No hay motivo para preocuparse.

–Al contrario –dijo el rey–. Hemos oído que tus empleados comentan...

–¿Cuál de ellos? –preguntó Kamal.

–Todos –contestó su padre–. Durante las dos últimas semanas has estado trabajando muchas horas y esperas que tus empleados hagan lo mismo.

–No le exigiría a nadie que haga lo que yo no hago –protestó Kamal.

–Eso es lo que queremos decir –dijo su tía–. Vas a matarte con ese horario de locos. Pero no se puede permitir que tus empleados tengan que hacer lo mismo. Amenazan con marcharse.

–Estoy bien. Hablaré con mis empleados. Ahora, si eso es todo... –al ver que no se marchaban, preguntó–. ¿Qué pasa?

Su tía se sentó en una de las butacas que había frente al escritorio. Era la misma que había utilizado Ali dos semanas antes. Desde entonces, Kamal sentía un fuerte vacío en su interior.

Las noches eran lo peor. Y cuando conseguía dormir, tenía pesadillas.

La había visto varias veces en el hospital, pero siempre a distancia. Echaba de menos las conversaciones que mantenía con ella y sus sabias opiniones. Se había acostumbrado a verla cada día y confiaba en que los besos apasionados formaran parte de su rutina con ella. Nada de eso podía hacerlo desde la distancia.

Pero para acercarse de nuevo, ella le pedía el corazón. ¿Cómo podía dárselo?

–No hemos terminado todavía –dijo su tía–. Estás irritado y hablas con sarcasmo. Pierdes la compostura a la mínima provocación. No te pareces nada al Kamal que eras.

–Soy el mismo de siempre –dijo él, sabiendo que no era verdad.

Farrah miró a su hermano que estaba en la otra butaca.

–Va a negarlo todo, Gamil. Creo que la única solución es una intervención emocional.

–Estoy de acuerdo –dijo el rey.

–¿De qué habláis? –preguntó Kamal.

Farrah lo miró a los ojos.

–Hasta hace dos semanas pasabas mucho tiempo con Ali Matlock.

–¿Cómo lo sabes?

–Por favor, Kamal. Es imposible que hagas nada sin que se entere todo el palacio.

–¿Y qué quieres decirme?

–Hace dos semanas, cedí un artículo sobre tu compromiso a los periodistas.

–¿Por qué? –recordó las lágrimas en los ojos de Ali cuando hablaron de ello–. ¿Por qué implicaste a la prensa?

–Me estaba impacientando al ver el tiempo que Ali y tú tardabais en daros cuenta de lo que sentís el uno por el otro.

–¿Qué sentimientos?

–Tu tía es una celestina –intervino el rey–. Es la responsable de que Penny y Crystal estén con tus hermanos.

–¿Recuerdas que después de mi viaje a Nueva York, durante el que contraté a Crystal y a Penny, pasé por Austin, Texas para visitar a nuestros amigos los Prescott? –le preguntó su tía.

–Lo recuerdo.

Pero Kamal no comprendía qué tenía que ver todo eso. Se preguntaba si ella sospechaba que Johara y su hijo estaban bajo la protección de esa familia. Sam Prescott, el hijo del padre de su amigo, le debía un favor y había prometido no contarle a nadie dónde se encontraba su hermana.

–Durante la visita, sentí un fuerte dolor en el pecho que resultó no tener importancia. Pero los Prescott insistieron en que fuera a urgencias. Ali estaba ayudando a una mujer que daba a luz. Así es como nuestros caminos se cruzaron.

–No comprendo qué tiene que ver eso con todo esto, tía Farrah.

–Mucho. Tan pronto como la conocí, pensé que sería perfecta para ti.

–Así que le ofreciste el trabajo en el hospital para traerla aquí para mí.

–Sí. Y acerté. Te enamoraste de ella.

–Me he ocupado de que eso no sucediera.

–Eres un idiota si crees que puedes controlar tus sentimientos –protestó su tía.

–Eso me han dicho.

–Es por mi culpa, ¿no es así, hijo mío? –su padre lo miró con tristeza–. Crees que por cómo me comporté después de la muerte de tu madre y de tu madrastra, el hombre que se convierta en rey no puede arriesgarse a sufrir esa debilidad.

–Es un defecto emocional que no se le permite al heredero al trono de este país.

–No hay nada malo en amar a una mujer. Si es la mujer adecuada, tu amor por ella te hará ser más fuerte.

–¿Y si se pierde a esa mujer? –preguntó Kamal.

–Eso es el destino y no se puede controlar. Sólo puedo decirte que un hombre es más poderoso por tener el amor de una mujer. Estoy seguro que has oído hablar del rey británico al que le prohibieron casarse con la mujer que amaba por la tradición de la época. Renunció al trono.

–¿Qué quieres decir, padre?

–Dos cosas. Primera, no es necesario que lleves solo el peso de la responsabilidad. Si necesitas ayuda, estaré a tu lado igual que tú estuviste a mi lado.

–¿Y la segunda?

–No tenemos poder sobre las circunstancias. Pero darle la espalda a la mujer que amas es una tontería, algo que no está valorado en un líder.

–Pero padre...

–Nadie lo sabe mejor que yo... Es mejor haber amado y haber perdido a la persona amada que no haber amado nunca.

–Aunque el amor te haya hecho darle la espalda a tu querida hija.

El rey apoyó los codos en las rodillas y se agarró las manos.

–Fue una época oscura para mí. No deseaba continuar adelante.

–¿Y ella se parecía tanto a su madre que verla significaba un doloroso recuerdo de su muerte?

–Sí. No me siento orgulloso de esto. Me siento culpable por su rebeldía y su resultado.

–El resultado es un bebé, tu nieto –dijo Kamal.

–Sí.

–Le diste la espalda a propósito, padre, porque después de la muerte de su madre tenías miedo de querer demasiado. Y al hacerlo, debes responsabilizarte de lo que le ha pasado.

–Ahora me doy cuenta –contestó el padre agachando la cabeza.

–Pero nunca se lo has dicho.

–¿Has estado en contacto con tu hermana? –preguntó el rey, mirándolo a los ojos.

–Sí.

–¿Están bien?

–Johara está preparándose para entrar en la universidad. Quiere licenciarse en Empresariales.

–Ella siempre decía que quería seguir estudiando en los Estados Unidos. ¿Imagino que es allí dónde está?

–Le he prometido que nunca le diría a nadie dónde se halla.

–¿Ni a su padre?

–Le preocupa que la obligues a regresar. Sin la prueba de que has cambiado de actitud, se niega a someter a su hijo a un ambiente como el que había cuando se marchó.

–La echo de menos –susurró.

Kamal miró a su padre. El amor que el rey sentía por su hija era evidente. Kamal comprendió que el hombre había tratado de controlar sus sentimientos para no ceder ante la debilidad. Había sido un desastre. Johara había sufrido mucho y él había perdido el amor de su querida hija.

–Tu padre no es perfecto –dijo la princesa Farrah–. Comete errores, como el que cometió con tu hermana. Pero la prueba de que se es un hombre fuerte está en reconocer los errores y en tratar de solucionarlos.

—Tu tía tiene razón —dijo el rey.

—Por supuesto. Es hora de que reconozcas tus errores y endereces el rumbo de tu vida, Kamal.

—No hay nada equivocado en mi vida —protestó él—. ¿Así que fuiste tú quien filtró la información a la prensa? ¿Para acelerar las cosas entre Ali y yo?

—Sí —admitió ella—. ¿Y quiero saber qué le has hecho a Ali? ¿Qué has hecho para que se aleje de ti?

—¿Yo? ¿Qué te hace pensar que he hecho algo?

—Porque eres un hombre. Y el príncipe de la corona. Por supuesto que has hecho algo.

—Fue lo que no puedo hacer lo que causó el problema —admitió.

—Cuéntamelo.

—Me niego a amarla.

—Creo que es demasiado tarde para eso, hijo mío —dijo el rey—. El amor no es algo de lo que haya que avergonzarse. Los recuerdos del amor me ayudaron en los momentos difíciles. Ahora me doy cuenta de que mi debilidad no era haber amado, sino negarme a pedir la ayuda que necesitaba.

—Estoy de acuerdo, hermano —dijo la princesa—. Kamal, te enamoraste de Ali la primera vez que la viste.

Kamal temía que su tía estuviera en lo cierto.

—Tu madre me dijo una vez: Para el mundo eres una persona, pero para una persona eres el mundo entero —intervino el rey—. En mi vida, he sentido dos veces que se desmoronaba el mundo. La segunda, tú eras lo suficientemente mayor para ayudarme. Pero eso no es excusa para disculpar que no pidiera ayuda. Siempre tendrás el apoyo de tus hermanos. No cometas los mismos errores que yo o sufrirás grandes pérdidas igual que yo. No te alejes de la persona que significa todo para ti. Un buen gobernante no huye de los problemas, sino que se enfrenta a ellos.

—Refugiarse en el trabajo es lo mismo que salir huyendo —intervino su tía—. Y me gustaría decirte que aunque te niegues a pronunciar la palabra amor, no conseguirás que el sentimiento desaparezca.

Kamal se apoyó en el respaldo de la silla. Tenían razón y él lo sabía. Lo había intentado todo para tratar de llenar el vacío que Ali había dejado en su vida, pero no lo había conseguido.

—No voy a decir que tenéis razón, pero ¿qué sugerís que haga? —les preguntó.

—Debes ir a ver a Ali y admitir que estabas equivocado —le sugirió Farrah.

—Imposible —dijo su padre.

—No —dijo Kamal—. Yo nunca me equivoco.

—Lo más sabio será que dejemos la discusión para otro momento —la princesa miró a los dos y suspiró—. Debería haber pensado que os uniríais.

—¿Tienes otra sugerencia, tía?

—Debes cortejarla —dijo ella con una sonrisa—. Cuanto más pienso en ello, más me convenzo de que esa táctica es mejor que la de decirle que estabas equivocado.

—¿Cortejarla?

—Sí. Llévala a París... la ciudad del amor. O mejor aún, a Roma, la ciudad del amor eterno. Sé romántico. Asómbrala proponiéndole matrimonio.

Kamal decidió no contarles que ya lo había hecho y que no había tenido éxito. Deseaba pasar el resto de su vida con ella. La protegería y le daría hijos. Siempre le sería fiel. ¿Por qué una palabra era más importante que todo lo que estaba dispuesto a hacer por ella?

—¿Es así como un hombre corriente conseguiría casarse con ella?

—No creo que un hombre corriente lo consiguiera —dijo el rey.

—Estoy de acuerdo —dijo la princesa—. He oído que para cortejar se utilizan flores y bombones.

—Creo que las joyas también son buenas. A las mujeres les gustan las joyas, ¿no es así, Farrah?

—Sin duda. Una excelente sugerencia, Gamil. Un brazalete, una gargantilla... O mejor aún, un anillo no te fallará.

—Yo tengo anillos —dijo el rey—. He estado guardando el que le regalé a la madre de Johara para ella —miró a Kamal—. Pero también tengo el que le regalé a tu madre cuando aceptó a casarse conmigo. Es una esmeralda preciosa —dijo con orgullo.

—¿Los hombres corrientes no le regalan brillantes a su prometida? —preguntó Kamal.

—No tengo referencias sobre la vida corriente. ¿Por qué es tan importante para ti? —le preguntó su padre.

–Porque Ali dice que quiere casarse con un hombre corriente. Si voy a convencerla para que se case conmigo, es lo que debo ser.

–Comprendo. Entonces, flores, bombones y un pequeño brillante será lo mejor –dijo su tía.

Kamal sintió de nuevo la desconcertante incertidumbre, pero no le dio importancia. Con un poco de suerte, le demostraría a Ali que era como cualquier otro hombre. Cuando lo consiguiera, podría convencerla para que dijera que sí por segunda vez.

Desde luego, el fracaso no estaba contemplado en su objetivo.

CAPÍTULO 12

PARECE que alguien le haya cortado las orejas a tu estetoscopio favorito.

Ali se dio la vuelta en la cola de la cafetería del hospital. Crystal Hassan estaba detrás de ella con una taza de té. Ali había terminado de trabajar y quería comprar algo para llevarse a casa. Tenía que descansar para al día siguiente poder enfrentarse a Kamal en la reunión del Comité de Calidad.

Decidida a no salir huyendo, ya había asistido a una reunión y le había costado más de lo que imaginaba. Estar en la misma habitación que él y tratar de ocultar sus sentimientos era agotador. Sonrió a Crystal.

—Hola. ¿Has venido a una revisión?

—No. He venido a ver a mi secretaria. Acaba de tener un bebé.

—Cielos. ¿Es que todas las mujeres del país están embarazadas?

—Deberías saberlo mejor que yo. Y no trates de eludir el tema. ¿Por qué parece que sea el peor día de tu vida?

—¿De veras tengo tan mal aspecto?

—No —Ali sabía que Crystal estaba mintiendo. Creía que había sido capaz de ocultar sus sentimientos, pero estaba claro que no era así–. Esta mañana, durante el desayuno, la princesa Farrah insinuó que Kamal iba a anunciar pronto quién es su prometida.

–¿Y eso qué tiene que ver conmigo?

–Supuse que querrías saberlo.

–No voy a decirte lo que pasa cuando uno supone cosas. ¿Pero por qué crees que a mí me interesa saber que está comprometido?

–Vamos, Ali. ¿Crees que nadie se ha dado cuenta de cómo lo miras?

–¿Y que hay de cómo me mira él a mí?

–Eso también. Hasta un ciego podría darse cuenta de que está enamorado de ti. Vamos a sentarnos –Ali asintió y pagó las consumiciones. Después se dirigieron a una mesa–. Entonces, cuéntame ¿qué hay entre vosotros dos?

–Nada. Y lo digo en serio.

–Pero habría jurado que el romance estaba cuajando.

–¿Te ha dicho la princesa Farrah quién es la prometida?

–No. Y suponía que tú tendrías algo que decir al respecto.

–Ya estas suponiendo otra vez.

–Es lógico, dado lo que veía entre vosotros. Estás enamorada de él, ¿verdad?

Ali asintió.

–Pero él es el clásico hombre que tiene fobia al compromiso.

–No lo comprendo. Habría jurado que estaba enamorándose de ti.

—Eso parecía.

—Hay algo extraño. Esta mañana la princesa Farrah nos preguntó a Penny y a mí sobre las prácticas de cortejo de los hombres corrientes.

—¿Por qué?

—Porque Penny y yo somos las chicas corrientes que se han casado con hombres de la familia real. Supongo que somos su mejor fuente de investigación y las únicas que podemos saber qué hace un chico corriente para cortejar a una mujer.

—No. Quería decir ¿para qué quiere tener esa información?

—Supongo que porque Kamal va a cortejar a alguien.

—Que le vaya bien.

—No lo comprendo —dijo Crystal—. Pensé que ibas a luchar por él.

—¿Cómo iba a hacerlo? No tengo armas para luchar contra él. Soy una mujer corriente que sólo tiene relaciones con hombres corrientes.

—En eso no estoy de acuerdo, porque Penny y yo somos bastante corrientes, pero nos enamoramos. Y curiosamente, los hombres de nuestros sueños también se habían enamorado de nosotras.

—Sólo por curiosidad. ¿Qué le habéis dicho a la princesa Farrah acerca de los rituales del hombre corriente?

—Le contamos nuestras experiencias en la bolera y en las pizzerías de la ciudad.

—Sois malas —dijo Ali soltando una carcajada.

—Sí. Al principio nos tomó en serio, pero enseguida se dio cuenta de que bromeábamos.

–¿Y qué le dijisteis?

–Que un hombre nunca se equivoca si regala flores, bombones o joyas.

–¿Qué dijo la princesa?

–Que el rey y ella le habían dicho lo mismo a Kamal.

–Use la táctica que use, estoy segura de que la mujer se rendirá a sus pies.

–Es probable. Además, no ser corriente, es otra característica que los Hassan tienen en común. Por cierto, tengo que irme. Mi esposo y yo tenemos planeada una velada romántica. Cuídate, Ali.

–Tú también.

–Ah, y creo que deberías luchar por él. Habla con Kamal y dile cómo te sientes.

Ali observó alejarse a la otra mujer. Envidiaba a Crystal, era una mujer que tenía un hombre que la adoraba. Penny también le caía muy bien. Durante unas horas, había disfrutado de la idea de convertirse en su cuñada. Pero no podía seguir el consejo de Crystal. Kamal ya sabía cómo se sentía y eso no cambiaba nada.

Él no podía amarla.

Ali abrió la puerta de su apartamento y guardó la comida en la nevera. La conversación con Crystal la había dejado desanimada. Tenía que cambiarse de ropa y buscar algo que hacer por la tarde. Tenía una estantería llena de novelas de amor que podía leer. Llamaron a la puerta y se sobresaltó.

«¡Kamal!», pensó, y se disgustó al ver que deseaba que él apareciera por allí.

–¿Quién es? –preguntó, deseando oír la voz de Kamal.

–Tengo una entrega para usted.

Sin quitar la cadena, abrió la puerta. Un hombre la esperaba con un ramo de flores.

–Debe de ser un error –dijo ella.

–¿Es usted Ali Matlock?

–Sí, pero...

Él hombre miró a su ayudante que estaba detrás y dijo:

–Trae el resto.

Ali abrió la puerta del todo.

–¿El resto de qué?

–Hay más flores –dijo él, y entró para dejar el enorme ramo.

–¿Pero quién las envía? –el hombre hizo gestos para que entraran los tres hombres que lo ayudaban. Todos iban cargados con grandes arreglos florarles–. ¿Hay alguna tarjeta?

Sin darle una contestación, se marcharon de allí. Al instante, regresaron con más flores. Por último, el hombre dejó una docena de rosas rojas sobre la mesa de café.

–Aquí está la tarjeta –dijo, le entregó un pequeño sobre y salió del apartamento.

–Espere. Déjeme que le dé una propina por tanta molestia.

–Ya se han ocupado de ello –hizo una reverencia y se despidió–. Que tenga un buen día.

Ali sacó la tarjeta del sobre y leyó:

La belleza de estas flores no es nada comparada con tu encanto. Kamal

Se quedó de piedra y sintió que le temblaba el cuerpo. Antes de que pudiera sentarse, llamaron a la puerta otra vez.

–Kamal –suspiró.

Se apresuró a abrir y se encontró con un hombre que no había visto nunca.

–¿Señorita Ali Matlock?

–Sí –dijo ella.

–Tengo un paquete para usted –le entregó una caja dorada.

–¿Qué es?

–Una caja de cinco libras del mejor chocolate suizo. El príncipe ha encargado que la trajeran en avión especialmente para usted. Ha llegado hace un rato.

Flores y bombones. ¿Qué diablos estaba sucediendo? El hombre se volvió para marcharse y Ali lo llamó:

–Espere, déjeme que le dé una propina.

–Ya se han ocupado de ello.

–Gracias –dijo ella.

–De nada. Que tenga un buen día.

Ali cerró la puerta y se apoyó en ella. ¿Qué pretendía Kamal? Era evidente que tenía un plan. ¿Pretendía comprarla? ¿Para tener una aventura? ¿O intentaba sobornarla para que no le exigiera su amor?

Al oír que llamaban de nuevo, se puso nerviosa.

Esa vez, Kamal estaba en la puerta con una caja en la mano.

—Hola —dijo él.

—Hola —dijo ella, y se quedó mirándolo.

—¿No tienes nada que decir?

—Me he quedado sin habla —dijo Ali.

—Una cosa como ésa debería declararse fiesta nacional. Me encargaré de ello —dijo con una sonrisa.

—Muy gracioso.

—¿Puedo pasar?

—No estoy segura de que quepas.

—Excelente —dijo él, y entró en el apartamento.

—¿Te apetece un bombón? Acaban de traerlos de Suiza.

—Yo he dado la orden —dijo confuso—. ¿Estás disgustada?

—No sé cómo me siento —contestó ella. Señaló la caja que él tenía en las manos—. No me lo digas. Hay joyas ahí dentro.

—Sí —dijo con orgullo—. Las joyas reales —dejó la caja sobre un taburete y la abrió. En su interior, sobre una capa de terciopelo negro, había una diadema de brillantes, una gargantilla de perlas y zafiros, un brazalete de esmeraldas y unos pendientes de rubíes—. Esto es sólo una pequeña parte de la colección.

—Yo... yo...

—¿Has vuelto a quedarte sin habla? —cuando asintió, él preguntó—. ¿Cómo sabías que esto eran joyas?

–Flores, bombones y joyas... la clave de un gesto romántico.

–Así es.

Ali inhaló el fuerte aroma de las flores y miró a Kamal.

–No lo comprendo.

–¿Las flores no te gustan?

–Claro que me gustan. Me encantan las flores.

–Entonces, son los bombones. Dime cuáles son tus favoritos y los mandaré traer –la miró–. ¿Sigues enfadada?

–Ya estamos con esa clase de pregunta otra vez. Si digo que sí, seré una desagradecida. Si digo que no, estaré mintiendo. Supongo que lo mejor será decirte que no sé cómo me siento. No sé qué pensar. ¿Qué es lo que quieres?

–Quiero que te cases conmigo –señaló las joyas–. Esto pertenecerá a la mujer que se convierta en mi esposa.

–¿Estás intentando comprarme?

–No comprendo cómo puedes pensar tal cosa.

–¿De qué va todo esto? ¿Qué estás haciendo?

–Te estoy cortejando. ¿No es evidente? –se cruzó de brazos–. Me han dicho que esto es lo que hace un hombre corriente cuando intenta conseguir a la mujer de sus sueños.

–¿Quién te lo ha dicho?

–Mi padre y mi tía Farrah. Y he leído algo sobre el tema en Internet.

Era evidente que se había tomado la molestia de averiguarlo en lugar de hacer una llamada para que lo hicieran por él. Eso hizo que Ali lo quisiera aún más. Pero no era suficiente.

—¿Qué es lo que sientes por mí?

—En el estudio decían que la mayor parte de las mujeres quedan satisfechas con ciertas muestras de cariño. Es más creíble lo que hace un hombre que lo que dice.

—¿Demostrar y no decir?

—Exacto.

Ali respiró hondo. Estaba en un punto de no retorno. Si lo rechazaba, no tendría una tercera oportunidad. Kamal era un hombre orgulloso. Un hombre bueno. Pero no volvería a pedírselo. Y ella no podía aceptarlo si él no la amaba.

—Kamal, quiero que sepas que te quiero mucho —él fue a agarrarla de la mano, pero ella la retiró—. No. Deja que termine. Mi padre no me quería. Nunca me lo dijo y todo lo que hacía dejaba claro que yo no le importaba. Eligió una esposa mejor y formó una familia mejor.

—Es un idiota.

—Después, Turner hizo lo mismo, y después de salir varios años, eligió a una mujer mejor para que fuera su esposa. Te quiero —le dijo—, pero no puedo casarme contigo a menos que me convenzas de que soy la única mujer que hay para ti. Necesito que me lo digas.

—No estoy acostumbrado a ese tipo de cosas —dijo él, y se pasó los dedos por el cabello.

—Ya lo he notado.

—He conocido muchas mujeres. No lo digo para hacerte daño, es la verdad. Muchas salían conmigo

por sus propios propósitos. Ninguna me pareció
aceptable.

—Ya.

—Hay más. Como sabes, deseo ser un rey sabio
y fuerte para mi pueblo. He hablado de esto con mi
padre y me ha asegurado que es posible gobernar
un país y estar junto a una mujer. Es más, dice que
es recomendable hacerlo.

—¿Así que has decidido que el amor no es una
debilidad?

—Podía haber elegido entre muchas mujeres
—dijo esbozando una sonrisa.

—¿Qué quieres decir?

—Deseas que te diga que te quiero, pero tengo
muy poca práctica con esa palabra —le agarró las
manos y la miró a los ojos—. Sin embargo, puedo
decirte que eres única entre todas las mujeres que
he conocido. Eres especial. Has tocado un lugar
dentro de mí que nadie había tocado antes. Sin ti,
mi vida no tendría sentido. Cuando te alejaste de
mí, te llevaste la luz y el calor contigo. Mi
mundo está vacío sin tu risa y alegría, sin tu
apoyo y tus consejos. Me has dado mi alma y te
has llevado mi corazón. Pero no quiero que te lo
lleves sin dejarme el tuyo a cambio. De mi padre
he aprendido que si te doy la espalda, me provo-
caré el peor desastre personal que pudiera imaginar.

—Oh, Kamal.

—No puedo... no quiero perder el amor que me
has entregado. Deseo devolvértelo a cambio. Te
quiero, Ali. Deseo que seas mi esposa. La madre

de mis hijos. Que me hagas el hombre más feliz del mundo.

Ella lo miró con los ojos llenos de lágrimas.

–Sí –susurró.

–¿Era eso lo que deseabas oír? –preguntó él.

–Oh, sí. Nunca haces las cosas a medias, ¿verdad? –miró su apartamento lleno de flores y se rió.

–¿No puedes conformarte con un hombre que no sea corriente?

–Sí, si ese hombre eres tú.

–Prometo hacerte feliz –le acarició la mejilla mojada–. No llores, mi amor.

La besó con ternura y pasión. Cuando se separaron ella contestó:

–No estoy llorando. No exactamente. Es sólo que se me desborda la felicidad.

–Espero que no pienses pasarte llorando el resto de nuestras vidas. Tendrás que acostumbrarte a este sentimiento, porque pienso hacerte feliz cada día.

–Yo haré lo mismo por ti.

Ali se preguntaba si al ganar la lotería se sentía lo mismo. A ella le había tocado la lotería del amor. Sus sueños se habían convertido en realidad, y no se le ocurría nada que pudiera hacerla más feliz y que no fuera casarse con un hombre que la amaba.

EPÍLOGO

KAMAL observó a su hijo de tres días mientras mamaba. La imagen lo hizo experimentar una gran variedad de sentimientos. Gratitud, orgullo, felicidad, pero sobre todo amor. Ali era su esposa, su amiga, y la madre de su hijo. Khadeem. Cuando ella levantó la vista y se percató de su presencia, lo saludó:

–Hola.

–Hola –él se sentó a su lado, en la cama–. No quería molestarte.

Le agarró la mano que tenía libre y la besó. Después acarició el anillo de esmeralda que indicaba que era su esposa.

–No me has molestado –le apretó la mano y lo miró con amor–. Te echo de menos cuando no estás.

–Y yo a ti. Nuestro hijo es un gran comilón –dijo señalando al bebé que se había quedado dormido.

–Sí. Come mucho y a menudo.

Kamal se fijó en que Ali tenía ojeras. El parto había sido fácil y sin complicaciones, pero todavía tenía que recuperarse.

–Sé que prefieres cuidar de él tú misma, pero...

–Me encanta que te preocupes por mí, pero por favor, no lo hagas. Si necesito ayuda te la pediré –le aseguró.

–Te quiero –dijo él.

–Nunca me cansaré de oírtelo decir.

–Eso es bueno, porque pienso decírtelo a menudo.

Le había costado mucho, pero al fin había aprendido la lección. Kamal seguía los pasos de su padre, pero haría todo lo posible por no cometer los mismos errores. Cuando el rey se retirara unos meses después, él ocuparía el cargo y cuidaría de su pueblo. La vida no tenía garantía y él estaba dispuesto a disfrutar al máximo de su mujer y de su hijo. Y si tenían más, tendría amor suficiente para repartirlo entre todos.

–¿Quieres sujetarlo? –preguntó ella.

–Sí.

Ali le entregó al pequeño. Sabía que se había acostumbrado a los bebés después de que nacieran las hijas de sus hermanos. Las niñas habían nacido con un mes de diferencia.

Kamal miró a su hijo.

–El resto de la familia ha venido a verlo.

–¿Y a mí qué?

–También. Pero les diré que estás demasiado cansada para recibir visitas.

–No es cierto –protestó–. Quiero verlos a todos. También es mi familia –dijo convencida. La familia real la había recibido con los brazos abiertos y había conseguido que olvidara la soledad que había marcado su vida. Nunca los decepcionaría.

–De acuerdo –se puso en pie con el bebé en brazos–. Están esperando en el salón. Te quiero –le dijo antes de marcharse.

Ali salió de la cama y se puso la bata. Era el tercer día después del parto y se sentía bastante mejor, aunque seguía estando un poco dolorida. Pero la felicidad compensaba el dolor. Su corazón estaba lleno de amor por su marido y su hijo. Kamal la había apoyado mucho durante el embarazo.

Salió al salón. La princesa Farrah estaba en el sofá sujetando al bebé. Rafiq y Penny estaban a su lado con su hija, Fareeza. Al otro lado estaban Crystal y Fariq con Janeen, su nueva hija, y los gemelos de seis años. Hana y Nuri estaban encantados con sus nuevos primos. El rey estaba junto a ellos sonriendo. Se había reconciliado con Johara después de retirarse y tenía pensado ir a Texas para ver a su nieto.

Ali había ganado un marido y un hijo. Tenía hermanos y hermanas, sobrinas y sobrinos.

Kamal se acercó a ella y la agarró por la cintura.

–¿Te has arrepentido alguna vez de dónde te has metido? –le susurró al oído.

–Nunca.

–¿Te he dado las gracias por mi hijo?

Ella pensó en la gargantilla que le había regalado y en la promesa que le había hecho diciéndole que le regalaría otra con el próximo hijo.

–Sí, lo has hecho.

–Tú y yo gobernaremos el país para la infancia del próximo milenio. ¿Estás preparada?

–Sí. Juntos podemos hacer cualquier cosa –dijo
ella–. Incluso convencerte para que admitas que a
veces te equivocas.

–Nunca –sonrió él–. Y menos en el hecho de
que eres una magnífica esposa, madre y reina. Entonces, ¿no te arrepientes de haber aceptado?

–Nunca. La idea de vivir sin ti era demasiado
horrible para considerarla. Nunca me arrepentiré
de haberme casado con un jeque.

Novias del desierto

Teresa Southwick

Atrapar a un jeque

Cuando Penelope Doyle aceptó un empleo en El Zafir y conoció a su nuevo jefe, Rafiq Hassan, un verdadero príncipe con enorme magnetismo, quiso volver a creer en el amor. Obviamente, todo un jeque no se molestaría siquiera en mirar a una chica como ella, por muy inteligente que fuera. Pero entonces la besó...

Besar a un jeque

Crystal Rawlins estaba desesperada por conseguir un trabajo, por eso habría hecho cualquier cosa con tal de convertirse en la niñera de los hijos del jeque Fariq Hassan. Y no pensó que una mentirijilla sobre su apariencia tuviera la menor importancia... Pero entonces conoció a su jefe, un hombre alto, moreno e impresionante.

Casarse con un jeque

En cuanto Kamal Hassan la tuvo entre sus brazos, Ali Matlock le entregó su corazón. Aunque el jeque era el soltero más codiciado del mundo, Ali quería algo más que la apasionada aventura que le ofrecía.

Kamal debía casarse y dar un heredero a su país. Y desde aquel mágico beso, supo que Ali era todo lo que deseaba en una mujer... y en una esposa.

JULIA™

ALLISON LEIGH
BODA INESPERADA

Tara Browning no se lo podía creer. Con la misma rapidez con la que se había descubierto disfrutando de un inesperado y delicioso fin de semana con Axel Clay, éste había desaparecido de su lado sin despedirse siquiera. ¿Habría sido un sueño? Pero el bebé que estaba esperando parecía bastante real.

Varios meses después, Alex se presentó en la puerta de su casa diciéndole que iba a ser su guardaespaldas mientras su hermano testificaba en un juicio contra un peligroso criminal.

N.º 474

Estando tan cerca de él, ¿sería capaz de mantener Tara su secreto? Y más aún, ¿sería capaz de mantener las manos alejadas de aquel hombre autoritario que había vuelto a ponerse a su alcance?

MARIE FERRARELLA
DESEOS IRRESISTIBLES

Kelsey Marlowe estaba intentando con todas sus fuerzas resistirse a los encantos del agente Morgan Donnelly, aunque el atractivo policía había acudido galantemente a ayudar a su madre. Pero cuando su familia insistió en conocer al hombre que había salvado a su querida matriarca, ella se sintió invadida por unas irresistibles ganas de besarlo…

Involucrarse con el clan Marlowe no era lo que Morgan tenía en mente. No le gustaba relacionarse con nadie, aunque no podía evitar desear relacionarse con Kelsey de una manera muy íntima…

¡YA EN TU PUNTO DE VENTA!